Remerciements à tous ceux qui m'ont aidé et apporté leur soutien lors de la création de ce roman, entre autres Jean-François Seignot, Anne Desfossez, Johanna Valdizan et David Benhaiem.

Préface...

« Rien ne se perd, rien ne se crée, tout se transforme... » Disait un certain Lavoisier.

« Tout se transforme, car tout est créé et tout est perdu... » Répondrait Laura, l'héroïne de Creatio.

Tout Être est compensé par son Néant... Toute création est amenée à se transformer par sa Destruction, brutale ou progressive, partielle ou massive... Les choses changent, s'usent, et retournent au Néant... Les êtres aussi... Voilà en somme ce que les personnages de Creatio apprendront à leurs dépens...

Mais à vrai dire, rien ne « retourne » vraiment à la poussière, car Être et Néant sont jumeaux dans cette histoire... Coextensifs, ils sont comme les enfants jumeaux de Dieu...

Car la question simple, presque enfantine, mais pourtant pertinente (comme toutes les questions enfantines) que pose ce Roman est la suivante : et si Dieu avait décidé, au moment de la Création, de Détruire... ? De déconstruire autant qu'il avait construit, d'anéantir ce qu'il avait fait être... ?

Et pourquoi ?

Pour le plaisir... ? Par caprice... ? Ou plus simplement par souci d'équilibre... ?

Quelles en seraient les conséquences sur nos vies... ?

C'est comme si, de sa main droite Dieu avait fait un monde « pour l'Homme »... Et de sa gauche, il aurait défait ce monde… ?

Mais pour qui ? Et pour quoi faire ?

Pour mieux le recréer ensuite… ? Absurde… !

Faut-il dès lors bannir cette main gauche ? Est-elle un mal ?

Car la Destruction, pour l'humanité, c'est la folie dans la raison, c'est la mort dans la vie, c'est le mal dans le bien... Et Dieu n'a pas pu vouloir notre Mal… ! N'est-il pas censé être Bienveillant… ? Ne veut-il pas que le Bien l'emporte dans l'Univers…?

Ou bien Dieu aurait-il volontairement placé l'Enfer sur Terre… ?

Et qui se cacherait alors derrière le Diable… ?

Oh my God! Dieu est ambidextre… Pour le meilleur et pour le pire… Il compose son monde à deux mains… Et deux valent mieux qu'une…

Oui, mais sur Terre on dit aussi que le Mieux est l'ennemi du Bien… !

Alors ce Mieux Divin sera-t-il l'ennemi du Bien Humain… ?

C'est en faisant l'expérience tragique d'un accident de bus en pleine jungle amazonienne que les héros de Creatio vont avoir l'occasion d'éprouver les réponses à ces questions…

Jean-François Seignot

Si Dieu existe, pourquoi ne le voyons-nous pas ?

Si l'Homme voit la paix, pourquoi n'existe-t-elle pas ?

Si le Diable n'existe pas, pourquoi l'appréhendons-nous ?

Prologue

Les rayons du Soleil avaient une teinte étrange ce matin-là. Les traînées de nuages zébrant l' horizon devenaient de plus en plus chaudes. Le spectacle était certes, tout aussi merveilleux qu' incroyable, mais je dois bien avouer que quelque chose en moi avait ressenti ce qui allait arriver.

La plaine était déserte, j' ai attendu toute la matinée, fidèle à mon poste. Je suis aux portes de Rome, le bouclier dans la main gauche et le javelot dans la droite. Mon glaive est soigneusement attaché à la courroie qui me serre les hanches.

Je sens que le danger approche, et pourtant, je reste. Mon devoir m' empêche de fuir. Mes compagnons éprouvent le même sentiment, quelque chose dans l' air est insupportable, la menace approche.

J' ai la terrible conviction que quelqu' un ou quelque chose est là, tout près de nous, à guetter chacun de nos mouvements pour nous connaître, nous séduire et enfin, nous abattre.

Mes genoux se mettent à trembler, je sens un frisson s' emparer de moi. Ça ne peut plus durer, j' étouffe ! Il faut que j' aille prévenir le centurion, lui seul pourra mener une offensive si mes craintes se confirmaient.

L' homme me reçoit, néanmoins, il refuse de m' écouter. Il me répond que le temps orageux nous a fait perdre la tête.

Je retourne, impuissant, à mon poste. Il ne me reste plus qu' à attendre, à espérer que l' angoisse qui me hante s' évapore avec la chaleur du Soleil.

Le temps passe, mais rien ne s' améliore. Au contraire, le ciel devient sombre, la journée est glaciale alors que ce n' est pas la période. Devant moi s' étend un champ de silence. J' ai le sentiment d' être au bord d' une falaise, je me retiens pour ne pas glisser. Le vertige me fait tourner la tête, je respire calmement pour reprendre mes esprits.

Comment décrire la terreur qui bouillonne en moi ? Je ne peux pas l' expliquer tout comme je ne peux pas voir la chose qui rôde autour de nous.

L' un de mes compagnons cède à l' oppression, il se démunit de ses armes avant de s' enfuir à toutes jambes sans même nous lancer un dernier regard.

Je l' envie, j' aimerais être un fuyard comme lui et partir loin d' ici. Toutefois, mon honneur de soldat me le refuse.

Alors j' attends...

Je scrute la plaine à la recherche d' éléments qui pourraient éclaircir mon sentiment d' angoisse.

La forêt s' étend sur une très grande partie. J' aperçois des centaines d' oiseaux qui s' envolent et prennent le large vers l' ouest. Leurs cris sont étouffés par la distance, malgré tout, je vois bien qu' ils sont paniqués par un esprit invisible. Longeant la lisière de la forêt, le ruisseau semble très calme. Le courant est imperceptible.

Puis, plus sur ma droite, je distingue la silhouette de notre compagnon qui nous a quittés un instant plus tôt. Il court sans relâche, je le vois se diriger vers le village qui se situe en contrebas de Rome.

Il devra quitter la région aussitôt s' il souhaite être épargné par le lieutenant. J' espère qu' il en a conscience.

Soudain, une maison prend feu dans le village.

Est-ce une attaque de la chose qui nous observe ? Je n' en sais rien !

Dans l' immédiat, l' idée qui domine ma pensée est celle d' agir rapidement afin d' éviter que les flammes n' embrasent le reste du village. Au moment où je me dirige vers le ruisseau pour rapatrier de l' eau, le spectacle qui se déroule sous mes yeux me fige sur place.

Les habitants fuient de toutes parts le village comme ils fuiraient la peste. Personne ne semble se soucier des flammes dansantes sur les toits des huttes. Le brasier est tel que je sens sa chaleur caresser ma peau malgré la distance. Notre peuple est habituellement si bien organisé que je ne comprends pas ce qui a pu pousser les villageois dans la folie.

Je vois des hommes brandirent les glaives avant de s' entretuer dans un combat violent. Une haine comme je n' en avais jamais vu semble les animer. Ils ne s' affrontent pas pour sauver leur femme ou leur maison, non ! Leur regard si cruel n' a d' autre détermination que celle de tuer pour le plaisir.

Qu' est-ce qui a pu les pousser dans cette démence ? Ils n' ont plus de raison ! C' est une guerre au sein de notre empire !

Je me ressaisis, mon corps frissonne, toutefois, je ne peux pas laisser cette horreur injustifiée se poursuivre. Tout seul, je ne serai pas d' une grande utilité, ce n' est pas mon malheureux javelot et mon bouclier qui arrêteront cette foule assoiffée de sang. Je lance un appel à mes compagnons qui reste sans réponse. Le regard fuyant, l' un d' eux me réplique que c' est une cause perdue, que je cours à ma mort en allant les sauver. Les doutes qui les tourmentaient depuis l' aube ont eu raison d' eux.

La peur les retient ! *Quel plus grand fléau pour l' Homme que la peur ?* Je refuse de poser le genou à terre devant ce sentiment si primitif.

Tant pis, je ferai sans eux !

Je maintiens fermement mon arme entre mes mains et cavale en direction du village. Seul, mais déterminé !

Rome n' ira pas se salir les mains pour secourir le peuple de la campagne, et pourtant, moi fier soldat de cette armée, je désapprouve cette pensée ! Je me jette corps et âme à la rescousse de mes villageois.

La distance est longue, mais je me rapproche à vive allure. J' aperçois un homme, agonisant sous le feu, rejeté par ses confrères.

C' est odieux ! Ils l' éloignent à coups de

bâton comme s' ils avaient peur pour leur propre hutte. *Comment est-il possible d' imaginer de telles horreurs ?*

Il faut mettre un terme à tout ça !

Je parviens au pied du village. Sur ma droite, des hommes lapident un malheureux.

Je hurle pour qu' ils me voient et me craignent. Néanmoins, au lieu de pousser un cri de guerrier, je n' entends rien sortir de ma bouche. Je me rends compte que tout semble d' un coup éteint. Les flammes consumant le bois sont silencieuses, les coups de massue que se partagent les hommes sont muets.

C' est terrible ! Suis-je devenu subitement sourd ?

Je suis persuadé du contraire lorsque devant moi, je vois une femme cherchant désespérément son enfant pleurant à quelques pas d' elle.

Un esprit nous a dépourvus de nos oreilles. Pourtant, elles sont toujours là physiquement. Il sème la discorde par l' incompréhension ! Le silence est assassin !

Ce n' est pas en les effrayant que je parviendrai à leur rendre la confiance et le courage qui faisaient la force de ces villageois. Je m' approche de la femme pour lui indiquer où se cache son fils. Son visage est recouvert de larmes, elle pense que son enfant est resté prisonnier des flammes d' une hutte et cherche à y pénétrer. Je n' ai pas d' autres moyens de l' interpeller que de lui donner une tape sur l' épaule. Lorsqu' elle se retourne et qu' elle me découvre, moi soldat de Rome armé de mon javelot, elle pousse un long cri sourd. L' image de la femme terrifiée en me voyant me glace le sang. Je ne l' entends pas, néanmoins, son visage marqué d' angoisse est assez expressif. J' ai l' impression d' être une bête cruelle et sanguinaire.

Alors que je suis encore sous la stupeur de ce qu' il vient de se passer, la femme en profite pour s' échapper, abandonnant son enfant derrière elle. J' imagine qu' il n' est pas nécessaire de la rattraper et la laisse s' enfuir.

L' incompréhension crée-t-elle le chaos ?

Je ne sais plus que faire, comment rétablir l' ordre si je ne peux pas communiquer ?

J' aurais sans doute dû écouter mes compagnons et laisser les villageois s' entretuer jusqu' au dernier...

Je m' écœure moi-même à penser ça ! Il n' est pas pensable de laisser faire une telle chose.

Alors que j' avance dans les ruelles encerclées de flammes, ce qui apparaît sous mes yeux est un réel champ de bataille. Des corps inanimés jonchent le sol, la chaleur des brasiers brûle la peau et les chevaux en liberté galopent en contre sens pour rejoindre la forêt. Les fourches à la main, les hommes se cachent derrière les chariots renversés pour se mettre à l' abri.

Au milieu de l' allée, je plante mon javelot dans la boue et me démunis de mon glaive. Je deviens alors une proie faible et à portée de main. Pourtant, je ne tremble plus, je ne doute plus. Pour les convaincre de reprendre confiance, je dois leur montrer que j' ai moi-même confiance. D' un signe de la main, je leur demande de déposer les armes. Personne ne bouge, ils se jettent des regards interrogateurs. Tout le monde est déboussolé par ma conduite si sereine malgré l' hostilité et l' épouvante qui règnent.

J' ai la conviction que ma détermination peut changer les choses et apaiser les esprits. Ils me regardent, leurs visages changent.

D' un coup, je distingue une silhouette me bondir dessus. Elle me percute et me propulse en arrière. Mes mains s' enfoncent dans la boue. J' essaie de me relever et de faire face, cependant, une masse me tombe dessus. Je sens des doigts froids et lourds se resserrer doucement sur mon cou. Je dois agir vite, mais hélas, je n' ai plus rien pour me défendre !

Je n' ai plus d' air, j' étouffe ! Je sens que ma tête va exploser. Je n' arrive pas à distinguer les traits de mon assaillant, ce n' est qu' une silhouette glaciale et sourde.

Bientôt je ne serai plus de ce monde, et mes efforts auront été vains.

D' un coup, une énergie étrangère ravive mon esprit et me redonne des forces. J' agrippe la tête de mon adversaire grâce à mes jambes et le projette le plus loin possible. Je me sens renaître et l' air rentre de nouveau dans mon corps.

En toussant, je me remets sur mes jambes et m' interroge sur ce qui est venu me sauver.

Quelque chose nous surveille, je n’ ai plus de doute là-dessus.

Pourquoi joue-t-il avec nous comme si nous n’ étions que de vulgaires marionnettes qu’ il peut martyriser à sa guise ?

Les villageois ont contemplé le spectacle sans intervenir. Je n’ aurais été qu’ une victime de plus à leurs yeux.

Alors qu’ une profonde peine m’ envahit, je lève les yeux vers le ciel. Et là, je remarque avec crainte qu’ il a sombré dans un noir si ténébreux que je suis pris de vertige. Si je n’ avais rien vu jusqu’ à présent, c’ est parce que les flammes m’ en cachaient la vue. Mon coeur frappe si fort que je tombe sur les genoux.

Que se passe-t-il ? Qu’ est devenu le bleu azur de notre ciel si beau et si vaste ?

La fin approche...

Je peux lutter contre une horde d’ hommes en colère, je peux lutter contre une armée, mais face à cela, je ne suis qu’ un grain de sable asservi par le vent.

Les villageois se dispersent aussi rapidement qu’ ils se sont massacrés dans le silence le plus complet.

Autour de moi, le feu perd de son éclat et le froid cruel pénètre mon corps. Je suis tétanisé.

Des mots résonnent dans mon esprit :

La peur est un ennemi vicieux, l’ incompréhension crée le chaos...

Je ne crains plus la peur, mais le doute me ronge. Je suis seul, dans le silence, le paysage s’ éteint doucement devant moi.

Mes mains caressent le sol pour un dernier sentiment.

Je perçois un tremblement, tout près de moi la terre se retourne, une crevasse sans fond déchire le sol.

Je ferme les yeux et tente de m' inonder de paisibles souvenirs. Je revois une dernière fois le visage souriant de ma fille.

Le liquide chaud coula finement dans la tasse bleue posée sur la vieille table de la cuisine. Quelques gouttes vinrent s'échouer sur la surface plane en bois. Alicia reposa la théière avant de s'emparer d'un chiffon pour nettoyer le léger incident.

Tenant délicatement la tasse pour éviter de se brûler avec la boisson bouillante, elle longea le mur d'un étroit couloir puis poussa lentement la porte d'une des chambres du modeste appartement.

« Tiens grand-mère, je t'ai préparé une bonne tisane, j'espère que ça ira mieux après ça » dit-elle à une vieille dame allongée dans un lit. Une énorme couverture de laine lui recouvrait tout le corps, laissant dépasser uniquement les traits de son visage usés par le temps et les épreuves de la vie.

« Merci ma chérie, répondit-elle d'une voix enrouée, tu es adorable.

- Tu devrais boire doucement, c'est bouillant, conseilla la jeune fille aux cheveux fins, je te pose la sous-tasse sur la table de nuit. »

La vieille dame saisit le thé de ses mains tremblantes.

« Tu me prêtes trop d'attention, ça me fait plaisir mais je ne t'ai pas vue sortir depuis plusieurs jours. Tu devrais prendre un peu l'air, ça te ferait le plus grand bien.

- T'en fais pas pour moi, je vais très bien. C'est toi qui as besoin d'aide, et ça me fait plaisir de t'en apporter » répondit Alicia en replaçant légèrement les vieux coussins où reposait la tête de sa grand-mère.

Elle savoura le liquide aux extraits de plantes qui d'antan pouvait servir de remède.

Il traversa le long pharynx avant de se loger dans l'estomac. Sa chaleur se répandit jusqu'à la peau finement graisseuse du ventre, créant un infime frisson se propageant le long du corps vieilli par les années. Une quinte de toux en profita pour se manifester.

« Grand-mère, ça va ? s'exclama Alicia qui s'affolait chaque fois que son aïeule montrait un signe d'affaiblissement. Elle se souvint qu'il fallait boire pour faire passer la toux et se précipita vers la cuisine.

« Tiens, je t'ai ramené un verre d'eau, le thé devait être bouillant, dit-elle en revenant.

- Ma toux s'est calmée, ce n'était pas si grave, répondit la vieille dame, j'ai juste besoin de mon médicament. Tu peux me le donner s'il te plait, il est dans ma petite commode.

- Bien évidemment » approuva sa petite fille en ouvrant l'un des tiroirs.

Elle écarquilla les yeux de stupéfaction quand elle découvrit le nombre d'antidotes qui peuplaient un si petit compartiment. Certains flacons étaient restés ouverts, des tablettes de comprimés s'empilaient dans le coin et des étiquettes étaient arrachées enlevant l'identité de quelques pauvres médicaments.

« Il y en a tellement que je ne pourrai jamais trouver celui qu'il te faut.

- Ah mince, je ne me souviens plus du nom, répliqua la grand-mère à faible voix. Mais je sais qu'il a un emballage orange. »

Par chance, seule une boite avait cette couleur, elle contenait un flacon d'un liquide jaunâtre. Alicia le saisit, puis en remarquant les traces séchées du remède sur le goulot, elle n'eut plus confiance en la validité du contenu.

« Je ne sais pas depuis combien de temps ce flacon est resté comme ça, je préfère aller t'en acheter un autre.

- Je pourrais très bien me contenter de celui-là, tu vas... » s'exclama la malade avant de toussoter.

Alicia releva le nom du médicament en l'inscrivant au dos d'une vieille enveloppe avant de prendre sa veste et son sac à main. Elle s'assura que sa grand-mère reprenne sa respiration et lui rappela que son médecin lui avait demandé d'être plus rigoureuse dans la prise de ses médicaments.

« Je reviens tout de suite » dit-elle en claquant la porte d'entrée sur son passage.

Alicia boutonna précipitamment sa veste. Elle n'avait pas pensé à se munir d'un parapluie, dehors, il pleuvait des cordes. Elle descendit à la hâte la longue rue entourée d'immeubles grisâtres qui donnaient l'impression de perforer les nuages loin au-dessus d'elle. Quelques passants s'étaient arrêtés sous des abris, certains se blottirent contre les autres pour éviter d'être trempés.

Alors qu'Alicia arriva à la pharmacie, ses cheveux et ses habits étaient complètement inondés, elle aurait pu se baigner habillée, cela n'aurait fait aucune différence. De ses longs doigts, elle essora ses cheveux avant d'entrer et secoua sa veste d'un geste rapide.

« Bonjour mademoiselle ! lui adressa joyeusement le jeune pharmacien.

- Bonjour, je désirerais ce médicament s'il vous plait, demanda Alicia en tendant le dos de l'enveloppe. »

L'homme s'empara du morceau de papier pour y jeter un oeil.

« Il me faut une ordonnance, affirma-t-il, pour qui est ce médicament ?

- C'est pour ma grand-mère, elle a l'habitude d'en prendre mais le flacon restant est périmé depuis quelques jours, répliqua Alicia, dépourvue.

- Bon, je vais vous en apporter un, mais la prochaine fois il me faudra impérativement une ordonnance !

- Je vous remercie » répondit la jeune femme soulagée.

Le pharmacien revint peu après, un emballage de médicament orange à la main.

« Ca vous fera quatre euros soixante, annonça-t-il.

- Oui, très bien, tenez. »

Elle saisit le petit sachet contenant le médicament et salua le jeune homme avant de s'en aller.

La pluie tombait avec plus de vivacité. Alicia sortit de la pharmacie au pas de course et tenta de se protéger grâce à la manche de sa veste. Avant même de pouvoir regarder devant, un passant la bouscula. Sous le choc, elle perdit l'équilibre et chuta à terre. Le sachet s'échoua dans une large flaque d'eau. Le passant, pressé, ne prit pas la peine de l'aider et continua sa marche sans même se retourner.

« Vous pourriez vous excuser quand même ! cria-t-elle.

- T'as qu'à regarder devant toi, tu te ferais moins bousculer connasse ! » répliqua l'individu avant de disparaître.

La jeune femme pouvait supporter les journées ennuyeuses et le temps désastreux, toutefois, le manque de politesse était une chose qui la mettait hors d'elle. Son visage devint écarlate de colère. Elle savait que si elle avait la carrure d'un homme elle pourrait riposter dans ce genre de situation. Cette idée l'irrita davantage, c'était insensé que la force physique fût l'unique voie pour se faire respecter.

Elle se releva folle de rage avant de ramasser son sachet envahi d'eau. Mettant sa hargne de côté, Alicia décida de garder tout cela pour elle.

« Ca y est, je suis rentrée grand-mère, annonça Alicia en ouvrant la porte, j'espère ne pas avoir été trop longue.

- Mais ! s'exclama la vieille dame, que t'est-il arrivé ? Tu es trempée de la tête aux pieds.

- J'ai oublié mon parapluie, mais c'est pas grave je me suis dépêchée.

- Tu aurais dû jeter un œil par la fenêtre avant de sortir.

- Tu n'as pas eu de crise de toux pendant mon absence ?

- Ça va bien mieux. Ta tisane m'a apaisée.

- Je vais dans la cuisine te préparer ton médicament. »

Elle posa, le sachet sur une petite table avant de se débarrasser de sa veste complètement humide pour la mettre à sécher à côté du radiateur. Quand elle ouvrit le sachet, elle remarqua que l'emballage du médicament était imbibé d'un liquide jaunâtre. Elle le saisit précipitamment et découvrit une petite bouteille brisée.

Elle a dû se casser dans la chute pensa-t-elle en sentant la colère revenir, *si je revois cet imbécile, je lui ferai passer un mauvais quart d'heure !*

« Je suis désolée, annonça-t-elle navrée en revenant de la cuisine, sur le chemin du retour j'ai accidentellement fait tomber le médicament, il s'est brisé sous le choc.

- Ne t'en veux pas pour si peu, ce sont des choses qui

arrivent.

- Je peux y retourner, c'est à deux pas !

- Ma toux a presque disparu, ne te donne pas cette peine.

- Je suis plus affolée que toi, tu devrais prendre plus au sérieux les conseils du médecin.

- Tu es encore jeune, avec l'âge tu apprendras à relativiser...

- Si tu le dis... répondit Alicia d'un air peu convaincu. Je vais chercher une autre boîte à la pharmacie, on ne sait jamais !

- Oh non, ma petite, tu en as déjà beaucoup trop fait pour aujourd'hui, et puis il en reste un peu dans le vieux flacon en cas d'urgence, on verra ça demain matin » répliqua la dame aux cheveux blancs.

Alicia regarda sa grand-mère, elle la connaissait têtue et savait qu'elle ne pourrait pas avoir le dernier mot.

« Je vais préparer le repas, tu as faim ? finit-elle par dire.

- Non, pas pour l'instant. Je préfère faire un somme, je suis épuisée...

- Mais il est à peine 19h00, tu es sûre de ne pas vouloir manger avant ?

- Ne t'inquiète pas, j'en suis sûre, va te reposer un peu.

- Bon d'accord. Si tu as besoin de quelque chose je suis à côté. Bonne nuit grand-mère.

- Merci. »

Tout en regardant le journal télévisé, Alicia finit son plat de spaghettis à la bolognaise. Les informations n'étaient pas des plus gaies ce soir-là : une école primaire avait été prise en otage, un adolescent avait poignardé ses parents avant de les laisser pour morts et de s'enfuir, et enfin, un séisme sur la côte Est de la Chine avait fait trente mille morts.

Alicia se leva pour débarrasser son assiette et se servir un dessert. Elle opta finalement pour une onctueuse île flottante. Toutefois, avant même de plonger sa cuillère dans la mousse blanche, la jeune femme se souvint que ces derniers temps elle avait dépassé d'un rien son poids idéal. En fin de compte, elle décida de prendre la dernière pomme du panier à fruits.

Tiens ! C'est quoi ce bruit ? se demanda-t-elle en passant devant la chambre de sa grand-mère. *Ça vient de cette pièce.*

Elle se rapprocha de la porte le cœur battant et posa son oreille dessus. Elle n'avait jamais espionné personne jusqu'aujourd'hui, mais cette fois-ci, l'envie était trop forte.

On dirait des gémissements... Grand-mère pleure ? Mais pourquoi !?

L'envie d'entrer lui traversa l'esprit cependant cette idée fût vite balayée par un souvenir :

Maman me disait souvent que grand-mère pleurait quand elle était seule, elle n'a jamais su pourquoi. Elle me racontait que grand-mère était pleine de secrets, mais qu'elle ne s'était jamais dévoilée. Je me demande de quoi il pourrait s'agir ? Pourquoi a-t-elle toujours refusé de se révéler ?

La jeune femme se demanda si cela avait un quelconque rapport avec le fait de l'entendre pleurer. Elle retint sa respiration afin de percevoir le moindre son. Les gémissements ne cessaient toujours pas.

Bon c'en est trop, je rentre...

Elle ouvrit précipitamment la porte et demanda à sa grand-mère si tout allait bien.

« Mais oui, pourquoi tu t'inquiètes toujours à mon sujet ? Je te suis très reconnaissante ma chérie, mais tu vas t'user la santé à ce rythme. »

Alicia ne savait que répondre, cependant elle refusa de s'avouer vaincue. Elle l'avait entendue pleurer et, qu'importe les moyens, elle devait savoir pourquoi.

« Je me demandais juste si tu avais besoin d'un verre d'eau ou d'un fruit, répondit-elle en lui tendant sa pomme.

- C'est une charmante attention. Tu m'as ouvert l'appétit. »

Elle saisit la pomme et la croqua à pleine dent.

« Grand-mère ?

- Oui, qu'est-ce qu'il y a ma puce ?

- Je me demandais... dit Alicia d'un ton hésitant, tu ne m'as jamais raconté ta jeunesse, je ne sais pratiquement rien de toi.

- Qu'est-ce que tu me chantes là ? Tu sais que j'ai épousé ton grand-père et que j'ai exercé le métier d'avocate pendant plus de vingt ans.

- Ce n'est pas ce que je voulais dire, je voulais parler de la vie de petite fille que tu as eue, l'adolescente que tu étais ou encore les amis que tu avais... argumenta Alicia pour se rapprocher le plus possible du fameux secret.

- C'est vrai que je n'ai pas eu pour habitude de raconter ma jeunesse. Même ton grand-père me répétait sans cesse que j'étais trop mystérieuse, il disait qu'il ne comprenait pas comment il pouvait aimer quelqu'un qu'il ne connaissait pas vraiment.

- Ça ne doit pas être facile tous les jours de vivre avec une personne très réservée, je plains grand-père, plaisanta Alicia.

- Je suis d'accord avec toi. Souvent, il insistait pour que je réponde à ses interminables questions. Ha ha ha, moi je préférais me taire et le laisser monologuer pendant des heures. »

Alicia sourit en imaginant les mésaventures de son grand-père.

« J'ai l'impression que tu voulais tirer un trait sur ton passé, comme s'il n'y avait que le présent qui comptait.

- Alors que ton grand-père, lui, était très nostalgique, poursuivit sa grand-mère.

- J'aimerais connaître le nom des amis que tu avais à mon âge. On dit souvent qu'on apprend beaucoup des anciens.

- J'avais beaucoup d'amis et de connaissances à ton âge. Ma principale amie s'appelait Sharleyn. Je l'ai rencontrée pour la première fois quand je suis rentrée au lycée.

- Sharleyn ? Tu la connais toujours ?

- Non, nous avons été séparées par la vie...

- Ça me fait peur ce que tu me dis. Peut-être que je ne

verrai plus mes amis d'ici vingt ans.

- La vie réserve tellement de surprises qu'il existe peu de chances pour que tu les gardes tous auprès de toi.

- Raconte-moi tout, s'il te plaît. Je veux savoir quelle jeunesse tu as eue. »

Il y eut un instant de répit, le regard de la vieille dame fuyait celui de sa petite fille. Pourtant, son visage s'ouvrit d'un coup :

« Tu es bien curieuse ma petite, mais après tout, tu as le droit de connaître l'histoire de tes aînés. »

Heureuse d'avoir obtenu la réponse qu'elle voulait, Alicia s'empara de la chaise près de la table de nuit et s'installa aux côtés de sa grand-mère.

« Sharleyn n'était pas une amie ordinaire, elle sortait du lot. En quelques jours notre amitié ne pouvait plus être rompue. Elle savait m'écouter, me comprendre et était sans cesse à mes côtés quand j'avais besoin d'elle...

- C'est ce qui me manque aujourd'hui, coupa Alicia, tant de personnes voudraient connaître ça. Tu en avais vraiment de la chance !

- J'avais une chance incroyable, confirma la vieille dame.

- Vous avez dû faire plein de choses ensemble, des fêtes, des voyages, des heures de discussion...

- Des centaines et des milliers d'heures même ! surenchérit sa grand-mère. Je n'ai jamais fait autant de voyages qu'avec elle. À l'époque, les gens nous appelaient *les inséparables*. Rien n'était plus vrai, nous l'étions ! Je me souviens des excursions que l'on a faites autour du monde ; l'Algérie, les États-Unis, l'Australie, Le Brésil... »

•

« Regarde par la vitre comme tout est beau, admira Sharleyn, quelle belle étendue de vert, il n'y a que d'immenses arbres et le ciel à perte de vue.

- Je ne vois pas très bien d'ici, se plaignit Laura,

les hublots de ces avions sont vraiment trop petits !

- Tiens, si tu veux je te cède ma place, il faut que tu profites aussi du voyage. »

Après quelques instants, Laura put enfin apprécier la vue. D'en haut, l'Amazonie ressemblait à un vaste plancher de coton vert foncé aux reflets éclaircis sous les rayons du Soleil brûlant. Certains espaces étaient dominés par des plateaux rocailleux arides.

« J'aperçois une grande piste, c'est sûrement l'aéroport.

- Nous devrions arriver sur les coups de 15h30, il nous reste dix minutes de vol, répondit Sharleyn en regardant sa montre.

- J'ai toujours eu peur de l'atterrissage. C'est le moment le plus effrayant des voyages en avion. »

Laura afficha un sourire décontracté tandis que ses mains étaient cramponnées à son fauteuil.

« Veuillez attacher vos ceintures et relever les tablettes devant vous, nous allons bientôt atterrir » annonça le pilote de l'air par les haut-parleurs.

Dans les minutes qui suivirent, l'avion commença à se pencher en avant. Les nuages défilaient à toute allure par la vitre avant de laisser la vue sur l'immense aéroport entouré de végétation. Les vrombissements du moteur faisaient trembler l'intérieur du véhicule. Laura s'agrippa à son siège, de la sueur perlait de son front. Elle avait toujours eu horreur de ces moments-là. Dehors, elle vit le sol se rapprocher inéluctablement. Soudain, une secousse ! L'avion avait touché le sol. Il s'avança encore quelques centaines de mètres avant de s'arrêter.

« Soyez les bienvenus à Belo Horizonte, la température extérieure est de trente-deux degrés. Nous espérons que vous avez fait un bon voyage et nous vous souhaitons une agréable journée. »

L'annonce était suivie d'applaudissements et d'une clameur de soulagement.

« Tu vois Laura, ce n'était pas si terrifiant que ça, réconforta Sharleyn, je ne comprendrai jamais pourquoi tu es toujours angoissée dans ces moments-là !

- Moi non plus ! Pourtant j'ai déjà voyagé des dizaines de fois.

- Nous ne devons pas traîner et perdre de vue notre groupe de vacanciers. »

Après les différentes inspections du passage de douane, un guide les attendait à la sortie. Il recensa les noms de sa liste de vacanciers et vérifia que son groupe était au complet.

« Bonjour ! lança Sharleyn à une personne. Qu'est-ce que nous attendons ?

- Tout le monde doit indiquer sa présence au guide. Si vous ne l'avez pas encore fait, c'est le moment.

- D'accord, merci pour l'information ! »

Après cette opération, le guide leur annonça qu'ils étaient dans le groupe B. Durant l'escale pour rejoindre le centre de vacances en bus, l'homme leur expliqua les différentes activités proposées. L'architecture du centre était relativement moderne et luxueuse.

« Ce pays me plaît déjà ! s'exclama Laura exaltée. Je sens qu'on va bien s'éclater ! Tu as le programme ?

- Le guide a dit dans le bus que nous allions visiter une partie de l'Amazonie et les villages du coin.

- Les aborigènes de la forêt se laissent approcher par les touristes. Ça va être deux semaines de bonheur !

- Et ce soir, il y a un grand repas pour notre groupe. Ce sera l'occasion de faire un peu connaissance avec ceux de notre groupe ! »

•

« Quelles vacances de rêve ! s'émerveilla Alicia, j'aurais aimé être à ta place. Ça me donne envie de visiter plein de pays et de partir à l'aventure avec mes amis.

- C'est vrai, c'est fantastique de voir divers paysages et de nouvelles cultures...

- Je ne savais même pas que tu étais allée au Brésil, pourquoi avoir caché ça ? »

La vieille dame toussa gravement. Le regard de sa petite fille avait un aspect singulier, l'éclat de ses yeux était celui d'une enfant enthousiasmée. Bien que le cœur de la femme était fermé sur ces souvenirs, quelque chose qu'elle ne pouvait expliquer lui demandait de briser les chaînes du silence :

« Je ne l'ai pas vraiment caché, ce n'est pas le sentiment que j'avais. C'était quelque chose de plus profond. Durant les années qui suivirent ce voyage, toutes mes forces ne servaient qu'à en faire abstraction.

- Qu'est-ce qu'il s'est passé pour que tu sois si affligée ? »

Le ton de la voix d'Alicia avait changé.

« Là-bas... » commença sa grand-mère avant de se taire et de respirer profondément.

Alicia l'observa, elle voulait connaître la vérité.

« J'ai appris certaines choses dont je n'avais même pas pu imaginer l'existence... »

•

La soirée se déroulait dans la grande salle de fête, là où la chaleur se faisait douce. Une immense baie vitrée ornait la façade qui dévoilait les attraits de l'Amazonie. Les décorations de plantes et les invités somptueusement vêtus étaient agréables pour les yeux. De la musique classique accompagnait les discussions.

Sharleyn et Laura arrivèrent dans de belles robes qu'elles avaient emportées pour une telle occasion. Devant le grand buffet, Sharleyn distingua le jeune homme qui l'avait renseignée lors de la formation des groupes.

« Viens, on va sympathiser avec lui ! lança-t-elle son amie.

- Je ne sais pas si je…

- Mais si viens, ne sois pas si timide » la coupa Sharleyn d'un air faussement exaspéré.

Elle la tira par le bras en sachant que Laura ne s'opposerait pas à sa décision.

« Bonjour, je suis Sharleyn, déclara-t-elle au charmant monsieur. Vous vous souvenez de moi ?

- Bien sûr, répondit le jeune homme avec un léger accent maghrébin. Moi c'est Mohammed, et voici ma femme Aïssa. »

La jeune femme avait de longs cheveux ébouriffés et des yeux ébène. Elle fit un sourire chaleureux pour les accueillir.

Laura se présenta à voix basse, ne pouvant affronter son éternelle timidité.

« Ravie de faire votre connaissance.

- Vous connaissez le programme de demain ? demanda Sharleyn pour entamer la conversation. Le guide en a parlé, mais j'étais complètement épuisée et j'ai rien écouté.

- Je crois qu'on va s'aventurer dans la forêt et visiter un village d'indigènes, répondit Mohammed, le ton réjoui.

- Super ! s'exclama Sharleyn. Je vais être complètement dépaysé mais loin du train-train et du stress de nos sociétés occidentales.

- Il faudra se lever tôt, le bus partira à 7h00 du

matin, informa Aïssa.

- Laura et moi sommes venues ce soir pour faire la connaissance des gens du groupe B. Je ne pense pas me coucher tard.

- J'ai déjà sympathisé avec quelques personnes en arrivant à la soirée. Si vous voulez, je peux vous les présenter ? proposa Mohammed.

- J'en serais ravie, s'enthousiasma Sharleyn avant de s'adresser à son amie, ça te dit d'y aller ?

- Pourquoi pas ! » répondit Laura, d'un air dégagé.

Mohammed les accompagna vers une grande terrasse où se tenaient plusieurs vacanciers. Il leur présenta un groupe composé de deux femmes et d'un homme.

« Ah Mohammed ! dit l'homme, je te manque déjà ?

- Comment se passer de toi ? répliqua Mohamed, le ton joyeux. Je suis venu te présenter deux charmantes jeunes filles.

- T'as bien fait ! s'exclama l'homme, je ne refuserai pas une telle compagnie.

- Je te présente Sharleyn et Laura. C'est la première fois qu'elles viennent au Brésil.

- Enchanté. Je suis Kevin, mais je préfère qu'on m'appelle "Speed". Voici ma femme Caroline et ma mère Jacqueline. Nous, c'est pas la première fois qu'on vient ici. À vrai dire, on est toujours en voyage. Mais asseyez-vous, prenez place à notre table. On attend le discours de bienvenue du responsable de l'hôtel. »

Soudain, les lumières faiblirent, des projecteurs lancèrent leurs lueurs sur une estrade. Un groupe de jeunes filles aux costumes folkloriques se mirent à virevolter sur un rythme de samba. Puis, un animateur présenta le patron de l'hôtel. Après un bref discours, les vacanciers reprirent leur conversation devant un verre de tequila.

« Speed ? C'est bien comme ça qu'on vous appelle, vous êtes quelqu'un de très pressé ? questionna Sharleyn, étonnée.

- Non, pas du tout ! En fait, c'est simple, quand j'étais au lycée j'étais le plus rapide dans tous les sports. Personne ne pouvait m'attraper, j'étais le meilleur ! se vanta Speed. J'aurais pu jouer chez les professionnels, mais à cause d'un *apprenti-docteur*, je me suis mal remis d'une blessure au genou. J'ai été contraint d'arrêter le sport...

- Je vous assure ! admira sa femme, c'était le meilleur ! »

Laura haussa un sourcil, si l'homme était aussi exceptionnel que prétentieux, il est certain que son médecin avait commis une grave erreur. La jeune femme aimait découvrir les personnes à travers les apparences.

Le regard est le reflet de l'âme, répétait-elle souvent.

Jacqueline avait les traits du visage terriblement vieillis, ses pommettes tombaient presque jusqu'à la bouche. Et ce n'était pas ses nombreuses interventions chirurgicales qui lui avaient redonné de la beauté. Caroline se tenait très droite, elle avait un air hautain et des expressions raffinées. Le contraste d'élégance avec sa belle-mère était déroutant. Son mari, Speed, portait des Lunettes de Soleil sur sa coupe de cheveux en brosse. Sa chemise quasiment transparente était déboutonnée jusqu'à la poitrine laissant apparaître des pectoraux musclés. Une longue chaîne à son cou laissait pendre une plaquette avec le mot "Speed" gravé dessus.

« Vous avez une blessure à la jambe, mais ça n'a pas l'air de vous gêner dans vos déplacements, examina Sharleyn qui était toujours très perspicace.

- Heu… non… balbutia Speed, ça ne me gêne que lorsque je fais du sport. Certains mouvements tirent sur les tendons.

- Bon, je suis fatiguée, je vais aller me coucher, annonça subitement Laura en se levant de sa chaise.

- Tu nous quittes si tôt ? s'étonna son amie.

- Je préfère être en pleine forme pour la journée de demain, mais ne te sens pas obligée de monter avec moi, tu peux rester.

- Bonne nuit, lui lança quelques-uns du groupe.

- Bonne nuit !

- Je vais essayer de faire le moins de bruit possible quand je rentrerai dans la chambre, lui dit Sharleyn à part, à demain.

- À demain ! » renvoya Laura.

Très tôt dans la matinée, les premiers rayons de Soleil éclairaient le vaste hôtel. La lumière pénétra dans la chambre de Laura et Sharleyn. Elle se propagea doucement dans la pièce et arriva enfin sur le visage de Laura. Celle-ci cligna des yeux plusieurs fois avant de se réveiller. Elle ouvrit les paupières malgré la fatigue et s'étira longuement.

« Ah ! Tu te réveilles enfin ! » entendit-elle sur sa droite.

Elle regarda dans cette direction et aperçut son amie, une tasse de thé à la main.

« T'es déjà levée ? lança Laura d'une voix enrouée.

- J'étais tout excitée à l'idée de visiter l'Amazonie alors je n'ai presque pas dormi ! s'exclama Sharleyn en lui apportant une tasse.

- Quelle heure est-il ?

- Tout juste 06h30. Tu as une demi-heure pour te préparer alors il n'y a pas une minute à perdre !

- Ne t'excite pas comme ça, je vais me lever… »

Laura but d'un trait le thé que son amie lui avait apporté et sortit du lit. Elle n'était pas matinale et avait souvent besoin de quelques heures pour sortir de son état de léthargie. Les vacances étaient un facteur stimulant pour lui donner l'envie de rassembler ses forces et de se préparer.

« Je t'ai sorti toutes les affaires dont tu auras besoin pour aujourd'hui, informa Sharleyn, je les ai mises à côté de la baignoire.

- On peut pas dire que tu me laisses le choix... » répliqua son amie en se dirigeant contre son gré vers la salle de bain.

Une vingtaine de minutes plus tard, Laura réapparut toute propre et le visage soigné. Ses longs cheveux étaient attachés en queue de cheval et tombaient jusqu'aux hanches. Ils étaient d'un brun éclatant mais quelques mèches viraient vers le châtain. Sa peau brillait et reflétait légèrement la lumière du Soleil. Elle avait de petites taches de rousseur qui ressortaient plus pendant les saisons ensoleillées. Ses beaux yeux bleu marine reflétaient son immense curiosité et sa grandeur d'esprit.

« Ça y est, tu es prête ? demanda Sharleyn.

- Il ne me reste plus qu'à faire mon lit et c'est bon !

- Des femmes de chambre vont s'en occuper. Les autres nous attendent déjà, allez, on descend ! »

Quand elles arrivèrent sur le lieu de rendez-vous, des personnes de leur groupe étaient déjà sur place. Laura les observa longuement. La veille, elle n'avait pas pu faire la connaissance de tout le monde. Sur sa droite se tenait un homme corpulent portant une longue barbe frisée. Une petite femme menue l'accompagnait. Un autre individu assez fort était près d'elle et avait l'air de mauvaise humeur. Il regardait fixement le guide en fronçant les sourcils. Laura se demanda ce qui pouvait l'irriter à ce point dès le premier jour de vacances.

Tous avaient un gros sac à dos sans doute rempli de nourriture, de boissons et d'appareils photo.

« C'est bon, il ne manque plus personne ? » demanda le guide en ouvrant les portes du bus.

Il fallait encore attendre quelques retardataires mais l'heure du départ n'avait pas été perturbée.

« Chouette, on peut enfin monter, s'enthousiasma Sharleyn, allez, viens ! On va prendre les places du fond. »

Elles s'installèrent sur les banquettes arrières du bus après avoir rangé leurs sacs dans le compartiment prévu à cet effet.

Le bus fit gronder le moteur et quelques secondes après il démarra pour pénétrer dans la vaste jungle. La route aventureuse était légèrement boueuse à cause d'une pluie fine qui était tombée durant la nuit. Laura et Sharleyn avaient le nez écrasé contre la vitre du bus pour ne pas manquer la moindre chose qui habitait cette vaste végétation. Elles furent fascinées par un groupe de petits rongeurs bruns d'une dizaine de centimètres. Ils sortaient d'un arbuste touffu pour grimper dans un arbre. Tout s'était passé très rapidement et l'observation demandait de la patience.

« Tu as vu comme ils se déplacent vite ! s'exclama Sharleyn, ils sont si mignons. J'aimerais en avoir un pour moi.

- C'est dommage que l'on ne connaisse pas le nom de ces bêtes, commenta son amie. Si j'avais su, j'aurais emmené un livre sur les animaux du Brésil. Tiens ! Regarde dans ces immenses arbres, il y a plein de singes ! »

À quelques mètres au-dessus du sol, dans les branchages et les lianes enchevêtrées, une bande de primates de petite taille sautaient de branche en branche. Ils hurlaient et avaient l'air de se chamailler. Plus loin, un autre primate de race différente regardait la scène. Son puissant corps recouvert de poils blancs contrastait avec sa fine tête rouge. Il était calme, sage et solitaire.

La faune amazonienne avait quelque chose de merveilleux. C'était une sorte de brèche dans le temps où l'Humain n'avait pas encore imposé sa loi.

•

« Tout avait l'air de si bien se passer, commenta Alicia, qu'est-ce qu'il s'est passé par la suite ? Tu as rencontré des indigènes ?

- Ne sois pas si pressée, répondit Laura en toussotant, je te raconterai tout ça demain.

- Je ne comprends pas comment les choses ont pu tourner au cauchemar. Quelqu'un t'a fait du mal ?

- Là, il se fait tard, j'ai besoin de sommeil.

- Ah ! Je suis désolée. Je vais te laisser dormir...

- Merci, tu serais gentille d'éteindre la lumière et de fermer la porte, s'il te plait. »

Alicia s'exécuta avant de quitter la chambre sans ajouter le moindre mot. La manière dont sa grand-mère avait achevé son histoire l'avait laissée en haleine. Elle éteignit toutes les lumières du petit appartement et décida de se coucher. Quelque chose la tracassait, elle se tourna et se retourna dans son lit.

Je ne savais rien de tout ça... elle a tant voyagé... pensa-t-elle. *Comment se fait-il qu'elle ne m'ait jamais raconté ça ? Maman me disait que grand-mère était très réservée sur certains sujets, qu'elle avait ses secrets. Je veux savoir !*

Alicia ne trouva le sommeil que tard dans la nuit. Le

mystère qui planait au-dessus de la jeunesse de sa grand-mère l'empêchait de rejoindre les bras de Morphée. Elle en vint à la conclusion qu'au cours de son voyage, Laura était tombée aux mains d'un groupe de terroristes et qu'elle était restée prisonnière durant de longs mois. Toutefois, cette hypothèse lui parut peu fiable dans la mesure où elle n'en avait jamais entendu parler.

Après quelques heures de tourment, elle craqua sous le poids de l'épuisement et plongea dans un rêve aussi sombre qu'incompréhensible.

Tout était noir. Elle était seule dans la maison de campagne qui appartenait à ses parents. Elle ne voyait presque rien, n'entendait pas le moindre son et ne percevait aucune odeur. Pourtant, Alicia était persuadée que quelqu'un était là, tapi dans un coin, aussi obscur que la nuit. Elle ne savait pas comment l'expliquer, mais tous ses sens étaient en alerte. La femme était formelle, une présence insaisissable l'observait. L'individu était là ! Devant elle ! Sa présence l'écrasait, l'étouffait !

Alicia avait besoin de savoir ce que c'était, qui c'était !

Elle avança dans l'obscurité à tâtons, cherchant désespérant à toucher la chose. Ses pas la guidaient malgré la nuit sombre. La femme tendit les bras, les mains grandes ouvertes. D'un coup, ses doigts se posèrent sur un visage froid et inerte.

Alicia se réveilla en sursaut, inondée de sueur. Son cœur battait la chamade. Elle alluma la lampe de sa table de chevet, ses mains tremblaient encore. L'émotion causée par son rêve lui avait retiré toute envie de se reposer.

Elle se leva avec un léger mal de dos, son matelas n'était plus aussi confortable qu'avant. *Quelle sensation étrange tout de même,* se dit-elle, *ce visage dans le creux de ma main avait l'air si réel.* Se regardant dans le petit miroir accroché au-dessus de son lit, elle découvrit deux yeux boursouflés par le manque de sommeil. Elle ouvrit la porte de sa chambre et entendit des bruits venant de son salon. Sa grand-mère passa dans le couloir et la salua avant de lui annoncer qu'un petit déjeuner complet l'attendait dans la cuisine.

« Je te remercie grandement, tu ne peux pas savoir comme j'ai faim ! » répondit Alicia en prenant place.

Elle découvrit sur la table de la cuisine plusieurs variétés de tisane, quelques biscuits, du pain et des pots de confiture faite maison ainsi que des fruits venant d'être cueillis.

« Il n'y a pas mieux pour commencer une journée, j'ai l'estomac dans les talons, commenta la jeune fille.

- Cette après-midi, j'ai envie d'aller faire un tour dans le parc, annonça sa grand-mère, je me sens mieux et je veux prendre l'air.

- D'accord, moi aussi ça me ferait du bien. J'ai un peu mal à la tête à force de rester enfermée » répondit Alicia en tartinant de confiture une tranche de pain.

Les épisodes de la nuit l'avaient déstabilisée. Des images troubles de son rêve lui revinrent en mémoire. Quelle horrible sensation de savoir qu'une ombre invisible et intouchable est là à vous épier. Alicia avait bien besoin d'air frais pour chasser ces visions.

« Il va bientôt falloir que tu rentres chez toi, tu ne peux pas rester éternellement à t'occuper de moi.

- Encore quelques jours, quand tu ne seras plus malade, je rentrerai, pas avant. Je ne vais pas te laisser seule !

- Tu es une bien gentille fille, beaucoup ne feraient pas comme toi, commenta la vieille dame. J'ai de la chance de t'avoir à mes côtés. »

Alicia poursuivit son petit déjeuner dans le silence, elle semblait voguer dans son esprit. Sa grand-mère l'examina, elle se doutait de ce qui pouvait la préoccuper. Celle-ci termina son repas et débarrassa la table toujours plongée dans ses pensées.

La matinée se déroula dans un grand calme. Étant situé en plein centre-ville, il était peu habituel de profiter de quelques heures de repos. Le temps était un peu plus dégagé que la veille et de fins rayons de Soleil perforaient les nuages.

Les deux femmes profitèrent de cette paisible journée pour se balader dans un jardin public. Un petit chemin de terre menait aux abords d'un lac où une multitude de canards se baignaient près de la rive. Alicia était restée muette une partie de l'après-midi. Il lui était difficile de mettre de l'ordre dans ses idées et la jeune femme ignorait si elle pouvait en faire part à sa grand-mère sans la mettre mal à l'aise.

« Mamie ? finit-elle par dire, j'ai quelques questions à te poser à propos de l'histoire que tu m'as racontée hier.

- Je me doutais que tu étais encore focalisée là-dessus. Si tu veux bien, je préfère qu'on aille d'abord s'asseoir. »

Les deux femmes prirent place sur le premier banc qu'elles rencontrèrent. Il était à l'ombre d'un chêne dont les branches s'étendaient sur plusieurs mètres. Alicia poursuivit aussitôt :

« Durant la nuit, je me suis torturé l'esprit pour trouver des réponses, mais rien. Je n'en ai trouvé aucune. Ce qui me tracasse, c'est le fait que tu n'aies jamais raconté ta jeunesse, pas même à ton mari. Et puis, cette Sharleyn, qui est-ce ? Pourquoi on ne la connaît pas ? De quelle manière elle a disparu de ta vie ? Je sais, ça fait beaucoup de questions, mais je veux juste te connaître. »

Laura ne trouva pas les mots pour répondre.

« Et d'ailleurs, il y a d'autres choses que je voudrais savoir, continua Alicia. D'après grand-père, tu étais plutôt timide étant jeune et il se trouve que tu as changé radicalement du jour au lendemain. Il me disait aussi que tu avais un secret. Quel secret ? À quel sujet ? Je suis sûre que c'est en rapport avec ce que tu me racontais hier soir. »

Sa grand-mère la contempla d'un air songeur. Elle ne dit pas un mot pendant quelques secondes, et annonça finalement :

« Alicia, ma petite fille, tu es curieuse comme une enfant de cinq ans, néanmoins cela montre ton ouverture d'esprit. Tu es pure, tu n'as pas de vice en toi et tu es prête à sacrifier ton temps pour aider ceux que tu aimes. »

Alicia rougit à ces mots.

« Je ne veux pas que tu gardes toutes ces souffrances pour toi, je veux t'aider, dit-elle. »

La vieille dame marqua un silence et reprit :

« Ne pense pas que tu as tort de te poser tant de questions, que tu te mêles de ce qui ne te regarde pas. Tu as raison de penser ainsi et tu as le droit de savoir. Aujourd'hui, je suis âgée de plus de soixante ans et la vie ne m'a pas fait de cadeaux. Je pense qu'il est temps pour moi de tout raconter... »

•

Dans le bus l'ambiance était festive, les voyageurs chantaient et riaient, certains se levaient et faisaient mine de danser au rythme de la musique. Le véhicule bruyant avançait de bon train dans la jungle.

Sharleyn prit quelques photos de ses compagnons de vacances en souvenir de cette joyeuse atmosphère qui régnait ce jour-là.

Un homme assez fort lui tendit la main pour proposer une petite danse.

« Mais il n'y a pas assez de place voyons, répondit Sharleyn avec le sourire. En plus, ça va pas plaire au chauffeur.

- Mais non, il ne dira rien, allez venez ! insista l'homme.

- D'accord, j'accepte mais si on se ridiculise je vous tiendrai pour responsable, plaisanta Sharleyn avant de s'adresser à son amie : tiens, tu peux garder mon sac s'il te plait ?

- Oui, mais fais attention quand même, le bus est trop étroit pour danser, conseilla Laura.

- Je sais, mais ça risque d'être très amusant ! »

Elle se serra très fortement dans le bras de l'homme pour ne pas gêner les vacanciers assis près d'eux. Mais peu à peu, elle se laissa aller et se prit à bouger sur le tempo de la musique émise par un petit poste. Elle percuta involontairement les épaules de quelques passagers en s'excusant d'un air gêné. Toutefois, ces derniers n'étaient pas geignards et appréciaient l'ambiance. Certains claquaient des mains, d'autres chantaient par-dessus la chanson et venaient rejoindre la piste de danse improvisée.

Laura ne put s'empêcher de prendre quelques photos de cette scène de gaieté. Le véhicule bringuebalait sur la piste accidentée et elle avait la certitude qu'aucun cliché n'était correctement cadré.

« Sharleyn, regarde-moi ! » dit-elle au moment de déclencher l'appareil pour l'avoir par surprise.

Un jeune homme très mince vint à sa rencontre et lui proposa d'être sa cavalière. Laura refusa avant même qu'il ne puisse finir sa phrase. Même si Laura était parvenue à vaincre sa timidité, il lui aurait été impossible d'accepter tant le visage de l'individu lui donnait des frissons. Il avait les joues creusées jusqu'à en apercevoir parfaitement les formes de la mâchoire. De grosses lunettes aux verres épais étaient posées sur son nez presque hideux car parsemé de points noirs. Ses cheveux ressemblaient plus à de la paille et partaient pour les trois-quarts en épi.

« Désolée, je n'aime pas trop danser » répondit-elle en regardant avec écœurement de longs poils qui sortaient des orifices du nez de l'homme.

Derrière ce personnage, aux traits immondes, éclataient des rires. Sharleyn et ses compagnons étaient en plein amusement. Ils s'étaient habitués à l'étroitesse de la piste et pouvaient désormais pratiquer quelques figures de danse. Sharleyn sourit à pleines dents, aussi loin qu'elle se souvenait elle n'avait jamais osé se prêter à un tel jeu.

Elle sentit soudain des tremblements qui se

faisaient de plus en plus forts sous ses pieds. Machinalement, elle stoppa ses mouvements de danse. Sous les vibrations, le petit poste de musique chuta de son emplacement et se brisa au contact du sol. Les vacanciers arrêtèrent leurs distractions et regardèrent tout autour d'eux. Sharleyn vit le paysage défiler de plus en plus vite à travers les vitres. Elle remarqua que le bus n'était plus sur une piste droite mais qu'il détalait à une vitesse vertigineuse sur une pente chaotique. Elle s'agrippa du mieux qu'elle le put sur un dossier de fauteuil pour ne pas perdre l'équilibre. Les secousses devenaient violentes bien qu'elle essayait d'y résister. Elle sentit ses jambes qui virevoltaient dans tous les sens. Ses genoux cédèrent sous la pression.

« MAIS QUE SE PASSE-T-IL A LA FIN ? » hurla-t-elle à travers les cris d'effroi de certains passagers.

Parmi le tumulte qui régnait, elle aperçut le visage effrayé du conducteur. Il essayait de manœuvrer du mieux qu'il pouvait le bus qui dégringolait le long de l'escarpement d'une colline. D'un coup, le véhicule se souleva violemment avant de se renverser sur le côté et de continuer sa folle course dans une série de tonneaux. Le véhicule était sans dessus-dessous. La collision de la tôle contre les arbres résonnait comme un long râle de colère. Les vitres explosaient de partout.

Sharleyn fut éjectée d'un fauteuil à l'autre. Son corps était comme celui d'un pantin asservi aux forces de son maître.

Elle réussit à lever les yeux l'espace d'un instant : des bagages, des sacs, des personnes volaient à travers le bus. Certains s'écrasaient lourdement contre les sièges avant de repartir dans l'autre sens.

Quand est-ce que ce cauchemar va s'arrêter…

Des éclats de verre écorchaient sa peau alors

qu'elle tentait de retrouver son équilibre. Dans le chaos des événements, un bagage lui arriva droit dans le visage. Sharleyn ne ressentit presque aucune douleur tant elle se crispait pour ne pas lâcher le fauteuil. Un corps inerte vint s'écraser près d'elle, son visage était ensanglanté. Elle poussa un cri de terreur qui se fondit dans le brouhaha. Des larmes coulèrent chaudement le long de ses joues.

Les secousses se firent moins fortes, mais le bus dévalait encore à une grande vitesse la piste raide.

Laura ! Où est-elle ? Elle se releva difficilement en s'appuyant sur ce qui lui tombait sous la main. Elle chercha son amie du regard, des corps étaient entassés dans les coins. Seules quelques personnes avaient encore la force de se relever. Dehors le paysage défilait encore à toute allure, les arbres se succédaient les uns après les autres. Elle avança malgré la douleur qui parcourait sa colonne vertébrale. Ses vêtements étaient partiellement déchirés et la peau de ses bras couverte de contusions.

Soudain, une secousse d'une puissance démesurée ébranla la carcasse du bus accompagnée d'un déchirement de métal. Le véhicule se tordit dans un terrible grincement avant de finir sa chute contre un arbre. Sous la force du choc, Sharleyn se fit emporter et heurta lourdement une masse solide de la tête. Elle s'écrasa au sol sans même en avoir conscience.

N'ayant plus de force, elle resta immobile. De l'air frais faisait place à la colère du bus et lui caressa le visage en balayant les mèches de cheveux qu'elle avait sur son visage.

Quelle douleur atroce, qu'est-ce qui se passe ? C'est quoi sur ma tête ?

Elle distingua une personne près d'elle. Il

bougeait encore pourtant il ne lui prêtait pas la moindre attention. L'individu avait l'air de chercher quelque chose, il gémissait de douleur.

Sharleyn ne savait plus dans quel sens était le bus. Elle vit des formes inertes, des corps sans vie entassés un peu partout. Des débris de verre étaient plantés dans la paume de sa main. Puis, sous un siège à moitié arraché, elle découvrit le corps de son amie recroquevillée sur elle-même. Sa cage thoracique bougeait régulièrement de haut en bas.

Elle respire encore ! se dit-elle avec grand réconfort, *il faut que j'aille à son secours !*

Bien qu'elle aurait voulu lui venir en aide, ses forces l'abandonnèrent. La sensation de son corps disparut doucement alors que tout devint silencieux autour d'elle.

Sharleyn scruta son amie. Un liquide chaud lui recouvrit la moitié du visage. Progressivement, le sang lui brouilla la vue. Elle regarda une dernière fois Laura qui disparaissait dans le noir, dans le néant.

Une petite masse à quatre pattes s'avança vers les débris du bus, renifla le sol de son long nez et se laissa guider par son odorat. Il posa une patte hésitante sur la carcasse du véhicule avant d'y pénétrer timidement. Il longea une rangée de formes qu'il n'avait jamais vues auparavant. Quelques espèces vivantes étaient inanimées autour de lui. Soudain, il entendit des sons inconnus. Pris de frayeur, il se réfugia au fond du véhicule. Il attendit quelques secondes avant que son flair ne repère une proie.

Alors que ses idées étaient encore confuses, Laura sentit une langue légèrement râpeuse lui lécher le visage à plusieurs reprises. Elle ouvrit les yeux l'un après l'autre avant d'éprouver une sensation désagréable dans les jambes. La jeune femme essaya de se lever mais en fut incapable, elle n'avait plus aucune énergie. Elle entendit quelques reniflements et sentit de nouveau qu'elle se faisait lécher les joues puis derrière les oreilles et enfin dans la nuque. Bien qu'elle ne trouvait pas cela déplaisant, elle repoussa la chose d'un revers de la main. Sa vue était brouillée, son esprit voguait encore dans le flou.

Peu à peu, Laura discerna au-dessus d'elle une masse colossale et légèrement poilue. Elle comprit enfin qu'il s'agissait d'une bête sauvage et poussa un cri de terreur. L'animal, affolé, prit aussitôt ses jambes à son cou. Laura le vit décamper à toute vitesse, c'était un tapir d'environ deux mètres de long qui s'était introduit dans la carcasse du bus.

Sans s'en rendre compte, elle avait réussi à se mettre accroupie sous la frayeur que lui avait causée la bête. Elle regarda ses bras et vit des écorchures encore saignantes et des dizaines d'ecchymoses recouvrant sa peau. Elle aperçut avec stupeur des milliers de fourmis qui parcouraient son corps dans tous les sens. Elle essaya de les balayer de la main, mais en vain, les insectes étaient trop nombreux.

Sa tête tournait et lui donnait des nausées. Elle s'appuya contre la paroi du véhicule en attendant de recouvrer ses esprits.

Laura remarqua qu'elle n'était que dans la partie postérieure du bus. La partie antérieure avait disparu. Elle en conclut alors que le véhicule avait été arraché en deux durant l'accident. Les dégâts étaient d'une ampleur considérable. Une forte odeur d'essence flottait et lui agressait les narines.

Quand la jeune fille découvrit les corps de ses compagnons allongés un peu partout, elle comprit que le nombre de victimes allait se compter par dizaines. Le constat était accablant. Des milliers de pensées lui traversèrent l'esprit. Elle avait l'impression de recevoir de l'eau glacée sur le visage.

Malgré la douleur, elle se redressa et tenta de se frayer un chemin à travers les débris du carnage. Elle aperçut avec dégoût le corps de Mohammed, l'homme qu'elle avait rencontré la veille. Son dos était tordu en arrière et ses jambes coincées sous un siège. Ses yeux étaient révulsés et du sang sortait de sa bouche entrouverte.

Laura détourna le regard, elle eut un haut-le-cœur avant de rejeter violemment ce qu'elle avait mangé quelques heures avant. Elle essuya sa bouche de sa manche.

Lorsqu'elle releva les yeux, la jeune femme eut une vision de cauchemar. Une personne était coincée sous le toit du bus qui s'écrasait dans la boue. Sa tête n'était pas à portée de vue, mais d'après la taille du corps, il s'agissait d'un enfant. Sa jambe était complètement déchirée, une mare de sang l'entourait.

Juste à côté, une personne était assise sur un siège en piteux état, il avait les yeux ouverts et était toujours vivant. Laura se sentit légèrement soulagée de savoir qu'il y avait au moins un survivant.

Celui-ci murmurait des mots que Laura ne comprenait pas. Il se sentit observé et leva alors les yeux sur elle. Le jeune homme ne lui prêta pas plus d'attention et détourna le regard avant de chuchoter de nouveau quelques mots qui s'apparentaient à une prière. Son visage ruisselait de sang.

Laura eut un sentiment d'effroi, elle avait tant besoin de quelqu'un pour la réconforter, mais à l'inverse, elle se retrouva confrontée à la froideur de l'Humain.

D'un coup, elle découvrit allongée au milieu du bus, son amie Sharleyn qui ne bougeait plus.

Sharleyn…

…

Non… Non !

…

Pas toi…

…

Elle se rapprocha du corps et le prit dans ses bras. Sharleyn avait les yeux fermés, elle ne respirait plus, son corps était froid et légèrement rigide.

•

« Je suis vraiment désolée ! s'écria Alicia, dont le timbre de la voix avait changé. Tu as vu ton amie mourir et tu n'as rien pu faire pour la sauver ! C'est horrible !

- Ça a été l'épisode le plus difficile de ma vie... J'avais perdu toute envie de vivre, je voulais mourir... commenta la vieille dame.

- Je comprends. Je ne sais pas si j'aurais pu résister, c'est tellement insensé. Je n'aurais pas dû te demander de me raconter ça, je ne voulais pas...

- Ne t'inquiète pas pour moi, coupa sa grand-mère, tout cela s'est passé il y a maintenant plus de trente ans. Le temps est le seul remède contre le chagrin... »

Un rayon de Soleil illumina soudainement le visage de la vieille dame. Elle s'interrompit un instant en contemplant le petit ruisseau qui coulait sur un chemin de galets.

« Quand j'ai vu Shraleyn allongée, morte, j'ai voulu me suicider, reprit-elle, mais je n'en ai pas eu le courage. J'étais trop lâche pour prendre une telle décision. Alors je suis restée assise en la gardant dans mes bras, j'espérais bêtement qu'elle ouvre les yeux. Je ne sais plus combien de temps je suis restée à pleurer sur mon sort. »

Une nuée d'oiseaux s'envolèrent des arbres pour se diriger vers l'Est. Leurs piaillements disparurent avec la distance.

« Pourquoi ne pas en avoir parlé à grand-père ?

demanda Alicia. Il aurait pu te soutenir durant toutes ses années.

- À vrai dire, ce n'était pas si simple. Tu ne sais encore rien... Une jeune fille qui avait survécu m'apportait régulièrement de la nourriture pour ne pas que je sombre comme les autres. Nous étions un peu plus d'une vingtaine à ne pas avoir été tuée dans l'accident. Je pensais alors que le pire était passé... »

•

« Allez, viens avec moi, dit une jeune femme à Laura. Cela fait plus de deux jours que tu es là. Tu n'as rien avalé, tu n'as pas dit un mot. »

Laura ne répondit pas, elle regarda sa défunte amie et pleura à chaudes larmes.

« J'imagine à quel point ça doit être dur pour toi, commenta l'inconnue, mais dans un premier temps il faut se battre tous ensemble, il faut partir d'ici. »

Levant la tête dans sa direction, Laura prononça enfin quelques mots :

« Partez, je ne veux pas...

- Je ne te lâcherai pas ! L'entraide est la seule solution. Il faut tenir jusqu'à l'arrivée des secours.

- Non, non... Je ne veux pas... »

Laura contracta la mâchoire et tandis qu'elle serrait son amie de toutes ses forces, le sang coulait entre ses doigts. Son visage était inondé de larmes. La souffrance lui arrachait des cris de désespoir.

La femme lui accorda le temps qu'elle avait besoin pour se relever. Elle lui apporta régulièrement de la nourriture, toutefois, l'odeur l'écœurait tellement que Laura en avait des nausées. Quand les émotions la submergeaient, elle frappait du poing le sol jusqu'au sang. Elle se sentait si impuissante face à aux événements, qu'elle ne pouvait exprimer sa rage autrement. Cependant, la femme persistait à lui rendre visite et, après deux ou trois jours, Laura ne la rejetait plus.

« J'ai perdu des proches dans cet accident, révéla la femme, les larmes aux yeux. Moi aussi, lorsque je me suis réveillée et que j'ai vu le désastre, j'ai voulu tout arrêter. J'aurais préféré ne pas survivre pour ne pas voir ça. Et pourtant, après avoir découvert qu'il restait encore des survivants et qu'ils pleuraient leurs proches, j'ai réalisé que je n'avais pas le droit de les laisser tomber. »

Le regard dans le vide, Laura écouta les paroles de cette femme à la chevelure rousse. Par le manque d'énergie, elle était dans l'impossibilité de répondre. Sa respiration était aussi calme que si elle venait de se réveiller après un long sommeil.

« J'ai déjà vu trop de gens mourir ces derniers jours, continua la femme tout en tendant à Laura un sandwich qu'elle avait trouvé dans les sacs des rescapés. Je ne veux plus en voir tomber d'autres. »

Laura était divisée entre son esprit qui refusait d'accepter la nourriture et son corps stimulé par une envie primitive. Puis, elle s'empara du sandwich et le dévora d'un trait. Durant le festin, elle avait la sensation de ne plus avoir le contrôle de son corps, il agissait seul pour sa survie. Une fois terminé, Laura était furieuse contre elle-même. En acceptant la nourriture, elle avait accepté par la même occasion le monde des vivants.

« Qu'est-ce qu'il y a ? demanda la femme ne remarquant son attitude. Quelque chose ne va pas ? »

Malgré le soutien de cette dernière, Laura refusa de lui révéler ses sentiments.

« Pourquoi tu t'occupes de moi ? demanda-t-elle. Tu ferais mieux de te sauver et de me laisser pour compte.

- C'est là que tu fais erreur, si on veut s'en sortir, on aura besoin de l'aide de tous. Il va falloir se battre et se débrouiller ensemble, je ne laisserai personne se laisser mourir. Plus on sera nombreux, plus on aura de chance de survivre jusqu'à ce que les secours arrivent.

- C'est n'importe quoi ! répliqua Laura. C'est terminé ! Tout est terminé ! »

La femme savait au fond d'elle que Laura avait besoin de rester seule un moment. Avant de partir, elle l'informa que les rescapés montaient un camp dehors et qu'elle n'était pas loin.

La journée s'écoula doucement. Des voix d'enfants provenaient de l'extérieur, leurs mots étaient incompréhensibles. Laura somnolait la moitié du temps. Des images lui repassaient en mémoire et la réveillaient en sursaut chaque fois qu'elle trouvait le sommeil.

Les premières lueurs de l'aube s'invitèrent dans la carcasse du bus. Elle sentait ses paupières lourdes et son estomac gronder. La position dans laquelle elle était assise lui donna de violentes courbatures. Ses épaules et son dos lui tirèrent une grimace de douleur. Elle posa délicatement le corps de Sharleyn au sol et se releva avec difficulté. Un gémissement se glissa entre ses lèvres. L'effort qu'elle venait de fournir avait épuisé ce qui lui restait d'énergie. La respiration haletante, Laura se laissa tomber sur une banquette arrachée.

« Tiens ! Tu t'es décidée à te lever » entendit-elle sur sa gauche.

Elle avait reconnu la voix, il s'agissait de la femme rousse. Cette dernière portait en main un morceau de pain et un fond de bouteille d'eau.

« Je ne sais même pas pourquoi je l'ai fait…

- Tu as faim ? lui demanda la femme en lui

tendant la nourriture.

- Tu vas me poser la question à chaque fois ? »

Laura n'avait aucune envie d'être désagréable, pourtant, les mots sortaient tout seuls.

« Le camp avance ? demanda-t-elle afin de montrer sa reconnaissance.

- Pas vraiment, ça manque encore d'organisation et de volontaires. »

Tandis que Laura avalait le morceau de pain, la femme se fit la réflexion qu'un grand pas venait d'être franchi entre la veille et aujourd'hui. Elle en profita pour expliquer son point de vue :

« Si on ne fait rien, c'est terminé pour nous ! Rien de ce qu'on pourra faire ne changera le passé, mais notre avenir se joue ici et maintenant.

- Pourquoi tu ne leur fous pas la paix ? répondit Laura en baissant la tête. De toute façon, les secours vont arriver, non ?

- Et s'ils arrivent que dans une semaine ? Ou deux ? Qu'est-ce que tu vas faire ? Te laisser mourir ? »

Laura ne répondit rien.

« Allez, viens avec moi, sortons de ce bus. Ton amie ne voudrait pas te voir dans cet état, j'en suis sûre ! Dehors, il y a des gens qui ont besoin de notre aide. Il y a même trois enfants parmi nous. Si tu ne veux plus te battre pour toi, s'il te plaît, fais-le pour eux.

- Tu t'acharnes... Alors que tu devrais être auprès des gens que tu as perdus pour...

- Ce n'est pas parce que je veux vivre que je n'ai pas une terrible blessure au coeur » coupa la jeune femme tout en tendant sa main vers Laura.

Cette dernière examina son regard qui reflétait bien sa détermination. L'espoir était faible, toutefois, quelque chose dans sa voix était rassurant. Laura décida de lui empoigner la main et de se relever.

Les deux femmes avancèrent en direction de la partie fracturée du bus pour rejoindre l'extérieur. Le sol du véhicule était incliné vers la gauche. Des corps sans vie, qui n'avaient pas encore été déblayés, étaient dispersés ici et là.

La végétation très dense encombrait le chemin jusqu'au camp. Chaque espace était envahi de longues branches et de plantes colorées. Laura prit un bout de bois pour se frayer un passage à travers les feuilles. Elle n'avait jamais vu une variété aussi importante d'insectes. Certains d'entre eux étaient démesurés.

De l'extérieur, le bus ne paraissait plus aussi grand qu'avant. Il était coupé à la moitié, la carcasse était toute bosselée et broyée sur elle-même. Le moteur avait disparu, il avait été arraché pendant la course effrénée du véhicule. Les deux rescapées le contournèrent et accédèrent à un petit campement inachevé.

« Au fait, je suis Wendy, et toi ?

- Laura…

- Enchantée Laura, fit la jeune femme avec un sourire avant de poursuivre. On a essayé de rassembler toutes les affaires qu'on a pu, ça ne fait que deux jours qu'on a commencé à s'organiser.

- C'est comme ça que tu m'apportais de quoi manger ?

- Ne t'inquiète pas, tu n'es pas la seule à avoir mis du temps à réagir. Au début, on est tous restés dans notre coin à nous lamenter sur notre sort. Mais une jeune femme a pris les choses en main et nous a secoués. »

Laura examina le camp, un petit feu entouré de pierres était allumé au centre et quelques personnes y jetaient des branches. De l'autre côté, deux femmes arrachaient des plantes et abattaient les ronces pour élargir l'espace du campement. Les gestes étaient lents et trahissaient le manque de foi qu'ils avaient envers le plan de secours.

Laura s'avança vers le feu et découvrit sur sa droite une petite clairière où un monticule de sacs, de bagages et de provisions était regroupé. Au pied de celui-ci, trois petits enfants s'amusaient à fouiller dedans. Leurs âges ne devaient pas dépasser la dizaine.

« Ils n'ont pas l'air affecté par ce qu'il s'est passé, dit-elle surprise.

- Heu… oui… balbutia Wendy qui semblait peu fière d'elle. C'est un des problèmes qu'on n'a pas encore résolus. Personne n'a osé leur dire la vérité. On les a sortis du bus avant qu'ils ne se réveillent et on leur a raconté que ce n'était qu'un petit accident, que leurs parents allaient revenir…

- Je comprends, je ne sais pas si j'aurais fait mieux que vous.

- Il faudra bien qu'on prenne nos responsabilités. Plus on attend, et plus le choc sera dur. »

Laura aperçut au loin la deuxième partie du bus, elle était à moitié enfoncée dans une crevasse de plusieurs mètres. On ne pouvait plus apercevoir la façade avant qui était complètement broyée contre la roche.

Je n'imagine même pas le nombre de morts qu'il a dû y avoir… pensa amèrement Laura.

Derrière le bus, elle distingua une pente hasardeuse où la végétation était fraîchement écrasée et des morceaux de taules éparpillés. À son sommet, un arbre massif d'environ cinq mètres de diamètre était solidement enraciné. À sa base, l'écorce était entièrement arrachée et déjà, de la sève coulait pour cicatriser les blessures.

« Regroupement général, j'ai besoin de tout le monde ! s'écria une femme qui se dirigeait vers le centre du campement, nous devons commencer à nous organiser correctement. »

Laura la reconnut, c'était Aïssa. Elle avait une grande assurance et savait diriger les troupes. Son regard était ferme. Avec un pincement au cœur, Laura se souvint du corps de Mohammed, son mari, qu'elle avait retrouvé mort et mutilé dans le bus.

Comment elle peut rester si indifférente ? se demanda-t-elle dans l'incompréhension, *pourquoi elle veut tellement nous sauver ?*

Les survivants du drame se rejoignirent près du feu qui commençait à perdre de son éclat. Quelques-uns sortaient de la moitié avant du bus qui leur servait désormais de refuge. L'un d'eux boitait et s'aidait d'un bout de bois pour marcher. Malgré cela, il avançait avec difficulté sur les sentiers déblayés lors des dernières heures. Sa cheville accidentée le faisait souffrir et déclenchait à chaque pas une grimace de douleur. D'autres revenaient exténués des fonds de la forêt, tenant en main quelques fruits et plantes qu'ils avaient pu ramasser. La récolte semblait pauvre.

Aïssa grimpa sur un rocher esquinté pour être vue de tous. Les rescapés se regroupèrent assis autour d'elle et attendirent les consignes. Tout se déroulait dans un silence et un calme peu commun.

Laura demeura debout, elle était restée accroupie durant des heures et préféra se dégourdir les jambes. Son esprit avait en réalité des difficultés à se focaliser sur les paroles d'Aïssa. Qu'importe le soutien qu'on lui apportait, sa souffrance était personnelle et elle ne souhaitait pour rien au monde la partager avec des inconnus.

« Je sais que c'est dur pour chacun de nous, s'exclama Aïssa, mais nous devons faire face à la situation pour nous en sortir vivants ! Il y a déjà eu trop de morts pour se laisser aller et poursuivre l'hécatombe. »

Devant elle, se tenait une petite foule de survivants. Elle entendait des gens pleurer et des gémissements de désespoir. Malgré tout, rien de pouvais retirer sa détermination.

« Nous avons tous perdu des proches, poursuivit-elle avec difficulté. Cependant je ne pense pas qu'ils voudraient nous voir tomber à notre tour. Nos amis, notre famille, avaient construit une vie, des principes et partagé de l'amour. C'est pourquoi nous allons nous battre pour honorer leur mémoire ! »

Quelques-uns avaient retrouvé un peu d'espoir et de réconfort en entendant ce discours. Il n'était plus question de mourir, mais de survivre par tous les moyens. Aïssa avait conscience que si elle faiblissait sous le coup de l'émotion, son état d'esprit se répercuterait au sein du groupe. Alors, elle préféra ne rien laisser transparaître.

« Avant de nous organiser, je voudrais d'abord dresser un bilan, continua la femme. Nous sommes vingt-trois survivants sur une cinquantaine. Parmi nous, il y a trois enfants, quelques blessés partiels et un blessé grave. Nous l'avons installé sous un arbre près du bus. Hélas, nous n'avons retrouvé ni le chauffeur ni le guide, les deux seules personnes qui auraient pu nous aider. Je ne sais pas s'ils sont encore en vie, néanmoins leurs corps restent introuvables. Nous avons essayé de rassembler toutes les affaires et la nourriture que nous avions, mais nous manquerons bientôt de vivres. Il est nécessaire d'en trouver rapidement. Nous n'avons que des chips, des sandwichs et des gâteaux. Je pense que nous pouvons tenir une semaine avec cette quantité de nourriture, pas plus. Malheureusement, il a été impossible de trouver dans les restes du bus, une carte ou une boussole. Pas la moindre trace d'un émetteur/récepteur non plus. Tout ceci ne facilite pas la tâche. J'aimerais procéder à un vote, nous avons deux choix : soit nous restons ici pour attendre les secours, soit nous essayons par nous-mêmes de sortir de cette forêt et de rejoindre la ville ou le village le plus proche. Ceux qui veulent rester ici et attendre les secours, je vais vous demander de lever la main ! »

Plus de la majorité des rescapés levèrent la main ; ils étaient exténués, ils souffraient et surtout, ils avaient faim ! Ils préféraient plus que tout au monde rester là pour attendre les secours. Quand les autorités brésiliennes seraient informées qu'un bus de touristes n'est pas arrivé à destination, ils enverraient des patrouilles à leur recherche.

« D'accord ! poursuivit Aïssa, nous allons choisir cette option et commencer à nous organi…

- Moi j'ai une meilleure idée ! coupa un homme très corpulent. Il avait une grosse barbe brune et des cheveux graisseux. Ses vêtements partiellement déchirés laissaient apparaître des hématomes sur le corps. Au lieu de demander leur avis et de vouloir mettre tout le monde sur un pied d'égalité, on va procéder selon mes désirs. J'impose les règles et vous obéissez. Ça vous va ? »

Son sourire goguenard avait quelque chose de particulièrement déplaisant.

« Mais ça ne va pas ! protesta Aïssa, vous voulez imposer votre volonté, c'est ça !?

- Et alors ça te pose un problème ? demanda l'homme d'un air dégagé. Je ne vais sûrement pas faire équipe avec ces mauviettes pour survivre. On va devoir rester là quelques jours et je n'ai pas envie de vivre dans la boue ! »

Laura reconnut l'homme. Elle l'avait vu avant de monter dans le bus le jour du départ, il était alors accompagné de sa femme...

« On ne vous laissera pas faire, contesta Aïssa qui s'adressa au reste du groupe. N'est-ce pas, nous n'allons pas le laisser être une espèce de dictateur ? »

Personne ne répondit, tous baissèrent la tête. Ils avaient honte de ne pas la soutenir, toutefois, ils n'avaient plus le courage de se dresser face à un nouvel obstacle. De même, Laura qui n'avait pas l'habitude de se révolter, s'assit et attendit les ordres du tyran.

« Levez-vous et imposez votre volonté ! encouragea Aïssa avant de pointer du doigt un jeune homme de couleur. Tu as l'air fort et bien bâti, tu ne peux pas laisser faire une chose pareille, réagis ! Et vous autres, qu'attendez-vous ? »

Mais en vain, celui-ci complètement démoralisé et accablé ne trouva pas la force de se rebeller. Il ne dit mot et n'osa regarder l'homme barbu dans les yeux.

Le tyran lâcha un rire moqueur avant de poser sa large main bouffie sur l'épaule d'Aïssa. Il la bouscula en arrière et celle-ci trébucha sur la racine d'un arbre. Son dos heurta le sol, néanmoins, celle-ci refusa de se soumettre :

« Comment pouvez-vous faire ça ? Vous ne croyez pas que nous avons assez souffert ?

- Et toi tu crois que je suis venu ici pour voir ça ?

- On est tous dans le même sac !

- Tu vois bien que personne n'est de ton côté. Donc, on va faire à ma manière ! ordonna-t-il pour clore la discussion. Premièrement, vous allez chercher toute la nourriture que vous pourrez, et deuxièmement, je veux que vous aménagiez une des deux parties du bus pour que je puisse m'y reposer ! »

Sa voix grave résonna dans la jungle. Les asservis n'osèrent se lever, tétanisés.

« Alors ! Qu'est-ce que vous attendez ? cria-t-il. Bougez vos culs ! Je veux que tout soit près avant la tombée de la nuit ! »

Il ramassa une épaisse branche et frappa le premier qui lui tomba sous la main. Les autres ne se le firent pas répéter une seconde fois, ils se relevèrent et entamèrent la mission qui leur avait été donnée.

C'est horrible, qu'est-ce qu'on va faire ? songea Laura, désolée.

« Viens avec moi, lui dit Wendy, il faut aider Aïssa à se relever. »

Les deux jeunes femmes se dirigèrent vers elle pour lui porter secours. Le tyran l'avait poussée d'une telle force qu'elle ne s'était toujours pas remise sur pied. Malgré la situation, la détermination d'Aïssa n'avait pas été ébranlée.

« Tiens, prends ma main, lui proposa Wendy.

- Merci, c'est gentil...

- J'espère que tu n'as rien de cassé... ajouta Laura à voix basse de peur d'alerter le gros barbu.

- Ça ira, je n'ai rien.

- Tu penses pouvoir marcher ? demanda Wendy.

- Il m'en faut plus pour me mettre à genoux. »

Les deux femmes se présentèrent et Aïssa les remercia une dernière fois.

« Maintenant, il faut commencer à transformer les restes du bus en un abri, dit-elle.

- Quoi !? s'exclama Laura. Tu veux vraiment obéir à cette espèce de dictateur sans cervelle ? Je pensais que tu allais te battre !

- J'en ai bien l'intention, mais je suis seule face à ce tas de muscles et je ne peux pas grand-chose.

Construire un abri n'est pas seulement pour lui obéir, on en aura tous besoin.

- Je comprends, mais il n'y a pas une autre solution ?

- Il fallait y réfléchir avant, répondit Wendy. Si on va dans son sens, ça devrait bien se passer.

- Quoiqu'il en soit, c'est la première chose à faire. Il ne faut pas trop tarder, il doit faire particulièrement froid ici la nuit, je ne voudrais pas la passer dehors. »

Aïssa dirigea les deux femmes vers les débris du bus. Si elle n'avait pas un terrible poids sur le cœur, Laura serait en admiration devant elle. Son charisme était semblable à celui que dégageait Sharleyn. Elle aurait voulu avoir sa force mentale et sa détermination, toutefois, la peur encrée en elle la résignait à perdre son sang-froid lors des situations les plus graves.

Sur le trajet, elle jeta un œil aux alentours et aperçut quelques visages familiers. Speed était à deux mètres mais ne l'avait toujours pas remarquée. Il avait les deux genoux à terre et était contraint d'arracher mains nues les herbes qui gênaient le passage. Les corps de sa femme et de sa mère n'avaient toujours pas été retrouvés et l'espoir de les revoir un jour diminuait de minute en minute. Laura détourna le regard, elle ne savait pas s'il s'agissait d'égoïsme mais aucune force en elle ne pouvait la pousser à le réconforter. Un peu plus loin, elle découvrit l'affreux personnage qui lui avait proposé une danse quelques secondes avant le drame. Lui et d'autres survivants étaient en train de dégager les cadavres de la partie antérieure du bus pour les installer dans un endroit assombri.

L'idée que des inconnus allaient traiter la dépouille de son amie comme un simple tas de gravats lui était insupportable. Lorsqu'ils passeraient à la partie postérieure, Laura savait que rien ne pourrait l'empêcher de les rejoindre.

Les trois femmes arrivèrent enfin au pied de la façade avant du véhicule qui était encastré dans un rocher. Des traces de sang séchées recouvraient les taules froissées. Des corps avaient dû être estropiés sous le choc de la collision contre l'épais bloc de pierre.

« Tout le matériel et la nourriture ont déjà été sortis de cette partie, annonça Wendy. On doit d'abord évacuer les morts avant d'en faire un repère. Laura, tu penses que tu arriveras à supporter l'odeur et la vision des cadavres ?

- Je ne sais pas, répondit-elle légèrement angoissée. Tout ce que je sais, c'est que je n'ai pas le droit de vous laisser tomber, je ne veux pas me défiler, pas maintenant !

- Si ça ne va pas, tu sors. »

Laura acquiesça d'un mouvement de la tête.

« Nous allons essayer de rentrer par l'arrière, il y a une grande ouverture » proposa Aïssa.

Elles pénétrèrent avec prudence dans le bus. Laura ne put s'enlever de la tête l'idée que des milliers d'insectes et d'animaux sauvages ou aquatiques habitaient dans cette forêt dense dont elle ne connaissait absolument rien. Elle s'imagina les pires situations et scruta les environs de peur qu'une araignée géante lui saute dessus.

L'intérieur du véhicule était désastreux, les sièges étaient pour les trois-quarts arrachés ou déchirés et il fallait se courber pour ne pas toucher le plafond de la tête. Sur le sol, du sang coulait encore et tachait les chaussures des trois femmes qui s'aventuraient de plus en plus dans l'antre de la mort. À certains endroits, des traces rouges prenaient la forme de mains. Certains n'avaient donc pas été tués sur le coup mais avaient agonisé des heures avant de rejoindre les cieux.

Il était évident que cette moitié du véhicule avait été frappée d'une manière bien plus violente que la première. La carcasse était telle une boite de conserve écrasée sous un pied.

« Nous allons d'abord nous occuper de ceux du fond, précisa Aïssa qui conservait toujours ses attitudes de meneuse du groupe. Il va falloir tous les mettre à l'extérieur sinon l'odeur de la chair s'incrustera très rapidement. Il faudra les enterrer dès demain, avec cette chaleur nous risquerions des épidémies et d'attirer des animaux sauvages. »

D'un coup, elles entendirent des gémissements de douleur qui parvenaient des recoins du bus. Sans attendre, Wendy se rua vers le fond du véhicule. Elle aperçut un homme affalé à terre qui, visiblement, n'avait plus la force de faire le moindre mouvement. Son torse était partiellement ouvert et déchiré sur la longueur. Une entaille plus profonde s'étendait jusqu'au bassin. Une quantité innombrable de fourmis entraient et sortaient dans l'anfractuosité accompagnées de sangsues. Le bras droit de l'infirme montrait une fracture ouverte qui laissait apparaître une chair orangée. Bien qu'il faisait plus d'une trentaine de degrés dans la jungle équatoriale, le visage du jeune homme perlait de sueur et son corps était pris de froid.

« LAURA VA CHERCHER DE L'AIDE ! ordonna Wendy, en criant d'angoisse. Il faut le sortir de là, ramène aussi tous les produits aseptisant que tu pourras ! »

Laura ne bougea pas, elle était pétrifiée par cette vision d'horreur. Les battements de son cœur s'accélérèrent brutalement. Elle crut l'espace d'un instant que l'odeur lui provoquerait un malaise.

« QU'EST-CE QUE TU ATTENDS BON SANG !? lança Wendy, cet homme a besoin de secours le plus rapidement possible !

- Laisse, je m'en occupe ! » intervint Aïssa qui partit aussitôt remplir sa mission.

Elle disparut derrière les feuillages qui obstruaient l'ouverture du véhicule. De l'intérieur, on pouvait entendre les appels de détresse de la femme.

Les secondes s'écoulèrent rapidement, l'homme blessé semblait tellement pâle qu'il était surprenant qu'il puisse encore respirer.

« C'est le second blessé grave que l'on retrouve, informa Wendy, le premier a été éjecté du bus pendant l'accident. Mais ce nouveau cas n'a pas eu autant de chance, regarde ses jambes, elles sont coincées sous ce tas de gravats ! »

Laura prit son courage à deux mains, elle s'approcha de l'infirme afin de lui venir en aide par n'importe quel moyen. En vain, elle n'avait aucune notion des gestes de secours. Wendy retira sa veste en jean pour recouvrir le corps grelottant et mourant du jeune homme. Elle lui prit son pouls d'un geste rapide avant de poser ses mains dans la plaie pour tenter de stopper l'hémorragie. Wendy savait faire face en cas de danger, ses mouvements étaient simples et maîtrisés.

« On ne pourra pas le sortir, il est coincé sous ce tas de ferraille, précisa-t-elle. La seule solution serait de l'amputer, mais on ne peut pas se permettre d'effectuer une telle opération ! »

Des personnes alertées par les appels d'Aïssa arrivèrent brusquement avec une large couverture de laine et une gourde remplie d'eau. L'un d'eux bouscula Laura restée au milieu du passage. Celle-ci trébucha contre le pied d'un fauteuil avant de chuter en arrière. Elle resta figée devant le spectacle qui se déroulait sous ses yeux. Ses compagnons tentaient de sauver la vie de cet inconnu.

À aucun moment, Wendy n'avait cessé de le rassurer. Sa voix était chaleureuse comme une douce mélodie.

Aïssa revint avec des produits antiseptiques qu'elle avait dénichés dans les sacs et les débris de l'autre compartiment. Elle ouvrit précipitamment de ses doigts tremblants un sachet de compresses et les imbibât de désinfectant.

Wendy étendit les compresses sur tout le long de l'ouverture. Elle exerça une forte pression sur les organes, la perte de sang était déjà trop importante. Le blessé hurla de douleur et serra si fortement sa mâchoire que ses dents grincèrent. Il se tordit à plusieurs reprises et trouva la force de repousser les deux jeunes femmes qui lui imposaient d'affreuses souffrances. Un des pansements chuta de son abdomen. Du sang jaillit de la plaie et aspergea le visage blafard de Wendy. Celle-ci garda son assurance, elle devait à tout prix contrôler l'état d'affolement du blessé. Si le battement de son cœur s'accélérait, il se viderait de tout son sang.

L'homme respira de plus en plus fortement, il était essoufflé et souffrait intensément.

« Tue… Tuez-moi… prononça-t-il entre deux bouffées d'air.

- Quoi !? s'étonna la jeune femme, tu ne mourras pas, crois-moi ! »

L'homme mutilé répondit par des signes négatifs de la tête. Les sensations étaient trop atroces à supporter. Il n'en pouvait plus et avait l'impression que ses intestins coulaient vers l'extérieur de son corps.

« Non ! s'écria Wendy atterrée, vous allez survivre, il faut y croire ! Je suis là, avec vous !

- Que se passe-t-il ici ? » fit d'un coup une voix autoritaire.

Tous se retournèrent brusquement vers l'ouverture du véhicule. Là, se tenait le tyran, droit et fier. Son corps imposant masquait une partie de la lumière. Sa main tenait une bouteille d'alcool qu'il avait sans doute trouvée dans les décombres du bus, sa barbe en était imprégnée. Ses cheveux souillés lui recouvraient le front et retombaient sur ses yeux boursouflés.

Mince ! Il tombe au mauvais moment celui-là, pensa amèrement Aïssa.

« Alors, vous me répondez ? cria-t-il. C'est quoi ce regroupement ? Qu'est-ce que vous complotez ? »

Un jeune homme qui avait des yeux d'un noir éclatant et une carrure musclée prit la parole :

« On ne complote rien. On a retrouvé un homme, il est en très mauvais état et on essaie de le sauver…

- U-Un homme ? répéta le gros barbu de sa voix grave. Il est où ? Montre-le-moi ! »

Les asservis s'écartèrent pour laisser apparaître le corps estropié et maculé de sang étendu à terre. Leur chef s'en approcha et fit une grimace de dégoût en découvrant l'horreur. Le râle de l'homme agonisant était insupportable.

« Merde ! 'Faut faire quelque chose, dit-il en baissant d'un ton. Quelqu'un peut le sauver ? On a pas un médecin ?

- Non, personne n'est assez qualifié pour ça, renseigna Wendy. J'ai essayé de désinfecter la plaie et d'arrêter l'hémorragie mais les dégâts sont plus graves que je ne le pensais. Ses côtes sont complètement brisées et ses intestins sont sectionnés à plusieurs endroits. »

Le tyran se gratta la barbe et avala une gorgée d'alcool. Devoir prendre des décisions d'une telle gravité l'ennuyait plus que tout.

« Et qu'est-ce qu'on peut faire alors ? demanda-t-il, après un silence.

- Il doit bien y avoir du fil à coudre, répondit Wendy qui n'avait pas cessé d'appliquer les soins. Dans un premier temps, il est primordial de refermer les plaies. On n'est pas dans les meilleures conditions, mais on n'a pas le choix !

- Ça marchera ça ?

- La probabilité qu'il s'en sorte est faible… »

Tandis que tout le monde attendait que le dictateur donne son accord pour recoudre les entailles, l'homme étendu au sol regroupa ses forces dans une ultime parole :

« Tuez-moi… S'il… S'il vous plait »

Une larme coula de ses yeux suppliants. Sa décision était prise.

Le tyran examina son corps, il scruta chaque lésion et aperçut les membres postérieurs écrasés sous les armatures déformées du bus. Il était évident que même une équipe de chirurgiens ne serait pas en mesure de lui sauver la vie.

« Bah, s'il veut mourir, laissons-le mourir… conclut-il après une brève réflexion.

- Il en est hors de question ! Je ne laisserai pas faire une telle chose ! riposta Wendy. Je refuse la pratique de l'euthanasie sur tout blessé que ce soit ! Tant qu'il respire, il y a de l'espoir !

- De l'espoir pour quoi ? Pour le laisser agoniser ? répliqua le dictateur. Seuls les forts survivent ! On ne peut pas se permettre de perdre du temps et de la nourriture pour un homme condamné d'avance ! »

Wendy savait qu'il était animé d'un égoïsme sans égal, cependant, elle n'avait pas imaginé une seule seconde qu'il pouvait se montrer si ignoble et indifférent.

« Vous êtes horrible ! lâcha-t-elle avec rage.

- Et s'acharner sur cette chair morte, c'est pas horrible ? »

La femme ne put en entendre plus, elle se releva et bondit sur l'immonde personnage. Elle avait envie de lui arracher les yeux, de lui enlever son sourire arrogant. Son poing s'écrasa dans sa joue. L'homme ne recula pas.

Un grand noir musclé s'interposa afin de la calmer, il savait par expérience ce que le tyran était capable de lui faire subir.

« Mais vous n'allez pas le laisser faire… » dit-elle en larmoyant et en se débattant.

L'homme de couleur ne répondit pas, il ne voulait rien aggraver.

« A-Achevez mes… souffrances… » souffla le blessé en brisant le silence qui s'était installé.

« Dégagez-la d'ici, ordonna le gros homme, elle risque de nous gêner ! »

Se faisant emporter en dehors par quelques rescapés, Wendy n'opposa aucune force et savait que toute résistance était inutile. Une attitude si individualiste pouvait compromettre la survie du groupe, la femme en avait conscience. Pourtant, personne ne semblait s'en soucier.

Le tyran retroussa son pantalon et laissa apparaître un couteau de chasse attaché à son mollet grâce à une lanière…

•

Je n' ai jamais vu ça, c' est insensé ! Tout est silencieux, tout est froid, tout est vide.

Mes compagnons ne me parlent plus, ne me regardent plus. Chacun se redoute, se fuit. La peur les a conquis.

Les événements se sont enchaînés les uns après les autres. Il m' est difficile de tous les retracer en mémoire. Sans que l' on me donne d' explications plus précises, le lieutenant nous a ordonné de quitter le camp militaire. Il fallait agir dans l' immédiat. L' ordre était confus, jamais auparavant il n' avait été question de déserter. Les tactiques d' invasion étaient élaborées par des stratèges dont la renommée n' était plus à faire. Habituellement, tout était prévu longtemps à l' avance, tout se déroulait selon les plans, et Rome n' avait jamais perdu de bataille.

Les légions de la région se sont réunies sous l' ordre d' un centurion. Nous avançons dans la nuit noire sans savoir où cela nous mène. Notre camp est derrière nous, Rome est derrière nous… L' inconnu me fait peur, mais je n' ai pas le choix, j' avance.

Le froid glacial règne parmi les rangs de nos formations. Il me paralyse les articulations. Je ne sais pas comment l' expliquer, toutefois, quelque chose m' a retiré l' envie de trouver du réconfort auprès de mes compagnons. La solitude m' est apaisante.

Des torches enflammées nous permettent de voir à quelques pas. Nous devrions rejoindre la chaîne de montagnes dans la matinée. Je crois que le chef de légion espère trouver refuge ici. Je ne peux pas croire que notre empire soit sur le déclin et qu' il soit contraint de fuir.

J' attendrai l' aube, et à ce moment-là, je

n' hésiterai pas à demander de voir le centurion. S' il est lâche ou s' il refuse de me recevoir, je ne resterai pas dans ses rangs. Mon honneur peut encore être sauvé.

Une première légion composée d' une cinquantaine d' hommes nous précède, elle a pour ordre de nous avertir de tout imprévu. Notre armée est déjà très affaiblie, une attaque-surprise de l' ennemi mettrait un terme à nos espoirs. Il n' y a pas à douter là-dessus.

La nuit s' écoule très longuement, comme si un être prenait un malin plaisir à nous voir marcher dans le froid, la souffrance, la faim et l' épuisement. Ma cuirasse est lourde et entaille la peau de mes épaules. La poussière soulevée nous empêche de respirer.

Je jette un œil sur mon compagnon de gauche, son regard est vide de sens. Je vois en lui un profond désespoir qui le ronge. Je le comprends. Après avoir connu la grandeur, la gloire, la richesse, on lui fait comprendre que tout cela n' est qu' une illusion et que notre empire n' est rien.

Un peu plus tard, j' aperçois enfin les premières lueurs de l' aube s' élever au-dessus de l' arête d' une montagne. Nous sommes arrivés ! Enfin ! Ce long périple s' achève ici !

Le Soleil apparaît doucement, il s' élève dans le ciel, le paysage s' illumine ! Loin devant nous, je distingue des hommes. Ils sont des milliers. Leurs vêtements sont semblables aux nôtres, ce sont des légionnaires de l' armée romaine. C' est donc ici le point de regroupement de toutes les légions. Je sens en moi comme une chaleur, c' est un sentiment d' immense satisfaction marié à une terrible confusion. Satisfaction dans un premier temps, car l' armée est toujours là, solide et puissante. L' empire de Rome n' a pas donné son dernier souffle. Néanmoins, je suis tourmenté par une tout autre pensée : quel ennemi a pu déstabiliser et faire reculer une telle civilisation sans avoir entamé la moindre bataille ?

Les adversaires de Rome sont certes nombreux, pourtant, si puissants soient-ils, aucun n' est en mesure de nous effrayer au point d' abandonner nos postes.

La chaleur du jour me redonne des forces. J' apprécie cette sensation qui fait frémir ma peau, elle est comme l' attente avant un combat, une sorte de mélange d' excitation et d' appréhension.

Alors que nous nous rapprochons du pied de la montagne, quelque chose m' intrigue. Il y a énormément de mouvements parmi les rangs de l' armée que nous devons rejoindre. Les hommes ne sont pas au repos, ils semblent être en pleine confrontation. Lorsque j' aperçois des centaines de javelots enflammés projetés dans le sens inverse par des catapultes, j' ai maintenant la conviction qu' une bataille a éclaté.

Mais contre qui ? Je ne vois personne d' autre.

Un feu se déclare sur le versant de la montagne, là où était dirigé le lancer de javelots. L' ennemi devrait donc se situer ici. Seulement, la distance joue des tours à mes yeux, il m' est impossible d' y discerner la moindre chose.

Qu' importe ! Le lieutenant nous ordonne de sortir des rangs pour prêter main-forte à nos compagnons. Je n' ai pas pour habitude de contester, je brandis mon glaive, serre fermement mon bouclier et cavale vers l' inconnu.

Toutes les douleurs et la fatigue que ressentait mon corps ont complètement disparu. C' est ainsi lorsqu' on est un guerrier !

La distance à parcourir est immense, toutefois, je tiendrai bon ! Je cours comme un forcené, je traque ma proie comme une bête sauvage. Les barbares auront des remords dans la mort !

Au loin, je distingue des cavaliers et des chars de guerre romains. Certains se dirigent vers nous à une vitesse folle. Ils fuient la bataille !

Qui sont-ils ?

Lorsqu' ils parviennent à notre niveau, je reconnais leurs visages ! Il s' agit du centurion et d' autres chefs militaires !

Mais que font-ils ?

Je n' arrive pas à croire que ce sont eux les fuyards, ils abandonnent leurs hommes ! Les sabots de leurs chevaux font trembler le sol à leur passage. Ils essaient de nous dire quelque chose, je n' entends que des bribes de leurs paroles.

D' un coup, les légionnaires de la première ligne se replient et font demi-tour. Ils nous bousculent sur le passage. C' est le chaos !

J' hurle pour me faire entendre à travers le tumulte du champ de bataille. Je leur demande ce qui leur prend. L' un d' eux répond d' un ton affolé qu' il faut battre en retraite, que c' est la fin.

Je ne comprends pas, j' essaie de le retenir mais ce dernier me frappe de son bouclier pour se libérer. Le bruit des pas des hommes frappant le sol devient infernal. Mes oreilles me font souffrir.

Et moi, je reste là, dans la confusion.

Puis, lorsque je redresse la tête, je comprends que le bruit provenait du ciel. Je laisse tomber machinalement mon glaive et mon bouclier.

J' ai fait le serment de ne pas fuir face à l' ennemi…

•

Le Soleil commença à se coucher et ses rayons disparurent peu à peu à travers les feuillages des arbres. Les cris des oiseaux s'endormirent avec la journée.

Laura sortit du bus quelques instants après le dictateur. Son visage était pâle, ses yeux planaient dans le vide. Dedans, il n'y avait plus d'étincelles de vie. Elle déambula sur un sentier recouvert de mousse et de hautes feuilles vertes. Wendy, dont le regard était dur, l'attendait à quelques pas de là. Elle l'interpella.

« Alors, il est allé jusqu'au bout ? » demanda-t-elle en venant à sa rencontre.

Laura ne répondit pas. Wendy n'était pas surprise de la voir troublée.

« Dis-moi tout, il faut que je sache ! insista-t-elle.

- Il... Il lui... réussit à émettre Laura avant que ses yeux se mettent à briller plus fortement.

- *Il lui* quoi ? Je sais que c'est dur, mais tu dois tout me raconter ! »

Wendy connaissait la réponse, toutefois, sa colère était telle, qu'elle voulait l'entendre de la bouche de la femme.

« Il... Il lui a tranché la gorge... avec son... couteau... »

La voix de Laura était saccadée par les pleurs. Elle eut un haut-le-cœur en repensant à la scène et se laissa tomber de désespoir. Son amie l'enlaça dans ses bras pour la réconforter et apaiser sa peine. En réalité, elle luttait contre elle-même pour se maîtriser.

« Fais-moi confiance, il paiera pour tout ça. Tu verras, un jour justice sera faite, crois-moi ! dit-elle d'un ton ferme.

- Il y avait... plein de sang partout... Il est mort alors qu'il avait peut-être une chance de survivre...

- N'y pense plus. Rappelle-toi ce que je t'ai dit, on va survivre pour rendre hommage à ceux qui sont décédés ici. »

Les deux femmes restèrent silencieuses un bref instant, il était difficile de trouver le calme dans la jungle amazonienne.

« J-Je le déteste ce gros porc ! Je voudrais le voir crever dans l'indifférence la plus totale. Il ne mérite pas de vivre !

- Je n'ai pas vu Aïssa sortir du bus, il ne lui a pas fait de mal ?

- Elle est restée dedans, elle ne voulait voir personne... »

Wendy serra le poing, son impuissance et sa

propre lâcheté avaient fait perdre la volonté de la seule personne ayant le charisme de diriger le camp.

« Allez viens avec moi, on va trouver de quoi manger, proposa-t-elle pour se changer les idées. Il doit y en avoir dans les sacs qu'on a trouvés dans les débris. »

Elles se dirigèrent vers la petite clairière qui bordait le campement, là où ils avaient posé la nourriture et les objets utiles à leur survie. Mais une fois arrivées, elles découvrirent avec étonnement que les sacs de nourriture avaient disparu.

« Qui les a déplacés ? demanda Laura dans la confusion. Quand j'ai visité le camp en début d'après-midi, ils y étaient encore ! »

Les deux jeunes femmes se regardèrent en s'interrogeant. Elles ne trouvèrent aucune réponse et cherchèrent dans les alentours un indice qui pourrait les mettre sur la piste. Il était possible qu'un animal sauvage se soit introduit dans le camp pour s'emparer de la nourriture.

Un jeune homme vint à leur rencontre, il portait une veste partiellement déchirée aux manches, une paire de Lunettes esquintée sur le nez et une sacoche sur l'épaule. Laura le reconnut de nouveau, il s'agissait de l'homme qui lui avait proposé une danse dans le bus. Son physique n'avait pas gagné en beauté après l'accident, ses lunettes brisées faisaient ressortir davantage ses larges yeux globuleux. Étrangement, Laura s'en accommoda.

« V-Vous voulez savoir où est passée la bouffe ? demanda-t-il. C'est Bruno qui a tout pris, il a mis les sacs dans son bus.

- Quoi ?! C'est qui ce Bruno ? demanda Wendy, interloquée.

- C'est notre c-chef, enfin, celui qui s'est désigné comme chef…

- Encore lui ? Je préfère l'appeler *le dictateur* !

- Vous d-devriez éviter de l'appeler c-comme ça, répliqua l'homme. I-Il a horreur de ça…

- C'est bien le dernier de mes soucis ! »

Laura essuya ses larmes.

« S'il ne veut pas partager les réserves avec nous, qu'est-ce qu'on va manger ?

- J-J'étais pas là quand ça s'est passé. D'après ce q-qu'on raconte, il a tout gardé pour lui et il en donnera seulement aux plus m-méritants.

- C'est pas croyable ! Personne n'a réagi ? On va manger quoi maintenant !? » s'emporta Wendy.

Des réfugiés se tenaient autour d'elle, certains étaient vautrés dans la terre bourbeuse. Il était évident que tous l'avaient entendue, pourtant, personne ne répondit. Ils avaient honte ! Honte de se laisser asservir par un seul homme et honte que la seule personne à se révolter soit une femme.

« Vous ne savez pas que cette forêt regorge de fruits et de noix de toutes sortes » lança un nouveau venu dont la voix ressemblait à celle d'un vieillard.

Le groupe affamé de rescapés se retourna vers lui et découvrit un petit vieux adossé à un arbre. Il était très mince, néanmoins, ses muscles semblaient incroyablement solides. Sur sa tête en partie déplumée de cheveux reposait un large chapeau usagé. Il semblait y accorder une attention particulière car malgré les événements, il tenait à l'avoir auprès de lui.

« Comment tu veux qu'on trouve des fruits dans cet endroit ? demanda Speed qui s'était joint à la conversation. On ne connaît absolument rien de cette jungle !

- C'est vrai, j'ai pu observer que vous ne connaissiez pas grand-chose à l'Amazonie, mais il n'est jamais trop tard pour apprendre… » répondit le vieil homme d'une voix sage.

Les rescapés furent étonnés de la réaction de ce petit bonhomme qui gardait son sang-froid alors qu'ils risquaient de passer la nuit le ventre vide. Il avait l'air d'en savoir tellement sur la survie en pleine nature que sa présence au sein du groupe était une bénédiction.

Tandis qu'elle dévisageait Speed, Laura eut un pincement au cœur. L'éclat dans son regard n'avait plus la même intensité que le soir de leur rencontre. Bien qu'il essayait d'afficher une certaine assurance, il était indiscutable que la perte de ses proches l'avait abattu.

« Allez suivez-moi, je vais vous montrer… proposa le vieillard avant de s'aventurer en dehors du camp.

- Qu'est-ce qu'on fait ? demanda Laura.

- On le suit ! » s'exclama Wendy qui retrouvait espoir.

Elle était intriguée par un tel homme et n'aurait manqué pour rien au monde la leçon qu'il comptait leur donner. Il suffisait juste d'un élément déclencheur, et le camp pourrait sortir de son état léthargique.

« Vite, on va le perdre ! » s'exclama Laura avant de se lancer à la poursuite du vieillard suivie de Wendy, Speed et l'homme à l'affreux visage.

Ils retrouvèrent aisément la piste que le vieil homme venait d'emprunter et après quelques secondes, le rattrapèrent. Il était au pied d'un petit arbre de trois à quatre mètres de haut et semblait examiner ses feuilles. Il avait des branches hasardeuses et filiformes qui partaient de tous côtés. Ses feuilles d'une dizaine de centimètres étaient vert foncé et dirigées vers la lumière du Soleil.

« Il a quoi de si intéressant cet arbre ? demanda

Speed, légèrement essoufflé.

- Regarde attentivement, répondit le vieil homme, tu ne vois rien ?

- Heu… Bah non, je ne vois rien d'autre que de simples feuilles…

- Et pourtant, c'est lui qui va te nourrir ce soir.

- Mais si, je les vois ! s'exclama Wendy, il y a des petits fruits verts.

- C'est exact ! Ce sont des goyaves, informa l'homme âgé.

- Ça ressemble à ça un goyavier ! ajouta Speed, stupéfait.

- Tu pourrais grimper à l'arbre pour nous en chercher. Qu'est-ce que tu en penses ? lui lança Laura, le sourire aux lèvres.

- J'ai… J'ai toujours ma blessure au genou… Et…

Avant qu'il ne puisse finir sa phrase, il aperçut le vieil homme qui s'agrippa sur l'une des branches.

« N'y allez pas, ce n'est pas de votre âge… » s'exclama Wendy.

Mais quand elle découvrit les prouesses de celui-ci, elle changea bien rapidement d'avis. Aussi agile qu'un singe, il avait bondi de branche en branche et escaladé jusqu'au sommet en un rien de temps.

« Attention, je vais vous envoyer des goyaves ! » cria-t-il au groupe.

Il lâcha une bonne dizaine de fruits avant de redescendre aussi vite qu'il était monté.

« Et bien ma foi, je dois avouer que vous êtes plutôt en forme pour votre âge, complimenta Wendy.

- J'entretiens ma forme assez régulièrement, finir bloqué dans une chaise, ça ne m'enchante guère.

- Où vous avez appris à grimper aux arbres avec une telle facilité ?

- J'ai tellement voyagé à travers le monde que j'ai gravi des tas de montagnes, de chemins hasardeux et d'arbres en tout genre.

- Je suis soulagée de vous savoir parmi nous. Mais au fait, quel est votre nom ? demanda Wendy, avec un large sourire.

- Mes compagnons m'appelaient Charly, répondit-il.

- Et moi je suis L-Léon, précisa le jeune homme qui portait des Lunettes aux verres brisés.

- Tout ceci est très intéressant, mais moi je meurs de faim et je voudrais savoir comment on bouffe ce genre de fruit ! s'interposa Speed.

- Rien de plus simple, répondit Charly, il suffit d'arracher la peau et de manger la chair. »

Laura et les autres étaient affamés, ils n'attendirent pas pour déguster ce piteux repas. La chair de la goyave était très parfumée et légèrement acide, ce qui la rendait rafraîchissante. À l'intérieur se trouvaient des graines blanches et rouges sucrées.

« Hum, c'est succulent ! savoura Laura, ça a un léger goût de fraise des bois.

- Il faut absolument en garder pour les trois enfants et les autres du camp, ils doivent avoir le ventre vide, proposa Wendy.

- Compte pas sur moi ! réfuta Speed. Au lieu de glander dans le camp, ils auraient dû venir nous aider, tant pis pour eux s'ils ont la dalle !

- Tu oses dire ça ? riposta la femme qui n'en croyait pas ses oreilles. Tu n'as même pas essayé d'escalader l'arbre !

- Ne vous querellez pas pour si peu, intervint Charly, il me reste encore quelques goyaves. Les enfants vont se régaler. »

Le repas fut de courte durée. Laura lécha le jus de goyave qui coulait sur ses doigts.

« Il faut prendre quelques f-feuilles de goyavier, proposa Léon tout en replaçant ses lunettes qui agrandissaient les dépôts aux coins des yeux.

- Pourquoi tu veux ramasser ses feuilles ? demanda Wendy, intriguée.

- D'après ce que je sais, elles ont des effets t-thérapeutiques comme arrêter les diarrhées ou encore cicatriser les p-plaies.

- C'est une heureuse nouvelle ! s'enthousiasma Charly. Allez, il faut en récolter quelques-unes avant de partir. La nuit va bientôt tomber, il faut se dépêcher de retourner au camp. Je préfère ne pas être dehors quand les prédateurs nocturnes se lèveront...

- Pré... prédateur... bégaya Laura qui sentait son sang devenir froid.

- Oui, tout le monde sait que la forêt amazonienne regorge d'animaux sauvages de tout genre : mygales, anacondas et autres félins comme le jaguar... »

Ils rejoignirent aussitôt le campement. Excepté Charly, tous jetèrent des coups d'œil de gauche à droite, ses paroles avaient éveillé leur crainte. Des bruits étranges provenaient de la noirceur de la jungle.

Au milieu du camp, le feu mourait doucement, ses flammes n'émettaient que de faibles lueurs qui chancelaient sur le sol. Les enfants épuisés tentaient de se réchauffer auprès de lui, ils se frottaient les mains en se blottissant les uns contre les autres. Laura alla à leur rencontre pour leur apporter les quelques fruits. Elle eut le cœur fendu quand elle découvrit que la petite fille aux cheveux longs et clairs sanglotait toujours. *Comment est-il possible de leur annoncer que leurs parents ont été tués dans l'accident ?*

Elle ne trouva aucune réponse qui pouvait soulager sa conscience.

« Tenez, j'ai de quoi manger, leur dit-elle d'une

douce voix, c'est pour vous. »

Les deux petits garçons ouvrirent grand leurs yeux émerveillés avant de sauter sur les goyaves et de les dévorer à pleines dents. La fillette arracha le fruit des mains de Laura d'un geste vif, le regarda avec mépris, puis, le jeta rageusement dans le feu. Sous la force du choc, des centres en combustion s'envolèrent, passèrent devant son regard haineux avant de périr dans l'atmosphère.

« J'en veux pas ! Je veux ma maman. Arrêtez de la cacher ! » hurla-t-elle avant de s'enfuir pour se réfugier derrière la carcasse du bus maculée de sang.

Laura n'avait pas prévu une telle réaction. Elle pensait les enfants dupes mais n'avait pas songé un instant à leur état psychologique et à leurs angoisses. La petite blonde était à la fois la plus lucide et la plus affectée.

« On ne peut rien faire d'autre, intervint Wendy qui avait suivi toute la scène.

- Je sais... Mais ça ne m'empêche pas d'être triste...

- La fille nous pose pas mal de problèmes, elle pense qu'on lui a retiré sa mère. Et quand on essaie de l'approcher, elle peut se montrer particulièrement agressive.

- Le corps de sa mère a été retrouvé ? demanda Laura.

- J'ai interrogé les rescapés. Personne ne se souvient de la femme qui l'accompagnait lors de la soirée de bienvenue, il est donc impossible d'identifier les cadavres. »

Laura fronça les sourcils, certains éléments ne collaient pas.

« Elle n'est pas arrivée par magie parmi nous, ajouta-t-elle. Quelqu'un devait l'accompagner dans l'avion, ou bien dans le bus.

- J'ai trouvé ça étrange moi aussi. Il n'y a qu'un seul homme qui a remarqué sa présence dans le bus, mais il est formel sur un point : aucune femme n'était avec elle ou ne lui a adressé la parole lors du voyage ! »

Les deux femmes se regardèrent d'un air interrogateur, était-il possible que sa mère l'ait emmenée au Brésil pour l'abandonner ? Toutes les traces ayant été soigneusement effacées, il n'y avait plus de piste pour remonter jusqu'à elle. L'hypothèse était certes exorbitante, cela dit, elle n'était pas à exclure pour autant.

Derrière elles, certains essayaient de raviver les flammes du feu grâce à des branches sèches. Face à l'échec, il ne leur restait qu'une alternative : le rallumer grâce à des allumettes. Son éclat se propagea dans tout le territoire des humains et la chaleur augmenta aussitôt. La maîtrise du feu était indispensable pour la survie du groupe. Lorsque la nuit tombait et que les Humains devenaient des proies faciles pour les bêtes sauvages, le feu était l'arme ultime pour les dissuader de s'approcher.

À la lumière des flammes, Laura constata l'état déplorable de ses mains. De nombreuses coupures formaient des croûtes et sur le long des bras, elle aperçut des hématomes d'une couleur quasiment noire.

« Comment tu as fait pour sortir vivante de l'accident ? demanda-t-elle. Moi, j'ai eu une chance incroyable de me retrouver à l'abri sous les sièges.

- Je crois bien qu'on a tous eu de la chance, répondit la jeune femme rousse. Quand le bus s'est retourné, j'ai été éjectée par l'une des vitres brisées. Tout s'est passé si rapidement que je me suis retrouvée d'un coup dans un buisson. J'ai vu le bus qui dégringolait à une vitesse folle, il emportait tout sur son passage.

- Ça… Ça t'a pas assommée ?

- J'étais étourdie, mais j'ai pu me remettre sur pied. J'ai couru après le bus sans trop réfléchir… »

Alors qu'elle écoutait la femme, Laura semblait contrariée.

« Et… Tu as… Enfin… tu étais accompagnée ? »

Wendy hocha la tête.

« Un collègue de boulot… On se prenait des vacances… Après une année de recherche...

- Je… Je suis vraiment désolée… » s'excusa Laura dont la voix exprimait la peine.

Wendy lui répondit par un semblant de sourire.

« Tu es… fit Laura en cherchant ses mots. Une scientifique ?

- On peut dire ça, je suis éthologue. J'étudie les fauves de la savane africaine. Plus précisément, les léopards.

- Ah… C'est bien. Tu es une sorte d'aventurière…

- Enfin, mon boulot consiste la moitié du temps à chercher des subventions, et l'autre à rester des heures assise dans un 4x4 à attendre qu'un des félins veuille se montrer. Hormis ça, oui, c'est passionnant ! »

Les deux femmes échangèrent un sourire timide.

« Et toi ? poursuivit Wendy.

- Moi ? Heu… Je suis étudiante… En droit… C'est pas aussi intéressant…

- Tu sais où t'orienter après ?

- Je sais pas si je vais y arriver, mais… Avocate, ça me tenterait bien…

- Tu pourras nous défendre quand on portera plainte contre la société de vacances… »

Malgré la journée, Wendy tentait de détendre l'atmosphère par de l'humour.

« Tu sais, reprit Laura, je pense que si Aïssa ne s'est pas montrée de la journée, c'est pas seulement parce qu'on l'a déçue...

- Ah oui ? Elle t'a dit quelque chose ?

- Non, pas vraiment... Mais je sais que son mari est mort. Elle n'en a pas parlé, mais j'imagine sa peine... Elle garde la tête haute pour nous aider, je sais très bien que c'est une façade...

- Il faut pas la laisser porter le fardeau toute seule. C'est pas juste qu'elle souffre plus que nous... »

Bien que ses idées étaient encore confuses, Laura savait au fond d'elle que les paroles de la femme n'étaient pas dénuées de sens. Elle resta muette, observant les flammes qui dansaient sur un crépitement de bois.

« Il commence à se faire bien tard, demain sera aussi une rude journée, fit Wendy. On devrait se coucher dès maintenant pour être debout à l'aube.

- T'as raison. Regarde le sol, les herbes et les plantes ont été complètements déracinées, on pourrait se fabriquer un matelas avec.

- Près du feu, ça nous tiendra chaud. »

Le camp s'endormit dans fraîcheur de la soirée. Autour des deux femmes, les survivants s'étaient confectionné des espaces moelleux grâce à des tas de feuilles et de vêtements hors d'usage. La terre était souple, voire boueuse à certains endroits, de plus, l'odeur inhabituelle et les bruits inconnus amplifièrent leur sentiment d'angoisse.

Laura se coucha sur le sol suintant d'humidité. Elle était exténuée physiquement et mentalement, pourtant, elle savait que cette nuit-là elle aurait du mal à rejoindre les bras de Morphée. Bien que ses compagnons étaient près d'elle et créaient de la chaleur corporelle, elle se sentit désespérément seule.

C'était un sentiment bien singulier que d'être loin des pensées et du soutien de son entourage. Cette solitude l'angoissa, une sueur froide lui traversa le corps.

Que vais-je devenir ?

Elle paniqua à l'idée de périr ici, de mourir d'épuisement, de céder face aux forces de la nature. À travers la nuit noire, elle entendit des gémissements étouffés, des larmes couler en silence, des gens grelottant de terreur. Étrangement, elle trouva du réconfort dans l'idée que d'autres souffraient autour d'elle. Ils partageaient les mêmes peines et versaient les mêmes larmes qu'elle. Plongée dans sa mélancolie, Laura repensa à sa meilleure amie. *Comment tout cela est arrivé ?*

Comment une journée pouvait détruire toute une vie ?

Emportée par son esprit, elle se laissa voyager dans le temps et revécut le jour de sa rencontre avec Sharleyn. Elle la revit entrer pour la première fois dans sa salle de cours avec l'air désolé d'être arrivée en retard. Elle revit aussi leurs nombreux voyages ensemble à travers le monde, leurs escales au fin fond de l'Afrique, leurs séjours dans des endroits dont elles ne soupçonnaient même pas l'existence, et parfois même, leurs mésaventures dans des pays à haut risque naturel. Sharleyn aimait s'embarquer dans de folles péripéties, toutefois elle ne se doutait pas que l'une d'entre elles l'emporterait si jeune. Laura resta bloquée sur l'idée que sa meilleure amie était décédée d'un excès de rêve…

Très tôt dans la matinée, les premiers rayons chauds traversèrent le plafond de feuilles des majestueux arbres. La jungle baignait dans une lumière diffuse. Les bruits étranges et inconnus de la nuit avaient laissé place au silence du jour. Le feu s'était endormi doucement ne laissant que des braises fumantes. Une odeur de sang caillé et de pourriture flottait dans le camp. Une bête sauvage avait dû être dévorée dans les environs par un prédateur.

Hantée par ses souvenirs, Laura n'avait quasiment pas fermé l'œil de la nuit. Ses paupières étaient lourdes. Elle se leva hâtivement pour se libérer de l'oppression de ses pensées. Elle refusa la solitude.

À ses côtés, Wendy semblait dormir profondément. Elle était incroyablement belle quand elle dormait et ressemblait à une princesse de contes de fées. Sa peau était légèrement matte et paraissait douce comme de la soie.

Comment elle fait pour trouver le sommeil ? se demanda Laura.

Elle s'étira et bâilla longuement. Le sol n'était pas des plus confortables.

Dans le campement, certains étaient déjà actifs. Elle eut la surprise de voir Aïssa. Cette dernière essayait de mener à bien les troupes tant que le dictateur était encore assoupi. Elle avait chargé trois hommes assez robustes de trouver de la nourriture, et pourquoi pas, une route qui les mènerait à un village.

Lorsqu'elle aperçut Laura, elle lui adressa un sourire différent de la veille :

« Bonjour, lui lança-t-elle de vive voix, j'espère que tu as repris des forces durant la nuit ! »

Laura resta silencieuse face à cette remarque. À vrai dire, son corps était si exténué qu'elle ignorait comment elle pouvait lever la tête. Elle regarda autour d'elle, la plupart des rescapés n'avaient pas le courage d'entamer une nouvelle journée.

« J'ai vu que tu avais envoyé un groupe de personnes chercher à manger, dit-elle. Tu penses qu'ils y arriveront ? On ne connaît rien de cet endroit, absolument rien…

- Je te vois perdre espoir, remarqua Aïssa. C'est dur de se lever en se rappelant qu'on est toujours ici. Malgré tout, je trouve qu'il nous reste un peu de chance. Tu connais Charly ? »

Laura répondit d'un mouvement de tête.

« Il m'a promis de ramener de la nourriture d'ici quelques heures. J'ai confiance en lui. !

- C'est vrai qu'il se débrouille mieux que nous, mais est-ce que ça suffira ? On est toujours sous la botte de ce dictateur, on périra tous si on n'agit pas !

- Je suis entrée dans le bus ce matin, il avait mangé une bonne partie des provisions. On a décidé de le laisser faire, on doit assumer maintenant… »

Un rayon de Soleil éclaira soudainement le visage d'Aïssa et se refléta dans ses yeux verts. Ses longs cheveux ébouriffés lui tombèrent jusqu'au bas du dos.

« Viens avec moi, je vais avoir besoin de toi… dit-elle en se dirigeant vers la carrosserie du bus.

- En quoi je peux t'être utile ? demanda Laura avant de bâiller légèrement.

- Juste après l'accident, on a retrouvé un blessé qui avait été éjecté du bus. Il n'a pas de blessures mortelles mais sa jambe est en mauvais état, expliqua Aïssa. Il ne peut plus se déplacer.

- Tu veux que je t'aide pour lui donner des soins ? s'étonna Laura. Tu as bien vu que c'était pas mon truc, Wendy est mieux placée que moi…

- Nous devons la laisser dormir. Je suis persuadée qu'elle ne t'a rien dit sur ce qu'elle a fait…

- Heu… Non… »

Laura ne savait pas comment recevoir l'information et préféra ne pas demander.

« C'est elle qui nous a tirés du bus de peur que l'essence provoque un incendie. Elle aurait pu nous abandonner et se mettre à l'abri, qui le lui aurait reproché ? Mais elle ne l'a pas fait ! Elle a veillé seule sur chacun de nous…

- Ah… Je… Je n'en savais rien. »

Aïssa la regarda fixement :

« Elle a besoin de repos. Il ne reste plus que toi.

- Je… vais venir… »

Sur la courte distance qui les séparait du blessé, Laura ne put s'empêcher d'éprouver de l'affection envers Wendy. Ses gestes étaient sincères, et cela lui suffisait pour l'admirer.

« Un dénommé Léon m'a donné des feuilles de goyavier en me précisant que leur sève était un antiseptique très puissant, poursuivit Aïssa. C'est exactement ce qu'il nous fallait.

- Ah oui, il m'en a parlé hier soir.

- On a besoin d'un peu d'eau et d'une pierre pour écraser les feuilles. »

Aïssa conduisit Laura dans un renforcement du camp près de la carcasse inutilisée du véhicule. Là, allongée au sol, une personne infirme souriait en apercevant les deux charmantes demoiselles qui lui rendaient visite. Aïssa salua le jeune homme avant de lui demander des renseignements sur son état de santé.

« Je vais mieux… La douleur s'est… estompée… » répondit l'invalide d'une voix qui exprimait la souffrance.

Laura eut un haut-le-cœur quand elle découvrit la plaie de la cuisse du blessé. Elle aurait sûrement vomi si elle n'avait pas eu le ventre vide. Malgré son dégoût envers cette déchirure de tissus organiques, elle ne put s'empêcher de la fixer. La plaie n'était vraiment pas jolie à voir. Une barre métallique était encore enfoncée dans la chair fraîche et de la sciure de verre recouvrait la cuisse. Du sang dégoulinait sur la peau blanche et froide. Quelqu'un avait mouillé la plaie pour tenter de la nettoyer et éviter l'invasion d'insectes.

« Pourquoi on ne lui enlève pas ce morceau de ferraille ? demanda Laura intriguée. Ça doit lui être insupportable…

- Nous l'aurions fait si ça avait été possible. Mais Léon nous a prévenus que des microbes tels que les staphylocoques pourraient infecter plus facilement sa cuisse. Et là, ce serait une mort certaine. De plus, nous voulons éviter toute hémorragie externe, expliqua Aïssa. Les secours ne devraient pas tarder, ce n'est plus qu'une question d'heures, je pense…

- Je comprends, mais à quoi ces feuilles vont te servir alors ?

- Je vais te montrer, répondit-elle. Tiens, apporte-moi cette grosse pierre à tes pieds, s'il te plait. »

Laura souleva la pierre plate et vint la déposer près d'Aïssa. Cette dernière y déposa les feuilles de goyavier avant de saisir une gourde laissée à côté du blessé. Elle versa un peu d'eau sur les feuilles et les broya grâce à un caillou accidenté afin d'obtenir une petite pâte humide.

« Je pense que c'est bon ! » précisa Aïssa avant d'étaler la pâte sur la plaie ouverte.

L'homme grimaça de douleur, le remède provoquait des sensations insupportables, toutefois, c'était le prix à payer pour sauver sa jambe.

Au bout de quelques minutes, les picotements se dissipèrent et le blessé redevint calme. Puis, il ferma paisiblement les yeux avant de s'endormir sous le poids de la fatigue.

« L'intérieur ne peut pas être désinfecté, constata Laura, inquiète. Il n'y a plus qu'à espérer que ça s'aggrave pas…

- Ça, il n'y a que l'avenir qui pourra nous le dire, répliqua son amie. Mais ce n'est pas la seule personne pour qui il faut prier…

- Qu'est-ce que tu veux dire ? Je n'ai pas vu d'autres blessés dans le camp !

- Disons qu'il ne l'est pas physiquement, mais plutôt mentalement.

- Psychologiquement, tu veux dire ? corrigea Laura. Quelqu'un est devenu fou ?

- Pas vraiment… En réalité, il est atteint d'amnésie totale. Après l'avoir examiné, nous avons remarqué un hématome sur le crâne, il a dû recevoir un gros choc durant l'accident. Il n'était plus capable de nous dire qui il était ou encore d'où il venait.

- Je n'en savais rien… Mais où est-il ?

- Je l'ai envoyé avec les autres pour trouver de la nourriture. Il m'a dit que c'était frustrant de rester là et de ne rien faire. Chercher dans sa mémoire lui fait mal à la tête. »

Les deux cas de pathologie firent remarquer à Laura qu'elle n'était pas la plus démunie.

« Il comprend ce qu'il fait ici ? demanda-t-elle.

- On lui a expliqué, il a accepté la chose sans trop d'opposition…

- Et si personne ne l'a reconnu, j'imagine que c'est parce qu'il n'a plus de proches… »

Aïssa soupira. Elle avait évidemment songé à cette hypothèse, pourtant, l'entendre de la bouche de quelqu'un d'autre était comme un coup de couteau.

« C'est terrible ! poursuivit Laura. Il va revenir à la réalité doucement… »

Soudain, un homme s'égosilla dans le camp pour réveiller tout le monde.

« ALLEZ, RÉVEILLEZ-VOUS ! Ne restez pas là à vous morfondre en attendant les secours ! Ils viendront peut-être jamais, alors vaut mieux pas se tourner les pouces ! brailla le dictateur.

- Ne sois pas aussi pessimiste ! » rétorqua Wendy qui s'était réveillée en sursaut sous les hurlements de l'homme.

Elle avait l'air de très mauvaise humeur. Ses sourcils froncés en disaient long sur sa pensée.

« Pessimiste ? C'est quoi ça ? Je suis réaliste ! On est ici depuis déjà plus d'une journée, et rien…

- Je ne veux pas t'entendre plus longtemps, tu me désespères ! » conclut-elle en se dirigeant vers le point d'eau le plus proche.

Wendy l'avait repéré la veille au soir, c'était un petit étang juste à la frontière du campement. Elle se débarbouilla le visage et but un peu d'eau avant de s'attacher les cheveux avec une pince qu'elle avait dénichée dans un sac de voyage. Puis, elle respira profondément l'air pur qui l'entourait et ferma les yeux. Le vide dans l'esprit, elle prit enfin du recul sur la réalité. L'espace d'un instant, elle se détacha de cette Wendy qui pleurait ses proches en cachette et qui devait supporter de voir des larmes tomber en silence. Elle se retrouva à apprécier cette osmose avec la nature, ce bruit délicat de l'eau qui lui titillait les oreilles, ce vent fin qui lui caressait la peau, ce monde obscur qui lui donnait de la vitalité.

« Wendy ! » cria une voix féminine qui la ramena sur terre.

Le calme est éphémère. Elle se retourna et aperçut Laura qui lui faisait des grands signes de la main. Wendy comprit alors qu'on la demandait au sein du camp. La jeune femme rousse se redressa difficilement, ses muscles étaient crispés. Elle se demanda combien de temps elle était restée ici.

Quand Wendy arriva sur les lieux, elle découvrit que le groupe chargé de rapporter de la nourriture était revenu de sa mission. Un attroupement de personnes se tenait autour d'eux, et très vite, des fèves de cacao circulaient de main en main. Il fallait les poser sur la langue et les sucer pour en extraire le plus de glucides possible. D'après les dires de Léon, la chair des fèves de cacao était riche en protéine végétale.

Laura en apporta une demi-poignée à sa complice avant que le stock ne soit entièrement dévalisé. C'était la première fois depuis l'épisode malheureux qu'il y avait autant d'activité dans le camp.

Le tyran s'était assoupi sur le sol inconfortable du véhicule. En se réveillant, il grommela entre ses dents que si son matelas de feuilles avait été terminé à temps, il n'aurait pas eu ce mal de dos.

Par la vitre du bus, il aperçut derrière les arbres, un attroupement de rescapés. Quelque chose dans leur comportement avait changé, c'était presque de la gaieté qu'il pouvait lire sur leurs visages. Lorsqu'il colla son nez à la vitre, celui-ci comprit aussitôt les manigances de ses serviteurs. Des hommes distribuaient de la nourriture !

Comment cette bande de salopards avait osé lui piquer sa bouffe pendant qu'il dormait ?

Pourtant, il jeta un œil sur les sacs de nourriture et ceux-ci n'avaient pas bougé d'un centimètre. Bruno se mit dans une colère noire. Où ils avaient trouvé cette bouffe ?

Ne supportant plus qu'on se foute de lui, il sortit en trombe de son repaire et chargea vers le lieu de rassemblement des rescapés. Ses pas lourds écrasaient la végétation sur son passage.

Certains le virent débouler et eurent la présence d'esprit de jeter ou d'avaler discrètement la nourriture. Malheureusement pour les autres qui n'avaient pas réagi à temps, ils ne pouvaient plus échapper au courroux du dictateur.

Lorsqu'il arriva à leur niveau, personne n'osa faire le moindre mouvement. Chacun observait la réaction des autres pour savoir laquelle adopter.

« C'est quoi ça !? hurla Bruno en désignant du doigt la petite graine sombre que certains avaient en main. »

Les rescapés restèrent muets, paralysés par la peur.

« Toi ! Réponds ! poursuivit-il en s'adressant à Speed.

- C'est… C'est des fèves de cacao, répondit-il d'un air confiant. On les a trouvées ce matin… Y'a un arbre, pas loin…

- Elles viennent d'où ? »

Speed se retrouva dans une impasse. Il était divisé entre l'envie de se protéger et celle de sauver son honneur. Toutefois, le dictateur ne lui prêta plus d'attention et s'adressa à tout le monde :

« Si celui qui est à la base de ça ne se dénonce pas, vous payerez tous pour lui ! menaça-t-il, je n'épargnerai personne… »

Aïssa n'hésita pas à lever la main pour se sacrifier, son regard était toujours aussi déterminé. Elle se dressa devant l'homme corpulent.

« C'est moi ! dit-elle d'une voix claire. C'est moi qui ai eu l'idée d'envoyer des hommes trouver de la nourriture pendant votre sommeil.

- Quand le chat dort, les souris dansent, à ce que je vois.

- Oui, c'est exact, riposta Aïssa qui n'hésitait pas à se montrer insolente. Mais qu'allez-vous faire ? Me frapper de nouveau ? »

À ces mots, elle tendit sa joue droite. Il était

indiscutable qu'elle ne craignait pas les châtiments corporels. Perplexe devant cet être sans défense mais qui persistait à lui tenir tête, le monstrueux tyran préféra ne pas rentrer dans son jeu. La violence est utile face à ceux qui la redoutent. Cependant, il connaissait un autre moyen de dissuasion.

« J'ai compris que ça ne servait à rien de te menacer ou de t'éclater la tête. Tu n'abandonneras jamais et tu viendras toujours m'emmerder, dit Bruno, de sa voix grave. T'as du caractère, j'aime bien ça ! Ce qui est con, c'est que tu peux pas agir seule, tu as besoin des autres. Et eux ont besoin de ta motivation... Si je les dissuade de te suivre, ils m'écouteront sûrement... »

Sur ces paroles, il s'esclaffa bruyamment. Il mit l'une de ses mains dans l'autre et fit craquer ses doigts. Son rire résonna avec un arrière-goût diaboliquement amer.

« Vous n'êtes qu'un monstre ! lança Aïssa. Mais un jour, quelqu'un vous bloquera la route...

- Mais oui, c'est ça... rétorqua-t-il avant de la bousculer violemment d'un coup de bras. Dégage de ma route ! »

Alors, il se dirigea vers les autres rescapés dont le visage était pâle de peur. Il montra du doigt une personne qui tremblait comme une feuille morte face à une tempête déchaînée. Son sourire n'avait rien d'amical.

« Comment tu t'appelles ? » demanda-t-il.

Le désigné prit un temps pour répondre. Il sentit son cœur cogner dans sa cage thoracique et crut que sa fin était proche. Sous la pression du dictateur, il rassembla le peu de bravoure qu'il avait en lui, et répondit :

« M-Moi, Lé-Léon, bégaya-t-il.

- T'as plein de cacao sur les mains, tu as dû faire

partie de l'expédition envoyée par Aïssa ?

- I-Il fallait trouver de quoi m-manger…

- T'as faim ? »

Le ton du dictateur était étrangement compatissant.

« Les j-journées sont difficiles et… »

Avant même que Léon ne finisse son explication, le tyran lui asséna de violents coups sur le crâne. Son visage, qui était d'une physionomie immonde, voire inhumaine, se recouvrit rapidement de sang. Le liquide dégoulinait des poings du tyran.

« ARRÊTE ! » hurla Wendy qui, pétrifiée par cette scène d'horreur, ne put agir autrement.

Les coups résonnaient. Le pauvre homme s'écroula sans résistance, inconscient.

« J'espère qu'après cette démonstration, l'envie de se révolter contre moi vous passera ! cria le dictateur qui était désormais un bourreau. Je vous avais prévenus que seuls ceux qui exécutaient mes ordres pouvaient avoir de la nourriture, j'espère que c'est clair maintenant ! »

Les rescapés remirent, tête basse au tyran, les quelques malheureuses fèves de cacao qu'il leur restait. Celui-ci retourna dans son antre après avoir donné l'ordre de trouver un moyen de se faire repérer des secours. La hiérarchie était désormais claire et sans ambiguïté

« Il me le payera ! Tu verras ce que je te dis, un jour, je lui ferai payer pour tout ce qu'il nous a fait ! » jura Wendy le poing fermé de haine.

Des gens aidèrent Léon à reprendre ses esprits et lui essuyèrent le visage des traces de sang. Aïssa qui avait trouvé une trousse de premiers soins lui désinfecta les lésions salement ouvertes.

« Mais qui est ce type ? Qui est cet individu qui nous impose d'horribles conditions dans un moment pareil ? demanda un jeune homme dont le regard exprimait une grande naïveté. Pourquoi il fait ça ? »

- C'est un être sans scrupule et idiot ! répondit Wendy, hors d'elle. Voilà ce qu'il est ! »

- Ah oui, constata l'homme. C'est vrai qu'il n'a aucun remords. Mais est-ce qu'on peut dire qu'il est idiot ? S'il l'était, je ne sais pas s'il arriverait à abuser de nous à ce point-là. »

Wendy et Laura furent surprises d'entendre l'un des leurs prendre la défense de Bruno. Ce qui était particulièrement déplaisant, c'est qu'elles trouvèrent cette remarque juste et réfléchie.

« Mais... Qui êtes-vous ? demanda Laura, intriguée. Je ne vous avais pas encore remarqué. »

Le jeune homme semblait hésiter et regarda les deux femmes d'un air ennuyé.

« Vous ne voulez pas nous révéler votre identité ? s'étonna Wendy. Je ne comprends pas...

- J'aimerais bien vous répondre, croyez-moi, mais je n'en suis pas capable... »

Consternée, Wendy écarquilla les yeux. Comment était-il possible de ne pas se connaître ? L'âme et sa carcasse sont les seuls éléments qui permettent une appréhension du monde extérieur. Ne pas les connaître n'avait aucun sens.

« N'insiste pas, lança Laura, je pense savoir qui il est ! Aïssa m'a parlé d'un accidenté qui a perdu la mémoire lors de l'accident.

- C'est bien ça, confirma timidement l'homme. On m'a dit que j'étais en vacances... Et qu'on a eu un accident.

- Vous ne vous souvenez de rien ? demanda Laura, intriguée. Ni de ce que vous faites ici, ni de votre prénom ?

- J'en suis malheureusement incapable. J'ai beau chercher au fond de ma mémoire, mais rien ! Il n'y a absolument rien, ni mon nom, ni le visage de mes proches, ni ma vie passée. Quand je me suis réveillé après l'accident, on m'a expliqué tout ce qui s'était passé. On m'a même montré les cadavres retrouvés dans le bus, mais j'ai pu en identifier aucun. Je sais pas si j'ai perdu des proches durant l'accident.

- Je suis sûre que vous irez mieux avec le temps et que votre vie vous reviendra en mémoire avant même que l'on parte d'ici, réconforta Laura.

- C'est gentil de votre part, mais je ne suis pas très rassuré. C'est angoissant de ne plus avoir de repère. J'ai l'impression que tout le monde me ment, je me méfie de tout.

- Pour aider à retrouver la mémoire, je crois que les médecins conseillent de stimuler le cerveau avec des souvenirs ou des lieux familiers. C'est sûr que là c'est pas vraiment la situation idéale… On vous aidera du mieux que l'on peut ! »

L'Amnésique les remercia. Il était touché par leur initiative, pourtant, son regard était encore habité par le doute.

« Ce n'est rien, n'importe qui agirait comme nous. On ne vous laissera pas tomber.

- Il faut maintenant penser à la prochaine étape, poursuivit Wendy : partir d'ici, retrouver nos proches ! »

L'amnésique regarda d'un air perplexe les deux ravissantes femmes. Il ouvrit la bouche, puis se ravisa.

« À quoi vous pensez ? demanda Wendy qui aimait connaître l'envers des choses.

- Je veux pas vous contredire, mais je pense pas qu'il faille penser en premier à quitter cet endroit…

- Vous comptez rester ici encore longtemps ?

- C'est pas vraiment ce que j'ai voulu dire… Pour moi, l'étape suivante est de se débarrasser de Bruno.

Il parasite le bon déroulement de la communauté, gâche les réserves de nourriture, et prend les décisions tout seul. Si les secours n'arrivent pas et qu'il est toujours au pouvoir, on ne survivra pas ! »

Les deux femmes admirèrent le jeune homme. C'était la première personne à souhaiter se réunir pour se débarrasser du tyran. Son cerveau vierge pouvait aborder les problèmes sans appréhension. Un silence s'installa où chacun songea à chasser le dictateur, *mais comment ? Par quel moyen ? Comment se révolter quand la peur et la faiblesse nous tiennent ?*

Sans un mot, ils se dirigèrent vers le centre du camp. Wendy était perdue dans ses pensées, plus le temps passait, plus il serait difficile de convaincre les rescapés de se révolter. Défier l'autorité demandait beaucoup de volonté.

Après s'être fait rouer de coups, Léon avait perdu de sa vitalité. Son visage était marqué d'hématomes. Il tenait en main une branche en bois qui lui faisait office de canne. Malgré cela, Aïssa et un grand homme noir et costaud, qui se faisait appeler *Jim,* l'aidèrent à se déplacer. Les deux groupes se rejoignirent là où les braises froides avaient cessé de fumer. Jim se présenta avant de serrer la main des deux femmes et de l'amnésique. La partie antérieure du bus, celle dans laquelle le dictateur avait décidé de loger, se situait à une vingtaine de pas de là. Wendy, qui n'appréciait guère d'être à sa portée de vue, demanda discrètement à ses compagnons de changer d'endroit. Ils contournèrent le campement, longèrent un petit sentier fraîchement débroussaillé et pénétrèrent dans la seconde partie du véhicule. Wendy jeta un dernier coup d'œil derrière elle, personne ne les avait vus.

« Tu vas mieux, Léon ? demanda-t-elle, un peu

inquiète.

- La douleur p-physique n'est rien ! Ce qui m'agace c'est de voir ce porc de B-Bruno se croire tout permis, si j'étais plus fort... »

Il était étonnant de voir Léon, habituellement si chétif, dans un tel état de rage. Son regard perçant montrait un tout autre aspect de sa personnalité.

« C'est qui Bruno ? demanda Jim. C'est celui qui t'a mis dans cet état ?

- C-C'est ça...

- C'est impardonnable de notre part de ne pas être intervenus, s'excusa Wendy, mais il fait peur ! On ne sait pas de quoi il est capable. Il n'a eu aucune pitié pour te brutaliser devant tout le monde et sans raison. Même avec toi, Aïssa, il s'est montré violent. Alors jusqu'où il va aller ?

- C'est pas grave, je ne sais pas si j'aurais bougé le petit doigt pour secourir un autre, répondit Léon qui se tenait une côte. Je ne suis qu'un maigrelet sans force et vous, vous êtes une femme sans défense.

- Tu as raison Léon, mieux vaut ne pas prendre de risques inutiles, confirma Aïssa, nous ne répondrons pas à la violence par la violence !

- Je suis bien d'accord avec toi ! approuva Jim qui avait un léger accent africain. Ce qu'il faudrait, c'est pouvoir attirer les secours vers nous sans qu'il ne s'en aperçoive.

- On peut essayer d'attacher un grand tissu en haut d'un arbre. Si les secours survolent les environs en avion, ils nous repéreront !

- Bonne idée ! s'exclama Wendy. Je ne sais pas si on a un drap, mais on peut toujours mettre une chemise blanche, ça flottera facilement au sommet des arbres. »

Aïssa s'empara de vêtements inutilisables retrouvés dans les décombres du véhicule.

« Je pense que ça fera l'affaire, annonça-t-elle en brandissant un grand tissu blanc maculé et troué à plusieurs endroits. J'ai aussi trouvé de la corde qui m'a l'air bien solide ! »

Le matériel était prêt. Alors que le Soleil s'élevait au zénith, le petit groupe des six rescapés sortit enfin de la carcasse du bus. C'était l'heure idéale pour mettre en application leur plan. Tout d'abord, parce qu'ils étaient certains que le dictateur faisait sa sieste et qu'il ne viendrait donc pas les déranger. De plus, Wendy suggéra qu'il ne fallait pas attendre l'après-midi car la lumière faiblissait très rapidement sous le couvert des arbres.

Il ne fallut pas longtemps avant de trouver le plus grand arbre aux alentours du campement. D'après Léon, il s'agissait d'un Eperua. Il était très feuillu et avait de nombreuses branches fines qui partaient dans tous les sens. Son sommet était nettement plus haut que les autres.

Dans le camp inanimé, les agissements du groupe ne passèrent pas inaperçus. Avant même d'avoir décidé des consignes de sécurité, un attroupement d'hommes et de femmes s'était déjà formé autour d'eux.

Aïssa se réjouit de la tournure que prenaient les événements. Le fait de se rassembler pour l'accomplissement d'un but commun devrait souder les rescapés entre eux.

Un jeune homme d'une vingtaine d'années à peine se porta volontaire pour grimper dans l'arbre. Il expliqua qu'il avait certaines notions d'escalade. Sa carrure robuste justifiait la confiance qui se dégageait de lui. Il attacha le tissu autour de sa taille pour en faciliter le transport et serra les lacets de ses chaussures afin d'éviter de se fouler une cheville.

« Je te conseille fortement de prendre une

seconde corde pour t'attacher tous les deux ou trois mètres. Si tu chutes, tu pourrais te faire très mal en atterrissant à même le sol... suggéra Charly qui aimait partager son expérience.

- C'est hors de question de gâcher de la corde alors qu'il peut se débrouiller sans ! » fit soudainement une voix portante.

Les rescapés se retournèrent.

« C'est encore vous ! s'exclama Wendy qui avait reconnu la voix du tyran.

- Tu croyais que je voyais pas vos petites manigances ? J'ai attendu de voir ce que vous prépariez pour sortir. »

Wendy regretta de l'avoir sous-estimé. Personne ne s'en était rendu compte, mais, lorsque l'allégresse s'était emparée des rescapés, le tyran avait saisi l'occasion de s'immiscer dans le groupe.

« Vous risqueriez de mettre la vie de quelqu'un en péril uniquement pour ne pas gâcher de corde !? poursuivit Wendy.

- Mais il lui arrivera rien... répliqua Bruno d'un ton las. Il vient de nous dire qu'il était habitué à escalader.

- Ne t'en fais pas Wendy, assura le jeune homme. Je n'ai jamais chuté en plusieurs années d'escalade.

- On n'est sûr de rien, il ne faut pas prendre de risques inutiles !

- C'est pour le bien de tous ! Si j'arrive à accrocher ce drap au sommet, les secours seront là dans la journée.

- On s'en fout de son avis, interrompit le tyran. Tu vas te décider à grimper dans ce foutu arbre ? »

Le jeune homme fit mine de ne pas l'avoir entendu. Il testa la résistance des premières branches en exerçant une pression dessus. L'arbre feuillu possédait de longues et solides branches qui étaient recouvertes de mousse et de lianes tortueuses.

« Elles m'ont l'air bien épaisses » annonça le grimpeur.

Confiant, il sauta de branche en branche sans la moindre appréhension. Très rapidement, il parvint à la moitié de l'ascension sans la moindre difficulté. Là, les prises se faisaient plus rares et moins sûres. Toutefois, le jeune homme expérimenté se hissa, à la force des bras, sur la branche du dessus.

« Allez, tu y es presque ! » encouragea Wendy en braillant aussi fortement qu'elle le put.

Le garçon leur fit un signe de la main pour annoncer qu'il avait presque atteint le sommet et qu'il était prêt à faire flotter le grand drap blanc.

« Bon sang, tu es génial ! » répondit Jim qui avait eu quelques frayeurs pendant l'ascension du grimpeur.

Ce dernier dénoua le long tissu de sa taille avec facilité et montra une grande habileté dans ses mouvements. Il était assis sur une fine branche située quelques mètres en dessous de la pointe de l'arbre. Mais au moment de se relever, son regard en croisa un autre. Il demeura immobile et retint machinalement sa respiration.

« Que se passe-t-il ? demanda Wendy, qui s'inquiéta quand elle comprit que quelque chose n'allait pas. Tu veux de l'aide ? »

Le garçon ne répondit pas, son regard resta figé sur l'extrémité de la branche. Ces pattes velues lui glacèrent le dos. Le jeune homme vit et crut entendre ses mandibules claquer. Il essaya de se ressaisir et de chasser son arachnophobie. Mais elle était toujours là, cette tarentule d'une dimension effrayante qui semblait le fixer et vouloir lui bondir dessus.

Il savait qu'elle ne lui voulait aucun mal, néanmoins, il ne pouvait empêcher son cœur de battre à toute allure. Son front perlait de sueur.

Le jeune homme se ressaisit, il décida de poursuivre sa mission et posa sa main tremblante sur la branche suivante. Ses genoux faiblirent sous l'émotion, et subitement, son corps chuta de ses appuis.

Laura hurla de terreur. Elle ferma les yeux. Pendant un bref instant, elle crut le voir tomber. Pourtant, l'homme était toujours suspendu à une branche. Il avait réussi à s'agripper de sa main frêle sur un large morceau d'écorce.

« JIM ! Va lui venir en aide ! » cria Wendy complètement affolée.

Celui-ci avait déjà pris l'initiative d'aller lui porter secours et bondit de branche en branche aussi rapidement qu'il le put.

L'homme suspendu à l'arbre força sur ses muscles du bras pour se remettre en lieu sûr. Malgré l'urgence, il en fut incapable. L'énorme araignée était là ! Elle bougea ses pattes monstrueuses et s'avança vers lui.

« Non, va-t'en ! » souffla-t-il horrifié. Il sentit ses forces l'abandonner et ne pouvait même plus respirer correctement.

Jim arriva bientôt à son niveau, il lui parla pour le réconforter. Soudain, l'écorce dont le jeune homme se servait comme prise se déchira. Il chuta dans le vide. Son cri fut court. Il croisa le regard de Jim qui tendait impuissamment le bras vers lui. Son faible corps percuta violemment les épaisses branches avant de toucher terre dans un long bruit sourd. Tout s'était déroulé rapidement. Un tas de feuilles et de terre séchée se souleva sous la collision et retomba calmement.

« Oh mon Dieu ! » cria quelqu'un.

Laura s'effondra en larmes, les autres restèrent

quelques secondes sous le choc, horrifiés, tétanisés. Seule Wendy eut le réflexe d'aller à son secours. Elle lui prit le pouls, mais elle ne sentit rien. Elle savait qu'il n'était pas nécessaire de tenter quoi que ce soit, la nuque de la victime avait une forme inhabituelle.

« C'est entièrement de votre faute ! éclata Aïssa en pointant du doigt le tyran. Avec votre stupide raisonnement pour économiser de la corde, regardez ce que vous avez fait ! »

Le corps complètement difforme sous les vêtements donnait l'impression qu'il ne s'agissait pas d'un être humain.

« Tu vas quand même pas porter la faute sur moi ? protesta le tyran. Il savait très bien ce qu'il faisait quand il s'est porté volontaire.

- Cette fois-ci, c'en est trop ! dit Aïssa hors d'elle. Nous ne pouvons plus être l'objet de vos bêtises !

- Tu vas encore te rebeller ? répondit Bruno avec un sourire en coin de lèvre. T'as bien vu que ça servait à rien. C'est la loi du plus fort !

- Je combattrai de toutes mes forces jusqu'à mon dernier souffle pour te chasser ! » rétorqua-t-elle avant de lui bondir dessus.

Elle paraissait fragile, sans défense et vulnérable face à la taille monstrueuse et à la force colossale du tyran. Pourtant, elle ne se découragea pas et ramassa des pierres au sol pour s'en servir comme arme. Elle lui en jeta une afin de le maintenir à distance. La puissance du tir était insignifiante et le caillou heurta faiblement le crâne du tyran.

« Je vais me débarrasser de toi une bonne fois pour toutes ! » lança-t-il avant de craquer ses os de la main et d'avancer vers son adversaire.

Alors qu'elle n'avait pas la moindre chance, Aïssa serra les poings et les dents, prête à se défendre. Il était hors de question pour elle de continuer à subir la loi du tyran. Même si elle devait y laisser la vie, son combat ne serait pas vain.

Soudain, l'amnésique s'interposa entre les deux combattants. Il n'eut aucunement l'intention de se battre mais voulait comprendre ce qui amenait le tyran à agir d'une telle manière.

« Vous n'allez tout de même pas frapper une femme ? demanda-t-il, interloqué. Ça serait plutôt immoral…

- Tu sais ce que j'en fais de ta morale ? répondit le dictateur.

- Pourquoi tu fais ça alors que l'on pourrait vivre ensemble en attendant les secours ? Il faut coopérer !

- Vous n'avez toujours pas compris qu'ils ne viendront jamais ?

- Ils viendront forcément ! Qu'est-ce que tu en sais ?

- Je le sais ! Alors maintenant, dégage ! Je n'aurai aucune peine à m'occuper de toi. »

Jim arriva en renfort, le regard plein de haine :

« Il a raison, tu as déjà fait suffisamment de mal comme ça. Si tu touches à un seul cheveu d'Aïssa, je te promets que tu le regretteras ! menaça-t-il.

- Que vous soyez un ou trois ne changera rien ! À qui le tour de grimper là-haut pour y accrocher ce foutu drapeau blanc ? dit le dictateur, d'un ton despotique.

- Si vous voulez jouer à la loi du plus fort, nous, on jouera à la loi du Talion ! rétorqua Jim. On rendra coup pour coup et on ne laissera jamais quelqu'un comme vous prendre les ordres… »

Le tyran se mit à rire très bruyamment pour narguer son adversaire. Sa carrure était tellement colossale qu'il avait l'impression de n'avoir que trois fourmis devant lui.

« J'ai bien réfléchi cette nuit, dit-il, en les

ignorant. Bientôt, on n'aura plus de réserve de nourriture, et...

- Si vous ne dévoriez pas tout, on aurait encore des provisions !

- Oui, mais j'ai un appétit d'ogre, riposta le dictateur. Je disais donc que les réserves seront épuisées d'ici peu. Alors j'ai pensé à manger les cadavres, ils servent à rien et prennent trop de place... »

Wendy fut abasourdie par ce qu'elle venait d'entendre. Elle ne pensait pas qu'il serait prêt à souiller la mémoire de leurs proches pour assouvir sa faim. La femme essaya de chasser sa peur envers l'ignoble tyran et rejoignit les rangs d'Aïssa, de l'amnésique et de Jim. Les évènements avaient pris une telle ampleur qu'elle fut très rapidement suivie de ses compagnons Charly, Léon et Laura. Malgré la terreur, cette dernière répondit présente à l'offensive pour la liberté.

« Seuls les plus forts survivent, c'est la loi de la nature, dit le dictateur.

- Je t'interdis de toucher aux corps de nos amis défunts » lança Léon, d'un air agressif.

Une dizaine d'autres personnes se joignirent au mouvement. Le tyran était seul contre tous, il n'avait plus la position de force. Un insecte ne valait rien, mais une armée était autre chose. Il ne lui restait alors plus que l'intelligence régie par l'instinct de survie.

« Vous me faites pitié, obligés de vous défendre en groupe, aucune envergure... grogna-t-il.

- Ça te va bien de dire ça, rétorqua Wendy. Tu te sers des plus faibles pour dissuader les autres. Mais maintenant, tu es allé trop loin... »

Bruno ne répondit rien. Il la dévisagea, son regard brûlait de colère. Puis, il leur tourna le dos et disparut derrière le mur de végétation.

•

« Je ne comprends pas comment cet homme a pu se comporter comme ça alors que vous étiez dans la détresse, fit remarquer Alicia.

- La détresse n'est pas un sentiment assez fort pour changer la nature de l'homme... » répondit sa grand-mère.

Cela faisait maintenant plusieurs heures que Laura narrait son histoire. Sa petite fille l'écoutait avec toujours autant d'attention et buvait chacune de ses paroles. Connaître la jeunesse de ses grands-parents était une chose, toutefois, lorsque celle-ci racontait les conditions de vie de survivants dans un milieu hostile, cela devenait passionnant.

Le temps de l'après-midi était constant. Seuls quelques nuages zébraient le ciel tandis que le Soleil brillait de tout son éclat. Des passants promenaient leurs chiens qui courraient après les canards.

« J'ai du mal à croire qu'un seul homme ait pu avoir une telle emprise sur un groupe d'une vingtaine de personnes ! Pourquoi ne pas l'avoir chassé plus tôt ?

- Je comprends ton point de vue et je pense qu'à ta place je me poserais les mêmes questions. »

La vieille dame chercha ses mots, puis, poursuivit :

« Je pense qu'il faut essayer de se mettre à notre place pour éprouver réellement ce que l'on a vécu. Après l'accident, on avait absolument plus rien, on avait tout perdu. C'était comme se retrouver devant un immense vide, une solitude sans limites. On avait l'impression de ne plus avoir d'avenir. Alors quand cet homme s'est mis à prendre les décisions, c'était dans l'indifférence la plus totale. Pourquoi se battre quand on attend plus rien de la vie ? »

Il était difficile pour Alicia de comprendre le sentiment d'angoisse dans lequel avaient été plongés les rescapés, elle qui n'avait jamais vécu d'épisodes aussi dramatiques.

« Vous n'aviez pas le courage de vous révolter ? demanda-t-elle.

- En quelque sorte. Mais par la suite, quand on commençait à s'organiser, il a utilisé la force pour dissuader les plus faibles. Grâce à Aïssa, qui est restée debout, on a dépassé cette peur.

- Il s'agit de la femme qui a perdu son mari ? »

Laura confirma d'un mouvement de la tête.

« Après ça, les choses ont dû s'améliorer ? demanda Alicia.

- La suite est un peu plus compliquée, je ne préfère pas me lancer dans cette histoire si je ne peux pas t'en raconter la fin.

- On a encore toute la journée devant nous, tu peux tout me dire.

- À vrai dire, je ne préfère pas qu'on m'entende...

- On peut rentrer si tu veux, on sera plus à l'aise. »

Sa grand-mère accepta et les deux femmes prirent le chemin du retour. L'appartement était agréablement chauffé. Elles se préparèrent un thé à la menthe qu'elles dégustèrent dans un fauteuil confortable.

« Tu ne te lasses pas d'écouter les souvenirs d'une vieille dame ?

- Ce ne sont pas des souvenirs ordinaires » répondit la jeune femme avec le sourire.

•

La fuite du tyran fut suivie d'applaudissements et de clameur. Après tant de souffrance et de désespoir, les miraculés de l'accident eurent finalement quelques instants de bonheur. C'était un nouveau départ, les conditions de vie ne pouvaient que s'améliorer.

« Enfin, nous sommes débarrassés de lui ! souffla Aïssa, soulagée. Je vous remercie tous, j'avais vraiment besoin de votre aide.

- Je suis désolée de ne pas avoir réagi avant, pardonne-moi, lui dit Laura, la tête basse.

- Ce n'est rien, l'important est de savoir ce que nous allons faire maintenant. Il faut nous organiser pour construire et structurer le campement. Il y a tout à refaire !

- Ça ne sera pas la peine, je pense qu'on sera sauvé d'ici peu par les secours » affirma Wendy qui voulait plus que tout présenter à son tour ses excuses.

À la grande surprise de tous, Aïssa semblait ne pas l'entendre, elle évoqua aussitôt les étapes à franchir pour la création d'un camp et son bon fonctionnement. Elle demanda l'attention de tous :

« Nous avons perdu quelques jours, mais désormais ça n'a plus d'importance, dit-elle à voix portante. Les rescapés s'attroupèrent autour d'elle. Nous sommes une vingtaine à vouloir la même chose. Je me souviens que vous aviez prononcé le souhait de rester ici, c'est pourquoi nous allons tout mettre en place pour vivre paisiblement. Je vous demanderai de lever la main pour voter la prochaine décision. »

Cette directive résonna d'une manière douce dans les oreilles des rescapés qui hochèrent la tête pour montrer leur enchantement. La plupart d'entre eux n'avaient pas l'habitude de s'affirmer ou de se dévoiler en public. Malgré cela, Aïssa avait la magie d'éveiller en chacun ce qu'il y avait de meilleur.

« Êtes-vous d'accord pour que nous créions des groupes ? Chacun d'eux se verrait attribuer une tâche bien particulière. Nous sommes dix-sept sans compter l'infirme, Bruno et les trois enfants, il faudra partager.

- C'est une très bonne idée, acquiesça Wendy qui parlait au nom de tous.

- J'ai pensé à faire quatre groupes, si vous avez d'autres idées n'hésitez pas à les partager. Le premier groupe devra s'occuper de la nourriture ; chasser ou cueillir des fruits. Je crois que Charly a déjà une petite expérience dans le domaine.

- C'est exact, répondit le vieil homme, en ôtant son chapeau de la tête. Je veux bien en prendre la responsabilité, je connais mieux la forêt que chacun de vous.

- Je suis contente que tu te dévoues, j'allais te proposer d'être le chef de ce groupe. Tu devras sélectionner deux coéquipiers. »

Charly approuva de la tête et attendit que les autres groupes soient formés pour choisir ses compagnons.

« Ensuite, il faudrait que des gens se chargent d'aménager le campement, poursuivit Aïssa. Nous avons besoin d'un coin pour conserver les provisions, d'un autre pour les besoins, et enfin, d'un chemin qui facilite l'accès à l'étang. Il y en a un à une cinquantaine de mètres. Léon, tu pourrais te charger de ça ?

- Ce sera avec grand plaisir, répondit-il.

- Merci, je savais que je pourrais compter sur toi. Le groupe suivant devra enterrer les corps de nos amis décédés. Il ne faut pas les laisser dans un coin du camp, ça ne serait pas respectueux. Je ne sais pas qui désigner pour une telle tâche, quelqu'un se sent capable d'assumer cette responsabilité ? » demanda Aïssa.

Parmi les gens rassemblés autour d'elle, un grand homme très fin leva la main dans un geste lent. Aïssa l'avait déjà vu lors des rassemblements, c'était cependant la première fois qu'il manifestait sa présence.

« Oui, tu veux t'en charger ?

- J'accepte et je mènerai à bien cette mission » dit-il, d'une voix pesante.

Il avait un air sinistre et glauque, la charge de

s'occuper des morts lui convenait à merveille.

« Comment t'appelles-tu ? poursuivit Aïssa. S'il devait diriger un groupe, il était impératif de le connaître.

- Je m'appelle Pierre-Louis » dit-il en se déplaçant doucement.

Il semblait froid, rigide, sa peau était jaune et terne. Il vint près d'Aïssa et lui tendit doucement sa main. Il n'osa la regarder dans les yeux :

« Je suis content que vous m'imputiez cette tâche » dit l'homme d'un ton solennel.

Celle-ci fut surprise de la réaction de cet étrange personnage mais le masqua d'un sourire. Elle accepta de lui serrer la main pour marquer le respect mutuel qui existait entre eux. Ils n'avaient aucun point commun et ne partageaient aucunes mœurs, pourtant, ils souhaitaient travailler main dans la main sans le moindre préjugé. Le cœur d'Aïssa se remplit d'enthousiasme, elle découvrait enfin de la fraternité et de la solidarité dans ce camp. Elle poursuivit alors l'organisation des groupes avec une détermination et une énergie accrues.

« Le dernier groupe dont je serai le chef, si vous l'acceptez, sera chargé d'explorer les alentours et d'attirer les secours ici. Ça sera en quelque sorte un groupe d'éclaireurs.

- C'est une très bonne idée, acquiesça Charly, je suis persuadé que tu accompliras comme il le faut cette tâche. »

Les habitants du camp étaient ravis qu'Aïssa se désigne pour diriger un groupe. Son analyse de la situation était fine et perspicace. Elle avait par avance imaginé l'organisation nécessaire pour sortir le campement de la situation de détresse actuelle. Il était évident qu'elle avait prévu la chute du tyran et qu'elle avait attendu ce moment précis pour mettre en œuvre sa stratégie.

Une fois son discours terminé, les rescapés s'attribuèrent chacun une place dans l'un des groupes.

D'un air soucieux, Laura vint vers Aïssa qui lui accorda toute son attention. Elle lui chuchota quelque chose à l'oreille. C'est alors qu'Aïssa leva le ton pour annoncer la création d'un cinquième groupe.

« À la suite d'une remarque pertinente de la part de Laura, je vais devoir charger deux personnes d'une nouvelle mission. Nous ne pouvons pas laisser les enfants vagabonder dans le campement toute la journée, nous avons le devoir de nous occuper d'eux, de les nourrir ainsi que de les soigner. Laura accepte cette tâche, mais elle aura besoin de soutien. Y a-t-il un bon père parmi nous ou un bon éducateur ? » demanda-t-elle, d'un ton légèrement humoristique.

Mais en vain, personne ne répondit à l'appel. S'occuper d'enfants était moins excitant que l'aventure dans la forêt Amazonienne à la recherche de gibiers.

« Il n'y a donc pas de volontaire ? Ni chez les hommes, ni chez les femmes ? »

Les groupes semblaient déjà être formés, pas un n'aurait troqué sa place d'aventurier contre celle de père. Néanmoins, après quelques secondes une personne leva la main et se dirigea vers Aïssa et Laura.

« Je me porte volontaire pour cette nouvelle tâche, si ça peut venir en aide à la bonne organisation du camp. »

Laura fut très heureuse en découvrant le volontaire car elle voulait en savoir plus sur cette personne étrange et inconnue. Il s'agissait de l'homme qui avait perdu la mémoire. Il avait des lèvres fines et un regard qui ne cillait pas.

« Je suis sûre qu'on va faire du bon travail, lui dit-elle avec un large sourire.

- Ça ne fait aucun doute...

- Mettons-nous au travail dès maintenant, le temps presse ! » annonça Aïssa qui, accompagnée de ses trois camarades de groupe, s'aventura dans la jungle.

Au sein de chaque groupe, les rescapés se mirent à s'organiser. Ils déterminèrent les tâches primaires et répertorièrent le matériel dont ils disposaient. Certes, les journées étaient longues, toutefois, il n'y avait pas une minute de plus à perdre.

« On doit d'abord retrouver les trois enfants » suggéra Laura qui lança un regard de côté à son coéquipier. Elle voulait parcourir et explorer avec lui les recoins de sa mémoire pour découvrir ce qui se cachait derrière cette façade.

« Une chose me tracasse, précisa l'Amnésique. Je me demande comment on va pouvoir annoncer aux enfants le décès de leurs parents. Je pense qu'ils s'en doutent, mais il va bien falloir se montrer honnête avec eux. »

Laura était troublée, il était maintenant évident qu'ils ne les retrouveraient pas. Personne n'avait retrouvé la moindre trace d'eux et il était impossible de demander aux enfants d'examiner les cadavres, cela était au-dessus des forces de Laura.

« Ils attendent avec hâte le retour de leurs parents, dit-elle. C'est une chose horrible à faire, pourtant, on a le devoir de leur avouer la vérité !

- Je suis d'accord avec vous, allons-y de ce pas. Je crois les avoir vus pour la dernière fois dans la partie arrière du bus. »

Laura enchâssa le pas en direction de la carcasse du véhicule, puis, voulant demander conseil à l'Amnésique, elle fut contrariée sur un point.

« Il va bien falloir vous trouver un nom, vous ne pouvez pas rester éternellement inconnu, dit-elle.

- Appelez-moi comme ça vous chante, j'ai confiance en vous pour que vous en trouviez un qui m'irait à ravir, répondit l'homme qui marchait sur ses pas.

- Vous vous exposez à un danger » plaisanta-t-elle pour détendre l'atmosphère avant d'annoncer la sentence aux trois enfants.

Ils arrivèrent à proximité du bus qui faisait désormais office de refuge. À l'intérieur, l'éclairage était terne. À travers les vitres cassées, les sanglots des enfants se faisaient entendre.

« On devrait pouvoir entrer par la façade avant. Il y a une ouverture, c'est le chemin le moins risqué. Ici, les entrées sont parsemées de verre coupant » précisa l'Amnésique.

Laura contourna le refuge et y pénétra par la brèche la plus sécurisée. Elle s'en voulait de ne pas avoir vérifié la présence d'une lampe de poche dans le tas d'objets trouvés. Il faisait terriblement sombre, les gémissements étaient toujours là. Elle s'orienta grâce à une légère source lumineuse provenant de l'extérieur. Elle s'arrêta d'un coup, la vision de l'intérieur ravagé du bus lui fit revivre le moment où elle avait trouvé Sharleyn baignant dans son sang. Des morceaux de verre craquaient sous chaque pas, la moquette était partiellement arrachée, les fauteuils étaient sans dessus-dessous, des traces de sang séché imprégnaient les tissus et peignaient les murs. Laura sentit ses veines devenir froides. Cette réalité inaltérable lui hantait sans cesse l'esprit malgré tous les efforts qu'elle faisait pour en faire abstraction.

« Pourquoi vous vous arrêtez ? demanda l'Amnésique qui la fit sursauter.

- Je ne savais pas que vous étiez juste derrière

moi, je ne vous ai pas entendu entrer, dit-elle, le visage blafard. Je scrutais les recoins du bus pour trouver les enfants.

- Mais vous entendez bien que les sanglots proviennent du fond du bus. Il n'y a rien ici, les cadavres ont déjà été déblayés.

- Je sais, je les entends aussi » répondit l'exploratrice du véhicule.

Elle tentait de cacher l'angoisse qui l'empoignait de se trouver de nouveau en ces lieux. Au fond d'elle, une pensée se manifesta : *quelqu'un s'est occupé d'enlever le corps de Sharleyn…*

« Je vérifiais s'il ne restait pas un cadavre non trouvé, ajouta-t-elle.

- Je ne pense pas, tout a été entièrement vidé en pleine journée : corps, sacs, outils. Vous voulez que je passe devant pour explorer le reste ?

- Non, merci, ça ne sera pas la peine. J'y vais de ce pas… »

Subitement, ils aperçurent une tête d'enfant qui se montra au-dessus de la banquette du fond. Puis, effrayée, elle plongea derrière un fauteuil.

« J'ai vu quelqu'un, murmura l'Amnésique. Il a pris peur quand il nous a vus.

- Pourquoi ils ont peur de nous ? Ils nous connaissent et nous ont déjà vus ! Je vais les appeler pour tenter de gagner leur confiance. »

Laura se tourna vers la banquette du fond et leva le ton :

« Les enfants, vous êtes là ? N'ayez pas peur, on veut juste s'occuper de vous. Vous devez être affamés après tout ce temps sans avaler quoi que ce soit. Il me reste quelques fèves de cacao, je suis sûre que vous allez vous régaler ! »

Malgré les paroles réconfortantes, personne ne se montra et cela inquiéta davantage les deux adultes chargés de veiller sur eux.

« Montrez-vous, s'il vous plait, tenta à son tour l'Amnésique. Vous n'êtes pas obligés de nous suivre, on veut juste s'assurer que tout va bien pour vous. Après, on vous laissera tranquilles, soyez-en sûrs. »

Après un léger temps, deux petites têtes hésitantes se montrèrent et l'un des enfants prit la parole :

« On est où ? Pourquoi on est là ? Pourquoi papa et maman sont pas là ? »

- Je veux bien répondre à toutes tes questions si tu nous assures que tout va bien pour vous, répliqua l'Amnésique.

- Oui... Oui, je crois... Mais je sais pas qui vous êtes ! Elle m'a dit que vous étiez des monstres qui allaient nous manger une fois la nuit tombée !

- Quoi !? s'étonna Laura. Mais qui t'a dit de telles absurdités ?

- J'ai pas le droit de le dire, elle m'a dit qu'elle me tuerait si je faisais une chose pareille.

- Personne ne va vous faire de mal, je vous le promets. Tu te souviens de moi, je vous ai donné à manger hier. Les goyaves, ça vous a plu ? »

Elle n'eut aucune réponse. L'Amnésique se rapprocha des deux petits enfants qui tremblaient de peur et de froid.

« Tu dois tout nous dire, dit-il à l'un des garçons. Quelqu'un t'a menti et essaie de te monter la tête contre nous. On veut vous aider, crois-moi. »

Mais ces paroles ne convainquirent pas le jeune garçon qui préféra détourner le regard. Son camarade se dissimula dans l'obscurité comme un chat apeuré et garda le silence. Quelque chose dans leurs yeux trahissait une profonde terreur.

« Vous n'êtes que deux ? Où est la petite fille blonde ? demanda Laura qui remarqua son absence.

- J-Je peux pas vous dire, partez ! Laissez-nous tranquilles ! sanglota le garçon qui prit soudainement panique.

- Mon Dieu ! s'affola Laura. C'est elle ! C'est elle qui leur a mis ces idées en tête.

- Je n'arrive pas à y croire, pourquoi cette fillette aurait prétendu de telles choses ?

- Je n'en ai aucune idée, elle me semble traumatisée par quelque chose. Hier déjà, elle s'est montrée agressive. Je pensais que ça lui passerait…

- Il faut la comprendre, elle sait qu'on lui cache la vérité ! Elle ne peut donc pas nous faire confiance. »

L'Amnésique se tourna vers les petits garçons :

« Où est-elle partie ? insista-t-il. Si elle s'est échappée du camp, elle risque de mettre sa vie en danger. Elle va manquer de nourriture et d'eau, mais ce qui m'inquiète le plus, ce sont les animaux sauvages !

- E-Elle a dit qu'elle partirait vers le lac derrière le campement et… qu'elle c-comptait retrouver nos parents, balbutia l'enfant blotti dans la pénombre.

- Pourquoi tu as tout raconté ? protesta son camarade. On avait promis de garder tout ça secret !

- J-Je ne veux pas… qu'elle meure…

- Les enfants ! coupa Laura qui commençait à s'angoisser, on part à sa recherche, vous restez ici et ne bougez pas. Je vous donne ce cacao pour apaiser votre faim !

- Je vais chercher un sac et prendre du matériel médical qui pourrait nous servir » annonça son coéquipier en se précipitant vers la sortie du bus.

L'un des enfants demanda à Laura ce qu'il allait arriver à la petite fille. Celle-ci se contenta de lui adresser un léger sourire pour le rassurer bien qu'elle ne l'était pas elle-même.

Tandis qu'elle se précipitait vers l'extérieur, elle

héla l'Amnésique qui la rejoignit aussitôt. Il avait réussi à dénicher une longue corde souillée, une lampe de poche dont le cadran était fissuré et une bouteille d'eau qu'il rangea dans un petit sac à dos.

« Ne perdons pas une minute ! lança Laura d'un ton autoritaire. On doit aller au lac, le passage n'a pas encore été débroussaillé, il va donc falloir nous y frayer un chemin. Cette petite est capable du pire, si seulement on lui avait prêté plus d'attention…

- Ça ne sert à rien de paniquer tant qu'on n'est pas sûrs qu'elle soit en péril. Il faut garder son sang-froid » conseilla l'homme.

Il jeta un œil autour de lui avant de poursuivre :

« Je vous conseille de ramasser un bout de bois robuste, ça va vous être utile pour vous frayer un chemin. »

Les deux coéquipiers s'enfoncèrent dans la jungle et, très rapidement, le camp disparut derrière les feuillages denses. Laura s'acharna contre les incroyables plantes multicolores et donna des coups de bâton à gauche et à droite. Elle imagina les pires choses qui pouvaient arriver à la fillette, ce qui lui donna de l'énergie pour accélérer le pas. En réalité, une autre peur s'ajoutait à celle-ci, elle avait une violente phobie de tout ce qui était insecte ou arachnoïde. Durant son ascension vers le lac, elle en rencontra des milliers ; certains rampaient à terre, d'autres se dissimulaient sur les feuilles en assimilant la même teinte de couleur, et d'autres encore étaient démentiels et volaient en faisant vibrer l'air. À l'inverse, l'Amnésique était serein et avançait en se faufilant à travers la flore. Excepté pour les ronces et les lianes qui encombraient le passage, il ne se servait à peine de sa branche.

« Comment vous faites pour rester si calme sachant que la vie de quelqu'un est en danger ?

demanda Laura en essayant de le faire culpabiliser.

- Je n'ai pas d'explications précises, dit-il avec un léger sourire. Mais je ne veux pas m'affoler avant même de savoir ce qui nous attend. Cette fillette m'a l'air bien débrouillarde. Vous l'avez vue tout comme moi, elle a facilement dupé les deux petits garçons.

- Mais… Il faut faire vite ! répliqua Laura qui ne trouva aucun argument.

- J'avance à la même allure que vous… »

L'Amnésique fit un sourire, il ne voyait pas où la femme voulait en venir. De son côté, Laura ne savait quoi répondre et accepta son tort.

Après quelques minutes, ils arrivèrent aux abords du lac. Là-bas, ils y rencontrèrent le groupe chargé de créer un chemin entre le camp et ici. Les hommes se confectionnaient des sortes de fourches pour déblayer le passage.

« S'il vous plait, lança l'Amnésique qui alla à leur rencontre, vous n'auriez pas vu la petite fille ? Elle n'est plus au camp. »

Un homme à la barbe maigre et aux cheveux frisés lui répondit qu'il n'avait vu personne dans les alentours et ajouta de ne pas trop s'approcher du lac car une bête sauvage semblait y vivre. Ils scrutèrent la surface de l'eau et, au centre du lac, ils aperçurent des bulles qui explosèrent au contact de l'air.

« Qu'est-ce que c'est ? demanda Laura qui fut coupée par une sueur froide en pensant à quelque chose d'horrible. Ça a l'air gros…

- Ça doit sûrement être un animal aquatique. Mieux vaut ne pas s'aventurer seul dans le coin tant qu'on n'est pas sûr qu'il soit inoffensif, répondit l'Amnésique.

- Vous souciez pas de ça, conseilla l'un des hommes du groupe d'exploration. On va se charger de savoir ça. Vous avez des doutes… Je peux vous assurer que cette bête n'a pas fait surface depuis notre arrivée, je crois pas que la fillette est en danger…

- Merci du renseignement, on va fouiller les environs pour tenter de la retrouver » dit Laura qui s'aventura vers l'ouest du lac.

La terre devenait boueuse au fur et à mesure qu'ils longeaient les bords de l'étendue d'eau. Sur un nénuphar, Laura s'émerveilla en découvrant une grenouille magnifiquement noire et parsemée de tâches bleues. Elle voulut s'approcher d'elle, cependant, l'Amnésique la retint par le bras. Il lui conseilla de ne pas toucher ce qu'elle ne connaissait pas, surtout dans un milieu particulièrement sauvage comme celui-ci…

Puis, elle fut saisie d'une agréable pensée : que serait-elle devenue si elle n'avait pas été entourée de tous ces braves gens qui avaient su la soutenir et lui redonner courage… ?

« Regardez là-bas ! lança l'Amnésique qui la sortit de ses réflexions, il y a quelque chose dans la boue. »

Il courut dans cette direction et ramassa l'objet qui était à moitié recouvert de fange. La terre était encore molle, il n'y avait donc aucun doute qu'il avait été mis là récemment.

« C'est une poupée de petite fille, elle ne peut appartenir qu'à elle. Aucun être humain ne semble s'être aventuré dans la région, la végétation est de plus en plus dense. »

Laura saisit la petite poupée blonde et retira de sa main la boue fraîche. Peu à peu, elle découvrit une belle robe rouge de l'époque du dix-neuvième siècle et de petites chaussures coquettes d'une teinte noire.

« Regarde comme elle est mignonne avec ses larges yeux bleus, dit Laura d'une mine de nostalgie.

- Pour quelle raison elle l'a laissée tomber ?

- Je n'en sais rien, mais elle a dû passer ici il y a peu de temps. Ouvrons l'œil, elle ne doit pas être bien loin. »

L'Amnésique contempla joyeusement la poupée et soudain il se figea sur place, son visage devint étrange et ses yeux s'écarquillèrent.

« Qu'est-ce que tu as !? » demanda Laura avec vivacité.

Il resta immobile et silencieux. À travers son regard, Laura eut le sentiment qu'il n'était plus présent.

« Pourquoi tu réponds pas ? Quelque chose ne va pas ? Tu m'inquiètes…

- J-Je… » dit-il avec difficulté.

Alors que sa coéquipière l'invitait à s'asseoir au pied d'un arbre, un cri aigu se fit entendre.

« J'ai pas rêvé ? C'était bien un hurlement de fillette et c'était tout près d'ici » lança Laura avant de se ruer vers l'endroit d'où provenait le cri.

L'Amnésique, qui fut sorti de ses pensées, partit aussi en chasse et très rapidement, après avoir contourné un énorme rocher, ils découvrirent enfin la fillette.

« Je suis soulagée, elle n'a rien… »

Ils se rapprochèrent d'elle, néanmoins, quelque chose n'était pas normal. L'Amnésique se méfia. D'un coup, la fillette brandit un large gourdin et frappa violemment le sol à plusieurs reprises. Sans réfléchir, Laura accourut à son secours et lui attrapa le bras.

« Mais qu'est-ce qui te prend ? » dit-elle dans l'incompréhension.

La petite fille se retourna vivement et lorsqu'elle découvrit les deux adultes, elle hurla de toute sa taille et ordonna de lui lâcher le bras. Son regard était ténébreux.

« On n'est pas là pour te faire du mal, on veut ton bien, rassura la femme.

- Non, j'vous crois pas, c'est vous qui avez fait du mal à ma maman, c'est vous qui m'avez emmenée ici !

- C'est faux, on est victime comme toi d'un affreux accident, réfuta Laura, qui avait les yeux remplis de larmes en voyant tant de haine contenue dans un si petit corps. Tu as perdu tes parents tout comme j'ai perdu ma meilleure amie. On vit le même calvaire que toi.

- J'veux pas partir avec toi encore, t'es le diable ! Laisse-moi partir ! »

Laura, qui était sensible aux injures lancées, ne pouvait plus supporter sa colère. La voix tremblante, elle la supplia de se calmer et de rejoindre le campement. Puis, prise de curiosité, elle se pencha pour apercevoir ce que la fillette était en train de marteler sauvagement à coup de bâton. Elle découvrit avec stupeur le cadavre d'une tarentule estropiée de toute part.

« Mais pourquoi tu as tué cette araignée ? Elle te voulait du mal ?

- J'sais pas ! Mais elle était vilaine et elle pouvait me mordre pendant mon sommeil.

- Cette pauvre araignée ne te voulait sûrement aucun mal, elle devait être plus effrayée que tu ne l'étais, précisa l'Amnésique.

- Je t'ai rien demandé, je vous hais, je te hais !

- Je vois que tu es décidée à ne pas changer d'avis, conclut l'Amnésique. Mais tu dois comme nous espérer l'arrivée des secours. Tu as le choix entre venir avec nous dans le camp pour y être en sécurité, ou bien tenter de sortir par tes propres moyens d'ici sachant que la faim et la soif te guettent. Je ne préfère pas te parler des nombreuses bêtes sauvages qui rôdent dans le coin et du froid qui plane au-dessus de nos têtes la nuit... »

La fillette, indécise, dévisagea les deux adultes qui tentaient de la raisonner. Les paroles de l'Amnésique l'avaient fait cogiter. Puis, sans dire un mot, elle s'arracha de l'emprise de Laura et s'enfuit dans la végétation qui était inaccessible pour un corps adulte.

« Elle nous échappe de nouveau ! s'affola la femme. On doit lui courir après où elle se perdra et se fera dévorer par un animal.

- Je crois qu'on a réussi à la persuader de revenir au campement, ce n'est pas la peine de la poursuivre.

- Comment tu peux en être sûr ? Tu as bien vu la haine qu'elle a envers nous...

- Je ne peux pas nier qu'elle nous déteste et je crois que ça ne s'arrangera pas, mais elle est intelligente et elle doit sûrement savoir que seule dans cette jungle, elle est en danger de mort. Tu as vu le visage qu'elle a fait avant de s'échapper ? Elle avait peur...

- Je dois bien admettre que son comportement était différent, mais dans le doute ? Si elle ne revenait pas ?

- Elle reviendra, crois-moi... »

Bien que l'Amnésique était très confiant, la femme aurait préféré avoir la certitude que la petite fille n'était plus seule.

« Au fait, poursuivit-elle, pourquoi tu as été pétrifié comme ça quand tu as ramassé la poupée ? Je me suis vraiment inquiétée. Tu étais froid...

- Je ne sais pas vraiment, je crois que cette ravissante poupée a réveillé ma mémoire pendant quelques secondes. Pourtant, je doute fort qu'elle ait un rapport quelconque avec ma vie, donc vaut mieux oublier ce petit moment d'égarement de ma part. »

Les deux coéquipiers rebroussèrent chemin et quand ils parvinrent au campement, ils scrutèrent les recoins pour vérifier si la fille était revenue. Toutefois, au grand désespoir de Laura, ils ne la découvrirent nulle part.

« On n'aurait pas dû la laisser partir, elle est trop orgueilleuse pour revenir… souffla Laura après un moment de répit.

- Allons voir les deux petits garçons, ils ont peut-être vu quelque chose… » proposa l'Amnésique tandis que sa coéquipière se dirigeait déjà vers le bus.

Quand ils pénétrèrent dans le refuge des enfants, ils surprirent l'un des deux en train de converser au sujet de la fillette. Le bruit des pas attira l'attention du garçon. Ce dernier aperçut en sursautant les deux adultes chargés de veiller sur eux et plaqua ses mains sur la bouche.

« Elle est venue ici, monsieur, avoua le deuxième garçon avant même qu'une question lui soit adressée.

- Pourquoi tu mouchardes toujours tout à ces deux inconnus ? pesta son camarade.

- Si elle reste seule, elle va disparaître comme nos parents. J'veux pas qu'il lui arrive malheur, j'veux qu'elle revienne…

- C'est bien ! encouragea Laura, tu dois tout nous dire si tu veux qu'elle soit hors de danger.

- Elle est venue ici complètement essoufflée il y a une dizaine de minutes. Puis, elle a dit que vous l'aviez obligée à revenir parmi nous, mais elle a refusé. Quand elle vous a aperçus au loin, elle s'est enfuie et nous a dit qu'elle resterait cachée dans le coin pour se nourrir et dormir avec nous dans le bus, raconta le jeune garçon.

- Si elle sait que tu as tout dit, elle te punira… prévint son ami.

- Ne crains rien, on fera semblant de ne rien

savoir, répondit Laura. L'essentiel, c'est qu'elle soit ici. »

Elle était soulagée, l'Amnésique avait vu juste. Les deux enfants sourirent et l'un d'eux baisa Laura sur la joue en la remerciant. Cependant, les traits de joie qui se lisaient sur leur visage laissèrent place à de la peine.

« Mon papa et ma maman me manquent, vous m'avez toujours pas dit où ils étaient. Ils font quoi ? » pleurnicha l'un des deux.

Embarrassée par la vérité et la culpabilité, Laura détourna le visage pour ne pas montrer ses yeux emplis de tristesse et de désespoir. L'Amnésique la prit dans ses bras pour la consoler et décida d'endosser ses responsabilités.

« Écoutez-moi, ce que j'ai à dire n'est pas facile. Venez, asseyez-vous sur cette banquette, leur demanda-t-il. J'aimerais que vous essayiez d'être forts et compréhensifs. »

Les garçons hochèrent la tête et essuyèrent leurs larmes avant que l'homme poursuive. Celui-ci s'exprimait d'une voix calme et rassurante :

« J'aimerais d'abord connaître vos prénoms, on n'a toujours pas été présenté...

- Ma maman m'a défendu de le dire aux inconnus...

- Moi aussi...

- Je vois que vous avez de très bonnes mamans bien attentionnées. On va d'abord se présenter, ce n'est pas juste de vous demander quelque chose sans se plier nous-mêmes à la condition. Moi, je ne connais ni mon prénom ni d'où je viens, j'ai perdu la mémoire pendant l'accident. Mais je peux vous dire que je défendrai et que j'aiderai tous les habitants de ce camp quoiqu'il arrive. »

Les deux adorables enfants ouvrirent les yeux

d'étonnement et de curiosité.

« Tu sais plus qui t'es ? demanda l'un.

- Je n'en sais pas plus sur moi que je n'en sais sur vous ! Mais certaines personnes de ce camp m'ont réconforté en m'assurant qu'elles m'aideraient. »

Les petits garçons contemplèrent l'étranger avec admiration, ils étaient fascinés et stupéfaits par ce genre d'énigme qu'offrait la nature : l'amnésie. Comment était-il possible d'habiter un corps sans avoir en mémoire son passé ? C'est le remède divin de ceux qui veulent fuir, partir, se repentir, mourir ou revivre de nouveau les petits frissons de la vie. L'amnésie, c'est comme naître une seconde fois.

« Monsieur, vous allez rester avec nous ? demanda l'un d'eux, vous n'allez pas partir et nous laisser seuls ici ?

- Aussi sûr que le Soleil se lève le matin, je resterai avec vous » répondit l'Amnésique.

Il sentait qu'il allait devenir le sujet de conversation des enfants. Ainsi, il pourrait gagner leur confiance.

« Vous avez votre vie en mémoire, vos joies et vos chagrins, vos plus beaux comme vos pires souvenirs, mais vous refusez de m'en faire part par crainte ou par timidité. Tandis que moi, je donnerais tant pour partager avec vous mes vertus et mes faiblesses. Je veux vous raconter l'histoire de ma vie, mais j'en suis dans l'incapacité. Quel comble !

- Si tu t'en souviens, tu nous diras ?

- Si c'est ce que tu souhaites, alors c'est la première chose que je ferai.

- Moi, je m'appelle Eliot » dit celui qui semblait être le plus jeune des deux. Il avait de longs cheveux bruns et ondulés qui lui retombaient sur le visage et était plus svelte que son compagnon. Ce dernier semblait intrépide et aventureux, son regard était plus déterminé. L'expression de visages des garçons avait changé au cours de la discussion. Tous deux montraient des signes de confiance envers les adultes.

« J'habite près de la Côte d'Azur en France, poursuivit-il. Je suis venu ici avec mes parents pour les vacances mais je ne les ai pas retrouvés depuis l'accident. »

Laura demanda le nom du second garçon. Encouragé par son ami, il se confia aux adultes et les informa qu'il se nommait Jack. Il était âgé de deux ans de plus que son compagnon. La dernière fois qu'il avait vu sa grande sœur, c'était lorsque les vibrations du bus commençaient à devenir très violentes. Elle l'avait obligé à se cacher sous les sièges du véhicule pour se mettre à l'abri.

Consternés, l'Amnésique et Laura se regardèrent en s'interrogeant. La sœur de Jack avait agi de manière remarquable pour lui sauver la vie.

Comment leur faire part du décès de leurs proches ?

« Les enfants, se lança l'Amnésique, je dois vous dire quelque chose de très important et qui ne m'est pas facile à avouer. Vous êtes des grands garçons, j'aimerais que vous m'écoutiez attentivement. »

Les enfants levèrent la tête dans sa direction et écoutèrent sagement ses paroles. L'Amnésique lisait dans le regard de Jack une certaine maturité et une lucidité qu'il n'y avait pas chez Eliot.

« Depuis l'accident, les gens de ce camp ont cherché dans les alentours s'il y avait encore des rescapés. Ils ont aussi vidé l'intérieur des deux parties du bus pour vérifier qu'il n'y avait plus personne. Mais voilà maintenant plus de quatre jours qu'on est coincé ici, il y a très peu de chance que nous retrouvions quelqu'un d'autre en bonne santé...

- Mais... C'est... Ça veut dire que... bafouilla Eliot qui commençait à sangloter.

- Je n'ai pas le droit de vous cacher la vérité plus longtemps… Nous pensons que tes parents, Eliot, et ta sœur, Jack… sont décédés pendant l'accident. »

L'un des garçons hurla de terreur et l'autre resta pétrifié. Laura sentit son sang se glacer dans ses veines et ne put retenir ses larmes. Jack serra les mâchoires, sa force de caractère l'empêcha de pleurer.

« Je suis vraiment désolé, ils sont partis rejoindre les cieux… » souffla l'Amnésique, profondément navré.

Tous deux prirent les enfants dans leurs bras pour les réconforter. Mais en vain, les larmes tombèrent pendant des heures et l'appétit et le sourire s'envolèrent aussi rapidement que des oiseaux effrayés par un coup de fusil. Qui pouvait comprendre la peine d'un enfant abandonné et arraché de son cocon protecteur ?

•

64ème jour : Le voyage est interminable, éprouvant. Cette traversée qui ne mènera nulle part va avoir raison de nous. Je ne comprends pas pourquoi on nous envoie droit à la mort.

La mer est agitée et intransigeante, le vent est violent. C' est comme si tous les éléments de la nature voulaient nous empêcher d' avancer !

L' Empereur est formel, il veut nous voir traverser cette mer, et pourquoi ? Pour enterrer cette satanée chose le plus profondément sous terre.

Pourquoi ne pas le faire chez nous ? Cela nous éviterait de périr inutilement. Malheureusement, au bout de cette expédition nous ne trouverons que le vide. La mer nous jettera dans l' univers quand nous atteindrons les limites de notre monde. Les lubies de l' Empereur ne font que mettre notre civilisation en danger. Il croit les paroles d' un fou et agit en conséquence !

J' espère que notre odyssée sera partagée par tous, et qu' elle évitera à d' autres de subir notre sort !

Les jours s' écoulent et se ressemblent affreusement, si je n' écrivais pas régulièrement, je crois que j' aurais perdu la notion du temps. Depuis, le constat est désastreux. Plusieurs membres de mon équipage sont morts. Une maladie les a terrassés. Les corps ont été jetés à la mer pour éviter une épidémie. J' ignore si c' est la faim, la maladie ou la limite du monde qui va m' emporter, mais je sais que ce sont les derniers mots que j' écris.

Mes compagnons ressentent mes craintes, je crois que mon silence prolongé m' a trahi. Le cartographe vient me voir régulièrement pour m' implorer de faire demi-tour immédiatement. J' ai reçu l' ordre d' aller jusqu' au bout, et malgré mes angoisses, je ne reviendrai pas couvert de honte.

Lorsque l' Empereur a demandé de me voir, je n' imaginais pas un instant qu' il me chargerait d' une telle tâche. Je dois aller à l' autre bout du monde, qu' importent les moyens, et trouver la cavité la plus profonde pour y dissimuler cette chose.

L' Empereur m' a précisé qu' il s' agissait de la mission la plus importante qu' il n' ait jamais donnée.

Moi, je n' en comprends pas le sens…

67ème jour : Deux autres hommes sont morts. Je pensais que nous avions pris assez de précautions contre l' épidémie. Il va falloir mettre les malades en quarantaine.

69ème jour : À la fin de la journée, une dispute a éclaté dans mon équipage. Les réserves de nourriture n' étaient pas prévues pour une traversée si longue et lorsque j' ai donné l' ordre de rationner, un marin s' en est pris au cuistot. Je n' avais jamais vu un homme si enragé, il a fallu l' attacher pour le calmer. Il a touché l' un de ses compagnons au dos avec un couteau. Il est actuellement entre les mains du médecin.

La faim nous fait perdre la raison !

73ème jour : Si quelqu' un tombe un jour sur ces notes, qu' il fuit le plus loin possible, cet endroit est maudit !

Il n' y a pas de fin, la mer est infinie ! D' après le cartographe, cela fait des jours que nous avons dépassé les limites connues. À tout moment, nous risquons de franchir la ligne de non-retour, nous serons alors pris dans les chutes d' eau.

La tension entre les hommes est intense. Ils savent que leur vie est derrière eux et qu' il ne leur reste plus que l' espoir. Je laisse au courant et au vent le choix de notre destination.

Les rameurs ne trouvent plus la force de nous faire avancer. Les rats ont envahi les cales et leurs morsures deviennent un grave problème.

74ème jour : L' homme poignardé au dos est mort ce matin.

82ème jour : Je n' y croyais plus ! C' est enfin arrivé, nous avons découvert une terre à l' horizon. Comment est-ce possible ? De quelle terre s' agit-il ? Je n' en sais rien. Le soulagement est grand parmi les marins et les soldats. Au crépuscule, nous atteindrons ce monde inconnu…

•

Le soir, alors que l'air s'était légèrement refroidi et que la faim commençait à flotter au-dessus du camp, Laura abandonna les enfants enfin endormis sur la dernière banquette du bus. Tandis qu'elle traversait un chemin vaseux, elle découvrit sur sa gauche le petit cimetière bâti par l'un des groupes. Il devait y avoir plus d'une dizaine de tombes éparpillées sur un terrain accidenté qui portaient chacune une croix confectionnée avec deux branches de bois et de la corde.

Elle se rapprocha et fut étonnée de découvrir que sur certaines croix était gravé le nom de la personne décédée. Les gens qui avaient créé ce cimetière n'avaient pas bâclé leur travail. Ils avaient fait le nécessaire pour connaître l'identité du défunt, et, quand cela ne fut possible, ils avaient inscrit « décédé le 26 août 1965, repose en paix ». Bien que le corps du chauffeur et du guide n'avaient jamais été retrouvés, une tombe avait été confectionnée pour chacun d'eux. Laura aperçut deux autres tombes qui portaient une étoile de David, elles étaient toutes deux soigneusement fabriquées et posées sur la terre fraîche.

Le cimetière était entouré de végétation infranchissable, c'était un lieu clos et à l'abri du regard.

La femme parcourut les noms gravés sur les croix, et au milieu d'une rangée de tombes, elle trouva avec soulagement celle de son amie. « Sharleyn Lamel - 9 février 1940 - 26 août 1965 ».

Elle s'agenouilla devant d'un geste calme. Laura aurait souhaité s'occuper des funérailles, pourtant, le fait qu'un inconnu s'en charge à sa place lui enlevait un poids du cœur.

Tu as enfin une tombe où ton corps pourra connaître le repos éternel... souffla-t-elle en posant sa main faible sur la terre fraîche. Elle l'enfonça doucement et saisit une poignée de terre qu'elle mit dans sa poche. Le sol était froid et humide.

Je ne t'oublierai jamais, dit-elle à son amie aussi sincèrement qu'elle le put, *avec toi, j'ai connu le meilleur, tu m'as tout donné, tu m'as tout appris. Je te dois une éternelle dette et je t'honorerai jusqu'à la mort quoiqu'il arrive. Ces mots sont à jamais pour ta mémoire...*

Un éclair déchira soudainement le ciel à travers les feuillages. Une goutte s'écrasa sur la main de Laura suivie d'une seconde plus lourde. Elle se pencha pour donner un baiser à la terre. Du coin de l'œil, elle aperçut un germe qui dépassait du sol. La femme sourit.

Elle se releva et ne prit pas la peine d'essuyer ses larmes qui se confondaient avec la pluie. Elle avait envie de pleurer et rien ne pourrait l'arrêter. Pour la mémoire de son amie, elle avait besoin de ressentir ce chagrin.

Je reviendrai très bientôt, crois-moi... lui dit-elle par la voie de la pensée avant de courir se réfugier dans la partie postérieure du bus. Laura savait au plus profond d'elle que Sharleyn l'avait entendue.

Quand elle entra dans l'antre des rescapés, elle aperçut avec enchantement tous les habitants du camp qui faisaient un bilan de la journée. Bruno, l'ancien dictateur, était là, le dos tourné à la foule et le regard dirigé vers la jungle. Il semblait détester ses ex-esclaves mais pas au point de passer la nuit dehors sous la pluie.

« Nous allons récapituler les travaux de chaque groupe pendant cette journée, annonça Aïssa à la foule de gens qui se serraient pour se maintenir chaud. Charly, tu peux commencer ton rapport en premier, s'il te plait ?

- Bien sûr, je n'y vois pas d'inconvénient » répondit-il en se grattant le crâne qui était presque dépourvu de tous cheveux. Il se leva et prit place devant Aïssa.

« Mes camarades et moi étions chargés de trouver de la nourriture, je ne pensais pas que cette tâche pouvait se montrer aussi pénible que difficile. On a essayé de chasser quelques rongeurs qu'il y a dans les parages, mais rien à faire, on n'est pas assez doué ! Le problème, c'est qu'ils se servent dans nos réserves. Ensuite, dans l'après-midi, on n'a pas pu pêcher de poissons non plus. Carl, un homme du groupe d'Aïssa, nous a informés qu'un animal sauvage vivait dans le lac et il est encore impossible de savoir s'il est dangereux ou pas. Alors, on s'est résigné à cueillir des fruits comme des buritis. »

Il tendit un épais sac rempli de fruits de tout genre. Les buritis ressemblaient étrangement aux litchis avec une chair orangée. Il y avait aussi des camucamus, un fruit aux apparences d'une pomme rouge et verte dont l'intérieur était blanc avec deux noyaux. Les rescapés se passèrent le sac de mains en mains en saisissant un ou deux fruits afin que le partage soit juste.

« On va bientôt crever la dalle si on trouve rien de plus que ces misérables fruits ! souffla Speed qui se massa l'épaule, des courbatures le torturaient sur tout le corps.

- Je sais que ce n'est pas grand-chose, commenta Aïssa, mais ils ont fait ce qu'ils ont pu. Demain, nous trouverons davantage de quoi manger. Maintenant, passons au deuxième groupe, celui qui était chargé d'aménager le camp.

- J'avais cette r-responsabilité, lança Léon qui tentait de se frayer un chemin vers Aïssa pour être entendu de tous. Tout d'abord, on a regroupé et t-trié tous les outils qu'on a pu trouver dans les ruines du bus. Il y a-avait par chance un marteau, quelques tournevis, du f-fil de fer, une poêle, des couverts, des sacs p-plastiques, du tissu, des gourdes et d'autres ustensiles…

- On a eu le temps de tout installé dans l'autre partie du bus, il faudra se concerter pour décider de l'utilisation des outils et du fil de fer, ajouta Wendy, qui faisait partie de ce groupe. Grâce au tissu, on a aussi confectionné un rideau à l'entrée du bus pour éviter que le froid ne s'installe. D'ailleurs, les enfants y dorment.

- C'est cela, confirma Léon, il doit n-nous rester quelques mètres de toile. Pour finir, on a a-aménagé un coin pour faire nos besoins, il faut tourner à droite en sortant d'ici et suivre le chemin sur une d-dizaine de mètres.

- Il faut que tu me donnes les gourdes, ajouta Charly, je les remplirai demain au lever du Soleil. Je vais me rendre à l'étang.

- C'est une bonne idée ! V-Viens avec moi, elles sont dans l'autre compartiment. »

Les deux hommes sortirent malgré la nuit noire et les cris d'animaux qui venaient de se réveiller. La jungle nocturne était encore plus hostile. Aïssa poursuivit le bilan et demanda à Pierre-Louis de résumer sa journée et ses travaux. Il s'avança avec les mêmes mouvements lents qui le caractérisaient, et, d'une voix lourde, il s'adressa aux habitants du campement.

« On a enterré tous les corps en essayant de retrouver leur nom et parfois, quand c'était possible, leur religion. Vous pouvez désormais faire quelques prières pour vos proches. Le cimetière se situe sur la gauche de l'autre partie du bus. J'espère avoir fait du bon travail et que leurs esprits pourront maintenant reposer en paix. »

Les rescapés de l'accident le regardèrent avec attendrissement et furent soulagés de voir quelqu'un qui avait le courage de s'occuper des cadavres froids et parfois estropiés. Pierre-Louis le fossoyeur, se rassit sur une des banquettes et laissa la place à qui voulait prendre la parole. Speed, qui avait fait partie de ce groupe, en profita pour préciser que cette tâche avait été très éprouvante et mentalement dure à supporter. Avant qu'il ne puisse finir sa phrase, Aïssa modéra ses propos en lui rappelant que tout le monde ici traversait un calvaire, quel que soit son groupe. Enfin, elle donna la parole à Laura qui résuma le comportement de la petite fille et indiqua que son état psychologique l'inquiétait sérieusement. Elle ajouta, comme conclusion, que les deux garçons étaient sages et qu'ils étaient informés du décès de leurs parents.

Aïssa la remercia avant de reprendre la parole.

Elle explicita les travaux élaborés par son groupe en charge d'explorer les environs et de trouver une trace de civilisation.

« Nous avons commencé par la mare qui est à une vingtaine de mètres d'ici, dit-elle. Là, Carl a découvert qu'une bête sauvage y vivait. Nous pensons à un anaconda ou à un crocodilien quelconque. Dans l'hypothèse qu'elle soit inoffensive, cela reste dangereux tant que nous ne savons pas exactement ce que c'est. »

Elle fit une légère pause, chacun l'écoutait avec attention. Puis, elle poursuivit :

« Malheureusement, nous n'avons trouvé aucune trace de civilisation. Il n'y a que de la végétation, des singes, des araignées, des rongeurs, des insectes... Nous avons remonté la pente sur laquelle le bus avait dégringolé, cependant, il nous a été impossible de retrouver une piste routière. Je ne sais pas comment c'est possible, nous avons bien emprunté une route pour arriver jusqu'ici, mais où est-elle ?

- Vous avez suivi la piste jusqu'où ? demanda l'Amnésique.

- La piste est lisible sur le sol jusqu'à deux cents ou trois cents mètres, répondit Carl. Après, les traces de terre retournée et de plantes écrasées disparaissent d'un coup. C'est comme si aucun véhicule n'avait jamais roulé ici. »

Quelque chose échappait à Aïssa et cela ne la rassurait pas. Pourquoi ne retrouvaient-ils pas la route en reprenant en sens inverse la trajectoire du bus ?

« Il commence à se faire tard, intervint Charly qui revenait avec Léon de l'extérieur. On parlera de tout cela demain et on trouvera par quel moyen on s'est retrouvé ici, loin de toute civilisation.

- Tu as bien raison. Il est l'heure de songer à

dormir pour se reposer de cette journée, conclut Aïssa. Par manque de place, certains devront dormir dans l'autre partie du bus ou en plein air, je suis désolée. J'accepte de céder ma place dans le véhicule.

- Il faudra bâtir un troisième abri, suggéra Laura.

- Je sais bien mais nous manquons d'expérience pour cela. Enfin, quoi qu'il en soit, nous n'avons pas le choix, il va falloir improviser sur la construction.

- Je commence à douter, ajouta Laura. Quelquefois, j'ai peur que personne ne vienne nous sauver.

- Ne dis pas cela, reprends confiance, encouragea la meneuse. Regarde comme les choses se sont arrangées depuis hier. Nous ne sommes plus sous l'emprise de Bruno, nous avons organisé le camp et les recherches. Demain, nous avancerons encore à grands pas vers la liberté, tu verras !

- Demain est un autre jour… »

Aïssa regarda sa montre dont le cadran semblait esquinté et demanda à Laura de patienter quelques instants. Elle sortit, bien qu'une pluie fine tombait, et s'aventura vers le centre du campement. Curieuse, Laura l'observa à travers la vitre du bus et la surprit en plein culte religieux.

Aïssa se mit à genou malgré la terre humide et posa ses mains fines sur ses cuisses. Elle se plia à maintes reprises en prononçant des mots imperceptibles. Après un instant, elle se redressa et couvrir sa tête d'une capuche en laine pour se protéger de la pluie. Ses yeux illuminés par un éclair étaient magnifiques, son regard aux traits fins évoquait la douceur de son âme.

Aïssa se précipita pour revenir sous l'abri et se retrouva face à Laura lorsqu'elle passa la toile qui faisait office de porte.

« Je ne veux pas me montrer indiscrète mais, tu

fais tous les jours ta prière, même sous un temps pareil ? » demanda cette dernière.

Aïssa s'essuya le visage à l'aide d'un chiffon délaissé sur une banquette en répondant qu'elle n'omettait jamais de faire ses cinq prières journalières.

« Cinq prières ? s'étonna Laura, quelle est ta religion ?

- Je suis musulmane, je crois en l'Islam.

- Je suis heureuse de constater que, malgré les événements, quelqu'un ici garde la foi et continue à prier pour le Dieu qu'il vénère. Moi, je suis chrétienne bien que j'aie parfois du mal à rester croyante, dit Laura montrant le crucifix qu'elle portait autour du cou.

- C'est ce que j'avais cru comprendre. Je l'ai remarqué le premier soir où l'on s'est rencontré.

- L'histoire des religions me passionne, ajouta-t-elle. Même si certains peuples se déchirent pour ça, je sais qu'un jour on pourra tous cohabiter ensemble en paix. Dieu nous a donné la foi pour apprendre à vivre dans le respect d'autrui et non l'inverse...

- Ce sont des paroles sages, je suis entièrement d'accord avec toi. Si seulement l'Homme pouvait penser ainsi » confirma Aïssa.

Elle appréciait de pouvoir aborder librement ce genre de sujet car elle avait la conviction que le dialogue permettait de dépasser les frontières de la différence.

« Je dois bien avouer que je ne connais rien à l'Islam, ni même au Judaïsme. J'aimerais connaître l'histoire de ces religions et la culture de ces mondes, reprit Laura. On est tous sectaires, et du coup, on ne se connaît pas.

- Je ne connais pas le Judaïsme non plus. En ce qui concerne l'Islam, c'est une religion qui s'étend du nord de l'Afrique jusqu'en Asie Mineure, expliqua Aïssa. Tout a commencé il y a environ mille quatre cents ans, alors que notre prophète Mahomet recevait par l'intermédiaire de l'ange Gabriel les premières paroles de Dieu. Il a récité ces paroles durant toute sa vie pour rassembler les fidèles appelés musulmans. Après sa mort, ces messages ont été recueillis dans un texte sacré que l'on appelle Coran.

- Les différences ne sont pas énormes entre les religions, le prophète Mahomet qui apporte la bonne parole de Dieu me fait penser à la mission de Jésus sur Terre. Tu connais certaines paroles de Mahomet ?

- Oui, bien sûr. Il nous enseigne qu'Allah est l'unique Dieu, il a créé le monde et la vie. Lui seul est un être incréé. Le Coran est le fondement de la société musulmane au niveau du droit, du culte, des rapports familiaux et sociaux. Il se compose de cent quatorze chapitres que l'on appelle *sourates.* Chacun d'eux commence par la citation *Au nom de Dieu, le tout-miséricorde, le miséricordieux.*

- Vous avez des règles à respecter pour manifester votre foi ?

- Nous devons obéir aux cinq piliers de l'Islam qui sont : la profession de foi, donc croire en Allah et en son prophète Mahomet ; la prière, rituel qui a lieu cinq fois par jour. Elle doit se faire le visage tourné vers la Mecque ; expliqua Aïssa.

- La Mecque est le lieu saint des musulmans, n'est-ce pas ?

- C'est tout à fait cela, tu saisis vite, répondit la jeune femme avec un large sourire avant de poursuivre. Le troisième pilier consiste à pratiquer l'aumône, nous devons partager nos biens et notre nourriture avec ceux qui n'ont pas la chance d'en avoir.

- Ce sont de très bons principes, c'est ça qui

manque dans nos sociétés d'aujourd'hui, ne pas penser à l'argent mais au bonheur et à la santé de tous.

- Pour restreindre encore ces inégalités, nous faisons le mois de Ramadan qui consiste à ne pas manger tant que le Soleil n'est pas couché. Cela permet de faire connaître au plus riche les conditions de vie des plus pauvres, donc la faim et la soif.

- Encore une fois, il y a une similitude avec le Christianisme. C'est une période de jeûne en référence aux quarante jours de Jésus Christ dans le Désert.

- Tu le pratiques ?

- C'est… assez difficile… Je fais seulement quelques jours…

- Je ne fais pas mieux avec le ramadan » répondit Aïssa.

Les deux femmes s'échangèrent un sourire complice.

« Tu m'as dit qu'il y avait cinq piliers, il en manque donc un, poursuivit Laura.

- Le dernier pilier est le *Hadj*. Nous devons, si nous en avons les moyens, faire un pèlerinage à la Mecque au moins une fois au cours de notre vie.

- Un voyage vers le lieu saint, je trouve ça tellement beau ! Dans l'histoire de l'Islam, Mahomet est le seul prophète ?

- Non, il y a une longue lignée de prophètes, dont Abraham et Jésus.

- Jésus n'est qu'un prophète chez les musulmans ? s'étonna Laura. Chez les chrétiens, il est non seulement un messie mais aussi le fils de Dieu. C'est étonnant de voir deux peuples se ressembler autant mais ne se connaissant pas le moins du monde.

- Il faut croire que le propre de l'humain est de

s'ignorer sauf lorsqu'il y a un cas de détresse.

- Si c'est ça la réalité, elle n'est pas joyeuse…

- Nous nous sommes égarés, mais j'ai confiance en Dieu et en l'Homme, dit Aïssa pleine d'espoir. Un jour, quelqu'un nous rappellera ce qu'est la vraie nature de l'être humain, il nous dira de nous aimer les uns les autres. Il nous dira que le bonheur n'est pas la possession de biens mais ce qui est dans notre cœur. Il nous apprendra que seules la couleur, les religions et la culture changent, mais que nous sommes tous semblables et que sous les cieux, il n'existe qu'une seule famille. »

Laura resta médusée. Dans son monde occidental, elle n'avait jamais entendu de propos remplis d'autant d'espoir et d'amour envers son prochain.

« Si nous nous serrons les coudes et que nous nous faisons confiance, poursuivit Aïssa, nous nous en sortirons tous, toi, moi et tous les autres. Même ce tyran de Bruno sera sauvé.

- Bruno ?! Après ce qu'il a fait, il peut périr ici je ne lui tendrai jamais la main pour l'aider à se relever !

- Je comprends la haine que tu ressens envers lui, mais il demeure une créature de Dieu, il mérite d'être sauvé. Tu comprends ? Il n'est pas né comme cela, il l'est devenu sans doute à cause de son éducation et de son milieu. Ce n'est qu'un agneau égaré, nous nous devons de le remettre sur le droit chemin. Il ne faut pas ignorer ses frères…

- Je ne sais pas quoi dire… Si tout le monde pouvait penser comme toi, on vivrait dans un bien meilleur monde qu'aujourd'hui.

- C'est la volonté de Dieu de me faire dire cela aujourd'hui devant toi. Tu as sans doute oublié tous ces propos et le Tout-Puissant voulait te les faire entendre.

- Tu ne penses tout de même pas que c'est la Providence qui me rappelle les Saintes Paroles ?

- Qui sait ? »

Elles se regardèrent quelques secondes et furent charmées par la personnalité et la grandeur d'esprit de chacune.

« Dieu seul sait… » souffla Laura après réflexion.

Après cet échange, les deux femmes se saluèrent, le sommeil les avait rattrapées. La nuit tomba lourdement et les premiers cris bestiaux se firent entendre. Dans les compartiments du bus, des lampes de poche et des bougies trouvées dans les ruines éclairaient faiblement l'intérieur et réchauffaient doucement la peau des rescapés. Dans la partie postérieure du véhicule endommagé dormirent les femmes et les enfants tandis que les hommes, trop nombreux, ne tenaient pas tous dans la seconde moitié du bus. Certains avaient préféré rester à l'extérieur, éveillés, pour monter la garde et surveiller l'intrusion d'animaux sauvages au sein du campement.

Grâce à son expérience, Charly savait faire du feu comme au temps de nos ancêtres les Homo Erectus, ce qui chassait quelque peu le froid et gardait le sang en activité…

Le lendemain, les habitants du camp redoublèrent d'efforts afin d'édifier leur campement. Le groupe chargé d'explorer les environs et celui ayant la mission de trouver de la nourriture travaillaient désormais en collaboration pour fabriquer des pièges pour animaux. De plus, celui qui se voua à la tâche d'enterrer les victimes de l'accident, n'ayant plus de raison d'exister, fusionna avec le groupe qui devait aménager le campement.

Le drapeau blanc avait été remplacé par un autre

dont les couleurs étaient plus vivantes, rouge et bleu, qui représentaient leurs états d'âme. Il flottait au sommet de l'arbre le plus haut. De son côté, Jim, qui était un bon grimpeur, était suspendu à une large branche pour vérifier que l'étendard était encore solidement fixé. De là, il avait une magnifique vue sur l'étendue infinie de l'Amazonie. Des centaines de milliers d'arbres touffus, de feuilles vertes, de lianes enchevêtrées, de mousses humides, d'animaux sauvages, d'oiseaux exotiques et d'insectes de taille démesurée. En pressentant qu'un jour l'humain détruirait ce respectueux écosystème de plusieurs millions d'années d'évolution, Jim eut un arrière-goût de haine. Il voulut rester adossé sur le tronc de l'arbre en contemplant ce flamboyant spectacle, toutefois, il savait que ses compagnons avaient besoin de son aide en bas.

Une fois à terre, Wendy lui demanda s'il avait vu quelque chose de spécial d'en haut. Il répondit qu'il n'y avait rien qui s'apparentait à un avion de secours ou bien à une équipe de recherche. Il décida qu'il serait bon d'observer toutes les heures dans le lointain de la jungle depuis la cime du mirador.

Jim était un jeune homme qui dépassait à peine la vingtaine. Durant la journée, il avait échangé quelques mots avec Laura et lui apprit qu'il était originaire d'Afrique et qu'il faisait des études dans le but de devenir journaliste. La femme lui répondit ironiquement qu'elle avait déjà un très bon titre pour son prochain article : *Les conditions de vie des rescapés !*

À ce moment-là, Charly, accompagné de l'un de ses hommes, se joignit à eux en informant qu'il avait apporté des gourdes remplies d'eau qui devraient apaiser la soif.

« Il est primordial de découvrir quelle bête habite le lac ! s'exclama Wendy. Beaucoup d'entre nous n'ont pas de vêtements de rechange. Pour notre hygiène à tous, il serait nécessaire de pouvoir laver nos affaires.

- Tu as bien raison jeune fille, confirma Charly qui, malgré son âge avancé, était prêt à chasser cet animal sauvage. D'après la position du Soleil, il devrait être midi. Hier, la bête est apparue sur les coups de quatorze heures, ça nous laisse deux heures pour nous organiser avant d'aller la traquer ! »

L'ordre fut vite répandu et tandis que Léon rassemblait le matériel nécessaire, Speed était chargé de mobiliser ceux qui n'avaient pas de tâches prédéfinies. Laura apporta son aide à Léon. Elle se surprit à se remémorer la première fois qu'elle l'avait vu, et étrangement, tout cela n'était plus qu'un vague souvenir.

« Tes bleus vont mieux depuis hier ? » lui demanda-t-elle.

Il esquissa un grand sourire en voyant une aussi charmante jeune femme s'inquiéter de son état de santé. Cela ne lui était pas arrivé depuis si longtemps qu'il n'en avait même plus le souvenir.

« J-Je vais mieux. C'est quelquefois douloureux mais j-je tiendrai le coup. Je n'ai presque pas vu ce satané tyran depuis qu'il s'est d-défoulé sur moi... J'espère qu'il s'est p-perdu à tout jamais dans cette jungle, je le déteste... »

Laura ne répondit rien. Les paroles d'Aïssa lui revinrent en mémoire, toutefois, elle comprenait aussi cet homme qui entretenait une immense rancune envers Bruno. Le matériel qu'ils trouvèrent n'était pas de premier choix. Il n'y avait que de la corde, des pinces, des branches solides et un couteau. Ce n'était pas leur expérience dans la chasse qui allait les aider davantage.

Quand ils revinrent au centre du campement, ils

apprirent de la part d'Aïssa qu'elle refusait de les accompagner. Elle n'avait aucune envie d'assister à une telle scène de violence entre l'Homme et l'animal. Enfin, celle-ci ajouta qu'elle profiterait de ce temps pour fixer une corde entre deux arbres pour étendre le linge et veiller sur les enfants.

« C'est une sage décision, ajouta Wendy. Si on y met tous du nôtre, le camp sera fini dès demain !

- Moi non plus, je ne vais pas pouvoir vous prêter main-forte, annonça Carl. Je me suis foulé la cheville hier en dévalant une pente, ce qui m'handicape grandement.

- C'est pas grave, on fera sans toi. Tu resteras ici avec Aïssa, je pense qu'elle aura besoin de toi » lança Jim.

Après quelques instants, Charly annonça que tout était fin prêt et que la chasse était ouverte. Les hommes, armés de larges branches, de couteaux ou encore de barres métalliques, avancèrent à grands pas vers la mare, là où siégeait la bête inconnue…

Wendy et Laura, qui sentaient la peur au fond d'elles, prirent leur courage à deux mains afin de les accompagner. Elles portèrent les trousses de soins et d'autres ustensiles. Wendy ne savait pas quel piège avait préparé Charly pour la capture de l'animal, néanmoins, elle avait entièrement confiance en son expérience.

Le chemin parut long pour Laura qui avait l'esprit trop pessimiste, elle voyait déjà l'un des chasseurs se faire dévorer ou déchiqueter. Elle serra fort la lanière de son sac à cette pensée et décida de rattraper le régiment d'hommes pour chasser ses idées noires.

« Comment tu te sens ? » demanda-t-elle à l'Amnésique quand elle arriva à sa hauteur.

Il la regarda et vit couler sur son front une goutte

de sueur.

« Moi, je me sens en pleine forme, mais je doute que tu sois aussi calme que moi. Ce n'est qu'un acte naturel ; la chasse. On doit survivre, on doit se nourrir, alors il n'y a pas d'autre alternative, la nature elle-même a créé ce système, répondit-il, serein.

- Je sais… Mais… ça va être la première fois de ma vie que j'assisterai à un tel spectacle, je me demande s'il va y avoir des blessés.

- Peut-être… mais c'est la loi de la nature ! Il est vrai qu'on pourrait laisser cet animal tranquille sous peine de voir l'un de nous meurtri. Cela dit, si on n'a pas d'eau, personne ne va survivre !

- On peut aussi attendre les secours, si on tue cette malheureuse bête pour rien…

- Ce sont les risques à prendre ! »

Les chasseurs arrivèrent enfin au petit lac, la végétation du pourtour de la mare avait été écrasée la veille. Bien que des branches délimitaient le chemin pour en faciliter l'accès, le sol était toujours aussi vaseux et glissant. La petite troupe déposa ses affaires afin d'écouter les conseils du vieux Charly.

« On va essayer d'attirer l'animal le plus près possible du bord pour l'assommer et l'attaquer à l'aide des couteaux. Il va falloir être soudés et avoir confiance l'un envers l'autre.

- C'est ça votre plan ? On va vraiment lui sauter dessus ? demanda Speed, interloqué.

- Si tu as une autre solution, je suis tout ouïe. »

Speed le regarda hébété, il n'avait aucune connaissance dans ce domaine et ne savait pas le moins du monde de quelle manière il était possible d'abattre un tel animal.

« Je sais que cela peut paraître extravagant, mais l'union fait la force, n'est-ce pas ? demanda Charly qui poursuivit sans attendre la moindre réponse. On est une quinzaine, avec de la volonté et du courage, cette bête ne tiendra pas une seule seconde. On est armé de couteaux et de barres très solides. Il faut être solidaire ! Si quelqu'un hésite, qu'il le dise immédiatement, son attitude pourrait mettre la vie des autres en danger. »

Ses compagnons restèrent silencieux, personne n'osa abandonner la troupe.

« Je veux bien vous croire, lança Jim. Cette chose ne devrait pas être plus lourde qu'un gros poisson pour vivre dans une mare... Mais là où je me pose des questions, c'est comment attirer un animal aquatique sur la lisière ?

- J'ai tout prévu, répondit le vieil homme en brandissant une longue branche de bois au bout de laquelle était solidement attachée une corde de nylon. Pendant la préparation du plan, j'ai attrapé un petit rongeur que j'ai ensuite assommé. »

Il déposa au sol le seau qu'il portait à la main et en sortit l'animal étourdi.

« Vous n'allez tout de même pas vous servir de ce pauvre animal comme appât ? demanda Wendy, écoeurée.

- Bien sûr que si ! Quand le gros poisson verra un succulent repas comme celui-ci, il se hâtera tête baissée pour le dévorer. Et là, il faudra essayer de l'attirer près du bord. Une fois à portée de main, vous lui sauterez dessus armés de couteaux et de branches...

- Le plan me semble difficile... dit Jim.

- Je vous donnerai juste un petit conseil. Avant de lui sauter dessus pour l'éventrer, si c'est un poisson il n'y aura pas à vous inquiéter, il ne nous fera aucun mal. Ce ne sera qu'un bon repas pour ce soir. Mais par contre, s'il s'agit de quelque chose de plus terrifiant, prenez garde...

- À quelle sorte de bestiole faites-vous allusion ? lança Jim qui sentit son sang se figer dans ses veines.

- Je pensais… à une chose plus féroce, comme un alligator… »

À ces mots, certains prirent peur et refusèrent de se confronter à un animal aussi puissant et aux dents acérées. C'était du suicide d'envisager abattre un alligator !

« N'ayez crainte, je veux juste évoquer toutes les hypothèses avant de nous lancer dans un tel projet. Mais soyez sereins, je doute fort que ce soit un crocodilien. Dans ce cas-là, il se serait déjà montré avec le bruit qu'on fait. »

Charly attacha le petit rongeur au bout de la corde qui était nouée à une large branche. Puis, les chasseurs se placèrent autour du lac pour bloquer toutes les issues que pourrait emprunter l'animal aquatique. Charly, le vieux sage, lança l'hameçon au milieu de la mare et tenta de le placer là où les bulles avaient été aperçues la veille. Le rongeur couina au contact de l'eau.

Ils patientèrent quelques minutes dans le silence. Rien ne se passa. L'un d'eux jeta un bâton près de l'appât pour exciter la bête, mais de nouveau, cela fut un échec. Il n'y avait toujours pas de bulles et pas la moindre onde sur la surface de l'eau.

« Qu'est-ce que ça veut dire ? s'étonna Speed qui était armé d'un long couteau de chasse aiguisé. Il s'est barré dans la nuit ?

- Les odeurs qu'on laisse ne sont pas habituelles, l'animal a dû quitter son territoire… supposa l'Amnésique.

- C'est possible une chose pareille ?

- Je ne dis pas que c'est certain, mais probable… »

Les chasseurs se considérèrent avec hébètement,

l'animal n'était sans doute plus dans la mare, mais sur la rive, caché dans les buissons. Charly n'avait pas prévu cette éventualité.

« Merde ! Il faut se réunir et fouiller les parages avant qu'elle nous échappe ! cria Speed d'une voix tremblante.

- N'hurle pas comme ça, conseilla Charly, tu risques d'attirer l'attention du prédateur.

- Je m'en fous, c'est justement ce que je veux ! Quand on aura trouvé cette sale bestiole on pourra enfin venir au lac sans avoir peur de se faire dévorer ou je ne sais quoi d'autre. »

Il avança d'un pas brusque dans l'eau et contempla la surface où survolaient des libellules.

« Charly a raison, tu ne devrais pas hurler comme ça, tu vas exciter les animaux dans le coin, et je ne préfère pas avoir de problème avec la nature... De plus, tu devrais sortir de la mare tant qu'on n'est pas certain que l'animal ne s'y situe pas.

- Mais c'est des conneries tout ça, vous n'êtes qu'une bande de froussards ! lança Speed. C'est qu'une... »

Soudain, il se fit éjecter en avant et chuta dans l'eau. Avant même de pouvoir se relever, un long corps écaillé vert foncé tacheté de noir se tordit à la surface et inonda la rive.

« Speed ! » hurla Wendy qui sentit sa gorge se serrer.

Certains empoignèrent les plus solides branches qu'ils purent ramasser et dévalèrent à la rescousse de leur camarade. Speed était encore au sol, la tête dépassant à peine de la surface de l'eau.

Jim tenta d'assommer l'animal écaillé à coups de gourdin mais se fit repousser par le corps puissant de son adversaire.

« C'est quoi ce monstre !? » lança Laura qui ne

put retenir des larmes de frayeur.

Charly la contempla avant d'annoncer froidement qu'il s'agissait d'un anaconda.

« Un quoi ? demanda Laura, perdue.

- Un anaconda ! Il est considéré comme étant le plus grand serpent du monde… »

Bien que Speed tentait de se débattre, le reptilien était trop pesant et puissant pour qu'il puisse s'échapper. Il n'avait pas la moindre chance. Le monstre enserra peu à peu le corps frêle de l'humain qui ne résista guère à la pression de ses anneaux. Un coup de queue lui permit de balayer les parasites qui s'agitaient autour de lui.

Dans le tumulte, le cri étouffé de Speed retentit. Le serpent chercha une issue pour s'enfuir avec sa proie.

« Il va lui briser tous les os si on n'arrive pas à le libérer rapidement ! » s'affola Wendy.

Elle accourut pour lui porter secours même si elle savait pertinemment que ce serait en vain et d'un coup, pendant une fraction de seconde, deux coups de feu déchirèrent l'atmosphère. Alors, le corps du monstre se détendit, Speed chuta sur la rive de la mare. Puis, ce fut au tour du serpent de s'écraser dans l'eau qui s'imbiba d'un liquide rouge. Wendy jeta un regard étonné autour d'elle, qui avait bien pu tirer ces balles ?

« D'où proviennent les coups de feu ? demanda Charly dans l'incompréhension.

- C-C'est moi… » répondit une personne derrière un buisson.

Laura le distingua, son cœur bondit dans sa poitrine lorsqu'elle découvrit le visage du tireur.

« Léon ! Mais comment est-ce possible ?

- Bon sang ! Où tu t'es procuré ce flingue ? » ajouta Jim.

Il sortit des broussailles et avait dans ses mains un large pistolet qu'il cacha sous sa chemise usée.

« Quand j-je déchargeais le matériel et les sacs du b-bus, j'ai découvert cette arme. Je ne vous en avais pas fait p-part car je m'étais dit qu'il ne valait mieux pas qu'elle tombe entre les mains de B-Bruno…

- Pas le temps pour les explications, interrompit Charly. On a un blessé sur les bras, il faut lui porter secours ! »

Sans attendre, ils sortirent Speed de la mare. Son visage était resté une poignée de secondes immergé sous l'eau. Wendy, qui avait un peu d'expérience médicale grâce à ses longues études, lui fit du bouche-à-bouche pour oxygéner ses poumons. Elle demanda à Jim de lui exercer une pression toutes les cinq secondes sur le sternum. Le jeune homme retrouva rapidement ses esprits et cracha l'eau qu'il avait avalée pendant que le monstre était sur lui.

« Comment tu te sens ? » demanda Laura avec inquiétude.

Le blessé les informa qu'il avait de vives douleurs dans le bras. Son dos et ses jambes ne semblaient pas avoir été touchés. Wendy l'examina scrupuleusement et informa qu'il n'y avait pas de plaie ouverte. Ce n'était pas une nouvelle si rassurante, après un tel traumatisme il était possible qu'il souffre d'une hémorragie interne.

« On va le transporter dans le camp, là-bas, il pourra se reposer. Il faut lui appliquer de la pommade sur le bras » dit Charly d'un ton autoritaire.

L'Amnésique, aidé de deux autres personnes, le porta jusqu'au lieu préconisé. Il n'y avait pas de temps à perdre et Wendy insista pour veiller sur le blessé.

« Il doit seulement avoir quelques os

cassés… souffla Jim quand ils s'écartèrent.

- Il a eu beaucoup de chance, ajouta Charly, derrière lui. Les anacondas n'empoisonnent pas leurs victimes comme leurs cousins reptiliens, ils les enserrèrent grâce à leurs anneaux pour leur briser tous les os et les étouffer. Si Léon n'avait pas eu cette arme, il serait mort dans d'affreuses conditions… »

Laura observa le cadavre du monstrueux serpent et se couvrit la bouche dans un geste de dégoût :

« Comment peut-il exister un reptile d'une taille aussi démesurée ? demanda-t-elle. C'est insensé ! Il doit bien faire une dizaine de mètres ! Ce serait un de ces animaux qu'on pensait disparus, comme un dinosaure ? »

Charly ne put réprimer un sourire.

« Non, ce n'est pas un dinosaure. L'anaconda est le plus grand serpent connu, il vit en Amérique du Sud, dans le réseau fluvial de l'Orénoque et de l'Amazone et même jusqu'en Bolivie. Celui-là est un sacré morceau, il doit faire deux cents kilos…

- Je trouve ça étrange qu'il s'attaque à un être humain. Même s'il est très imposant, il ne pourrait pas en dévorer un !

- Ce n'était pas une attaque. Il s'est senti menacé lorsqu'on l'a provoqué et il a sûrement voulu défendre son territoire. Bien qu'il ne soit pas mangeur d'hommes, il reste tout de même dangereux pour nous…

- Je n'en doute pas, vu la puissance et la rapidité avec lesquelles il a attaqué Speed, je pense qu'il vaudrait mieux rester sur nos gardes. S'il y en a un, il doit y en avoir plusieurs…

- On va se fabriquer des lances grâce au bois qui a été récolté, ça nous aidera à nous défendre, conseilla Charly. Puis, il s'adressa aux chasseurs qui étaient restés sur place : On va ramener le corps du serpent au camp, sa chair doit être amère mais comestible. Je pense qu'on va pas faire la fine bouche… »

Au camp, l'ambiance était devenue austère et seuls ceux qui prenaient soin de Speed créaient de l'animation. Ils le déposèrent dans l'abri là où était allongé le premier accidenté grave. Une fois installé, Wendy lui appliqua délicatement de la crème désinfectante à base de feuille de goyave. Il grimaça de douleur mais ne refusa pas le traitement, il savait que c'était le prix à payer pour guérir de ses plaies.

« Repose-toi bien, lui dit Aïssa. Tu verras, demain, tu iras mieux ! Tes blessures ne sont pas mortelles. »

Il avait du mal à prononcer des mots car il était encore sous le choc et ses phrases étaient parfois dépourvues de sens. Dans un grand effort, il parvint à dire qu'il se sentait épuisé. Il tomba dans les bras de Morphée avant même que Wendy ne finisse de le soigner.

Puis, elle se tourna vers le premier blessé pour l'examiner à son tour.

« Depuis hier, il dort d'un sommeil profond » informa Aïssa.

Elle examina les nombreuses lésions que celui-ci avait de l'abdomen jusqu'aux côtes et remarqua que la chair dégageait une odeur rance, ce qui était mauvais signe.

La peau a pris une teinte anormale…

Elle se rinça les mains grâce à une gourde d'eau placée près du blessé et entrouvrit la plaie de ses doigts fins. Bien qu'il n'y avait plus de fourmis barbotant sur les tissus humides, cela ne la rassurait pas pour autant. L'entaille ne cicatrisait toujours pas après plusieurs jours. Lorsqu'elle remonta le long de la déchirure, la vision lui arracha un bref cri.

« Qu'est-ce qu'il y a ? » répliqua son assistante.

L'expression sur le visage de Wendy l'inquiéta.

« Viens voir de tes propres yeux. J'espère me tromper... »

Aïssa prit sa place. Elle écarta quelques branches qui maintenaient l'abri pour laisser passer la lumière du Soleil. Sa chaleur pénétra immédiatement sous le couvert des arbres. Quand la femme posa ses yeux sur la chair encore suintante de sang, elle fut prise de faibles nausées.

« Il ne devrait pas y avoir cette odeur âcre, constata-t-elle. Quelque chose ne va pas... »

Wendy mit son mouchoir qu'elle avait conservé dans sa poche devant sa bouche. Le relent l'écoeurait et lui montait à la tête au point de lui donner des vertiges.

« Regarde plus attentivement, lança-t-elle, la couleur des extrémités de la peau. »

Aïssa s'exécuta et ne put s'empêcher de frémir en découvrant l'horreur.

« La peau est devenue noire à certains endroits...

- De la gangrène, précisa Wendy.

- Mais... Ce n'est pas possible ! réfuta son amie. Nous avons désinfecté la blessure avec de la crème de goyave, j'ai moi-même nettoyé la plaie plusieurs fois à l'eau en me servant d'une compresse neuve. Qu'est-ce que cela veut dire ?

- Nos produits sont efficaces contre la plupart des bactéries, mais certaines sont plus résistantes. Avec ces conditions d'hygiènes, il doit y avoir pas mal de virus et d'autres saloperies. On ne pouvait pas faire mieux...

- Tu penses que ce genre d'infection peut provoquer la moisissure des tissus organiques ? demanda Aïssa, inquiète.

- Tout à fait, certaines pathologies dépassent

même notre imagination…

- En quelques jours à peine, il aurait été atteint de nécrose ?

- Ça fait quasiment une semaine qu'on est là, les soins qu'on lui a apportés ne sont pas adaptés. La propagation de la gangrène peut être rapide et dévastatrice…

- Alors dans ce cas, il n'y a plus une seconde à perdre, il faut lui amputer les tissus morts ! s'affola Aïssa qui devenait anxieuse en imaginant la souffrance et la peur du jeune homme infirme.

- L'amputer ?! Dans de telles conditions ? On ne ferait qu'empirer les choses, ses plaies deviendraient un véritable nid à microbes…

- D'un autre côté, si nous ne faisons rien, il va mourir dans d'affreuses souffrances ! »

Wendy semblait perdue, *que faire ?* Comment pouvait-elle entreprendre d'amputer la jambe d'un être humain au péril de sa vie. Ce n'était pas l'opération en elle-même qui la rebutait, mais les complications qui allaient en découler.

« Il y a déjà deux personnes qui ont péri depuis que nous sommes dans le camp sans compter ceux qui ont succombé lors de l'accident. Ce jeune homme a encore une chance de s'en sortir, nous devons la saisir ! Si les équipes de secours nous trouvent d'ici peu, il en aura la possibilité…

- Je ne veux pas prendre de décisions trop hâtives, une vie en dépend. Je pense qu'on devrait en reparler l'esprit reposé. »

Les femmes partagèrent un sourire. Elles se laissaient un délai d'une journée pour voir comment les choses évolueraient, et à ce moment-là, elles prendraient leur décision. Wendy la saisit dans ses bras pour la réconforter, ce geste d'amitié lui rendit confiance. Une forte émotion lui redonna de l'énergie et l'envie d'aller de l'avant. Les travaux du camp devaient être terminés.

« Il faut se réunir avant la nuit, lança-t-elle, le campement peut désormais fonctionner correctement. »

Laura et Charly arrivèrent sur les lieux et découvrirent une réunion impromptue entre les habitants du camp. Aïssa les informa que Speed s'était endormi et qu'il était désormais sain et sauf. Puis, elle poursuivit son discours sur le fonctionnement du camp et sur les tâches à partager. Les horaires de réveil et de repas devaient être communs. Les déplacements en dehors du camp ne se feraient jamais à moins de trois personnes. Lorsqu'elle entama le sujet de la chasse, Laura l'interrompit pour informer ses compagnons qu'ils avaient ramené du lac le monstre aquatique qui avait attaqué l'un des leurs.

« Il y a donc de telles bestioles dans les parages, il faut rester sur nos gardes, conseilla Carl qui avait toujours du mal à se déplacer. Sa cheville avait pris un coup lors des expéditions dans la jungle.

- Je ne sais pas si certains d'entre vous aiment les lézards, mais pour les prochains jours on aura principalement de l'anaconda grillé dans nos assiettes » poursuivit Charly sans cacher son enthousiasme.

Certains firent une expression de dégoût à l'idée de devoir toucher un si monstrueux serpent. Sa peau écaillée était répugnante. D'autres protestèrent en clamant qu'ils méritaient mieux qu'une telle nourriture.

« Vous êtes dans l'un des seuls lieux au monde où vous êtes le plus libre de vos actions, si votre ventre ne se satisfait pas de ce que je propose, rien ne vous empêche d'aller choisir votre plat dans cette forêt, répondit Charly en souriant.

- Pourquoi est-ce que ce serait un vieillard sénile qui imposerait son règlement ? » pesta une personne qui n'avait pas encore participé à la discussion.

Ni Charly, ni Aïssa ne l'avaient remarqué jusque là. Il était de petite taille et avait la peau du visage marquée par de larges rides qui lui donnaient un âge avancé. Léon le reconnut car il avait fait partie de son groupe la veille, mais ce n'était pas pour autant qu'il connaissait son nom. On le lui demanda avant même qu'il ne poursuive.

« Qu'est-ce que ça peut vous foutre comment je m'appelle ? riposta-t-il. Y'en a ras-le-cul d'un vieillard qui nous emmerde avec ses leçons de conduite. J'en ai marre de ce camp pourri où on crève la dalle !

- Rien ne t'oblige à rester parmi nous. Si tu veux partir alors, n'hésite pas ! Tu es assez responsable pour choisir.

- Je crois bien que c'est ce que je vais faire et j'emporterai la gamine avec moi ! Ça se voit sur son visage qu'elle peut pas vous saquer ! poursuivit le mystérieux homme.

- Tu es libre de choisir ta destinée, mais je t'interdis de mettre en péril la vie de cette petite fille, rétorqua Aïssa.

- Ça, c'est le destin qui choisira. En ce qui me concerne, je refuse de rester ici une seconde de plus ! Tu crois encore qu'ils vont venir sauver tes petites fesses ? Pourquoi ils iront se faire chier à nous repêcher alors qu'on va porter plainte contre eux après, hein ?

- Ils ont commis une erreur, mais ils ne sont pas sans cœur pour autant ! fit remarqua Charly.

- Laisse-moi rire ! Tu sais même pas de qui tu parles en disant *ils* ! À cause de vos conneries, on est bloqué ici. C'est quoi cet endroit où tous les jours l'un de nous crève, hein ? Mais rien vous arrête apparemment ! Vous vous obstinez à vouloir bâtir un camp au beau milieu de ce trou à rats !

- Je ne perdrai pas espoir, et je ne laisserai jamais tomber mes compagnons, dit sereinement Aïssa.

- Que ceux qui sont d'accord avec moi me suivent ! » lança l'inconnu.

Des hommes, exténués d'attendre une miraculeuse intervention humaine ou divine, rejoignirent ses rangs.

« Que faites-vous ? demanda Carl en arrêtant l'un d'eux par le bras.

- On se tire ! Y'en a marre de se morfondre ici et d'attendre que la mort nous tombe dessus ! Ce type a raison !

- Vous pouvez pas partir, il faut rester soudés si on veut avoir une chance… Pensez à ceux qui sont dans l'incapacité de se déplacer, moi-même j'ai une cheville foulée, rétorqua Carl.

- C'est plus notre problème, 'fallait y penser avant ! » répondit l'inconnu qui, accompagné de trois acolytes, ramassa ses affaires avant de s'enfoncer et de disparaître dans la jungle.

Il avait finalement décidé de ne pas emporter la petite fille avec lui, elle ne serait qu'une charge supplémentaire.

Carl lança quelques jurons à tout va, l'attitude irresponsable de l'homme l'avait mis hors de lui. Aïssa le prit à part pour le calmer. Elle lui expliqua que si certains voulaient prendre le large, il n'était pas la peine de les en empêcher.

« Il ne faut pas obliger les gens à faire ce qu'ils ne veulent pas. S'il y a une scission au sein du camp, les choses iront mal, alors mieux vaut se séparer et agir chacun de son côté. »

Après plusieurs heures, il accepta la réalité. L'organisation du groupe ne pouvait fonctionner que s'il était uni.

Laura se dirigea vers l'Amnésique pour lui demander son avis sur cette décision soudaine. Il répondit brièvement qu'il en était attristé mais que l'évolution était toujours accompagnée de modifications et de sacrifices. Elle ne savait l'expliquer, mais bien qu'elle trouvait ses raisonnements déplacés, elle ne pouvait s'empêcher d'y trouver une certaine logique et un brin de sagesse.

Ces derniers observèrent Aïssa qui faisait le tour des rescapés pour s'assurer que tout allait bien et qu'il ne manquait de rien. Ils furent attendris et soulagés de voir qu'il y avait une personne de si grande bonté au sein du groupe. Celle-ci vint finalement converser avec Léon qui avait l'air embarrassé. Il souleva sa chemise et en sortit le revolver qui lui avait permis d'abattre l'anaconda et de sauver son compagnon Speed. Dans un geste d'hésitation, il la remit à Aïssa. Il était évident que si elle tombait entre de mauvaises mains, les choses pouvaient prendre une mauvaise tournure.

Laura et L'Amnésique distinguèrent légèrement ses paroles. Elle confia à Léon qu'il était plus sûr de cacher cette arme pour rester loin de la violence qu'elle pouvait engendrer.

Une fois cette affaire réglée, elle se dirigea vers une femme qui n'avait pas beaucoup participé à la vie du camp. Aïssa n'avait comme seule intention de la réconforter. C'était une Africaine d'une quarantaine d'années qui portait une longue djellaba de couleur vive. Elle portait dans ses bras un jeune nourrisson qui était enveloppé dans un drap pour rester au chaud.

« Bonjour ! lança timidement Aïssa. Je peux... m'installer à côté de vous ? »

La femme ne répondit pas.

« Cela fait plusieurs jours que je vous vois au pied de cet arbre et que vous n'en bougez pas. Vous avez un problème quelconque ? Vous voulez qu'on vous apporte de la nourriture ou quelque chose d'autre ?

- Non, je n'ai besoin de rien... Laissez-moi ! sanglota la femme.

- Vous pleurez, mais pourquoi ? demanda-t-elle en se rapprochant pour gagner sa confiance.

- Je vous ai demandé de partir...

- Mais... Vous allez mourir de faim si vous ne vous nourrissez pas. Et votre enfant, que lui donnez-vous ? »

Après une brève hésitation, elle répondit que son bébé n'avait pas besoin qu'on lui donne quoi que ce soit. Le cœur d'Aïssa cogna d'un coup dans sa cage thoracique. Elle fut subitement prise de panique, une idée insensée lui traversa la tête. Elle s'approcha vivement de la femme et tira alors sur le drap qui enveloppait le nourrisson. Ses yeux étaient fermés, sa peau était pâle. L'enfant était partiellement nu et ne montrait aucun signe de respiration. Il était inerte.

« Qu'est-ce qu'il lui est arrivé ? lança précipitamment Aïssa en arrachant le bébé des mains de la mère pour poser son oreille sur son ventre.

- Rendez-moi mon bébé ! pleura la femme qui avait des difficultés à se mettre sur pied.

- Mais... il... il est... » bafouilla Aïssa.

Elle posa le nourrisson au sol et tenta de lui faire du bouche-à-bouche. Elle ignorait comment il fallait s'y prendre avec un être si frêle, les pressions sur la cage thoracique pouvaient lui briser tous les os. Toutefois, elle se rendit à l'évidence, l'enfant était glacé, sa peau était rigide.

Laura et l'Amnésique, alertés par les agitations, apportèrent leur aide à leur amie.

« Que se passe-t-il ? » demanda l'homme tandis que la mère du bébé tentait de récupérer sa progéniture.

Aïssa lui remit en main propre et annonça le décès du nourrisson. Laura n'en croyait pas ses oreilles, comment a-t-on pu laisser mourir un enfant sans s'en rendre compte ? La mère leur expliqua brièvement qu'il avait perdu la vie pendant le tragique accident mais qu'elle refusait de s'en séparer. Elle le plaqua contre son cœur. L'être qu'elle chérissait tant n'était plus qu'un corps vide. L'étincelle s'était éteinte.

« Vous ne pouvez pas le garder éternellement dans vos bras, riposta Laura qui avait les larmes aux yeux. Il faut lui faire une tombe ! Il a le droit de reposer en paix ! »

La mère ne prêta aucune attention aux conseils des nouveaux venus et parla à son bébé comme s'il était toujours vivant. Sa voix était douce, elle essayait de le rassurer.

Aïssa leur conseilla de lui laisser un peu de temps pour la convaincre d'enterrer l'enfant comme il se devait. L'Amnésique acquiesça d'un bref signe de tête avant de rejoindre les autres membres du camp.

« Si tu as besoin de soutien, je suis là, rassura Laura en posant sa main sur l'épaule de son amie.

- Ne t'en fais pas pour moi, j'en ai vu d'autres. Quand cette femme comprendra qu'elle ne peut pas le garder, elle nous demandera de lui fabriquer un beau cercueil.

- Tu es forte et pleine de bon sens » complimenta

Laura qui la laissa s'occuper de tout.

Avant de rejoindre l'Amnésique et Wendy, elle fit un détour par le cimetière qui avait été bâti la veille. Elle posa les deux genoux à terre devant la tombe de sa défunte amie.

« Bonjour Sharleyn… j'ai plein de choses à te raconter, monologua-t-elle. Le camp commence à bien fonctionner… Ici on trouve de la nourriture dans les arbres et un peu dans le lac… On a réussi à se débarrasser du monstre qui y habitait. Enfin… Ce n'était pas un monstre, mais un serpent énorme… Si tu l'avais vu ! J'avais vraiment très peur… Toi, tel que je te connais, tu aurais été toute enthousiaste à l'idée de voir ça… Je ne t'ai pas tout dit… Il a aussi blessé l'un des hommes… Tu te souviens de Speed ? Le garçon que l'on avait vu à la soirée de bienvenue… C'est vrai qu'il est assez narcissique, mais il ne méritait pas un tel sort… Enfin… D'après Wendy, il devrait aller rapidement mieux. »

Elle s'arrêta un bref instant, un sourire se lit sur ses lèvres pendant qu'elle réfléchissait à ce qu'elle souhaitait lui raconter :

« Ce matin, on a accroché un drap en haut d'un arbre, j'espère que tu le vois de là où tu es… Les secours nous repéreront de loin avec ça. Ils arriveront d'ici peu, je le sens, j'en ai la conviction… Je me battrai jusqu'au bout pour que ton corps soit rapatrié en France et que tu puisses avoir des funérailles. Il ne te reste plus que quelque temps à patienter… Je ne sais pas pourquoi, mais j'ai l'impression que tu sais que je ne t'ai pas tout dit. On ne peut rien te cacher… Hier et aujourd'hui, j'ai passé beaucoup de temps avec un homme qui a perdu la mémoire… J'aimerais l'aider à la retrouver, mais ce n'est pas si simple. Il n'y a personne pour le soutenir… Apparemment, tous les gens qui le connaissaient ont péri. C'est triste… vraiment ! J'aime son côté mystérieux et sa manière de penser les choses… » dit-elle en rougissant. Elle se tut pendant quelques secondes et passa ses mains moites sur son visage humide.

« J'aimerais tant que tu sois là… »

Après avoir baisé la tombe et salué son amie, elle lui promit de lui rendre visite le lendemain.

Le soir, Charly découpa le corps de l'anaconda en fines tranches et, grâce à une tôle de métal et à son expérience du feu, il fit cuire la viande à point et la distribua. Le goût était fortement amer, néanmoins, la faim était tellement présente que la chair du serpent fut dévorée presque en totalité.

Une fois rassasiée, Laura se recouvrit d'une petite laine et se rapprocha du feu pour sentir sa peau se recouvrir d'une chaleur douce. Les flammes dansaient.

« Tu as réussi à tout avaler ? » demanda quelqu'un qui s'assit à ses côtés.

Elle tourna le regard vers lui et aperçut l'Amnésique qui finissait son plat. Du sang dégoulinait de ses mains. Il s'empara d'une gourde pour se les rincer sous l'eau.

« Ce n'était pas vraiment comestible, mais je n'oserais pas faire la difficile dans un tel moment…

- J'ai trouvé ça appétissant. La chair du serpent est forte en goût, ça change de ce qu'on peut trouver dans nos sociétés !

- Pour toi, tout n'aura pas été un enfer ici ! Je ne sais pas comment tu fais… » dit Laura, admirative.

Cette remarque fit rire l'Amnésique. Il s'installa à ses côtés et la regarda longuement avant de lui demander ce qu'elle pensait du feu qui chancelait près d'eux. Laura haussa les sourcils d'étonnement.

« Pourquoi tu me demandes ça ? répliqua-t-elle.

Tu en as de ces questions…

- Allez, réponds-moi…

- Je ne vois rien de plus qu'un feu qui nous réchauffe et…

- Ah ! Tu vois que je ne suis pas seul à me réjouir ici bas, interrompit-il. Tu apprécies ce feu qui nous illumine dans cette nuit noire et tu te satisfais qu'il nous chauffe la peau et s'infiltre dans notre corps pour nous faire frissonner.

- Mais… Comment… balbutia Laura qui fut surprise d'entendre une personne si clairvoyante.

- Comment je le sais ? Tu fais partie de ces gens qui savent vivre et qui apprécient un rien. Enfin… Je pense que tu es sur ce chemin-là. Tu te contentes de profiter de ce qui t'entoure et de ce qui procure tant de bien : l'air, le Soleil, la nourriture, la faune, la flore…

- C'est un peu un raisonnement trompeur. Même le dernier des malheureux trouve le bonheur dans ce qui le réconforte.

- Tu peux en dire autant des trois hommes qui nous ont quittés cette après-midi ? Ils n'ont pas tenu le coup parce qu'ils ne trouvaient du réconfort dans rien… »

Quoi qu'elle puisse dire, Laura savait que l'Amnésique avait toujours la réponse appropriée.

« J'aimerais être comme tu le prétends, crois-moi. Mais je suis désolée de te contrarier, j'ai peur que tu fasses fausse route…

- Vraiment ? Alors qu'est-ce qui te traverse l'esprit lorsque tu vois un cheval galopant sur la grève d'une plage ? N'est-il pas magnifique ? Tu ne te dis pas qu'il est serein et loin de la cruauté humaine ? Qu'il court librement vers l'inconnu sans se soucier du lendemain ? Et lorsque tu bois de l'eau fraîche ? Tu sens son énergie qui te fait vivre ? Elle est source de toute Vie sur Terre et elle s'infiltre dans ton corps avec tant d'harmonie. Crois-moi, c'est un moment sacré de boire de l'eau ! »

Laura écarquilla les yeux, elle ne savait que répondre. Pourquoi lui racontait-il tout cela ? Elle scruta le feu qui dansait au milieu du camp et, remplie soudain d'espoir, elle sourit enfin.

« Tu es…

- Crois-moi, interrompit-il, je suis comme tout le monde. Simplement, je découvre les choses sous un nouvel angle. L'accident n'a pas réduit ma perception, loin de là. On ne vit qu'une seule fois et je compte bien vivre intensément chaque jour, chaque heure et chaque seconde. Les ennuis restent à la porte quand il est inutile d'y penser et je n'ai pas le droit de me plaindre en pensant à ceux qui souffrent réellement.

- Tu penses à qui ?

- Certains n'ont pas de feu comme nous pour se réchauffer, dit-il avant de faire une légère pause. Je sais que ce que je te raconte peut paraître un peu puéril, mais je crois que l'habitude du confort provoque son oubli. Dis-moi, tu préfères avoir de temps à autre des douleurs aux jambes et bénéficier de leurs innombrables atouts, ou bien, ne plus en avoir du tout, et, du même coup, ne plus souffrir ?

- La réponse est évidente…

- Lorsque tu souffres, dis-toi bien qu'à ce moment précis, tu es sur Terre, que tu es un de ces élus que la nature a doté d'un corps, que tu es en possession de facultés énormes et enfin, que ton enveloppe charnelle te donne une sensation unique ; une douleur, signe que vous êtes en vie ! Et après tout, qu'est-ce que la douleur ? Pourquoi est-ce si négatif ?

- Je ne sais pas… Peut-être parce que c'est

désagréable… Enfin… Au-delà de ça, si on ne souffrait pas, est-ce qu'on serait capable d'éprouver du bonheur ? Je ne sais pas si on se sentirait vivant… »

Elle caressa de sa main la terre fraîche puis posa ses doigts sur une majestueuse plante aux pétales de couleurs vives. Le contact était doux et frais. L'Amnésique la saisit soudainement par la main avant de lui demander au creux de l'oreille de le suivre.

« Où tu veux aller à cette heure tardive ? demanda la charmante jeune femme qui ne put s'empêcher de rougir. On risque de s'égarer si on s'éloigne trop du feu…

- Fais-moi confiance…

- Aïssa a interdit les déplacements en dehors du camp et…

- Elle en saura rien, allez, viens ! »

Elle n'hésita pas longtemps et décida de se laisser soulever par l'Amnésique avant de s'aventurer silencieusement à l'extérieur du campement. De peur de faire une mauvaise rencontre, ils s'arrêtèrent dans une petite clairière éclairée par la Lune. De là, les flammes du feu étaient encore visibles à travers les feuillages de la forêt. Laura n'était pas réellement rassurée de s'éloigner ainsi de leurs compagnons et lança à maintes reprises un regard vers le camp. Les silhouettes des buissons se mouvaient dans l'obscurité.

« Qu'y a-t-il ? Je te sens mal à l'aise, demanda l'homme.

- Cette jungle regorge de dangers et nous, on s'écarte de nos compagnons sans prévenir. Je trouve ça irresponsable…

- S'il nous arrive quelque chose, il nous suffira d'appeler au secours pour avoir de l'aide. Tiens, regarde, j'ai apporté ce petit canif qui pourra nous être utile » dit-il pour tenter de la convaincre.

Son ton était apaisant.

« Merci, je me sens en sécurité maintenant, répondit-elle ironiquement. Heureusement que tu es armé !

- Je n'ai donc pas réussi à te rassurer. Je pensais que tu succomberais à un tel argument ! » plaisanta l'Amnésique avant que ces deux-là ne se mettent à rire.

L'humour avait permis de détendre l'atmosphère.

La Lune brillait à travers les feuillages et paraissait immense juste au-dessus de leurs têtes. Il faisait sombre dans les parages mais Laura se sentait en sûreté auprès de cet homme qui semblait si confiant. Elle frémit quand un filet d'air froid se faufila sous son chemisier. L'Amnésique, attentionné, retira son gilet de laine et le lui proposa. Il le posa délicatement sur ses épaules.

« Tu es fou, tu vas mourir frigorifié si tu ne portes que cette chemise ! »

Il la contempla avant de répondre :

« Et toi alors ? Ne t'en fais pas pour moi, je n'ai pas peur du froid !

- Comment ça ? Que tu aies peur ou non, le froid peut te tuer.

- Vraiment ? » lança-t-il d'un ton interrogateur.

Elle chercha à comprendre ce qu'avait voulu dire l'Amnésique qui s'asseyait dans l'herbe légèrement humide. Son visage, faiblement éclairé, était souriant. Laura enfila le gilet et vint le rejoindre après avoir tâté le sol pour repérer les endroits les plus secs.

« Comment tu fais pour ne pas frissonner ? demanda-t-elle.

- J'essaie de ne pas penser à la température et je

cherche les sources de chaleur qui sont à ma portée.

- Et je pourrais savoir quelle source il y a dans les environs pour que tu ne sois pas mort de froid ?

- Ferme les yeux » demanda subitement l'Amnésique.

Pour la seconde fois de la soirée, Laura fut étonnée par la demande de son compagnon. Elle ne voyait pas en quoi cela pouvait l'aider à ne plus avoir froid.

« Que je ferme les yeux ? Mais pourquoi ?

- Fais-moi confiance et tu trouveras toutes les réponses à tes questions.

- Tu es quelqu'un d'étrange… Je veux bien mais je suis sûre que tu essaies de te moquer de moi, dit-elle en fermant les paupières.

- Tu trouveras la réponse par toi-même, rétorqua-t-il avant de s'allonger dans l'herbe. N'écoute que ma voix, je vais te guider… »

Laura resta assise et entrouvrit un œil pour voir ce que faisait l'Amnésique qui, manifestement, était immobile sur le sol. Il paraissait serein et confiant.

Je pensais qu'il allait en profiter pour me sauter dessus, mais rien… se dit-elle. *Je n'ai jamais rencontré quelqu'un d'aussi étrange… Pourquoi il me demande ça ? Je n'en vois pas l'intérêt à part me donner l'envie de dormir profondément. Cette journée m'a épuisée. Faire des milliers d'aller-retour dans le camp m'a exténuée, j'ai bien cru que j'allais céder à tant d'efforts sous ce Soleil de plomb. Je n'ai même pas eu le temps de m'occuper des enfants, j'espère qu'ils…*

« À quoi penses-tu ? » demanda soudainement l'Amnésique, d'une douce voix.

Elle tourna le visage vers lui avec un sourire de bonheur et sentit au fond d'elle un inexplicable sentiment de bien-être.

« Je songeais aux enfants et aux blessés. Qu'est-ce

qu'on va pouvoir faire ? Leurs chances de survie sont faibles...

- Je n'ai pas la réponse, ça dépendra de notre propre volonté. Chaque décision qu'on prend a un impact direct sur eux.

- Je ne veux pas les abandonner, quoiqu'il arrive, jura-t-elle en laissant échapper un souffle d'épuisement. Mais j'ai peur du lendemain, qu'est-ce qu'on fera demain ? Et après-demain ? Comment continuer à vivre ici, dans ce lieu infesté de dangers ?

- Tu ne pourras survivre que par la force de ton esprit. Ne pense pas qu'on est prisonniers de cette jungle, on est libres !

- Comment ça *libres* ? s'étonna Laura.

- Quoiqu'il arrive, on est toujours libre de nos actes ! Ce qui restreint cette liberté, c'est d'avoir conscience des conséquences de nos actes.

- Tu veux dire que quand on est au pied du mur, la fin justifie les moyens ? »

L'homme resta muet, c'était sa manière d'acquiescer.

« Ferme les yeux, demanda-t-il de nouveau avant que Laura ne s'exécute, et maintenant qu'est-ce que tu vois ?

- Ce que je vois ? répéta-t-elle en réfléchissant. Je ne vois que du noir, rien de plus...

- Tu ne vois que cette couleur car ton cerveau demande à ne voir que ça. Mais maintenant, essaye d'imaginer le campement. »

Laura contracta le visage en tentant de recréer l'image du camp dans sa mémoire. Elle fronça les sourcils à maintes reprises avant d'annoncer qu'elle n'était pas très douée.

« Tu ne t'y prends pas comme il faut, c'est pour ça. Suis mes instructions et je parie que ça sera plus facile, conseilla l'homme. D'abord, respire calmement en gardant les yeux fermés. Maintenant, essaie de revoir le feu qui dansait au milieu du campement. Sa lueur est grande et te réchauffe comme tu l'apprécies. Il te protège de l'intrusion d'animaux sauvages qui sont effrayés par ces flammes en guerre. Derrière le feu se trouve le bus, tous nos compagnons sont là : Aïssa, Wendy, Léon, Charly et tous les autres. Tu les vois ?

- Oui, je les vois, ils sont là, répondit Laura qui semblait comme hypnotisée.

- Ils discutent de leur dure journée tandis que certains se reposent déjà dans les coins du véhicule. Sors du bus et va jusqu'à l'abri des blessés. Les deux sont par terre, ils dorment paisiblement et leur douleur semble s'être calmée. Ils ont chaud sous leurs épaisses couettes et rêvent d'un monde merveilleux. Embrasse-les sur le front pour leur donner du courage, et ensuite, sors sans faire de bruit, ils ont besoin de repos. À ta gauche, tu aperçois toutes nos provisions emballées dans des sacs. Continue ton tour et tu verras la deuxième partie du bus. Derrière lui se trouve le cimetière où reposent nos amis. Le silence règne. Reviens au milieu du camp, au-dessus du feu. Tu es maître de ces flammes déchaînées, d'où tu es, tu les domines. Si tu regardes sur ta droite, tu nous apercevras. On est assis dans l'herbe, la tête baissée, mais on n'est plus dans notre enveloppe charnelle. Passe au-dessus de nous et vérifie qu'on va bien. Puis, envole-toi vers le ciel. Tu montes de plus en plus, les arbres défilent autour de toi, et enfin, tu sors de la jungle. Elle est juste en dessous de tes pieds. Si tu scrutes l'horizon, tu n'y verras que la forêt à perte de vue. De là, tu te rends compte qu'elle n'est rien, qu'elle ne peut pas t'être dangereuse. Alors, tu montes conquérir le ciel, le feu du campement devient de plus en plus petit jusqu'à disparaître totalement. Le vent caresse ta peau. Tu es tellement haut que tu distingues l'océan, il est loin, très loin devant toi. Jette un œil en dessous, la vue te donne des vertiges. Devant, l'étendue d'eau te sépare de ta maison. Pars dans sa direction ! En dessous, l'Amazonie défile à toute vitesse, et, une fois franchie, tu contemples l'Atlantique qui te fait face. L'eau est assez agitée, la mer est très sombre, heureusement que la Lune est là pour l'éclairer ! Il faut la traverser ! Lorsque tu la survoles, tu remarques que d'épais nuages ténébreux recouvrent le ciel et grondent à l'horizon. Un éclair déchire le ciel à plusieurs endroits alors que le tonnerre résonne au-dessus de toi. La détonation est assourdissante. Puis, tu sens quelques gouttes de pluie te rafraîchir la peau, suivies d'un léger vent agréable. Mais en dessous, l'océan se déchaîne et des masses d'eau montent et redescendent dans un fracas qui perce l'atmosphère. Il nous suffit de voler tout droit pour sortir de cet enfer, le vent nous fait perdre de l'altitude, mais on ne doit pas abandonner ! Même si la foudre est impressionnante et que la puissance de l'orage nous surpasse, on ne doit pas céder, notre but est d'arriver de l'autre côté de l'océan, en Europe, chez nous… Et rien ne pourra nous barrer la route ! »

Laura était plongée dans le rêve que lui dictait l'Amnésique et s'allongea sur l'herbe humide où elle trouva un immense réconfort. L'esprit ailleurs, elle était persuadée de sentir de la pluie fine sur son visage. Le souffle doux de la Terre lui caressait la peau. Elle ne songea plus qu'à une seule chose : franchir l'inimaginable.

« Essaie de prendre de l'altitude même si le vent t'en empêche, traverse les nuages qui te ralentissent et contemple de haut cette barrière de coton. D'ici, le Soleil brille de tout son éclat, même en baissant la tête il t'aveugle. Mais sa chaleur te redonne espoir et te donne des ailes qui se déploient sur plusieurs mètres. Tu voles encore plus rapidement. Tu prends de l'altitude. La vitesse te surpasse et tu ne peux plus contrôler ta trajectoire. Subitement, tu chutes ! Les nuages défilent à une vitesse vertigineuse, et, lorsque le sol apparaît sous tes yeux, tu décides de t'arrêter. En dessous, c'est la terre… On a réussi ! Mais si tu regardes mieux, ta maison est juste là, à quelques mètres. Approche-toi d'elle et regarde par les fenêtres. La lumière est allumée dans le salon. Quelqu'un est assis dans le fauteuil, c'est ta mère qui attend ton retour. Elle s'est endormie, sa respiration est calme. Rassure-la, dis-lui au creux de l'oreille que tout va bien et que tu n'es pas en danger, que tu reviendras très bientôt… Serre-la dans tes bras, elle a besoin de ta présence dans ses rêves. Puis, ressors de ta maison, laisse-la se reposer. Envole-toi vers les cieux, monte voir le doyen de notre planète. Ta maison devient de plus en plus petite à tes yeux. Tu as une vue sur toute la ville, puis, elle devient région. Tu ne vois plus que de vastes étendues de forêts et de champs. Quelques nuages passent à côté de toi, mais, à leur tour, ils ne deviennent que des petites masses au loin. Bientôt, tu discernes le contour de la France, et, plus tu avances dans ton voyage, plus elle paraît petite. Sans faire attention, tu es sortie de l'atmosphère terrestre. Retourne-toi et tu apercevras l'infini Univers. Des millions d'étoiles dorment très loin d'ici. Elles te regardent avec éclat. La Lune est là, tu discernes ses immenses cratères, ses roches tristes, sa surface dépourvue de vie. Quand tu contemples la Terre, tu te sens microscopique, insignifiante. Son atmosphère te surpasse, tu n'es qu'un grain parmi l'étendue d'existences. Malgré ça, tu te sens maître de cette planète bleue. Elle est juste sous tes pieds, tu discernes les océans, les terres et la magie qui la fait tourner. Écarte-toi encore d'elle et pars en direction de notre Dieu à tous : le Soleil. Il n'est qu'une lueur d'où tu es, mais personne ne peut imaginer la puissance de cet astre. N'aie pas peur, il ne te fera pas de mal, il est là pour nous donner la vie. Vole dans sa direction. Au loin, une planète se rapproche, c'est Vénus, l'étoile du Berger, elle a conduit les rois mages vers le Seigneur Jésus. Passe à ses côtés en lui montrant le respect que tu as pour son histoire et sa grandeur. Elle est semblable à la Terre, à la différence que son atmosphère est rouge orangé et qu'il n'y a ni eau ni vie. On les appelle *les jumelles,* car elles sont de taille presque identique. Dépasse-la pour découvrir la dernière planète qui nous sépare du Soleil. Elle ressemble à la Lune, une surface terne qui demande à ne plus être martyrisée par les météorites. C'est Mercure, la planète brûlante ! À cet instant, tu ressens l'incroyable chaleur qui s'en dégage, le Soleil n'est plus très loin. Voyage encore un peu avant d'y arriver. Mercure disparaît derrière toi, et, enfin, tu es arrivée à destination. Sa surface bouillonne de lave en fusion. De la matière jaillit de toutes parts. Mais n'aie crainte, le Soleil n'est pas ton ennemi. Approche-toi encore, le plus près possible. De là tu ne distingues pas les extrémités de cette étoile. Tu aperçois la surface de la boule de gaz, elle brille curieusement et passe harmonieusement du rouge au jaune. Tends la main et tu pourras toucher notre maître, le Soleil. N'hésite pas, tu sentiras sa puissance invincible et l'énergie incommensurable qu'il a en lui. Ça y est, tu le touches ! Il est inimaginable d'évaluer sa chaleur, mais elle n'est pas là pour te tuer. La sensation est inexplicable. D'un coup, tu es tirée en arrière avec une telle vivacité que tu es arrachée du Soleil ! Il s'écarte de toi à une vitesse folle ! Mercure passe devant toi, suivie très rapidement de Vénus. Puis, la Lune te dépasse et semble te narguer avant même que tu pénètres dans l'atmosphère de la Terre. L'univers s'efface sous tes yeux et laisse place aux nuages qui s'écartent à leur tour. Tourne-toi vers le sol et tu apercevras une forêt ; l'Amazonie ! Quand tu y pénètres, tu distingues nos silhouettes qui attendent le retour de nos esprits. Rejoins ton corps pour en reprendre le contrôle. »

Laura ouvrit doucement les yeux, sa vision était légèrement troublée, elle avait l'impression de sortir d'un long rêve. Elle regarda ses mains, puis son corps ; elle n'avait rien perdu pendant ce voyage. Quand elle posa les yeux sur son ami, il semblait lui aussi encore endormi.

« Pourquoi… Quel est ce rêve ? demanda-t-elle sereinement.

- Je voulais te montrer que tu n'étais pas prisonnière de ce lieu.

- C'est la première fois que je ressens ça… J'avais l'impression de voler, de toucher ce qui m'entourait, de voir ma mère. Comment c'est possible ?

- Grâce à la force de ton esprit, tu n'es pas qu'un corps qui peut se mouvoir. Tu es capable de ressentir, de penser, d'imaginer, de te souvenir, d'entendre…

- Ce sont pourtant des choses qu'on fait tous les jours… On ne se rend pas compte de leur puissance… C'est magique !

- Tes sens ne t'offrent qu'une certaine perception du monde. Libre à toi de leur faire ressentir ce que tu souhaites… »

Elle regarda les environs et se retrouva à apprécier la couleur des buissons, l'air qui lui caressait le visage, les bruits de la jungle nocturne. Elle fut saisie d'un sentiment d'admiration pour la nature et pour ce qu'elle lui offrait.

« Mais pourquoi tu m'as fait revenir si brutalement de ce si beau voyage ? demanda Laura qui montrait son émerveillement grâce à son sourire.

- Nos corps voulaient retrouver nos esprits. L'excès peut entraîner un refus de la réalité. Et... Je voulais que tu voyages par toi-même. Je sais que tu en es capable...

- Je suis comme Icare, j'ai volé trop haut et j'ai chuté par excès de rêve... Mais l'enivrement de ce voyage est bien plus grand que la frayeur de cette chute, conclut Laura. Je vous ai enfin trouvé un nom ; Icare... »

•

84ème jour : La découverte de cette terre est une bénédiction. Je pense que sans elle, nous aurions erré à tout jamais sur les eaux de cette mer déchaînée.

Mes hommes sont heureux. Ils ont déchargé en moins d' une après-midi le matériel sur la plage. Il est probable que nous installions le camp ici pour quelques jours.

Dans un premier temps, nous allons nous reposer et reprendre des forces. Puis, nous partirons explorer les environs.

87ème jour : La Terra Incognita…

C' est un endroit encore inconnu. Il n' y a pas la moindre trace de civilisations… Je pense que nous sommes les premiers à fouler ce sol. Est-ce l' Afrique ? La faune y ressemble. Pourtant, la végétation est bien différente. Nous trouvons ici une forêt très dense et quasiment infranchissable. L' Empereur me félicitera de cette découverte.

Mes hommes ont trouvé une source d' eau claire, nous pouvons enfin nous ravitailler. Il doit y avoir du gibier aux alentours.

88ème jour : Un marin est mort ce matin. Il s' est fait mordre par une araignée d' une taille colossale.

Cela a provoqué une vague de terreur parmi mes hommes. Ils refusent de pénétrer dans la forêt. Les animaux sont si singuliers… Pourtant, je n' ai pas le choix. J' ignore où m' a emmené le destin, mais j' ai une mission à accomplir. Cette chose doit être enterrée, je ne peux pas me permettre de rentrer à Rome la tête basse.

96ème jour : Après de longues journées de négociations, je suis parvenu à former une troupe d' une vingtaine d' hommes. Je leur ai promis richesse et privilèges à notre retour à Rome.

Les autres ont été retenus par la peur. Je ne les sanctionnerai pas, je comprends leur crainte et je la respecte. Ils ont enduré tant de souffrance pour arriver jusqu' ici, je m' en voudrais de leur infliger d' autres.

L' expédition ne devrait pas durer plus de trois jours.

Chacun est armé pour se défendre. Nous emportons avec nous une carte pour tracer notre itinéraire. Je ne voudrais pas me perdre sur le chemin du retour.

J' ai repéré vers le nord l' embouchure

d' un fleuve qui se jette dans la mer. Nous allons le remonter en sens inverse, cela nous donnera un point de repère…

•

Plusieurs jours se succédèrent sans que les secours n'arrivent. Certains, pris de panique, divulguèrent l'idée que si personne ne se décidait à partir d'ici, ils finiront tous par succomber sous les forces de cette jungle. Aïssa et Wendy avaient eu peur qu'une scission ne se crée au sein du groupe, ce qui pénaliserait tous les survivants. Elles avaient alors organisé une réunion générale afin de se décider sur l'avenir du camp. Les quatre hommes, qui s'étaient aventurés seuls dans la forêt quelques jours plus tôt, n'avaient toujours pas donné de signe de vie. Aïssa utilisa cet argument pour garder ses compagnons loin de la folie de s'échapper du camp par leurs propres moyens. Cela faisait un peu plus d'une semaine qu'ils étaient coincés ici, à attendre. La soif, la fatigue et l'attente donnaient un sentiment de désespoir à certains pendant que d'autres manquaient de force pour participer à la vie du camp.

Avec horreur, Carl avait retrouvé près de la mare un jeune homme pendu à la branche d'un arbre. Lorsqu'il avait été découvert, sa peau était froide et avait viré au bleu. Laura le reconnut, c'était la première personne qu'elle avait vue lorsqu'elle s'était réveillée après l'accident. Elle l'avait surpris en train de prier tout bas et de pleurer la mort de ses proches.

Ne supportant plus la vie sans leur amour, il avait décidé de mettre fin à ses jours. Il s'était levé alors que le jour était encore mort et que ses camarades dormaient profondément pour partir dans le silence le plus complet.

Quand il avait été détaché de l'arbre, Jim avait trouvé, dans l'une de ses poches, une lettre qu'il avait écrite juste avant de rejoindre les Cieux. Celle-ci narrait les derniers jours de l'auteur et sa déception envers son destin. Il demanda à être rapatrié dans son pays natal et que tous ses biens reviennent à ses parents qu'il embrassait très fort…

Speed s'était rapidement remis sur pied grâce au repos qu'il avait pris. Sa blessure au bras était bien moins douloureuse que le premier jour. Certes, il s'essoufflait au moindre effort, néanmoins, il se sentait chaque jour en meilleure forme.

Wendy surveillait régulièrement son état de santé et lui faisait subir un bref bilan médical quotidien :

« Ton épaule ne te tire pas ? lui demanda-t-elle lorsqu'il revint de la mare un matin ensoleillé.

- Heu… Ça va mieux… Je peux lever le bras…

- Je n'aime pas trop te voir debout si rapidement, lui avoua la femme.

- Je te dirai s'il y avait quelque chose… »

Wendy n'était pas du genre à abandonner si facilement.

« Il t'est arrivé d'avoir du sang dans les selles ou les urines ?

- Quoi ? Si je pisse du sang ? s'étonna Speed.

- Il est possible d'avoir une hémorragie interne après s'être fait écraser l'abdomen. Je te repose donc la question ?

- Heu… Non, non ! Je n'ai rien… »

Malgré l'obstination de Wendy, Speed parvint à lui fausser compagnie. Il proposa son aide à Charly qui était le responsable de la chasse. Bien qu'il n'était pas plus doué qu'un autre, cette activité lui permettait de chasser ses idées noires. Les proies qu'ils attrapaient étaient seulement de petits vertébrés. Leurs chairs n'étaient pas suffisantes pour nourrir l'ensemble de la troupe.

Charly redoubla d'efforts pour trouver des arbres qui produisaient des fruits en grande quantité. Néanmoins, à cette période de l'année, il était difficile de dénicher quoi que ce soit d'appétissant et de nutritif. Les alentours devenaient de plus en plus humides et parfois la terre se pliait sous les pieds.

La faim rendait nerveux. Une atmosphère électrique s'emparait quelques fois du camp et compliquait le travail d'équipe. Les différents groupes rejetaient régulièrement la faute d'un échec sur les autres.

« Je commence moi-même à douter de la venue prochaine des secours, avoua Laura qui avait discrètement conduit Wendy derrière les sentiers. Qu'est-ce qu'ils font ? Il n'y a aucune excuse valable qui les empêche d'intervenir ! Ils vont vraiment nous laisser périr ici ?

- Je ne pense pas, ça serait inimaginable » réfuta son amie qui ne semblait pas plus rassurée.

Puis, elle la serra fort dans ses bras pour la réconforter au moment où un coup de vent violent les fit frissonner. Elles levèrent la tête et aperçurent les branches des arbres qui virevoltaient dans tous les sens.

« Une tempête se prépare, on devrait rentrer au camp et prévenir les autres ! »

Elles remontèrent le chemin en galopant et conseillèrent leurs compagnons de se mettre à l'abri dans les bus. Laura trouva avec difficulté la fillette qui, ces derniers temps, montrait une vive hostilité envers elle. Le tonnerre gronda au loin. La petite fille regarda le ciel, et, voyant les nuages noirs au-dessus d'elle, elle n'opposa pas de résistance et partit se réfugier dans les débris du véhicule.

Quelques minutes plus tard, un éclair entailla le ciel à plusieurs reprises. Le souffle du vent siffla à travers les fenêtres du bus. Grâce à la végétation dense, le typhon frappait plus en hauteur et n'atteignait que peu le sol.

De grosses gouttes d'eau commencèrent à tapoter le toit du véhicule. Plus la tempête se déchaînait, plus la pluie devenait violente. Elle pénétra par les vitres brisées et inonda l'intérieur.

« Il faut vite évacuer l'eau, sinon on risque d'être trempés ! » lança Jim qui tentait de recouvrir les fenêtres grâce à un grand tissu usagé et troué à plusieurs endroits.

« Nous avons un seau dehors, près du cimetière, dit Aïssa qui garda son sang-froid. Y'a-t-il un volontaire pour aller le chercher ? »

Elle entendit Léon qui se désigna et l'aperçut sortir du bus par l'ouverture arrachée. Le tonnerre gronda à maintes reprises dans d'effroyables détonations qui paraissaient interminables. Le fracas était si assourdissant, qu'il faisait vibrer les parois du bus.

Wendy serra très fort dans ses bras les deux enfants, Eliot et Jack, qui tremblaient comme des feuilles mortes. La petite fille semblait elle aussi effrayée et exténuée d'attendre sans fin l'arrivée de ses parents. Elle était recroquevillée sur elle-même dans le fond d'une banquette et jeta des regards de haine à Laura et aux autres adultes qui l'entouraient. Elle sursauta lorsque la foudre frappa de nouveau.

Des hommes revinrent de l'extérieur en transportant avec difficulté le blessé dont la cuisse était lacérée. Il semblait ne pas réagir en entendant le brouhaha de ses compagnons et la colère du ciel. Aïssa tapota son visage ruisselant, sans réponse. Son visage était pâle. On le recouvrit d'une large couverture et l'allongea soigneusement sur une banquette.

Cette fois-ci, l'orage n'était plus loin. Léon revint avec un seau à la main et commença à dégager l'eau en raclant le sol. Cela était vain, la pluie tombait encore plus violemment et la panique monta lorsque les enfants se mirent à pleurer. Tandis qu'Aïssa essayait de calmer les troupes, l'organisation devint alors plus chaotique. Le vent faisait trembler les vitres. Il se faufila à l'intérieur du véhicule en sifflant. Le son perçant avait un arrière-goût de rire démoniaque.

Subitement, un bruit sourd ravagea l'atmosphère. Puis, un long silence s'empara du groupe. Léon qui était près de la sortie les informa que la foudre s'était abattue sur un arbre et qu'il prenait feu. Peu après, d'épaisses branches s'écrasèrent à terre et s'enfoncèrent dans la boue.

Aïssa regarda par la fenêtre et distingua le drapeau multicolore qu'ils avaient attaché en haut d'un arbre. Il planait doucement dans l'air. Le feu était en train de s'emparer de lui avant qu'il ne s'échoue au sol…

« Bordel, mais quel désastre ! » s'exclama Carl, lorsqu'au petit matin, la tempête s'était calmée.

Ils découvrirent alors le camp en ruine. L'eau avait tout emporté, la réserve de nourriture était détruite, et enfin, le terrain boueux était alors impraticable.

« On peut plus continuer dans ce foutoir… » grogna Speed, désespéré de voir tant d'efforts et de travail sans récompense.

Tout était saccagé. Certaines croix du cimetière s'étaient renversées, beaucoup de matériaux avaient disparu ainsi que la corde à linge.

« Regardez dans quel état est notre drapeau ! » lança Wendy accablée en sortant leur étendard de la boue.

Le feu n'avait eu aucune pitié pour lui, il n'en restait plus qu'un morceau de tissu dont les contours étaient consumés par les flammes.

La femme africaine pleurait au pied d'un arbre et clamait que la mort allait s'acharner sur eux. Charly tenta de garder son calme et de montrer l'exemple. Toutefois, d'autres hommes s'échangèrent des propos si provocateurs qu'ils s'emportèrent dans une colère noire. Une bagarre éclata alors entre eux, il avait été difficile de les séparer.

« Ça peut plus durer, on a plus le choix, on doit se sortir nous-mêmes de cette merde ! » lança Carl avec vivacité.

Il se dressa face à Aïssa en boitillant légèrement et répliqua qu'il était hors de question d'attendre les secours plus longtemps. À travers son regard, il était évident qu'il n'admettrait aucune contradiction.

« Je dois avouer que notre avenir semble néfaste si nous restons ici, admit-elle. Mais une question me reste sur le cœur. Voilà presque deux semaines que nous survivons ici dans des conditions déplorables, comment se fait-il que personne ne nous vienne en aide ? Le bus n'étant pas arrivé à destination, les dirigeants de notre club de vacances auraient dû envoyer des hommes à notre recherche ! Je ne comprends pas pourquoi ils mettent autant de temps. Je trouve cela lamentable ! »

Avec l'arrivée de la lumière du Soleil, les esprits s'apaisèrent doucement. La boue avait envahi l'intérieur du bus.

« On aurait dû mettre les voiles immédiatement, ajouta Charly. On manque aujourd'hui de nourriture pour faire le voyage à pied. De plus, le bus est devenu invivable. L'eau a imbibé les fauteuils et il y a des débris de verre partout.

- Je suis d'accord avec vous, mais par où aller si on veut quitter cet endroit ? » demanda Wendy qui avait plié soigneusement et mis dans sa poche ce qu'il restait du drapeau.

Léon s'avança en chancelant dans les profondes flaques d'eau et suggéra de suivre la trajectoire inverse du bus. Charly indiqua que c'était une bonne idée, néanmoins, il précisa que le véhicule avait dégringolé une pente hasardeuse de plusieurs centaines de mètres et qu'il redoutait que la végétation ait déjà recouvert les traces laissées par l'accident. Quelques jours plus tôt, un groupe avait déjà tenté de retrouver la route principale, cependant, par un fait inexplicable cela leur avait été impossible.

« On n'a pas le choix, on ne peut plus rester dans cet endroit perdu où personne ne viendra nous chercher ! rétorqua Wendy énergiquement. Commençons par examiner l'état de la côte. »

Ils contournèrent le cadavre du bus, après s'être frayé un chemin à travers les buissons et les ronces, avant de redécouvrir, quelques mètres au-dessus d'eux, les restes de l'arbre percuté par le bus.

« C'est bien celui-là, informa Aïssa. Regardez son écorce détruite sur cette partie. »

Elle montra du doigt la blessure recouverte de sève. Derrière, la végétation était très dense et enchevêtrée de lianes. Ils aperçurent au loin une bande de primates qui sautaient de branche en branche en hurlant. Certains se bagarraient ou jouaient en courant après leurs congénères.

Sur une certaine partie de la colline, le terrain semblait légèrement plus dégagé. C'était le chemin emprunté par le bus lors de sa folle descente.

« Réunissons tout ce qu'il nous reste comme

affaires, nous partons ! lança Aïssa à la troupe qui l'avait suivie.

- Je suis d'accord mais je crois qu'il vaudrait mieux se méfier des singes là-bas. Leur comportement peut être parfois très agressif, dit Jim, à titre d'information.

- Pourquoi on doit toujours écouter cette femme et ce nègre ! » rétorqua vivement un homme d'une trentaine d'années.

Des regards stupéfaits se tournèrent vers lui. Laura n'en crut pas ses oreilles, elle était choquée d'entendre dans un groupe qui se devait d'être solidaire des injures raciales et sexistes. En plus d'être déplacés, les propos n'avaient aucune justification. Aïssa et Jim avaient jusque-là participé activement à la vie du groupe et pris régulièrement des décisions réfléchies.

Carl dévisagea cet homme de haut en bas. Il avait de larges chaussures usées et un pantalon troué à plusieurs endroits. Son crâne était dépourvu de cheveux et une longue cicatrice traversait son visage sur la longueur. Ils s'étaient adressé plusieurs fois la parole lors des travaux, pourtant, Carl ne l'avait jamais suspecté de quoi que ce soit.

« Je te connais toi, t'es qui déjà ? lui lança-t-il d'un ton qui n'avait aucune sympathie.

- Je m'appelle Dan ! Mais qu'est-ce que ça va t'apporter, hein ?

- Dan, c'est bien ça ? poursuivit l'Amnésique. Voilà deux semaines qu'on est planté ici, je ne t'avais encore jamais entendu placer un mot et lorsque tu te décides à communiquer, c'est pour insulter tes compagnons. Tu ne crois pas que tu devrais t'excuser ?

- C'est à moi que tu parles là ? s'emporta Dan en s'avançant d'un pas menaçant. À cause de gens comme toi, les femmes se mettent à diriger et à prendre des initiatives ! Tu me donnes envie de gerber ! Elles devraient être en train de faire la bouffe pour ce soir et de s'occuper des trois marmots !

- C'est dingue d'entendre des choses pareilles après ce qu'elles ont fait pour nous ! reprit Carl. C'est grâce à Aïssa qu'on s'est débarrassé de Bruno, personne n'osait se dresser face à lui. Si tu n'es pas content, rien ne t'oblige à rester parmi nous, pars où tu le souhaites ! En attendant, ces deux personnes en ont fait bien plus que toi pour nous protéger et nous aider, alors je te déconseille de ressortir des insultes raciales ou sexistes devant moi ! »

Dan maintint quelques secondes le regard avec un sourire narquois sur le coin des lèvres avant de tourner les talons et de s'en aller.

« C'est quand même fou, on a pas besoin d'entendre ça... souffla Carl qui s'assit sur une racine pour soulager sa cheville qui le faisait souffrir.

- Ne te préoccupe pas de lui, dit Aïssa. La survie du groupe passe bien avant les propos de cet homme. S'il ne veut pas écouter mes conseils ainsi que ceux de Jim, c'est son problème, mais lui seul doit en subir les conséquences... »

Charly descendit de l'arbre qu'il avait escaladé pendant la petite querelle.

« Il y a bien trop de végétation pour y voir à quelques mètres d'ici, annonça-t-il. La meilleure solution est encore de franchir cette côte pour rejoindre la route. C'est notre seule chance !

- Vous oubliez un détail important, interrompit Laura. On a un blessé sur les bras à qui on doit donner des soins intensifs... »

Ils baissèrent la tête, impuissants. Après le désespoir qui les avait submergés, ils avaient le sentiment que le destin refusait de les voir partir.

« J'ai une mauvaise nouvelle à vous annoncer, dit Aïssa qui brisa le silence. Je suis allée voir le jeune homme blessé après la tempête. La première chose qui m'a frappée lorsque je suis entrée dans sa tente, c'était la couleur de sa peau. Il était d'une blancheur si renversante que mon cœur a bondi dans ma poitrine. Et lorsque j'ai saisi son poignet, il était rigide et froid. Sa jambe était marquée par la gangrène à plusieurs endroits...

- Je regrette de ne pas avoir su prendre de décision plus tôt, ajouta Wendy. J'avais la vie de cet homme entre les mains... »

Le groupe se tut l'espace d'un instant. La culpabilité de Wendy ne pouvait pas être apaisée. Aïssa proposa de rendre le corps du jeune homme à la terre-mère.

En moins de deux heures, ils avaient enterré avec soin l'homme près des autres tombeaux. Les bagages avaient été faits. *Enfin, on quitte cet endroit...* soupira Laura. Elle était blasée d'attendre le Messie qui ne viendrait jamais. Malheureusement, la nourriture manquait et l'eau potable se faisait rare. Avant de s'en aller, elle posa quelques fleurs sur la tombe de Sharleyn et jura qu'elle reviendrait pour rapatrier son corps dans son pays natal.

Aïssa dut insister longuement afin que l'Africaine d'une trentaine d'années accepte de les accompagner. À l'approche de midi, le groupe de rescapés abandonna le campement en remontant la pente par laquelle ils étaient arrivés dans le véhicule.

Les enfants étaient sous la direction de l'Amnésique qui leur demanda de rester à ses côtés quoiqu'il arrive. La fillette lui posait particulièrement des soucis, elle refusait de se joindre au groupe et les suivait à distance. Celle-ci lui lança des regards malicieux.

« Icare ! appela Laura derrière lui. Attends-moi, je ne veux pas marcher seule en fin de queue.

- Tu m'as désormais trouvé un nom, ce n'était pas simple jusque là, répondit son ami en plaisantant.

- Je trouve que ce nom te va à merveille, il reflète ta personnalité, commenta-t-elle en portant un lourd sac rempli de matériel dont ils avaient besoin.

- Icare, ne s'est-il pas trop approché du Soleil ? La cire qui tenait ses ailes a fondu et il a chuté dans l'eau. Et je crois savoir aussi qu'il est mort noyé, non ?

- Heu… Si, c'est ça, mais…

- Tu es très optimiste en ce qui concerne mon avenir…

- Ce n'est pas ce côté-là qui me fait penser à toi, rétorqua Laura en se courbant pour esquiver quelques branches qui encombraient le passage. Mais c'est son côté acharné pour se sortir du labyrinthe. C'est un rêveur, un voyageur !

- Moi, je suis rêveur ?

- Mais oui, tu rêves de pouvoir voler et de toucher l'inatteignable ! Je suis persuadée que tu fais ce voyage dans ton sommeil.

- Je rêve de ce beau voyage dans cette belle forêt, dit ironiquement Icare avant de changer de sujet. Tout à l'heure, quand j'ai regardé la petite fille, j'ai eu une impression bizarre, comme si des souvenirs remontaient à la surface. Je ne sais pas comment l'expliquer…

- Elle te fait travailler la mémoire, c'est bon à entendre. Tes souvenirs reviennent petit à petit. Parfois, un rien peut faire penser à quelque chose.

- Ses cheveux me sont familiers…

- Tu peux pas me décrire avec plus de précisions ?

- J'aimerais, mais ce n'est pas facile. J'ai

l'impression d'avoir dans mon entourage une petite fille blonde comme elle. À vrai dire, je me sens proche d'elle. Il y a comme une sorte de spiritualité entre nous deux. Tu te souviens lorsqu'on est parti à sa recherche il y a quelques jours, j'avais trouvé dans la boue la poupée qu'elle avait abandonnée. Quand je l'ai ramassée, j'ai eu cette impression étrange qu'elle m'était familière. Pourtant, je ne crois pas que la petite fille le ressente puisqu'elle me regarde avec des yeux pleins de haine. »

Laura réfléchit aux significations que pouvait avoir cette impression. Elle n'avait jamais fait de psychologie et ce n'était donc pas évident d'y trouver un sens. Elle en vint à la conclusion qu'il y avait une ressemblance entre cette fillette et la fille probable de l'Amnésique.

« Tu crois que j'ai un enfant ? Et donc une femme ? demanda Icare, surpris.

- C'est possible ! Après tout, tu dois avoir plus de trente ans…

- Je ne connais même pas mon âge… Je dois avoir une famille, un métier, mais il n'y en a pas la moindre trace dans mes souvenirs…

- Ce n'est pas l'endroit idéal pour travailler ta mémoire. Tu es séparé de tes proches et de ton milieu. Quand tu les retrouveras, tout reviendra avant même que tu l'en aperçoives… »

D'un coup, Aïssa, qui était en tête de file, s'arrêta pour vérifier qu'il ne manquait personne. Les chemins étaient étroits et il était donc difficile de se perdre.

« C'est bon, nous sommes bien dix-sept, annonça-t-elle lorsqu'elle eut fini de compter. Nous pouvons repartir, mais faites bien attention à ce que personne ne s'égare. »

Wendy vint la rejoindre et, étonnée, elle

l'informa que Dan avait décidé de se joindre à eux. La meneuse du groupe se retourna et l'aperçut une vingtaine de mètres derrière en train de mordiller une branche pour faire passer la faim.

« Bien qu'il te déteste, il a quand même décidé de se plier à tes conseils…

- À croire que l'instinct de survie est plus fort que la haine, ironisa Aïssa. Nous avons au moins sauvé une personne de plus de cet enfer ! »

Quand ils parvinrent au sommet de la pente, ils ne découvrirent aucune trace de leur passage. Les lianes qui barraient la route paraissaient si anciennes qu'il était impensable qu'un véhicule parvienne à les franchir.

« C'est pas croyable, c'est pourtant le chemin emprunté par le bus, s'étonna Charly. Pourquoi on ne retrouve pas la route ? Même si, comme l'a suggéré Aïssa, la végétation a repoussé, la route principale n'a pas pu disparaître.

- Elle se situe sans doute un peu plus loin, répondit Wendy. La chute était très longue… »

Ils fouillèrent les alentours, mais en vain, ils ne trouvèrent qu'un chemin étroit où la végétation était partiellement déboisée.

« Les plantes nous bloquent la route, on ne peut pas aller plus loin, répliqua Charly qui s'agenouilla pour se reposer. Il faudrait se munir de branches pour écraser tous ces arbustes.

- On se serait trompé de chemin ? » demanda Wendy qui se frottait la main. Elle n'avait pas pris garde aux ronces qui poussaient autour du maigre sentier.

« C'est pas possible, on a suivi la piste qui était juste au-dessus du bus, il n'y a pas cent mille chemins ! » réfuta Carl d'un ton irascible.

D'un coup, Léon sembla se souvenir de quelque

chose. Ses yeux s'écarquillèrent et sa gorge se serra.

« Qu'est-ce qu'il y a ? demanda Laura qui se tenait à ses côtés. Tu fais une drôle de tête... »

Il la regarda avec un air de culpabilité et sembla réaliser quelque chose.

« Je... heu... » bafouilla-t-il.

Il souffla quelques mots inaudibles. Tous tendirent l'oreille vers lui et Carl, qui avait perdu patience, le menaça pour qu'il dise ce qu'il savait.

« J-Je viens de me r-rappeler... dit faiblement Léon. Lorsqu'on é-était dans le bus... Et qu'on dansait avant l'accident... »

Carl l'attrapa par le col et lui ordonna de parler plus rapidement. Wendy intervint pour les séparer et suggéra au nerveux de se calmer. La situation l'irritait.

« Quand on était d-dans le bus, poursuivit Léon qui tentait de maîtriser son bégaiement, j'ai entendu le chauffeur et le g-guide qui discutaient ensemble. Ils parlaient dans une langue étrangère, c-c'était de l'espagnol et d'ailleurs je n'avais pas compris p-pourquoi car ce n'est pas la langue de ce pays...

- Dans quel club de vacances sommes-nous tombés ? Le guide n'était pas originaire de ce pays. Mais tu as compris ce qu'ils disaient ? demanda Aïssa d'une voix rassurante en posant sa main sur l'épaule de Léon.

- Oui, je c-comprends l'espagnol. Le guide a dit "pero por qué toma este camino ?"

- Ce qui veut dire ?

- Ca peut se t-traduire par "mais pourquoi p-prenez-vous ce chemin ?"

- Tu veux dire que cet enfoiré n'a pas pris le bon chemin ? s'étonna Carl, rouge de colère.

- J'ai été aussi s-surpris que toi, alors je les ai écoutés de p-plus près et le chauffeur a répondu quelque c-chose comme : "sé lo que hago, es un atajo." P-Pour ceux qui ne comprennent pas l'espagnol, ça signifie "ne t'inquiète pas, c'est un r-raccourci."

- Quoi !? s'emporta Bruno qui avait les yeux de Satan. Tu veux dire qu'on est perdu au milieu de nulle part et que personne ne sait qu'on est là ? Tu pouvais pas l'ouvrir avant ?

- Je suis d-désolé, le souvenir vient seulement de me revenir en m-mémoire. Autrement, je vous en aurais informé…

- C'est de ta faute si on est dans cette merde ! J'ai vraiment envie de te tuer, pesta Bruno avant de frapper dans un arbre et de rebrousser chemin.

- Tu vas où comme ça ? lança Charly.

- La ferme, me parle pas ! » répliqua l'homme.

Ce dernier ne quitta pas le groupe pour autant, il chercha un coin de terre à l'abri de l'humidité pour s'y asseoir.

L'Africaine se mit à pleurer toutes les larmes de son corps en implorant Dieu de les sauver.

« Les pleurs et les lamentations ne serviront à rien, les prières non plus ! lança Carl, il frottait ses mains l'un contre l'autre pour chasser la nervosité. Tu crois quoi ? Que ton Dieu vénéré va nous envoyer une arche et qu'on va être sauvés par Noé ? Arrête tes conneries, un peu ! On doit s'en sortir par nous même et ne compter sur personne d'autre !

- Tu n'as pas tort, ajouta Charly. Mais au passage, il va falloir éviter de trop s'agiter, ça risquerait d'attirer les singes par ici, et je voudrais éviter d'avoir affaire à eux…

- Je sais maintenant pourquoi les secours ne sont jamais venus, lança Aïssa dans le brouhaha. Nous sommes sûrement très loin de la route et du lieu où nous aurions dû nous rendre. Personne n'a pensé à aller aussi loin pour nous retrouver. Mais ce que j'ai du mal à comprendre, c'est comment le chauffeur a pu espérer traverser une forêt si dense sans prendre la route. Même si la végétation paraît moins épaisse à certains endroits, ça reste inimaginable et des dizaines de personnes sont mortes par cette erreur et…

- Toi, la ferme ! interrompit Dan avant qu'elle ne finisse. C'est à cause de toi et de tes conseils à la mords-moi-le-nœud qu'on se retrouve ici, sans rien ni personne pour nous aider ! »

•

Effaçant une larme du revers de sa main, Alicia se sentit épouvantée à l'idée que son aïeule ait vécu de telles atrocités. Elle vint trouver du réconfort dans ses bras.

« Enfance malheureuse pour un ange comme toi, souffla-t-elle déboussolée.

- Ne broie pas du noir pour moi, ça s'est passé il y a si longtemps... rétorqua sa grand-mère

- Finis ton histoire s'il te plait, je veux savoir comment tu as survécu à tout ça...

- Et tout ce que j'ai appris durant ce voyage ?

- Rien n'a pu t'abattre ? Tu as survécu à tout jusqu'à l'arrivée des secours ? »

•

Laura s'arrêta quelques secondes pour retirer la terre qui s'était introduite dans ses chaussures. Un soupir s'échappa de ses lèvres lorsqu'elle se redressa.

« Tu vas tenir le coup ? lui demanda Wendy qui l'accompagnait.

- On marche depuis plusieurs heures et la boue, les branches, les animaux, le poids des sacs, tout m'exaspère…

- Courage, si on devait se rendre dans un village d'indigènes lors de notre voyage en bus, il y a des chances pour qu'on les trouve. Ils pourraient nous sauver ! » s'exclama son amie.

Carl, qui marchait à leur côté, se permit de rectifier :

« Tu ne réalises pas à quel point cette forêt est immense, autant chercher une aiguille dans une botte de foin. Dieu seul sait où on s'est égaré…

- J'essaie de redonner espoir à chacun de nos compagnons, c'est la chose dont on a le plus besoin. Je crois pas que ta vision pessimiste va arranger la situation…

- Je sais bien, mais je veux juste être réaliste. On a roulé plus de quarante-cinq minutes et qui sait pendant combien de temps le chauffeur nous a conduit dans son raccourci sans fin ? Et peut-être qu'en ce moment on s'écarte davantage de la civilisation, on n'a ni carte, ni boussole pour nous diriger. Tout ça à cause de cet imbécile de Léon ! S'il avait réagi plus tôt, on n'aurait pas perdu de temps sur place à consommer nos vivres et nos forces…

- Je te trouve bien désagréable en ce moment, lui reprocha Wendy. Qu'est-ce qu'il t'arrive ? Léon a fait ce qu'il a pu, on ne peut pas lui en vouloir. »

Ils continuèrent à s'enfoncer vers l'inconnu dans cette jungle enchevêtrée de branches et de lianes. Wendy remarqua le visage crispé et fermé de Carl. Elle décida de ne pas trop l'importuner en protégeant la cause de Léon.

Ils s'arrêtèrent quelques fois afin de se rassasier en eau dans les petites mares qu'ils découvrirent ici et là. Après l'orage foudroyant de la nuit dernière, leurs chaussures et leurs pantalons étaient trempés. Le groupe de voyageurs dut porter à chaque pas leurs jambes alourdies par la boue. Leurs pas s'enfonçaient dans la terre humide. La pluie avait laissé de l'eau fraîche sur les larges feuilles des arbres et grâce aux gourdes, ils purent en récolter.

Certains oiseaux les guettaient du haut de leurs branches.

Après une bonne journée de marche, les nomades se posèrent épuisés dans un coin éclairé et spacieux. L'endroit était moins humide que les chemins qu'ils avaient franchis jusque là, l'eau avait pu pénétrer dans le sol.

« Je suis exténuée ! Ça fait combien d'heures qu'on marche ? Je ne sens plus mes jambes... souffla Laura en lâchant son sac à terre et en s'écroulant sur les genoux.

- Il ne faut pas se laisser envahir par la faim et la fatigue, encouragea Charly en serrant son poing plein d'énergie. On se rapproche du but, je le sens !

- C'est trop pour aujourd'hui... » dit Laura.

Son estomac était douloureux tellement la faim était présente. L'affamée se compressa l'abdomen en pensant que la douleur se dissiperait. D'un coup, elle bondit sur ses jambes et poussa un cri de terreur. Icare galopa à son secours et la saisit dans ses bras.

« Qu'est-ce qu'il y a ? demanda-t-il, inquiet.

- Là ! Là ! Regarde par terre ! Il rampe ! » bafouilla-t-elle en désignant du doigt les racines d'un arbre. Puis, elle glissa sa tête dans les bras de son ami.

Icare observa le sol mais ne vit rien d'autre que de la mousse et des plantes grimpantes. Charly se rapprocha doucement et aperçut entre les racines un long corps brun verdâtre se faufiler entre les lianes.

« Ne bougez pas, ne faites aucun mouvement brusque » murmura-t-il.

Il glissa un pas vers le pied de l'arbre, et, après avoir pris une grande bouffée d'air, il plongea brusquement sur sa proie. Quand Charly se redressa, il tenait dans sa main un long serpent fin qui essayait de se débattre. Le vieillard bloquait la tête du reptile entre son pouce et son index.

« C'est un oxybelis fulgidus, précisa le chasseur. Il est quasiment invisible avec sa couleur verte, mais pas d'inquiétude, il est inoffensif pour l'homme. Je crois qu'il va nous faire un bon festin ! Qui a faim ? »

Il manifesta sa satisfaction par un large sourire. Wendy et Laura le regardèrent, écoeurées.

« Vous pensez que ce pitoyable serpent va suffire à nourrir une quinzaine de personnes ? demanda Wendy.

- Il nous reste quelques gâteaux et des tranches de viande dans nos sacs, on a même une dizaine de goyaves » répondit Charly qui commençait à assommer le serpent grâce à une large pierre plate.

Aïssa fit la distribution des rations pour chacun. Elle souhaitait être responsable de cette tâche pour éviter les inégalités entre les rescapés.

« Nous devons restreindre la consommation de nourriture, dit-elle quand elle s'aperçut que le sac était presque vide.

- Jim, Carl et moi, on va se contenter du serpent, annonça Charly avec sa douce voix. C'est plein de protéines animales, ça nous donnera des forces ! Mais toi, tu ne manges pas ?

- Il n'y en a pas assez pour tout le monde… Et je n'ai pas très faim…

- Tu ferais mieux d'avaler quelque chose, la route risque d'être encore longue et périlleuse. Ne me dis pas que cette longue route ne t'a pas épuisée !

- Ne t'en fais pas pour moi. Je suis encore pleine d'énergie et le fait de vous voir en forme me redonne des forces et de l'espoir ! » s'exclama-t-elle à voix haute pour être audible de ses camarades.

Laura s'assit de nouveau au pied de l'arbre en

prenant garde qu'il n'y ait pas un lézard ou une araignée géante. Icare vint la rejoindre pour s'assurer de son état de santé mental. Elle lui confia qu'elle était épuisée, affamée, que ses pieds la faisaient souffrir et qu'elle avait peur de cette forêt sans fin. L'Amnésique lui passa la main sur le visage et lui souffla au creux de l'oreille que l'avenir commençait ici. Elle sourit, ouvrit ses grands yeux et regarda le ciel à travers les feuillages.

« Tu as raison, dit-elle confiante. Notre vie prend un sens à partir d'aujourd'hui et je compte bien ne pas la gâcher ! Je ne sais pas comment tu fais, mais tu me redonnes espoir à chaque moment…

- Si l'un du groupe flanche, c'est l'état d'esprit collectif qui se dégrade, alors je m'efforce de garder espoir. Aïssa porte sur ses épaules le poids de nos souffrances, elle se sacrifie pour nous ! »

Laura trouva cette réflexion belle. Certes, ce qu'Aïssa supportait était terrible, toutefois, son tempérament de fer était remarquable. Elle observa ses confrères qui terminaient leur piteux repas et tomba sur un jeune homme qui paraissait stressé et anxieux. Il se grattait la tête jusqu'à s'en arracher les cheveux et tremblotait de froid. Laura l'avait déjà remarqué, il avait fait partie du groupe de Pierre-Louis, celui chargé d'enterrer les victimes.

« Il a besoin d'aide, dit Laura en se relevant.

- J'ai déjà essayé de lui parler mais il ne semblait même pas remarquer ma présence et soufflait des mots dont je ne comprenais pas le sens. Psychologiquement, c'est le cas le plus grave qu'on a. Je ne pensais pas qu'il nous aurait suivis dans cette traversée.

- On ne peut pas le laisser dans cet état, il va se faire du mal !

- Je suis entièrement d'accord avec toi, mais je ne

sais pas quoi faire. »

Le jeune homme déchira des racines de plantes et les avala avant de grimacer de dégoût. Laura s'approcha de lui et demanda s'il avait besoin de quelque chose. L'interpellé lâcha un cri bref et se replia sur lui-même quand il aperçut le visage de la jeune femme qui venait le troubler.

« Je ne te veux pas de mal, dit-elle en lui tendant la main, nous sommes tes amis…

- Lâchez-moi ! Je... Je veux pas ! hurla-t-il.

- Tu as besoin de quelque chose ? D'eau ?

- Je vous ai dit de dégager ! » hurla-t-il avant de la repousser d'un mouvement vif de la main.

Il prit la fuite aussitôt. Son pied se prit dans une ronce et le fit trébucher. Il rampa au sol et implora qu'on l'épargne. Il poussa des cris de détresse. Tétanisée face à l'hystérie de l'homme, Laura ne sut comment réagir. Elle appela Icare à son secours.

« On ne peut pas l'aider, dit-il en l'aidant à se relever. Il est traumatisé par quelque chose ! »

D'un coup, le jeune homme, terrorisé, bondit sur ses jambes et s'échappa à toute vitesse. Il poussa un cri terrifiant, un cri qui ne pouvait être provoqué que par une peur très profonde. Il se faufila entre les arbres et se prit la peau dans des épines aiguisées. L'homme ne s'arrêta pas, il semblait insensible à la douleur. Son regard croisa celui de Laura l'espace d'un instant. Dans son regard se lisait une telle angoisse qu'elle lui glaça le sang.

« Bon sang ! Mais où il va ? lança Jim avec un léger accent africain.

- Il s'enfuit ! Il faut le rattraper, il va se perdre ! » lança l'Amnésique.

Ils partirent tous à sa poursuite. L'homme courrait très vite et certains furent rapidement semés.

« Je l'ai aperçu là-bas, derrière les buissons »

indiqua Carl en hurlant dans sa course.

Alors que Jim se joignit à lui, ils perdirent de vue l'homme qui se sauvait à toute vitesse. Les branches et les buissons défilaient à toute allure. Le terrain était glissant et parsemé de ronces.

« Tiens, regarde sur cet arbre, des traces de sang, annonça Carl. C'est à hauteur d'épaule ! Il a dû se prendre l'arbre en se retournant pour s'assurer qu'on était plus derrière lui.

- Tu crois qu'il aurait pu continuer à courir avec une épaule blessée ?

- Tu as bien vu dans quel état psychologique il était, il peut être capable de tout…

- L'herbe a l'air d'avoir été écrasée depuis peu par ici, indiqua Jim en montrant un chemin derrière l'arbre. Allons-y ! »

Ces derniers repérèrent l'individu au milieu d'une clairière. Ils coururent très vite et, peu à peu, ils prirent du terrain sur le celui-ci. Enfin, ils le virent s'arrêter au bord d'un fleuve. C'était terminé, il ne pouvait pas aller plus loin.

L'homme se tenait l'épaule qui saignait abondamment. Quand il se retourna, il aperçut deux personnes à ses trousses.

« Arrêtez ! Je... Je vous en supplie ! cria-t-il en pleurant. Laissez-moi ! »

Le visage de l'homme ruisselait de larmes. Il tremblait d'horreur, son corps était fiévreux.

Malgré ses gémissements, ses traqueurs s'avançaient inexorablement près de lui en faisant des gestes agressifs.

« Mon Dieu, pardonnez-moi toutes mes offenses… » souffla-t-il avant de rejoindre l'eau.

« Mais qu'est-ce qu'il fait !? Il est taré ! »

L'Amnésique revint sur ses pas et après avoir

franchi quelques sentiers, il retrouva enfin ses compagnons. Sa respiration était lourde.

« Alors, tu l'as retrouvé ? » demanda Laura à son arrivée.

Elle s'inquiéta à la vue de la manche déchirée de son ami.

« Mais qu'est-ce qu'il s'est passé ? Tu es blessé ? poursuivit-elle.

- Ce n'est rien... J'ai trébuché... Dans ma chute, ma manche s'est prise dans des ronces, répondit-il en s'emparant un bout de tissu dans un des sacs pour essuyer les écorchures qu'il avait sur le bras. Je suis désolé, je n'ai pas pu le rattraper mais Jim et Carl étaient toujours à sa poursuite. J'espère qu'ils ont réussi à lui mettre la main dessus… »

La nuit commençait à tomber et les rescapés durent s'éclairer à la lumière d'un feu de bois. Au bout d'une vingtaine de minutes, leurs camarades, partis à la chasse à l'homme, réapparurent derrière un buisson. Leur expression de visage était sans équivoque, ils étaient vaincus.

« Il vous a échappé ? demanda précipitamment Aïssa.

- Oui… On n'a pas pu le rattraper... Il courrait bien trop vite… répondit Jim qui semblait perturbé.

- Il s'est passé autre chose ?

- Non, rien... Il est juste épuisé par la course qu'on vient de faire et par le temps qu'on a mis pour vous retrouver, expliqua Carl avant que son camarade ne puisse répondre. En revenant, on a découvert un fleuve qui coule non loin d'ici, ça doit être l'une des branches de l'Amazone. On pourrait se ravitailler en eau.

- Un fleuve ?! s'étonna Wendy. C'est une excellente nouvelle ! On a des chances d'être sauvés alors !

- Si on suit le sens du courant, on tombera sur la côte brésilienne, et là, il suffira de rejoindre une ville pour être enfin hors de danger et rentrer chez nous… continua Carl.

- C'est vrai que ça tombe à pic, c'est un nouvel espoir de nous en sortir ! Mais il faut être prudent, on va passer la nuit ici et poursuivre notre chemin demain, dès l'aube » conseilla Charly qui avait l'air épuisé.

La nouvelle se propagea avec un certain engouement. Il leur était difficile de patienter le lendemain pour rejoindre le fleuve. La nuit fut longue et froide. Laura ne trouva d'ailleurs pas le sommeil durant de longues heures. Elle aurait voulu se blottir dans les bras de quelqu'un pour trouver de la chaleur.

Lorsque la nuit était noire, Jim se leva alors que le feu perdait de son éclat et s'assit aux côtés d'Aïssa. Celle-ci était allongée sur le ventre. Il lui demanda discrètement si elle était encore éveillée. La femme, qui avait une peau très mate sous cette luminosité, se retourna et fronça les sourcils d'étonnement.

« À cette heure-ci, tu ne dors toujours pas ?!

- Je dois te confier quelque chose d'important et je voulais éviter d'en parler devant tout le monde.

- Ça ne pouvait pas attendre demain matin ? J'ai sommeil… » soupira-t-elle avant de se redresser.

Ce n'était pas dans ses habitudes de laisser tomber un proche qui avait besoin d'elle :

« Je t'écoute, que se passe-t-il ?

- Et bien... Tout à l'heure, on ne t'a pas dit toute la vérité…

- À quel sujet ?

- À propos du jeune homme qui s'est enfui... En réalité, on l'a retrouvé, précisa Jim qui avait des frissons. Il était d'ailleurs près du fleuve dont je vous ai parlé... Quand il nous a aperçus, il est devenu hystérique... Il nous a menacés avec des pierres en nous insultant de Suppôts de Satan. J'ai alors tenté de le calmer mais lorsque je me suis approché de lui, il était comme fou et a prononcé quelques mots dont je n'ai pas compris le sens. Il s'est enfoncé dans l'eau, je l'ai supplié de s'arrêter mais le courant était trop fort... Il s'est fait emporter…

- Tu veux dire qu'il a lui-même pris la décision de mettre fin à ses jours ? s'exclama Aïssa.

- Oui, mais fais moins de bruit s'il te plait, on va nous entendre... Je ne veux pas que la panique s'empare du groupe.

- Tu as raison, excuse-moi... Mais qu'est-ce que tu as fait à ce moment-là ?

- J'ai couru pour lui attraper la main mais il était décidé et n'aurait pour rien au monde saisi la mienne pour être sauvé... Je ne comprends pas son geste...

- Je n'avais pas vu qu'il était perturbé à ce point. Pourtant, je ne peux pas m'empêcher de le comprendre, ce que nous traversons est très dur pour chacun de nous. Il nous a montré que même si c'est accablant, nous devons nous entraider à chaque moment de la journée…

- J'espère qu'il n'y aura plus de cas comme ça... Qu'est-ce qu'on fera sinon ?

- Ne t'en fais pas, il n'y aura plus de morts ni de blessés. Nous sommes bientôt au bout du chemin, la liberté nous attend, crois-moi. Maintenant, essaie de dormir... Il faut être en forme pour demain, nous parlerons de tout ça plus tard…

- Je te fais confiance et je vais écouter tes conseils. Bonne nuit et à demain.

- A toi aussi, Jim ! »

Au petit matin, ils furent réveillés par une pluie

fine et légèrement chaude. Le vent s'était levé et se faufila à travers les feuillages en sifflant. Il caressa le visage de Laura et lui sécha les larmes qui avaient coulé depuis la veille. Elle se sentit coupable de la disparition du jeune homme et de la folie dont il avait fait preuve. L'Amnésique la réconforta en lui expliquant que le disparu avait déjà des troubles psychologiques depuis l'accident et qu'elle n'était en rien responsable de sa fuite. Elle avait les yeux gonflés par les pleurs et la fatigue accumulée de toute une nuit d'insomnie. À cela s'ajoutait la culpabilité d'avoir injustement survécu à la place de son amie Sharleyn. Après tout, pourquoi était-ce elle qui avait survécu alors qu'elle n'avait pas la moindre expérience et force de caractère ? Les lois de la nature n'acceptaient aucune justice !

Aïssa fit le décompte du nombre de personnes avant la réunion du matin.

« Seize, il ne manque personne... dit-elle. Aujourd'hui, nous allons avancer vers la victoire ! Jim et Carl ont découvert un fleuve non loin d'ici et nous pensons que si nous suivons le sens du courant, cela débouchera vers la côte atlantique. Là, il nous sera plus facile de trouver une ville.

- Mais il est impossible de calculer approximativement le nombre de kilomètres qu'il nous reste à parcourir ? » demanda Speed qui refaisait le bandage de son épaule.

La couleur jaunâtre de sa peau signifiait que la blessure était presque guérie.

Aïssa répondit qu'il restait approximativement une quarantaine de kilomètres d'après le temps qu'ils avaient voyagé en bus. Soit trois ou quatre jours.

« Tant que ça ?! s'exclama Speed. Avec cette saleté de boue, le manque de nourriture, les moustiques, nos sacs de provisions... On va jamais se sortir de ce merdier...

- Nous y arriverons grâce à notre courage, notre motivation et notre solidarité, répliqua le chef du groupe. Allez, en route, plus tôt nous partirons, plus tôt nous jouirons de la liberté ! »

Aïssa avait conscience que ses paroles étaient bien trop optimistes, cependant, elle avait la certitude qu'il était nécessaire qu'au moins une personne tienne ce discours.

Jim et Carl se mirent en tête de file, et, après une demi-heure, ils retrouvèrent le fleuve.

« L'eau doit être potable, remplissez vos gourdes avant de repartir, lança Jim en se rassasiant.

- Soyez quand même vigilant ! répliqua Charly. Les animaux sauvages sont souvent près des rivières pour s'abreuver. Il serait dommage de tomber sur l'un d'entre eux. Munissez-vous d'un bout de bois bien solide en cas de besoin et ne restez pas seuls... »

Le pourtour du cours d'eau était plus boueux que les sentiers. Une odeur de pourriture flottait au-dessus d'eux. Par habitude, Charly les informa qu'il ne s'agissait pas d'un cadavre mais sans doute d'excréments de singes. Ceux-ci venaient tous les matins se rassasier et faire leurs besoins près du fleuve.

« Ne restons pas dans le coin, je ne préfère pas rester sur le territoire des singes, dit Wendy avec une pointe d'inquiétude. Le courant va d'est en ouest, suivons-le ! »

En plein après-midi, le Soleil brillait de tout son éclat à travers le ciel immaculé. Sur la rive du fleuve, les arbres ne cachaient plus la vue et Laura put enfin, après tant de jours, apprécier la chaleur du maître spirituel. Cette boule de feu qui brûlait à des millions de kilomètres d'elle lui donnait du courage et l'envie de vivre. À ses côtés, Speed transportait un sac avec quelques vêtements et objets personnels qu'il avait voulu garder. Il semblait souffrir, son visage était marqué par le désespoir. Des traces de lanière étaient incrustées sur son épaule nue et frêle.

« Tu as besoin d'aide ? lui demanda Laura.

- Ça ira…

- Tu as l'air exténué, tu veux de l'eau ? J'ai justement une…

- Non merci, j'en ai pas besoin, coupa Speed.

- Je croyais que tu étais un grand sportif ! Ca ne devrait pas être grand-chose pour toi ce voyage à pied » dit-elle afin de lui redonner du courage.

Il la dévisagea du coin de l'œil avant de presser le pas.

« Mais qu'est-ce qu'il t'arrive ? » insista Laura qui essayait de le rattraper.

En réalité, elle redoutait que Speed plonge dans la même sorte de crise de panique que l'homme qui avait disparu la veille.

« C'est pas le moment de flancher, on est si près du but…

- La ferme ! l'interrompit-il, énergiquement. Tu veux connaître la vérité ? Je ne suis pas un grand sportif et je ne l'ai jamais été ! Je t'ai menti comme je l'ai toujours fait ! »

La jeune femme se figea sur place, des gouttes de sueur perlaient sur son front et tombaient sur ses yeux écarquillés.

« Quoi… ? Qu'est-ce que…

- Oui… Je ne suis qu'un menteur… Je n'ai jamais fait partie d'une équipe de sport comme je vous l'avais dit à toi et à ton amie…

- Sharleyn… Mais pourquoi ? Je me souviens à la soirée de bienvenue, tu nous avais dit que tu étais le plus rapide dans tous les sports au temps du lycée et que tu t'étais ensuite blessé au genou… »

Il la regarda le visage désolé et plein de honte. Son lourd sac continua de lui lacérer l'épaule et fit apparaître une traînée rouge.

« C'est faux… Tout est faux ! lâcha-t-il avec une mine de rancœur. Je n'ai jamais été accepté dans n'importe quel club de sport, j'ai toujours été un naze… Mon genou n'a rien, j'ai inventé tout ça. C'est pour ça que je voyageais beaucoup avec ma femme et ma mère qui étaient les seules à me respecter, pour ne pas qu'on se foute de moi… »

Le groupe de voyageurs poursuivait son chemin dans cet enfer de l'inconnu. Wendy, qui aperçut Laura et Speed arrêtés à une dizaine de mètres derrière, les interpella.

« On arrive, ne t'inquiète pas, on ne fait que discuter ! lança Laura avant de reprendre la discussion. Alors tu as préféré nous mentir et te faire passer pour ce que tu n'es pas ?

- Et alors ? Tu sais ce que c'est d'être un moins que rien ? Tu sais ce que c'est de se faire huer tous les jours ? rétorqua Speed en serrant les poings.

- Tu crois que pour nous c'est facile ? On est tous là avec nos bagages d'ennuis et de l'amertume à revendre ! Ce qui ne nous empêche pas d'être honnêtes entre nous ! Je me fous de savoir ce que tu as été, je me fous de savoir qui tu aurais voulu être... Tout ça, c'est... C'est que de l'hypocrisie !

- Tu peux pas me comprendre... Oublie ce que je t'ai dit...

- Mais...

- Je t'ai dit d'oublier ! coupa Speed. Alors maintenant, lâche-moi ! »

L'homme se retourna vivement et poursuivit son chemin. Laura resta derrière, cette révélation était si soudaine, et surtout, elle ébranla la confiance qu'elle avait jusqu'à présent envers ses compagnons.

En fin de journée, ils avaient parcouru plus d'une vingtaine de kilomètres d'après Charly. Le ciel commençait doucement à s'étoiler et à rafraîchir la lourde atmosphère qui avait régné ce jour-là. Les hommes avaient trouvé de la nourriture en faible quantité, ce qui obligea certains à manger des plantes sauvages.

« Je vous déconseille fortement de dévorer ces choses-là, conseilla Charly qui gardait toujours un tempérament sage. On ne sait pas si elles sont vénéneuses ! »

Carl fut pris de violentes régurgitations et cracha ses poumons. Il avait absorbé une substance nocive sécrétée par les pétales d'une fleur exotique. Wendy lui apporta de l'eau fraîche et lui tapota le visage de ses doigts délicats. Elle le calma grâce à son délicieux sourire et lui passa sa main dans les cheveux.

« Merci… bafouilla-t-il timidement. Ça va mieux, je pense que je peux me relever… »

Laura vint s'asseoir près de l'Amnésique, elle frémit. Il lui passa sa veste usée autour des épaules.

« Tu as toujours froid ? lui souffla-t-il d'une douce voix.

- Plus maintenant… Je vais bien... »

Ils s'échangèrent un regard complice.

« Tu sais, j'ai repensé à ce rêve que tu m'as fait faire l'autre soir, poursuivit-elle.

- Un rêve ? Je vois pas de quoi tu parles ! répondit Icare sur le ton de la plaisanterie.

- Ça avait l'air tellement réel, j'avais l'impression de pouvoir toucher les choses...

- Ta main ne les a peut-être pas touchées, mais ton esprit, il n'y aucun doute !

- Tu crois en ces choses-là ? Les esprits ?

- Je ne sais pas vraiment comment on peut le définir. L'*Esprit* comme tu dis, pour moi n'est pas enfermé dans un corps. Le corps n'est que son outil qui permet d'interagir avec le monde physique.

- Tu penses qu'il est possible de séparer son esprit de son corps l'espace d'un instant ?

- Tu en as bien fait l'expérience, non ?

- Et bien... Malgré tout, je ne sais pas si l'esprit peut réellement voyager ou bien si une imagination trop forte provoque des sensations réelles.

- C'est à toi de trouver ce qu'il en est ! »

Laura sourit. Elle appréciait particulièrement ces courts instants où, comme une brèche dans le temps, elle s'échappait de l'emprise de la réalité.

« C'est un moyen de s'évader, de trouver sa liberté... » dit-elle, les yeux levés vers le ciel.

Durant la nuit, plusieurs hommes avaient monté la garde car les bêtes sauvages avaient l'habitude de roder près du fleuve. Un feu de bois avait brillé afin d'effrayer les chasseurs nocturnes qui s'approchaient de trop près. Léon, qui avait cru apercevoir un félin, emprunta le pistolet qu'il avait confié à Aïssa et tira dans cette direction. L'animal s'échappa en se faufilant entre les buissons qui s'enchevêtraient en formant une muraille. Paniqués, les nomades se réveillèrent en sursaut. Léon leur expliqua la situation quand le Soleil se leva. La lumière du jour écarta le danger des carnivores.

Après le discours d'encouragement de la part d'Aïssa, ils reprirent leur longue route. Cette dernière s'aidait d'un bout de bois pour marcher. Elle commençait à ressentir la grande fatigue accumulée par son corps pendant ces dernières semaines. La fin du périple n'était pas encore proche.

D'après Charly, il ne devrait rester plus que deux

ou trois jours de marche. Après cela, ils retrouveraient enfin la civilisation.

Dan les suivait toujours à distance, il était cette fois-ci accompagné de Bruno qui accepta de faire un bout de chemin avec lui. Les deux hommes se trouvèrent des intérêts communs.

« On va se faire manipuler par cette femme pendant combien de temps encore ? grogna Dan. Pour qui elles se prennent ? Depuis quand elles ont des droits ?

- Tout ça à cause de ces mauviettes qui sont sous ses ordres, ils ont même pas assez de fierté pour se rebeller… poursuivit l'ancien dictateur. Je te jure, quelquefois j'ai envie de la tuer ! Et j'ai aussi envie de me faire ce naze de Léon…

- Dommage qu'ils nous aient repris nos couteaux, je me serais fait un plaisir de la lacérer, de sentir la lame pénétrer sa chair et s'entrechoquer avec ses os…

- Toi t'as du cran au moins, complimenta Bruno en ricanant. C'est d'hommes comme toi dont le monde a besoin. Tu réglerais un problème sans poser de questions et sans perdre ton temps. J'aurais dû m'allier à toi quand j'en avais l'occasion.

- Je pensais pas que cette salope retournerait tout le monde contre toi. J'aurais dû agir, l'étrangler pendant son sommeil. Maintenant la nuit, ils sont tous comme des chiens de garde à surveiller les environs, je peux plus agir… »

Dan remarqua que son nouveau compagnon de marche semblait méfiant. Ce dernier jetait plusieurs coups d'œil vers la flore des alentours.

« Qu'est-ce que t'as ? Me dis pas que c'est cette jungle qui te fait cet effet après plus de deux semaines ! Aucun animal habitant cette forêt n'oserait s'attaquer à un groupe aussi bruyant et nombreux que nous... »

Bruno scruta les recoins des arbres, les buissons touffus, le fleuve qui voyageait près d'eux. Cependant, il ne vit rien qui put s'apparenter à un danger quelconque.

« Je sais pas comment t'expliquer, mais j'ai un mauvais pressentiment, dit-il alors qu'il restait concentré. Depuis un petit moment, j'entends des bruits venant des buissons, on dirait, qu'on nous a pris en chasse…

- Tu plaisantes, j'espère ! rétorqua Dan qui se força à rire. Quel animal pourrait s'attaquer à des humains ? Un singe, tu vas me dire ?

- Tais-toi, écoute !

- J'entends rien moi, je te dis, cet endroit te fait perdre la boule...

- Ça m'énerve de pas savoir... »

Tandis que le groupe poursuivait sa route presque interminable, Bruno s'arma d'un gourdin car l'incertitude avait pris le pas sur son sang-froid. Son acolyte fit de même, il n'accorda aucun crédit aux inquiétudes de Bruno, mais dans le doute, il valait mieux rester prudent.

Lorsque Léon les aperçut en train de s'équiper d'armes, il répandit bien rapidement la rumeur que ces deux compères préparaient un mauvais coup. À leur tour, les nomades s'armèrent de bouts de bois et de canifs qu'ils gardaient bien précieusement dans leurs poches. Tandis que Bruno et Dan cherchaient par n'importe quel moyen la trace d'un carnivore en chasse de proie, ils se firent agresser par leurs propres camarades.

« Pourquoi vous prenez ces bâtons ? Vous voulez nous frapper par-derrière, comme des lâches ? » lança Carl prêt à décocher le bout de bois qu'il tenait fermement.

Les deux victimes se regardèrent, interloquées.

Ils n'avaient aucunement l'intention de les attaquer.

« On comptait rien tenter contre vous ! répondit nerveusement Dan. Au contraire, on surveillait les arrières. Je crois qu'il y a un carnivore dans les parages !

- Tu crois que je vais avaler tes conneries ? Je sais que vous êtes plus malsains l'un que l'autre. Si vous tentez la moindre chose, on vous massacre à coup de bâton ! répliqua Carl qui gonfla les narines de colère.

- Laissez-les tranquilles, intervint Aïssa. S'ils nous le jurent avec tant de sincérité, c'est qu'ils doivent sûrement dire la vérité !

- Toi, ta gueule ! riposta Dan. Combien de fois je vais te dire de pas te mêler de mes affaires et encore moins de me protéger ?!

- Ce n'est pas pour te protéger, mais pour garder une certaine sérénité au sein du groupe !

- Dégage de là ! Et prends tes excuses à deux balles avec toi !

- Lui parle pas comme ça ! » répliqua Carl qui entra dans une colère noire.

Il bondit sur Dan et lui envoya son bâton dans le visage. L'homme chuta au sol, du sang coulait de son arcade sourcilière.

« Tu vas me le payer, sale fils de... »

Avant qu'il ne puisse finir sa phrase, Carl le frappa une seconde fois. La branche de bois se brisa sous le choc. L'homme à terre appela son compagnon à la rescousse. Il essaya de se relever, Bruno ne pouvait pas l'abandonner.

« Qu'est-ce que tu fous bordel !? »

Quand il se retourna, il aperçut son compagnon encerclé par les hommes d'Aïssa. La bataille était terminée, il ne pouvait pas aller plus loin. Carl le fit chuter au sol. Il était certes plus petit que lui, toutefois, il détenait une force surprenante.

Tandis qu'Aïssa s'entêtait à calmer les esprits, un cri d'enfant surgit subitement de nulle part.

« C'est la voix de Jack ! hurla Wendy alors que son cœur battait lourdement. Où sont les gosses ? »

L'Amnésique ne perdit pas une seconde et cavala dans la direction d'où étaient parvenus les cris. Néanmoins, il ne trouva rien ! Le petit avait disparu aussi rapidement que son cri s'était évaporé dans l'air.

« Je l'ai vu, je vous dis ! jura Jim qui arrivait en contresens. Je l'ai vu, il faut se dépêcher ! Il s'est fait attraper la jambe par... Je ne sais quoi… »

Les femmes devinrent pâles et silencieuses.

C'est pas possible, c'est encore un enfant… sanglota Laura qui s'en voulait déjà de ne pas avoir été assez vigilante sur leur protection.

« Vite ! Où est ce putain de flingue ? grogna Carl. Il faut abattre cette saleté de bête ! »

Léon lui confia le pistolet, et, accompagné d'une dizaine d'hommes, Carl se lança à la recherche du petit bonhomme.

Laura, Wendy, Aïssa et l'Africaine, dont personne ne connaissait encore le nom, s'assirent dans l'herbe humide et froide. Les larmes coulèrent des yeux et le ciel lui-même semblait triste. Wendy serra Eliot dans ses bras, le second garçon qui appartenait à cette communauté. Elle fredonna une petite chanson pour empêcher le désespoir de l'envahir.

L'animal avait profité de l'inattention de la part des Hommes pour s'attaquer à une proie faible.

« Tu te rends compte !? On a laissé cet enfant sans surveillance, comment on a pu être aussi stupides ? demanda Laura en bafouillant. Voilà pourquoi on n'arrivera pas à s'en sortir, on n'est même pas soudés ! Ici, c'est chacun pour soi…

- Ne dis pas n'importe quoi, réfuta Aïssa en lui séchant les larmes. Regarde, même Bruno est parti à la recherche de Jack. Nous sommes soudés même si cette forêt prend parfois le dessus... »

Soudain, la fillette les interrompit du haut du sentier accidenté.

« Eliot, ne les crois pas ! T'as bien vu ce qui est arrivé à Jack. Ces gens sont des démons, ils vont nous sucer le sang pendant notre sommeil ! Ils vont nous avoir un à un ! Enfuis-toi avant qu'il ne soit trop tard... » hurla-t-elle d'une voix d'enfant qui représentait encore la douceur angélique.

Les jeunes aventurières levèrent la tête et découvrirent la fillette dont le visage était marqué par la peur, l'ignorance et l'envie de revanche. Ses cheveux semblaient sales et gras. Ils lui recouvraient partiellement le visage et laissaient apparaître des yeux qui brûlaient de haine. Les larmes qui coulaient sur ses joues n'étaient pas celles de la tristesse, mais celles causées par un sentiment ancré plus profondément. Sa colère était si sombre qu'elle en était palpable.

Eliot était déconcerté, *qui croire ?* Entre ces adultes qui le protégeaient et l'amie de son âge qui était la seule à partager et comprendre ses peines. Wendy le serra encore plus fort dans ses bras qui, à la fois, le protégeaient et le privaient de ses libertés.

« Arrête de dire de telles idioties ! répliqua Aïssa à la fillette. Cela fait deux semaines que nous sommes à tes côtés. Nous te nourrissons, nous te protégeons et nous essayons de te sortir d'ici ! S'il te plait, fais-nous confiance et nous nous en sortirons tous sains et saufs. »

Un coup de feu coupa subitement la conversation. Il effraya plusieurs oiseaux qui prirent leur envol dans un bruit sourd de claquement d'ailes.

Ils hurlèrent et envahirent le ciel.

Ce sont les hommes qui ont tiré, j'espère qu'ils ont retrouvé Jack... pensa Aïssa avant de reprendre la discussion avec la jeune fille.

Malheureusement, elle avait profité de ce laps de temps pour s'enfuir. La meneuse de la communauté demanda aux autres femmes de rester ici et de veiller sur Eliot tandis qu'elle essaierait de retrouver la fillette pour la raisonner.

Elle arpenta le sentier aussi rapidement qu'elle le put et aperçut, par chance, la petite fille qui se faufilait entre plusieurs gros arbres centenaires.

Je l'aurai ! Mais pourquoi est-elle aussi obstinée ?

La femme à la peau mate et aux cheveux légèrement frisés cavala dans sa direction. Elle passa entre plusieurs ronces, esquiva quelques branches et, enfin, sauta par-dessus une large flaque d'eau. Bien que la fillette était plus habile pour se déplacer dans la jungle, elle perdit du terrain sur son aînée. Aïssa ne lâcha pas prise et fut vraiment décidée à lui faire prendre conscience des dangers de cette forêt et la sympathie que les adultes partageaient à son égard. Celle-ci se fit prendre le bras par les épines d'une plante extravagante. Elle ne perdit cependant pas son sang froid et ne prêta aucune attention à l'état de son bras. Après avoir contourné maints et maints buissons, elle tomba nez à nez avec la fillette qui était échouée au sol. Aïssa s'avança vers elle et découvrit sur le visage de la petite fille un sourire qui se dessinait étrangement sur ses lèvres.

« Je suis heureuse que tu sois enfin décidée à te joindre à nous, lui dit la femme qui s'approcha d'elle doucement. Mais pourquoi souris-tu comme ça ? »

La fillette leva les yeux et sembla pleurer de bonheur. Elle tendit son bras pour montrer quelque chose et souffla qu'ils étaient enfin sauvés. Sa voix était tremblante.

Aïssa regarda ce que la fillette pointait du doigt et quand elle découvrit la chose, son cœur bondit dans sa cage thoracique. Elle chuta, les genoux à terre, et resta bouche bée pendant un bref instant. Puis, elle hurla pour appeler ses compagnons…

« C'est la voix d'Aïssa ! lança Jim quand il perçut les appels à l'aide de leur amie. Elle n'est pas loin d'ici. Carl ! Léon ! Pierre-Louis ! Allez-y ! Il faut voir ce qu'il se passe.

- Je crois que les appels venaient de là-bas » lâcha Léon avant de se lancer à la recherche d'Aïssa.

Au sol, gisait le cadavre étendu d'un puma. Son sang coulait de ses entrailles où logeait une balle encore chaude. À ses côtés, l'enfant miraculé était évanoui. Il semblait dormir profondément malgré sa jambe qui avait été lacérée par les crocs du félin. Son pantalon était déchiré au niveau de la cuisse et laissait apparaître une peau mutilée.

« L'hémorragie est assez importante, il faut entourer sa jambe d'un bandage bien solide, informa l'Amnésique après avoir observé l'état du petit garçon. On va avoir besoin de désinfectant le plus rapidement possible...

- Il doit en rester dans les sacs qu'on a laissés à Wendy » répondit Charly qui venait de les rejoindre.

Sous les encouragements de Bruno, Carl avait tiré de sang-froid sur le puma bien que l'enfant était toujours prisonnier de ses crocs. L'animal était tombé raide avant de lâcher son dernier souffle.

Jim demanda à Charly de se reposer et prit la décision de rebrousser chemin pour retrouver Wendy qui avait en sa possession le matériel médical. Sa présence auprès de Jack était indispensable, elle seule avait les aptitudes nécessaires pour déterminer si sa vie était en danger.

L'Amnésique mit ses deux mains dans la plaie pour contenir le sang et, avec l'aide de Bruno, il fit un garrot grâce au tissu de sa chemise. Le comportement docile de l'ancien dictateur ne lui inspirait pas confiance pour autant.

•

98ème jour : Cela fait deux jours entiers que nous marchons. Il n' y a toujours pas la moindre grotte ou crevasse dans laquelle je pourrais jeter cette chose. La forêt est étrange. Des félins nous guettent derrière les branches, nous devons rester vigilants.

Nous longeons toujours le fleuve. Le courant est très fort.

99ème jour : Mes hommes sont exténués. Ils me demandent de revenir en arrière. Certains regrettent d' avoir accepté ma proposition. Je ne dois pas abandonner, pas si près du but !

100ème jour : Une bande de primates nous a chassés de leur territoire. Nous avons voulu nous défendre, cependant, ils étaient bien trop nombreux. Nous avons dû nous enfoncer dans la forêt. Le cartographe trace minutieusement notre parcours sur une carte. Il serait dommage de s' égarer davantage.

101ème jour : Nous avons trouvé un gouffre. Enfin ! Il est profond et, surtout, loin de tout. Ma mission s' arrête là. Nous nous quittons ici...

•

Les trois hommes arrivèrent précipitamment sur les lieux et découvrirent Aïssa agenouillée au sol. Léon se rapprocha d'elle, il aperçut alors la petite fille allongée près d'elle. Sa respiration était lourde, elle semblait avoir couru jusqu'à en perdre haleine. Aïssa tourna le visage dans sa direction, elle découvrit avec joie Carl, Léon et Pierre-Louis qui étaient venus à son secours.

« Qu'est-ce qu'il y a ? demanda Carl, à moitié en colère. On vient de quitter Jack qui pissait le sang parce qu'on te croyait en danger ! »

Aïssa n'entendit pas les mots de Carl et sauta dans les bras de Léon.

« Je... Je crois que nous sommes sauvés… souffla-t-elle. Nous sommes sauvés…

- Q-Quoi ?! s'étonna Léon. P-Pourquoi on est s-sauvé ? »

La femme n'eut plus la force d'ouvrir la bouche et leva le bras pour pointer quelque chose du doigt. L'émotion était tellement forte qu'elle sentit les larmes monter aux yeux.

Lorsque les hommes découvrirent ce qui se dressait devant eux, ils furent frappés par un sentiment qui mêlait à la fois de l'étonnement et du soulagement.

« Mais… C'est… Une maison… balbutia Carl. Une maison ? Comment c'est possible… ?

- Il y a sûrement une civilisation ou une ville dans le coin, répondit Pierre-Louis. Il faut rassembler tout le monde, on est sans doute à la fin du voyage… »

La maison semblait très ancienne et délabrée. Le toit était partiellement effondré et les murs étaient fortifiés grâce à de lourdes pierres entassées les unes sur les autres. Quelques plantes grimpantes recouvraient les façades de la demeure qui obstruaient les lucarnes qui servaient de fenêtres et de porte d'entrée. Le plus étonnant était de ne voir aucune autre construction humaine autour de la maison. La jungle était toujours aussi dense et imperméable. Il était impensable qu'un être humain vienne se loger ici.

« Je vais prévenir le reste du groupe, lança Carl. On sera de retour dans une vingtaine de minutes. L'enfant pourra être sauvé ! »

Sur ces mots, il rebroussa chemin à pas de course et disparut derrière le mur de végétation. Léon souleva la fillette évanouie à terre pour l'allonger près de la maison en attendant l'arrivée de leurs compagnons. Elle avait les traits du visage fatigués et des coupures sur tous les bras.

« Il va falloir n-nettoyer ses plaies si on ne veut pas qu'il y ait d-d'infections » dit-il après avoir examiné la petite.

- Wendy va arriver...

- P-Pourquoi elle s'est é-évanouïe ?

- Je... Je n'en sais rien... »

Aïssa était exténuée. Elle avait fait abstraction de la fatigue depuis plusieurs jours, mais, face à une telle découverte, elle relâcha ses efforts. La femme vint s'asseoir aux côtés de la fillette pour trouver le sommeil en attendant le moment de partir définitivement de cette jungle…

Alors que le souffle lui manquait, Jim retrouva enfin Laura et le reste du groupe qui étaient restés sur le sentier qui longeait l'Amazone.

« Alors, vous avez retrouvé Jack ? Il va bien ? demanda Wendy sans attendre que le messager ne reprenne sa respiration.

- Oui… Oui... répondit-il en s'essoufflant. On l'a tiré des griffes d'un puma et Carl a abattu la bête. Mais le gosse est blessé à une jambe, on a besoin de toi pour le soigner !

- Dans quel état il est ?

- Il a perdu connaissance. Je pense que l'attaque du félin était puissante.

- Il ne nous reste plus beaucoup de feuilles de goyaves. Et malgré tout, je ne suis pas experte en médecine, comment je vais faire s'il y a des complications ?

- On n'en est pas encore là, répliqua Jim qui encouragea d'un geste de main ses compagnons à se lever. Quand je suis parti, il avait l'air d'être stable, le sang ne coulait plus trop. Allez, préparez-vous, on doit y aller ! »

Lorsqu'ils arrivèrent sur les lieux où avait été abattu le puma, ils apprirent de la bouche de Carl qu'Aïssa avait découvert une maison et que cela signifiait sûrement qu'il y avait une civilisation non loin. La joie et la force régnèrent de nouveau dans les esprits des rescapés.

« Avant de la rejoindre, je vais examiner la cuisse de Jack, il faut la nettoyer le plus rapidement possible » informa Wendy qui avait déjà le nez plongé sur la plaie encore fraîche.

Le garçon n'avait pas d'autres contusions. Son sommeil était calme.

Wendy avait l'habitude de ce genre d'accident. Elle avait fait sa thèse d'éthologie dans un zoo, et, à cette époque, elle avait été souvent confrontée à des blessures bénignes sur les primates ou les buffles qui, en période de chaleur, s'agressaient les uns les autres.

Cela faisait un peu plus de cinq ans qu'elle

étudiait les animaux dans leur milieu naturel. Sa passion pour les animaux lui avait fait faire de longs séjours en pleine Afrique Centrale. L'Amazonie, pour elle, était un tout autre challenge ; des animaux bien différents dans un milieu encore inconnu. Elle avait eu peur de ce qui aurait pu se passer là-bas mais sa curiosité l'avait poussée à faire ses bagages sur un coup de tête et à partir pour ce grand voyage.

« Voilà, la plaie va pouvoir cicatriser, dit-elle en finissant de recouvrir les lambeaux de chair d'une crème désinfectante. L'hémorragie s'est arrêtée et aucun organe vital n'a été touché. L'animal n'a agrippé que le quadriceps.

- Il ne pourra plus se déplacer ?

- Il aura besoin d'aide pendant un certain temps, mais tout se remettra en place. Maintenant, il faut rejoindre Aïssa et Léon. Carl, tu nous guides ?

- La route n'est pas très compliquée, il suffit d'aller tout droit par là » répondit-il en montrant un chemin où les arbres semblaient s'aligner sur une centaine de mètres.

Jim prit l'enfant dans ses bras alors que celui-ci dormait toujours. Eliot se réfugia près de Laura, il se méfiait désormais de ce qui pouvait se cacher derrière l'horizon de cette jungle. L'Amnésique posa la main sur l'épaule de son amie et lui demanda si elle avait le moral après ce qui s'était passé. Elle répondit avec enthousiasme que tout s'était finalement arrangé et qu'ils étaient sans doute proches de l'orée.

« Tu sais, je ne pense pas que Bruno soit aussi mauvais qu'on le croit, dit-il.

- Qu'est-ce qui te fait penser ça ? demanda Laura. Tu as oublié ce qu'il a fait ? Il a essayé d'établir une dictature et de nous asservir sous sa volonté.

- Je le sais bien, mais lorsque Jack était en danger, il n'a pas hésité à mettre sa vie en péril pour le sauver. S'il n'avait pas été là, Carl n'aurait jamais tiré sur le puma et je n'aurais jamais réussi à arrêter l'hémorragie sans son aide…

- Tu crois qu'il a un bon fond mais qu'il essaie de le cacher ?

- À vrai dire, je n'en sais rien. Il fréquente Dan, et ça c'est pas bon signe. Tout ce que je sais, c'est que sans lui, l'enfant serait mort…

- Je ne sais pas s'il faut chercher du bon là où il n'y en a pas... Je ne lui pardonnerai jamais ce qu'il a fait à l'homme qui agonisait dans le bus... Il avait peu de chance de s'en sortir, mais ce n'était pas la peine de l'achever. C'est un meurtrier ! Et après ça, il a frappé injustement Léon.

- L'amnésie me rend peut-être aveugle, répliqua Icare en écartant une branche du chemin de Laura pour la laisser passer. Le comportement qu'il a eu aujourd'hui ne rachète pas ses fautes, mais je n'ai pas apprécié la manière dont on l'a agressé lui et Dan. On ne les a pas écoutés et au final ils avaient raison... Un animal nous avait bien pris en chasse !

- Je sais... J'ai honte... Sur le coup, j'étais heureuse de voir Carl frapper Dan, et pendant ce temps, Jack se faisait attaquer... »

Avant même que son compagnon ne réponde, ils découvrirent de leurs yeux l'inimaginable maison qui se dressait solidement parmi les fougères et les arbres.

« Tu vois ce que je vois ? dit-il d'un air d'étonnement.

- Bien sûr ! Aïssa nous a sauvés, elle a trouvé cette maison ! Peut-être que d'ici quelques minutes on sera enfin de retour à la civilisation… »

Au loin, ils aperçurent Léon et Pierre-Louis qui vinrent les accueillir à bras ouverts.

« Vous êtes allés voir ce qu'il y a plus loin ?

demanda Charly quand il fut à portée de voix. S'il y a une construction, il doit y en avoir plusieurs !

- On a p-préféré vous attendre avant d-d'explorer les environs » répondit Léon.

Depuis quelques jours, il avait une certaine difficulté à maîtriser son bégaiement.

« Mais où est Aïssa ? dit Laura qui voulait remercier son amie.

- Elle d-dort près de la m-maison. À peine est-on arrivé qu'elle est t-tombée de fatigue. »

Les rescapés se réunirent près de la maison, symbole de la liberté. Certains gardèrent leurs sacs pensant que ce n'était pas la peine de les poser alors qu'ils allaient repartir d'une seconde à l'autre. Quand Wendy aperçut Aïssa au seuil de la demeure, elle fut surprise de voir la fillette endormie à ses côtés.

« Elle aussi était complètement crevée quand on l'a retrouvée. Alors on a décidé de l'installer plus confortablement, répondit Carl.

- Vous avez bien fait, ajouta Wendy. Mais c'est étrange, personne ne connaît encore son nom ? Pourquoi elle est si mystérieuse ?

- Elle a une peur terrible des adultes, je ne sais pas pourquoi, informa Laura. Elle veut à tout prix quitter cet endroit, c'est la seule raison qui la contraint de rester avec nous. Elle sait que toute seule, elle n'aurait aucune chance. Malheureusement, on ne sait rien d'elle, ni son nom, ni les gens avec qui elle était venue ici, ni où elle habite…

- C'est horrible, je ne peux même pas imaginer sa frayeur, son incompréhension face à la situation et la tristesse de ne pas voir les seules personnes en qui elle avait confiance, dit Wendy, d'une voix peinée.

- Si elle nous donnait son prénom, on pourrait plus facilement gagner sa confiance » soupira Laura.

Elle se posa dans l'herbe et posa ses mains sur

ses jambes. La manière dont elle avait maigri depuis l'accident était troublante. Ses joues étaient creusées et ses cuisses étaient si fines qu'elle se demanda comment elle pouvait encore tenir debout. Elle était faible et manquait d'hygiène. Si elle tombait malade dans ces conditions, elle savait qu'elle aurait peu de chances de survivre.

Elle souhaita poursuivre la discussion mais le comportement de l'Amnésique l'interrompit. Les sourcils légèrement froncés, il avait le regard dans le vague.

« Ça ne va pas ? » lui demanda son amie.

À ces mots, il fut sorti de ses pensées et tourna le visage en bafouillant.

« Heu… Je... Je ne sais pas ce que j'ai… Mais... J'ai l'impression d'avoir eu des souvenirs avec une petite fille blonde… Comme elle… Son prénom était… »

Il marmonna quelques syllabes mais ne parvint pas à le retrouver.

« Je ne sais plus…

- C'est ta mémoire qui revient, dit Laura, enthousiaste. Ce n'est pas une belle journée ? Ta mémoire qui te revient peu à peu et la sortie de cette jungle trouvée par Aïssa !

- Oui… Sans doute…

- Je te parie que tu as une fille, ou même une sœur, qui est blonde !

- Les souvenirs me semblent très lointains... Ce n'est pas impossible que j'aie eu une sœur blonde étant môme... »

Carl coupa soudainement la discussion entre ces deux-là pour informer qu'il comptait sillonner les alentours afin de trouver la ville la plus proche. Enfin, il demanda de l'aide à ses compagnons et obtint celle de Jim, Léon et Charly. Les quatre explorateurs partirent après une foule d'encouragements de la part des autres rescapés.

Alors que le Soleil était à son apogée, Aïssa se réveilla en sursaut et se rappela s'être évanouie après avoir découvert une maison. Elle fut alors avertie que quatre hommes étaient partis à la recherche de civilisation.

La meneuse du groupe se dressa sur ses jambes et se souvint qu'elle avait fait un rêve étrange où elle perdit son corps en échange d'une vie éternelle. Elle devait alors être crucifiée pour passer la porte des Cieux et rester à tout jamais un esprit voyageur. *Ce n'est pas le moment de me tourmenter avec ça…* soupira-t-elle.

Laura vint à sa rencontre et lui signala que la fillette avait dormi à ses côtés pendant plus d'une heure. Il était inhabituel de la voir si sereine.

« Je ne sais pas pourquoi, mais depuis que nous sommes arrivés dans cette clairière, elle est bien plus calme qu'avant, répondit Aïssa en parlant de la petite fille.

- Elle se doute peut-être que cette maison représente la fin de nos malheurs. Quand tout sera revenu à la normale, j'espère qu'elle sera suivie psychologiquement. Ce séjour ici lui a causé un certain traumatisme.

- Je veillerai à ça personnellement. On ne peut pas laisser tomber quelqu'un si jeune alors qu'elle a perdu ses deux parents. »

Wendy se joignit à elles pour leur proposer le fond d'eau qui restait dans une gourde. Elles se rassasièrent avant de s'asseoir sur un tronc d'arbre échoué au sol. Il n'y avait plus qu'à attendre les nouvelles des explorateurs. Subitement, le temps paraissait long, les secondes devinrent des minutes et les minutes des heures. L'attente du retour des hommes semblait interminable et l'atmosphère en devenait presque électrique.

Dan, qui était resté dans le groupe d'Aïssa bien qu'il la détestait, faisait les cent pas nerveusement. Puis, pris d'un coup de folie, il frappa lourdement contre l'écorce d'un arbre.

« Ils font quoi ? Merde ! grogna celui-ci. Ça fait plus d'une heure qu'ils se sont barrés, pourquoi ils sont pas revenus ? On aurait pas dû laisser faire cette bande d'incapables ! »

Speed lui demanda de se calmer un peu et d'être moins impatient. Il lui expliqua que cette jungle était très vaste et qu'il était simple de se perdre. Mais Dan ne l'entendit pas d'une manière amicale et le provoqua.

« Qu'est-ce qui t'arrive la lopette ? lança-t-il d'un ton hostile. Tu me cherches ? J'en ai rien à cirer de tes conneries ! Tu comprends ça ?

- Je ne t'ai pas insulté, tu pourrais éviter d'être vulgaire. Je ne cherchais pas les embrouilles, je voulais juste sympathiser…

- La ferme ! J'en veux pas de ta sympathie. Je suis pas ici pour me faire des amis, mais seulement à cause de ce foutu accident… »

Wendy intervint pour détendre l'atmosphère. Cependant, Dan s'obstina et, quand Speed lui tendit la main pour calmer les choses, il sortit un couteau et le pointa vers lui.

« Je crois que t'as pas compris ! éclata Dan. Je m'en fous de chacun de vous et je te conseille de pas me regarder avec cette gueule-là si tu veux pas que je te l'éclate. Je suis rentré dans ce pays uniquement parce que je sais qu'il y a moyen de se faire du blé ! »

Tout le monde fut surpris par cette révélation et certains n'en crurent pas leurs oreilles.

« Si je suis tombé dans ce camp de vacances,

poursuivit-il, c'était pour échapper aux autorités brésiliennes et rentrer dans le pays plus facilement. J'avais pas prévu que cet enfoiré de chauffeur nous ferait chavirer n'importe où dans cette jungle. »

Il brandit son couteau et le pointa vers Speed qui commençait à trembler comme une feuille morte. Celui-ci implora son pardon en se mettant à genoux, mais, Dan ne les écouta pas et le bouscula violemment.

« Vous vous rendez compte de ce que vous faites ? » lança soudainement quelqu'un.

Dan regarda la personne qui arrivait de derrière un arbre et découvrit Charly. À ses côtés se joignirent Jim, Carl et Léon qui semblaient tous exténués. De la sueur coulait abondamment de leur corps et l'état de leurs vêtements paraissait encore plus abîmé qu'auparavant.

« Dan, qu'est-ce qui te prend ? demanda Charly, grandement étonné. Pourquoi as-tu ce couteau en main ?

- Je règle mes comptes avec Speed, mais ça ne te regarde en aucun cas…

- Alors qu'on se tuait à trouver une ville, toi tu ne trouvais rien de mieux à faire que d'agresser tes compagnons ?

- Qu'est-ce que ça peut te foutre ?

- Si tu le tues, tu passeras le reste de tes jours derrière les barreaux. À quoi ça va te servir de t'échapper d'ici pour aller dans une autre prison ?

- Ne me fais pas la morale, elle ne m'intéresse pas. Dis-nous plutôt ce que vous avez trouvé…

- S'il n'y a que cela qui peut détendre l'atmosphère... répondit Charly en s'asseyant au sol. Mais les nouvelles ne sont pas joyeuses. À vrai dire, on n'a rien trouvé. Le fleuve poursuit son chemin sur des dizaines de kilomètres. Jim a escaladé un arbre pour tenter de voir au loin, mais même ainsi, il n'a vu que de la forêt à perte de vue. Je suis désolé… »

Les paroles de Charly avaient provoqué un grand désespoir et un immense chagrin au sein du groupe. Les pleurs n'avaient de cesse alors que la nuit tombait lourdement sur la jungle noire et éveillait les animaux nocturnes.

N'ayant plus d'endroit où aller, Aïssa prit la décision de crécher dans l'étrange maison. Charly confectionna des torches et, grâce à cela, ils purent entrevoir l'intérieur de la demeure. Les murs étaient très sales d'humidité et parfois recouverts de plantes. La première salle qu'ils découvrirent était profonde, même avec des torches, le fond n'était pas visible dans la nuit. Une odeur de moisissure flottait. Charly s'aventura un peu plus et accéda à un long couloir étroit et sinistre par son obscurité. Il découvrit une seconde pièce. Ce qu'il vit alors à l'intérieur le stupéfia. Il appela ses compagnons en précisant qu'il avait trouvé quelque chose. Là, au milieu de la pièce, se tenait une vieille table usée. Aussi étonnés que Charly, les autres n'en crurent pas leurs yeux. Un pied était effondré et la table chavirait d'un côté.

« Ce n-n'est pas croyable ! souffla Léon, complètement perdu. Qu'est-ce qu'une t-table peut faire i-ici ? Et qui a b-bâti cette maison en plein cœur de l'A-Amazonie ? Quelle est son u-utilité ? Je ne comprends plus rien…

- Je ne crois pas que ce soit l'heure pour réfléchir à tout ça » dit Laura pour tenter de le réconforter dans ses pensées.

Cependant, Léon s'acharna et s'approcha de la table qu'il examina. Il toucha le bois fragile et usé de ses doigts et, en rapprochant sa torche, scruta minutieusement les écritures gravées sur le pourtour de la table. Il souffla d'étonnement alors que Wendy lui demanda s'il avait découvert quelque chose.

« Cette t-table est ancienne, t-très ancienne... dit-il pour seule réponse.

- Tu veux dire quoi ? demanda Wendy. Trente ans ? Peut-être même cinquante ?

- Non, je voulais dire b-bien plus vieille que ça, répliqua Léon en la regardant, médusé. Cette table d-doit avoir environ d-deux mille ans...

- Quoi ?! Deux mille ans ? Mais c'est impossible !

- J-Je sais bien que ça parait incroyable, m-mais pourtant...

- Tu te trompes ! lança Carl qui avait suivi la conversation.

- Q-Qu'est-ce qui te fait croire que je me trompe ? demanda Léon sur la défensive. J-J'ai bien examiné cette table et j-je suis presque certain que...

- Je m'en fous ! coupa l'homme. Christophe Colomb a découvert ce continent il y a près de quatre cents ans, et avant lui, aucun Occidental n'avait posé le pied ici ! Alors comment tu expliques qu'une maison et une table du style occidental puissent être ici si elles datent toutes deux de deux mille ans ?

- J-Je ne peux l'expliquer et j'en s-suis moi-même étonné. Mais je suis p-persuadé de ce que j'avance. Sur les r-rebords de la table, on voit gravés de p-petits cercles formant des fleurs. E-Et à chaque coin se trouve une tête comme celle qu'on t-trouve dans certains temples étrusques. Sur la surface de la table, la r-représentation montre des hommes tenant un b-bouclier et, au centre, ce p-personnage me rappelle une divinité étrusque connue sous le nom de T-Tina. Mais il n'y a pas que ç-ça, la maison elle-même semble d-dater de cette époque. Les longs couloirs é-étroits et les murs fabriqués de pierres plates en s-sont la preuve. »

Léon se rapprocha d'un mur et en montra la

surface grâce à sa torche :

« Regardez ! dit-il. V-Vous apercevrez une f-fresque rouge en bas et en haut du mur. Quelques p-personnages sont peints en bleu et en rouge, ç-ça correspond parfaitement à l'art étrusque.

- Mais ça ne répond pas à ma question : comment tout ça est arrivé là ? protesta Carl afin de contredire les arguments de Léon.

- C'est v-vrai qu'il n'y a pour l'instant p-pas d'explication logique. Peut-être que ce sont d-des colons qui l'ont bâti b-bien après et qui ont apporté cette t-table avec eux… »

Carl ricana avant de répliquer qu'il n'avait jamais entendu quelque chose d'aussi stupide. Il ajouta qu'il préférait rejoindre les autres dans la pièce principale plutôt que de continuer cette discussion qui ne mènerait nulle part.

« Ce n'est pas grave s'il ne te croit pas ! s'exclama Laura. Qu'est-ce que ça va changer ? Les faits sont là et ça il ne peut pas le nier... »

- J-Je le sais bien. De toute façon, cette d-découverte ne servira à rien si on ne p-peut pas la dévoiler au monde entier. »

Charly et Wendy étaient restés entre eux dans la première pièce. Ils échangèrent quelques mots concernant la faune amazonienne. Par hasard, ils tombèrent sur un escalier qui s'enfonçait dans le sol.

« Venez voir ce qu'on a découvert ! lança Wendy. C'est étonnant ! Un escalier qui descend dans les profondeurs de la terre… »

Léon se rapprocha et eut un grand frisson lorsqu'il aperçut les premières marches de l'escalier. L'entrée était si sombre qu'il était impossible de voir à plus d'un mètre.

« Je t-trouve cette maison de plus en plus é-étrange et glauque, dit-il à voix basse en serrant bien fortement sa torche entre ses deux mains.

- Taisez-vous ! ordonna Laura quand elle fut à proximité. J'entends quelque chose venant d'en bas... »

Ils se turent pendant quelques secondes et, après réflexion, Wendy confirma qu'elle percevait aussi un bruit sourd. Il était si angoissant d'imaginer quelque chose faisant du bruit dans les entrailles obscures de la terre en plein milieu d'une jungle.

« On dirait... Comme des gouttes d'eau qui frappent le sol... poursuivit-elle alors que le bruit de son battement de cœur prenait le dessus.

- J-Je veux descendre pour v-voir ce qui se passe en bas ! s'exclama Léon, avide de curiosité.

- Ça va pas ! Il fait bien trop noir et tu n'as aucune idée de ce qu'il y a en dessous... »

Mais Léon ne l'écouta pas, il écarta du bras la femme pour se frayer un chemin. En posant son pied sur la première marche, il eut l'impression de pénétrer dans une bulle glacée. Sa jambe était fébrile, il dut poser sa main contre la paroi du mur pour ne pas chuter. La perspective d'être en haut d'un escalier obscur lui donnait des vertiges. Léon brandit sa torche en avant et la lumière se refléta sur le long couloir de l'escalier.

« Combien de mètres fait cet escalier... ? se demanda-t-il. C-C'est à peine croyable qu'un endroit pareil puisse exister... »

Il descendit encore deux marches, quelque chose l'arrêta alors : la peur ! Ses jambes chancelaient sur les marches humides et ses forces s'évaporaient peu à peu. Il remonta difficilement les quelques marches qu'il venait de parcourir et, pris de haut-le-cœur, il vomit le peu qu'il avait avalé le jour même.

« J'ai c-comme un mauvais pressentiment, souffla-t-il, apeuré. Ces escaliers semblent mener tout droit vers les t-ténèbres de l'enfer... »

Dès l'aube, quatre hommes partirent de nouveau explorer les environs. Même si certains furent terrassés par la désolation, l'Amnésique était là pour encourager les recherches et ne pas se laisser mourir. Il mena une petite troupe vers l'Est et non plus vers le Nord en espérant tomber sur une tribu d'indigènes qui pourraient les guider jusqu'au village le plus proche.

Charly avait préféré ne pas les suivre ce jour-là, ses jambes de vieillard ne donnaient plus assez de jus. Quand le reste de la communauté se réveilla, il donna l'idée de fabriquer des lances en bois pour se protéger contre d'éventuelles attaques de bêtes sauvages. Avec l'aide de Wendy, ils cassèrent plusieurs branches assez longues et fines pour les déposer au pied de la maison. Speed se chargea d'arracher les feuilles et les tiges des branches puis, grâce à un canif, il aiguisa une extrémité pour en faire une arme.

« Regardez le travail ! dit-il à ses compagnons. Si on manipule bien sa lance, on peut en faire une arme redoutable. La pointe pourrait transpercer la chair d'un animal assez facilement !

- Je préfère qu'on évite de s'attaquer à de trop grosses bêtes, répliqua Charly. On ne sait pas de quoi elles seraient capables et l'un de nous pourrait être blessé.

- Il faut en construire une pour chacun » conseilla Aïssa qui passait derrière eux.

Elle faisait régulièrement des tours pour s'assurer que le moral était revenu parmi la troupe. En cas de dépression, elle s'arrangeait pour redonner du courage. Accepter le fait de passer une nouvelle journée dans cette jungle lui avait été difficile.

Pourtant, elle avait préféré n'en faire part à personne.

Laura vint à sa rencontre en l'informant que quelque chose de grave pourrait nuire au mental de Léon. Elle la conduisit jusqu'à l'escalier que Wendy et Charly avaient découvert et narra ce qui s'était passé. Laura expliqua le comportement étrange qu'avait alors eu Léon et s'en inquiéta. Son visage était d'une pâleur maladive lorsqu'il avait remonté les marches.

« Tu es bien sûre de ce que tu m'avances ? s'étonna Aïssa. Il tremblait de peur et était au bord des larmes en clamant que cet escalier rejoignait les enfers ?

- Aussi sûre que le Soleil se lève le matin, je l'ai vu de mes propres yeux ! Il était troublé et refusait même de poser le regard sur ces escaliers. Quand j'ai posé ma torche sur ces yeux, j'ai alors découvert un regard terrifié par quelque chose d'horrible… »

Aïssa cogita quelques secondes et examina de plus près ces milliers de marches. Elle découvrit alors des pierres plates entassées les unes sur les autres qui faisaient office de marches. Leurs surfaces abîmées laissaient penser qu'elles étaient là depuis plusieurs centaines d'années. L'antre était maintenu par des poutres de bois posées verticalement et, sur les murs miteux, des fresques à moitié effacées étaient peintes.

« Il a juste eu un moment de faiblesse, conclut Aïssa. Après tout ce que nous avons vécu, il est bien normal de céder parfois à la panique. Hier, nous pensions tous que ce serait le dernier jour et nous voilà en train de dormir dans une maison abandonnée loin de tout. On peut comprendre son agitation. Il ne faut pas s'inquiéter, je n'ai rien remarqué d'anormal dans son comportement aujourd'hui !

- C'est vrai, je suis d'accord avec toi. Pourtant, je me souviens qu'il a dit autre chose d'étrange... »

Laura lui montra la table qui se trouvait derrière elles et l'informa des affirmations de Léon.

« Deux mille ans ! s'exclama Aïssa. Il pense vraiment que cette table est aussi vieille que cela ? Mais comment serait-ce possible ?

- Je me le demande aussi…

- Bordel ! Il va falloir que je le répète combien de fois ? Aucun Occidental n'a pu poser le pied sur ces terres… » lança subitement quelqu'un.

Les deux femmes se retournèrent et aperçurent Carl au coin de la porte qui avait entendu leur conversation. Son regard était colérique.

« Pourquoi en es-tu si sûr ? demanda Laura qui adopta un ton plus neutre. Qu'est-ce qui te faire croire ça ? »

Carl entra dans la pièce à grands pas et attrapa vivement Laura par le bras. Sous la force de l'homme, elle poussa un petit cri aigu. Il lui ordonna alors de ne jamais divulguer ce qu'elle avait vu ici et ce que Léon avait clamé.

« Mais pourquoi ? Je te ne comprends plus… Pourquoi tu es si frustré à l'idée qu'une civilisation occidentale ait pu poser le pied ici il y a deux mille ans ?

- Et la Bible alors ! Tu en fais quoi ? rétorqua Carl qui serra plus fortement le bras de Laura.

- Carl ! Tu me fais mal, lâche-moi ! » dit-elle en grimaçant de douleur.

Les yeux de l'homme étaient noirs.

« Bon, ça suffit maintenant, Carl, lâche-la ! » ordonna Aïssa.

Elle le regarda fixement sans la moindre crainte. Elle n'avait pas besoin d'insister plus, Carl libéra Laura de son emprise. Comme s'il souhaitait faire oublier ce qu'il venait de se passer, il réitéra aussitôt sa question :

« Tu te fous de ce qu'il y a écrit dans la Bible ?

- Qu'est-ce qu'elle vient faire dans tout cela ? demanda Aïssa d'un ton intrigué. Je ne vois pas le rapport…

- As-tu déjà vu une seule page qui parle de ce continent ? répliqua agressivement Carl.

- Non, mais…

- Il n'y en a pas une seule ! coupa-t-il. Si le monde savait que des Occidentaux sont venus ici avant la naissance de notre Seigneur Jésus Christ, la croyance envers la Bible en prendrait un coup. Les gens se demanderaient comment il est possible que des textes qui traitent de la création du monde ne connaissent pas l'existence de ces terres.

- Pour toi, la religion est plus importante que l'histoire ?

- Bien évidemment ! Cette découverte décrédibiliserait complètement toutes les Saintes Paroles et ça, c'est impensable !

- La vérité ne doit pas être cachée ! réfuta Laura. Je suis moi-même chrétienne et pourtant, je crois que cette découverte doit être révélée au monde entier !

- Et tu fais quoi de la paix mondiale ? Du réconfort que les gens trouvent dans la religion ? Si un lieu pareil est découvert, les fidèles perdront leur croyance en notre Seigneur.

- Je ne te suis pas, tu vois les choses d'une manière si radicale… »

Carl devenait de plus en plus agité. La position qu'il défendait le mettait mal à l'aise.

« Ils… Ils clameront que les Saintes Paroles ne sont que foutaises et qu'elles n'avaient pas été capables d'annoncer l'existence d'un continent encore jamais exploré par l'Homme, poursuivit-il.

- Au contraire, lança Aïssa, cette maison prouve que les Occidentaux avaient mis le pied ici avant la création de la Bible…

- C'est encore plus grave ! Ça signifie qu'à l'inverse d'autres Hommes en connaissaient l'existence ! Comment ce serait possible ?

- Il ne faut pas se créer une vérité en manipulant les faits, Carl…

- Ah bon ? Et que se passerait-il si le monde n'avait plus de Dieu vers qui se tourner dans les moments de désespoir ? Face à la mort, chacun trouve son réconfort en imaginant qu'il y a quelque chose après la vie. C'est si horrible de se dire que tout s'arrête là, la religion est là pour nous aider à relativiser la mort… »

Les femmes n'osèrent se regarder, elles savaient que certaines paroles de l'homme n'étaient pas complètement dépourvues de sens. Pourtant, la curiosité de Laura de savoir comment une demeure deux fois millénaires avait été bâtie au cœur de l'Amazone était grande. Carl sortit précipitamment de la maison et réapparut avec un gourdin en main.

« Que vas-tu faire ? demanda Aïssa, très surprise de son comportement.

- On doit effacer toutes traces qui risqueraient de mettre en danger les croyances religieuses » répondit-il avant de frapper à grands coups l'objet blasphématoire.

Usée par le temps, la table succomba rapidement sous les lourdes charges du fanatique. Elle s'écroula brutalement et dégagea un nuage de fumée qui emportait avec lui un secret inimaginable. Personne n'entendrait parler de ce fait, la table s'effondrait dans un bruit sourd.

« Tu es sûr d'avoir bien agi ? » demanda Laura qui était troublée de voir disparaître sous ses yeux la seule preuve qui remettrait en question l'existence du Christianisme et d'autres religions par la suite.

Carl s'emporta et répondit que la seule vérité se trouvait dans les croyances et non pas dans les faits.

« À quoi ça sert de constater des choses qui ne sèment que le trouble ? »

Il laissa tomber son gourdin et tourna le dos :

« Je vous suggère de ne jamais dévoiler ce qui s'est passé… Jamais ! Vous m'entendez ? »

Les femmes ne répondirent pas, néanmoins, elles baissèrent la tête en signe d'acquiescement. Le fanatique passa devant l'ouverture de l'escalier obscur, il y jeta un regard avec mépris, puis, il quitta les lieux.

« Comment on peut avoir peur de descendre dans un sous-sol ? souffla-t-il, exaspéré. Les dires de Léon sortent tout droit des fables… »

« Allez, encore un peu de nerf et vous viendrez à bout de ce tronc d'arbre » entendirent les deux femmes lorsqu'elles sortirent de la maison.

Laura leva la tête et aperçut Charly qui encourageait Icare et Speed à couper un arbre grâce à une scie à bois. Le torse à l'air, la sueur faisait ressortir leur muscle. Depuis leur dispute de la veille, Laura et Speed ne s'étaient toujours pas adressé la parole. En réalité, Laura n'était pas fâchée contre lui, elle était simplement déçue par son comportement. Le mensonge n'était aucunement nécessaire entre compagnons.

« Qu'est-ce que vous faites ? demanda-t-elle en se rapprochant Vous espérez couper un arbre avec une simple scie à bois ? Vous allez vous user inutilement… »

Les deux bûcherons cessèrent quelques instants leur activité pour reprendre leur souffle. Speed se laissa tomber sur les genoux et sentit son cœur battre dans tout son corps. Le manche en bois des scies lui provoqua de nombreuses cloques sur les paumes de la main.

« On a voyagé plus de deux jours, répondit Charly en se retournant vers les femmes, mais on n'a rien trouvé même en observant l'horizon du haut d'un arbre. Personne ne sait si on se rapproche ou si on s'écarte des côtes atlantiques. Cependant, la seule route qui ne nous trompera pas, c'est celle du fleuve. On a donc pris l'initiative de fabriquer un radeau qui nous guidera jusqu'aux côtes brésiliennes avec un minimum d'effort.

- Je ne sais pas pourquoi on n'y a pas pensé avant, répondit Laura. Mais c'est de la folie de vouloir couper un arbre avec une scie à bois !

- On n'a pas besoin de couper des arbres trop épais, quelques dizaines de centimètres de diamètre suffiront, expliqua Charly en retour.

- Et pour ce qui est de la construction, quelqu'un s'y connaît ?

- Rien de bien compliqué, on n'a pas mal de cordes assez résistantes dans nos sacs. Il suffit de raccorder les poutres bien solidement entre elles et, logiquement, le radeau devrait flotter. On ne compte pas faire un voyage de plusieurs jours avec.

- Je vous fais confiance, répondit Aïssa, mais nous sommes une quinzaine, je vous rappelle. Vous croyez pouvoir faire tenir tout le monde sur une seule plate-forme ?

- Je n'en sais rien pour l'instant. Peut-être qu'on en confectionnera un deuxième. Au pire, seules trois ou quatre personnes partiront pour avertir les gens du club de vacances de notre présence. On verra comment se présentent les choses…

- Cette solution pourrait faire des jaloux, ajouta la jeune femme. Ca va être difficile de voir certains partir en restant ici !

- C'est aussi la meilleure solution ! ajouta Charly.

- On peut vous aider d'une manière ou d'une autre ? » demanda Laura.

Le vieillard réfléchit un instant à la tâche qu'il pourrait attribuer aux deux femmes. Il leur demanda enfin de transporter les poutres sur un terrain plus dégagé et de retirer les écorces grâce à un canif qu'il leur tendit.

« Je vais vous aider, ajouta-t-il, on va laisser les deux bûcherons se charger de couper quelques arbres. »

Charly, Aïssa et Laura transportèrent la poutre un peu plus loin et commencèrent à arracher son écorce ainsi que les branches qui avaient poussé dessus. À trois personnes, le travail fut vite terminé. Ils entamèrent alors une deuxième poutre.

« Dites-moi Charly, lança soudainement Laura, je me suis souvent demandé comment vous pouvez connaître autant de choses sur la nature et sur la chasse. Vous avez grandi dans une jungle ou dans une savane ? »

Le vieillard sourit et réfuta les idées de la jeune femme. Malgré les nombreuses rides qui parcouraient son visage, il avait le regard plein de vitalité.

« Non, j'ai bien grandi en France mais j'ai souvent eu l'occasion de voyager dans les années trente. C'est ainsi que j'ai découvert les animaux d'Afrique et aussi quelques forêts d'Asie.

- Vous étiez donc un grand explorateur dans votre jeunesse ?

- Mais je le suis toujours, sinon, je ne serais pas là, dans cette jungle équatoriale ! répondit-il en prenant une petite pause. À vrai dire, je ne vous ai pas tout avoué…

- Comment ça ? Vous avez été un grand

aventurier à la recherche de trésors à travers le monde ? » répliqua Laura, ironiquement.

Ils se laissèrent aller au rire avant que le vieil homme ne reprenne la parole :

« Je n'ai pas eu la chance d'être un grand aventurier, toutefois, j'ai fait la guerre et c'est comme cela que j'ai appris à me débrouiller dans la nature avec presque rien pour survivre… »

Laura et Aïssa le regardèrent avec de larges yeux d'étonnement. Elles étaient abasourdies par ce qu'elles venaient d'entendre. En voyant cet homme d'une extrême gentillesse et d'une incroyable bonté, il était difficile de l'imaginer en tenue militaire s'en allant au front.

« Vous avez vécu la guerre ? Vous... Vous voulez dire la Seconde Guerre mondiale ? balbutia Laura, après un temps de réflexion.

- Pourquoi cela vous étonne tant ? répondit-il. J'avais environ la quarantaine à cette époque-là.

- Mais que vous est-il arrivé ? Vous avez été prisonnier des nazis ? demanda Aïssa un peu gênée. Enfin... Je ne veux pas me montrer trop indiscrète... »

- Tu sais, pendant la guerre, beaucoup de gens partaient sans même que tu ne le saches... C'était tellement courant que tu ne t'en rendais même plus compte. Certains partaient à la guerre, d'autres se réfugiaient loin de cette horreur et d'autres encore partaient dans les camps… J'avais un ami qui a vu toute sa famille se faire déporter un matin de juillet 1941.

- Mais pourquoi avez-vous dit que c'était pendant la guerre que vous aviez appris à survivre dans la nature ? questionna Aïssa.

- J'ai été enrôlé dans l'armée française en septembre 1939 et j'ai été expédié sur le front franco-allemand où je suis resté environ six mois. Au moment de la débâcle, quand les nazis nous ont vaincus, je me suis réfugié en Angleterre... Plus exactement à Londres…

- Vous avez été l'un de ces Français qui ont vécu le débarquement ?

- Oui, c'est exact ! Je n'ai plus reposé le pied en France jusqu'au 6 juin 1944. Ce fut un jour horrible... Parfois, je revois les images de cette tuerie quand je ferme les yeux. J'essaie pourtant d'en faire abstraction en restant le plus actif possible, mais la panique prend parfois le dessus… raconta Charly d'un ton mélancolique. Je ne vais pas vous ennuyer plus longtemps avec mes histoires…

- Vous ne nous ennuyez pas du tout, répliquèrent les deux femmes. Au contraire, ça nous intéresse de savoir !

- De toute façon, il n'y a pas grand-chose de plus à savoir... Après le débarquement, on a pris de plus en plus de terrain sur les Allemands jusqu'à les acculer à Berlin. Là, la guerre était finie ! Je suis alors rentré chez moi, à Marseille, et j'ai appris que certains de mes proches avaient disparu depuis déjà quelques années et que mon père s'était fait fusiller pour rébellion.

- Je suis vraiment désolée ! s'excusa Laura. On vous a un peu forcé à raconter toutes ces histoires alors que vous n'en aviez pas l'envie.

- Ne vous inquiétez pas, je vais bien. Tout cela s'est passé il y a maintenant très longtemps, la jeunesse a le droit de savoir...

- Quand on entend ça, je ne sais pas si on a le droit de se plaindre... répondit Laura avec un léger sourire pour cacher sa tristesse.

- Avec l'âge, on apprend à être sage et à extraire le positif du négatif. »

Aïssa ramassa les quelques branches qu'ils

avaient arrachées de la poutre et les mit de côté pour faire du feu. Elle écarta ses cheveux ondulés de son visage et laissa apparaître ses yeux en forme d'amande.

« Moi, je suis née juste avant la guerre, dit-elle. Je ne sais pas vraiment ce qui s'est passé mais je sais que cela n'avait pas été facile pour ma famille qui dut s'enfuir dans le désert du Sahara. »

Icare et Speed vinrent perturber leur discussion en apportant un nouveau tronc d'arbre coupé avec acharnement. Les deux hommes étaient en sueur et sentaient leurs muscles lourds, prêts à céder.

« On va faire une pause, annonça Charly. Ce travail est exténuant mais il faut bien le terminer si on veut s'en sortir. On reprend dans cinq minutes !

- Je vais demander du renfort aux autres, on avancera bien plus rapidement, proposa Laura. Il y a un instant, j'ai vu Carl dans la maison.

- On a mal choisi notre jour pour commencer à construire un radeau, répondit son ami. Presque tous les hommes sont partis à la recherche d'une ville. Il ne reste plus que Carl et Dan, mais je doute fort que ce dernier veuille nous venir en aide...

- Pourquoi il a un si mauvais caractère ? Ce n'est surtout pas le moment de créer d'autres conflits ! s'emporta Laura qui se fit rattraper par Aïssa.

- S'il ne veut pas se lier à nous ce n'est pas grave, nous nous en sortirons qu'avec des gens motivés et prêts à travailler en groupe. »

Wendy fit son apparition en tenant quelques fruits dans les bras. Son visage était recouvert de suie. Tandis qu'Aïssa l'aidait à mettre la nourriture à l'abri, celle-ci l'informa du nouveau projet de quitter cette jungle par la voie du fleuve.

« J'y ai pensé moi aussi, je crois que c'est notre seule chance ! s'exclama-t-elle. À pied, le chemin semble interminable et périlleux.

- Je suis bien d'accord avec toi, ce qui me tracasse c'est le temps que va mettre la construction du radeau. Il va falloir que nous nous y mettions tous pour mener à bien ce projet. »

Laura cavala en direction de la demeure pour demander de l'aide à Carl. Celui-ci, très dévoué pour les lourdes tâches, arriva avant même qu'Aïssa et Charly ne se remettent à leurs activités. Durant cette après-midi à la température étouffante, les premières poutres furent assemblées entre elles grâce à de la corde de nylon. Jim en avait déniché dans les débris du bus avant de quitter le campement. Le travail paraissait sans fin sous cette chaleur. Ils décidèrent de faire une pause et d'attendre l'arrivée des quatre explorateurs qui leur seraient d'une aide précieuse pour la poursuite du projet.

Aïssa rendit une visite au petit Jack qui avait repris connaissance le matin même. Quand il découvrit sa jambe meurtrie, la panique et le chagrin l'emportèrent. Sa cuisse tremblait avec vivacité. Il hurla d'épouvante en découvrant les plaies qui perforaient sa peau. Malgré la tendresse quasi-maternelle des femmes, Jack ne parvint que difficilement à trouver le calme. Le lendemain, il tomba d'épuisement. Sa cuisse était légèrement moins enflée. Il se reposa quelques heures et, à son réveil, il découvrit Eliot qui veillait sur lui. Ce dernier lui demanda comment il se sentait en lui tendant un verre d'eau.

« Je sais pas… Je sens plus trop ma jambe… répondit-il après une gorgée. Madame Wendy me dit que j'ai rien de grave…

- Il t'a mordu ? »

Jack répondu positivement d'un signe de la tête.

« Wendy, c'est la grande dame rousse ?

poursuivit Eliot.

- Ouais c'est elle... Elle m'a dit que je serai guéri dans une ou deux semaines et qu'après j'aurais plus rien...

- Après on pourra jouer comme avant ! lança Eliot de vive voix. Mais d'ici là, on sera enfin rentré chez nous. »

À ce moment-là, le rideau qui clôturait l'espace où Jack se reposait s'ouvrit et laissa apparaître Aïssa. Elle entra avec un grand sourire.

« Ça me fait plaisir de te voir réveillé, dit-elle, Eliot, tu t'occupes bien de Jack ?

- Oui madame, je veille sur lui » répondit l'enfant qui la regardait avec ses grands yeux bleus.

Eliot était le plus timide des deux enfants. La femme s'assit près du garçon blessé et lui passa la main dans ses cheveux pour le réconforter.

« Tu avais un peu de fièvre, mais elle a l'air d'être passée. Tu n'es plus brûlant, c'est rassurant !

- Madame, dit Jack d'une faible voix.

- Qu'est-ce qu'il y a ?

- Les hommes sont partis chercher du secours ?

- Oui, ils sont partis dès l'aube. Ne t'inquiète pas pour eux, tout ira bien, ils sont forts et expérimentés, répondit Aïssa, d'une voix douce.

- C'est qui les quatre hommes ?

- Il y a Léon, Jim, Pierre-Louis et Bruno.

- Bruno ?! » s'étonna le garçon.

Les enfants avaient gardé un souvenir particulièrement sombre des jours où Bruno avait imposé sa loi. Aucun adulte n'avait alors pris soin d'eux.

« Il a décidé de se joindre à nous pour améliorer les recherches. Je ne sais pas si ses intentions sont réellement bonnes, mais on ne peut pas se permettre de refuser son aide...

- C'est qu'un sale con ! Il faut qu'on le chasse d'ici...

- Tu sais, souvent les gens veulent montrer un autre visage de leur personnalité car ils ont peur.

- J'arrive pas à y croire ! De quoi Bruno peut avoir peur ?

- Peur des reproches, du jugement des autres ou… Que nous ne l'acceptons pas tel qu'il est. Alors il se donne une personnalité et ne voit pas toujours le mal qu'il fait…

- Toi, tu… Tu le pardonnes ?

- Ça dépendra de lui, répondit la femme. S'il reconnaît ses erreurs et qu'il les regrette sincèrement, alors je lui pardonnerai. J'espère qu'en retour il pourra nous excuser de l'avoir exclu de notre groupe.

- Moi, je pourrais pas… Je sais pas comment tu fais… » souffla l'enfant qui, épuisé, s'endormit calmement.

Au crépuscule, le groupe d'explorateurs revint dénué d'informations. Une nouvelle journée dans cette jungle les avait abattus. Ils réclamèrent de la nourriture dès qu'ils posèrent un pied dans la maison. Léon fissura ses lunettes en trébuchant sur une racine et Wendy lui fit un bandage autour du torse car celui-ci se plaignait de douleurs lorsqu'il respirait en position assise. Elle lui annonça qu'il avait sûrement des côtes fêlées. Bruno se tordit de rire en racontant la chute de Léon et ajouta que cela avait été plus comique que tragique. Il avait miné plusieurs fois la scène durant le repas, ce qui avait provoqué de l'hilarité chez ses compagnons.

Puis, quand la troupe de rescapés fut réunie, les explorateurs annoncèrent qu'ils n'avaient toujours rien trouvé. Un froid s'installa alors dans la communauté. Aïssa prit les choses en main en parlant du nouveau projet. Elle montra le travail qui avait été fait durant la journée et encouragea de nouveau ses compagnons à reprendre espoir. Après tout ce temps, il était difficile de croire en un avenir. Le radeau représentait la dernière chance, néanmoins, pour que cela fonctionne, il était indispensable que le groupe soit soudé. Elle expliqua alors les deux solutions possibles : soit fabriquer un radeau pour qu'une équipe remonte le fleuve et aille chercher de l'aide, soit construire trois radeaux et traverser tous ensemble l'Amazone pour retrouver la civilisation. L'inconvénient de ce dernier choix était le temps nécessaire à la fabrication de trois radeaux. Malgré cela, la seconde solution fut votée. Il leur était impensable de se séparer.

Charly prit les choses en main et proposa de diviser la communauté en plusieurs groupes. Chacun devrait remplir une tâche. Les hommes forts se chargeraient de sélectionner et couper les troncs d'arbres indispensables à la construction. Il devait être à la fois fin et remarquablement solide. Charly ne connaissait pas le nom de cet arbre mais savait qu'il en existait au sein de l'Amazonie. Ensuite, Laura, Wendy et l'Africaine arracheraient l'écorce et les branches des poutres tandis que les autres les attacheraient entre elles grâce à de la corde de nylon. Les travaux pouvaient enfin commencer et adopter un rythme régulier. En fin de journée, le premier radeau prenait forme et, après quelques essais, ils constatèrent avec joie qu'il flottait aisément sur l'eau. Cette nouvelle se répandit avec joie.

Bien que deux journées entières de recherche n'eussent pas porté leurs fruits, Pierre-Louis et Carl décidèrent bon gré mal gré de partir vers l'Est en quête d'une tribu d'indigènes.

Jack pouvait enfin se relever et marcher en

boitillant pendant une dizaine de minutes. Cela lui permettait de prendre un peu l'air et de voir autre chose que les parois glauques de la demeure qui ne lui inspirait pas la moindre confiance. Avec son ami Eliot, ils remplirent les gourdes dans l'eau du fleuve. Jack mit ses deux mains dans l'eau et les vit par transparence. Il n'avait pas senti une douceur pareille depuis longtemps et eut envie de se baigner dedans. Il trempa sa cuisse blessée et ressentit quelques picotements.

« Tu vas bien, Jack ? lui demanda son ami.

- Je... Je vais bien... répondit l'enfant avec un sourire timide. Tu sais, quand cet animal m'a attrapé entre ses crocs, je croyais qu'il allait me tuer. J'ai pleuré et j'ai crié pour qu'on vienne me sauver. Personne m'a entendu. J'ai prié pour aller au paradis et rejoindre mes parents.

- Jim t'a entendu, il est parti à ton secours !

- Je sais, mais j'avais très peur. J'ai vu des tas de souvenirs revenir dans ma tête. C'était bizarre, je ne pensais plus à la bête qui voulait me manger... »

Eliot l'enlaça dans ses bras en le consolant. Le blessé l'arrêta :

« Arrête... Je suis pas triste... répliqua-t-il. Je vais mieux... Au contraire... Quand la bête m'a lâché, je me suis endormi et je croyais que c'était la fin... J'ai senti mon corps s'élever et rejoindre... Je sais pas comment décrire... Mais quand je me suis réveillé... J'avais l'impression de naître... Comme si je respirais pour la première fois... »

Son ami le fixa avec de larges yeux. L'idée que Jack avait vu le paradis et que, par la suite, il avait ressuscité le fit sourire. Il pensa alors que le choc qu'il avait reçu lui avait donné des hallucinations.

« Crois-moi ! lança Jack après un silence. Je sais pas comment c'est possible, mais en tout cas...

J'aurais dû mourir… On m'a donné une seconde chance ! »

Son ami n'osa dire un mot ou réfuter ses propos. Ils finirent de remplir les gourdes et rebroussèrent le chemin jusqu'au camp qui avait été construit devant la maison. Bruno avait proposé de s'installer à l'intérieur de la demeure, toutefois, beaucoup refusèrent en protestant qu'elle semblait usée et fragile. L'ancien dictateur savait au fond de lui que seule la peur les empêchait d'entrer dans la maison.

Les femmes s'assirent dans un coin d'ombre pour faire une petite pause après plusieurs heures passées à arracher l'enveloppe des troncs d'arbres. Laura regarda ses mains affaiblies et ne put les refermer sans grimacer de douleur. Du sang coulait de l'extrémité de ses phalanges. Elle s'était coupée à maints endroits et avait de profondes traces rouges qui se traduisaient par des cloques. Après s'être assise contre un arbre, elle saisit une gourde et nettoya ses mains délicatement. L'eau lui picota légèrement les plaies et du sang se maria au liquide transparent. Puis, pour se rafraîchir, elle se tapota le visage d'eau.

« Ton travail n'est pas trop épuisant ? » lui demanda quelqu'un qui arrivait en face d'elle.

Laura leva le visage et aperçut Icare qui semblait lui aussi mal en point. L'une des manches de sa chemise était arrachée, il s'en était servi pour faire un garrot à la jambe de Jack.

« J'ai terriblement mal aux mains… On n'a pas de gants... Ce radeau que l'on est en train de construire est notre dernier espoir de fuir cette jungle…

- Si on échoue, il ne nous restera plus qu'à vivre comme les autochtones… » plaisanta Icare.

Il vint s'asseoir près d'elle et cette dernière lui

répondit par un sourire. Elle n'était pas spécialement d'humeur à plaisanter, pourtant, elle apprécia le tempérament de l'Amnésique.

« Les travaux avancent certes doucement mais sûrement... Bientôt, j'ai le pressentiment qu'on pourra partir tous ensemble !

- C'est bien que tu vois les choses comme ça !

- Je n'oublierai jamais tout ce qui s'est passé ici... Et je n'oublierai jamais chacun de vous... Cette aventure... a changé ma vision du monde ! Chaque jour... J'ai envie de pleurer le décès de Sharleyn... Mais au fond, je sais qu'elle aurait tout fait pour que je ne m'apitoie pas sur mon sort...

- Tu es arrivée timide... Mais tu repartiras grande et sûre de toi...

- J'espère qu'après ce terrible voyage on pourra se retrouver, répondit Laura qui fit mine de n'avoir pas entendu sa dernière réplique. Mais d'ailleurs, je ne sais même pas quelle région de France tu habites... »

Laura s'arrêta alors de parler, elle avait oublié l'espace d'un instant l'handicap de l'Amnésique. La personnalité qu'avait Icare actuellement était, pour elle, sa personnalité réelle. De ce fait, il lui était alors difficile de l'imaginer avec un autre caractère et une autre vie. Pour Laura, il était inconcevable qu'un jour le corps d'Icare soit habité par le même esprit mais ayant une autre personnalité.

« Heu... Je suis désolée, je ne voulais pas...

- Ce n'est pas grave, je ne t'en veux pas le moins du monde, répondit son ami. Au moins, ça prouve que tu ne me vois pas comme quelqu'un de malade, mais comme une personne à part entière...

- Au fait, tu sens qu'il y a encore des améliorations ?

- J'ai toujours cette même impression d'avoir été

proche d'une petite fille blonde… Lorsque j'ai aperçu cette maison, je me suis alors rappelé d'une grande et belle maison, décorée de fleurs aux fenêtres avec un immense jardin. Il y avait une balançoire et un petit chien qui courrait joyeusement. Je revois la fillette sur cette balançoire, elle me demandait de la pousser encore plus haut. À ma droite, assise sur une chaise d'été, une belle femme me regardait en souriant… »

Laura fit un sourire discret et lui dit qu'elle était ravie que celui-ci s'imprègne peu à peu de sa vraie personnalité.

Il pénétra furtivement dans la maison et jeta un coup d'œil derrière lui. Léon s'assura de ne pas avoir été vu. Le couloir d'entrée était toujours aussi sombre que la veille et, lorsqu'il posa sa main sur le mur pour s'orienter, il sentit qu'il s'effritait doucement sous ses doigts. Quelque chose l'avait attiré ici, il ne pouvait pas l'expliquer, mais il savait qu'il devait se rendre dans cette demeure. L'atmosphère glaciale lui donnait toujours autant de frissons, cependant, sa soif de curiosité n'avait pas de fin. L'homme aux grandes Lunettes brisées avança à pas prudents vers la première pièce qu'il avait découverte avec Wendy la veille. Et, lorsqu'il y parvint, il vit avec stupeur que la table plusieurs fois séculaire était brisée au sol. Elle avait résisté durant des milliers d'années en restant quasiment intacte. Et, une seule journée au contact des Occidentaux lui avait suffi pour devenir un tas de ruines.

Comment est-ce possible ? se demanda-t-il en scrutant le sol. C'est alors qu'il découvrit une massue près de la table et comprit aussitôt ce qui s'était passé. Quelqu'un avait volontairement effacé une trace de l'Histoire.

« Avec c-cette preuve en moins, je ne pourrai p-pas révéler au monde entier la v-venue des occidentaux ici avant la n-naissance de Jésus Christ, souffla-t-il, tout seul dans le noir. Il me r-reste cette m-maison, mais elle tombe en ruine et je ne sais pas c-combien de temps elle va résister. »

Il fouilla alors dans ses poches et en sortit un briquet. Il n'avait jamais révélé à ses compagnons qu'il était en possession d'un tel objet tout simplement parce qu'il était persuadé d'en avoir besoin un jour. Après quelques frictions une flamme apparut et sa lumière se refléta aussitôt sur les murs. Léon aperçut mieux les détails des fresques sur les parois et fut alors certain de ce qu'il avançait : cette demeure datait de l'époque étrusque, soit, un ou deux siècles avant Jésus Christ.

Il orienta la flamme vers sa gauche et tomba nez à nez avec les escaliers qui lui inspiraient tant de peur et de crainte. Son cœur s'arrêta brusquement et il cessa inconsciemment de respirer. Un poids lui compressa la poitrine. Alors qu'il expirait lourdement pour se ressaisir, son souffle éteignit doucement la flamme emportant avec elle la lumière. Léon trébucha sur un morceau de bois en voulant s'écarter des escaliers. Dans sa chute, il laissa tomber son briquet. Tandis que la panique lui glaçait le sang dans ses veines, une idée lui traversa l'esprit : *en bas de cet escalier…*

Il se releva courageusement et, après avoir trouvé son briquet à quelques centimètres de sa main, il s'avança près de l'antre qui s'enfonçait dans la terre. Les parois semblaient légèrement humides. Les marches, elles, avaient quelque chose d'effrayant et d'inhabituel.

Léon posa son pied sur la première d'entre elles et sentit que l'air s'était subitement refroidi. L'odeur était différente. Il ne savait dire si elle était agréable.

Si je trouve des vestiges de l'ère étrusque dans les sous-sols, je pourrai être reconnu dans le monde entier comme étant un grand historien…

Il contracta les poings et se décida à avancer. Après quelques marches, l'angoisse s'évacua peu à peu et Léon put continuer la descente vers l'inconnu. Soudain, il fut stoppé par un bruit qui provenait de nulle part. Il se mit de nouveau à frissonner. Il tendit l'oreille pour identifier le bruit, mais sa respiration haletante l'en empêchait. Il se demanda pourquoi il avait voulu descendre si bas dans une maison abandonnée en plein milieu de l'Amazonie. C'était de la folie ! Son cœur battit à toute allure et il éprouva alors une chaleur désagréable dans son corps. Armé seulement de son briquet, il s'avança avec crainte et tremblement. Il entendit alors plus distinctement les bruits étranges et put les identifier à ceux des pas d'humain. C'était impensable !

Il y a quelqu'un ! souffla-t-il alors qu'il commençait à suffoquer de terreur. *Il y a quelqu'un bordel !*

Il regarda derrière lui, il fallait qu'il remonte ! Qu'est-ce qu'il allait faire s'il se retrouvait face à un inconnu caché dans les entrailles de la Terre ? Il fallait remonter, et en vitesse ! Néanmoins, son corps refusa de lui obéir, ses jambes restaient clouées sur place. La lueur de sa flamme n'éclairait que le passage devant lui, son chemin était tracé. La nature elle-même refusait de le voir remonter lâchement.

Léon se résigna alors. Une douleur terrible lui martela l'abdomen. C'était la peur ! Quand il se hasarda à avancer d'une marche, il sentit du bout du pied une masse en travers de sa route. Léon éclaira le sol et découvrit un morceau de bois assez large.

C'était une chance inespérée, il le ramassa et s'en servit pour se protéger.

Après des milliers de marches, le couloir chavirait enfin sur la droite. La fin de l'escalier se présenta à lui. Lorsque son cœur se calma, il put enfin percevoir les bruits de pas furtifs. Puis soudain, plus rien ! Comme si le mystérieux inconnu s'était subitement immobilisé à son tour... Léon était certain de ce qu'il avait entendu. Comment serait-ce possible ? Comment une personne pouvait vivre ici ? Dans le noir ? C'était insensé ! Pourtant, Léon sentit sa présence, il y avait quelqu'un près de lui. La pression était trop forte, il ne pouvait plus faire marche arrière. Il se décida, tant pis s'il devait y laisser sa peau ! Il surgit d'un coup dans une nouvelle pièce pour en finir avec l'inconnu. Lorsqu'il éclaira la salle de son briquet, il fut surpris de ce qu'il découvrit ; une petite cave d'une dizaine de mètres carrés. Au centre d'elle, se tenait un pupitre qui soutenait un manuscrit. Aux côtés de ce petit meuble, Léon aperçut une autre vieille table fragile. La flamme du briquet n'éclairait pas à plus de deux mètres et l'inconnu n'était pas à portée de vue. Il s'enfonça prudemment dans la pièce, et, derrière la table, se dessinait la silhouette d'un Être Humain. Il était bel et bien là ; un Homme !

« Eh toi ! lança Léon qui maintenait fortement son bout de bois dans sa main. Je t'ai vu, a-alors lève-toi tout de suite ! »

La personne fit la sourde d'oreille et resta dans l'ombre de la table. Léon réitéra sa demande et mit sa massue sous sa flamme pour en faire une torche.

« Allez, sors de là ou je fous le f-feu ! » lança-t-il agressivement.

C'est alors que l'étranger se leva et dit faiblement d'une voix féminine de ne pas lui faire de mal.

« Qui es-tu ? » demanda Léon interloqué.

La personne parlait français, cela n'avait plus

aucun sens ! Il orienta sa torche vers la mystérieuse femme et découvrit un corps d'enfant dont les cheveux recouvraient à moitié le visage.

« Qu'est-ce que tu f-fais là ? demanda l'homme en restant toujours sur ses gardes.

- Tu me reconnais pas, le bigleux ? répondit la fillette en écartant ses cheveux pour montrer son visage.

- Mais… Tu es la g-gamine du campement ?! » s'exclama Léon.

L'oppression qui l'écrasait jusque là s'évapora d'un coup. Le danger était écarté.

« Qu'est-ce que tu f-fous ici ? reprit-il.

- La... La même chose que toi…

- Qu'est-ce que tu veux dire ? Q-Qu'est-ce que tu sais de ce que je s-suis venu faire ici ?

- Cette maison est bizarre… Il y a quelque chose cachée... dit la petite fille en s'approchant de lui.

- T-T'es plutôt p-perspicace pour ton âge...

- Je... Je peux t'aider à chercher ?

- F-Fiche-moi la paix ! Je n'ai pas besoin de t-ton aide, lança Léon en la méprisant du regard. Tu n'as aucune i-idée de ce que tu dis ni de ce qui se c-cache ici…

- Moi, j'ai pas peur ! rétorqua la fillette.

- Bon, m-maintenant fous-moi le camp avant que je m m'énerve, ordonna l'homme en écrasant au sol sa torche en combustion. Une gamine n'a r-rien à foutre là !

- T'es moche et en plus t'es un froussard ! Tu trouveras rien du tout ! » lança-t-elle avant de s'enfuir en grimpant les escaliers.

Léon se demanda comment un être aussi insignifiant que cette petite fille pouvait dire des choses si insensées. Toutefois, sa présence ici l'intrigua. Elle avait elle aussi traversé les escaliers dans la noirceur la plus totale, et ça, ce n'était pas donné à tout le monde. Léon ne l'avait jamais vue parler depuis qu'il la connaissait. Enfin, se dit-il, c'était un problème en moins...

Il observa alors la table qui semblait être identique à celle de la pièce du dessus. *J'ai enfin trouvé une preuve qui pourrait confirmer ma thèse*, pensa-t-il en se réjouissant. Néanmoins, son attention fut très rapidement attirée par autre chose. Il se dirigea alors vers le pupitre et toucha de sa main tremblante le bois ancien. Le contact était plutôt agréable. Quelque chose reposait dessus : un manuscrit.

Quel est ce livre ? Que fait-il ici ? se demanda-t-il en tournant une page. La couverture était incroyablement bien conservée. *Le papier a l'air très ancien, ce manuscrit n'a pas pu être écrit au moment de la construction de ce bâtiment... Il n'aurait pas résisté au temps...*

De peur de détruire le manuscrit par un mouvement trop brusque, il toucha le papier avec délicatesse. À la lueur de son briquet, il y découvrit un texte rédigé dans une langue étrangère.

Qui l'a déposé ici ? Et pourquoi ? Décidément, je ne comprends vraiment rien à cette baraque...

Il s'empara du manuscrit avec soin et regarda la table ancestrale en se disant qu'il reviendrait la prendre plus tard. S'il la remontait maintenant, elle risquerait d'être détruite comme la dernière. Alors, il dissimula le livre sous sa chemise et grimpa les escaliers à la hâte. Il n'avait pas l'envie de rester plus longtemps dans cette espace clos et ténébreux. Quand il arriva à l'étage, il tomba nez à nez avec Laura qui lui demanda ce qu'il faisait en bas. Le visage de la femme trahissait une certaine méfiance envers lui.

« Heu... Rien... J-Je voulais juste visiter les l-lieux, répondit-il, hésitant.

- Je croyais que tu avais une peur noire de ces escaliers... Qu'est-ce qui t'a poussé à descendre ? » demanda la femme, d'un ton grave.

Léon ne sut quoi répondre et resta muet. Laura remarqua les formes étranges sous la chemise de l'homme et lui demanda ce qu'il cachait. Elle insista avant même qu'il ne refuse de lui répondre.

« Je ne c-cache rien, répondit-il sur la défensive. Où v-vas-tu chercher tout ça ? »

Elle le regarda avec des yeux d'étonnement et lui signala qu'elle n'était pas dupe de son stratagème. Léon était acculé jusqu'au coin de la pièce et ne pouvait reculer davantage. Ne sachant que faire, il se résolut à lui dévoiler le secret et lui demanda de ne pas en dire un seul mot à qui que ce soit, et en particulier à Carl. Laura accepta d'un simple signe de la tête et observa avec attention l'objet que Léon sortait de sous sa chemise.

« Mais, c'est un manuscrit ? s'exclama-t-elle ? Où as-tu bien pu trouver une chose pareille dans cette forêt ?

- J-Je vais tout t'expliquer, si tu le veux... Quand je suis rentré dans la maison pour o-observer de nouveau la table, j'ai alors découvert qu'elle é-était en morceaux et que quelqu'un l'avait détruite v-volontairement de rage. »

La femme se remémora la veille, lorsqu'elle était venue ici avec Aïssa, et que Carl, pris d'un excès de fureur, avait détruit la table à coups de gourdin. Elle n'en fit pas part à Léon de peur de créer une discorde entre ces deux hommes-là.

« J-Je n'avais alors plus de preuves tangibles pour confirmer ma t-thèse sur l'ancienneté de cette maison... C-C'est ainsi que je me suis décidé à descendre dans les sous-sols. T-Tout autant que toi, j'ai été surpris par la découverte de ce m-manuscrit.

Comment a-t-il résisté au temps et à l'humidité ? J-Je me le demande, ça parait impossible et pourtant... »

Laura resta dubitative. Elle ne voulait pas tirer de conclusions trop hâtives. Cette dernière répliqua que le manuscrit avait pu être déposé bien des années plus tard dans les sous-sols. Elle ajouta après réflexion que la création de la maison était sans doute ultérieure à celle de la table étrusque.

« Pour le manuscrit, j-je ne suis encore sûr de rien, répondit Léon. M-Mais en ce qui concerne la maison, je suis f-formel, elle date bien de l'ère é-étrusque. L'architecture, les f-fresques, tout concorde, il n'y a pas de d-doute !

- Je veux bien te croire même si ça parait invraisemblable. Mais comment tu comptes prouver ce que tu avances ?

- Je pense que ce m-manuscrit peut m'aider. Il va sans doute nous d-dévoiler le mystère de ce lieu et son histoire » annonça Léon en dépoussiérant la couverture.

Ils découvrirent alors le mot *Creatio* gravé sur la couverture. Le manuscrit traitait-il de la création de la maison ? Le mot ne fit qu'accroître la curiosité de Léon. Il ouvrit précipitamment le livre qui laissa apparaître des pages écrites dans une langue étrangère.

« J-Je n'arrive pas à y croire… souffla l'homme en écarquillant les yeux. Tout ça est d-de plus en plus étrange !

- Qu'est-ce que tu veux dire ? Si cette maison a bien été bâtie il y a plusieurs millénaires, il est donc normal que le manuscrit ait été rédigé dans une langue morte. Il y a très peu de chance pour que tu puisses le traduire… »

Léon préféra observer plus attentivement le livre avant de répondre quoi que ce soit. Il caressa le papier épais et redressa ses Lunettes fissurées pour mieux apercevoir les lettres ancestrales.

« C-Ce n'est pas ça qui est étrange, dit-il enfin ? Ce que j-je voulais dire, c'est que ces textes sont r-rédigés en latin... Hors, les civilisations é-étrusques et latines ne se sont rencontrées qu'au cinquième siècle avant Jésus-Christ. Puis, peu à peu, entre le t-troisième et le premier siècle, les Latins ont absorbé la culture é-étrusque jusqu'à sa totale disparition. C'est alors que tous les t-textes furent rédigés en latin mais on pouvait toujours t-trouver des sculptures, des peintures du style étrusque.

- Tu penses donc que cette maison ne date pas de l'ère étrusque mais plutôt de celle latine ? »

Léon prit un temps pour réfléchir et tourna encore quelques pages. Les lettres étaient écrites grâce à une encre très sombre.

« J'aimerais que la réponse soit si s-simple, mais lorsque les civilisations étrusque et latine c-cohabitaient ensemble, les livres n'existaient pas encore, le rouleau de p-papyrus les substituait.

- On ne pourra pas en savoir plus sur toute cette histoire tant qu'on ne montrera pas le manuscrit à un traducteur de latin.

- J'ai fait des é-études de philosophie et j'ai dû apprendre le l-latin. Je ne suis pas un grand expert mais je sais t-traduire pas mal de textes. Je pense qu'il me f-faudra trois ou quatre jours pour tout comprendre. Le titre peut se t-traduire par "Procréation" ou "Création"... Mais création de quoi ?

- Sans doute de la maison... répondit Laura qui était de plus en plus intriguée par cette histoire.

- J-J'y ai pensé, c-c'est sans doute ça... Mais je veux en avoir le cœur n-net, ajouta Léon. Il ne faut surtout pas que le livre t-tombe entre les mains de celui qui a détruit la table. C'est notre d-dernière preuve et je compte bien l'emporter avec moi loin d'ici. S'il te plait, garde bien le secret a-avec toi, je vais cacher le manuscrit à l'étage de cette maison. Là, j-je pourrai le traduire au calme.

- Ne te fais pas de souci, je respecterai ton choix. Mais tu n'as pas peur que cette maison s'écroule ? Elle est complètement délabrée...

- Elle est faite de p-pierres et je crois qu'elle supportera largement mon p-poids, informa l'homme. On devrait éviter de rester i-ici trop longtemps, on va é-éveiller des soupçons. Sors en premier de la maison par la porte de devant, moi j-je vais monter à l'étage cacher le manuscrit. Ensuite, je m'échapperai par-derrière… »

•

Comme tous ceux qui m' ont précédé, je me dois de raconter mon histoire dans ce manuscrit. Avec mes compagnons, j' ai traversé mers et terres pour arriver dans ces lieux. Pourquoi j' ai effectué cet interminable voyage ? À vrai dire, je n' en sais rien... Cependant, je savais au fond de moi que je devais le faire, que c' était ma destinée !

Je ne pouvais faire autrement qu' obéir à cet ordre.

Plusieurs de mes hommes sont tombés durant ce périple. J' en suis profondément désolé. C' est ma volonté d' aller jusqu' au bout de ma folie qui a causé leur perte. Que leur âme puisse reposer en paix...

Quand j' ai préparé cette expédition, on m' a traité de fou, on m' a tourné le dos ! Mais aujourd' hui je suis là ! Et je prouve que mon intuition ne m' a pas trompé. Dans les tréfonds de cette forêt, dans la cave de cette construction, j' ai trouvé des centaines de pages rédigées par mes ancêtres. Ils y racontent tout, la Guerre, la traversée, la rédaction de ce manuscrit. Il y a même une carte géographique qui localise avec précision l' emplacement de ce lieu. Je n' ai pas encore eu le temps de tout traduire, mais j' ai le pressentiment que ces écrits me réservent encore des surprises...

Pourquoi mon intuition m' a guidé jusqu' ici ? Quelle est ma mission ? Je suis un envoyé et je dois avoir une tâche bien précise...

Si je suis toujours mon instinct, j' ai la certitude que je dois reprendre ces textes rédigés dans une langue éteinte pour les traduire en latin. Ainsi, les civilisations à venir pourront profiter de ces connaissances.

Ensuite, je regrouperai les anciens et les nouveaux textes dans un seul et même manuscrit. Le titre de ce recueil me vient naturellement en tête. D' ailleurs, ce mot a toujours alimenté mes pensées : *Creatio* !

Quand cette tâche sera achevée, je laisserai le manuscrit dans cette pièce afin qu' il trouve le repos jusqu' à la venue de prochains visiteurs...

•

Après une journée de travail acharné, l'Amnésique rejoignit Laura qui était assise près du fleuve. Elle saisit quelques pierres et les jeta dans les courants d'eau. Son regard était absent. Lorsque l'homme vint s'installer près d'elle, il la tira de ses pensées.

« Je ne t'ai presque pas vue de la journée, dit-il en s'asseyant. Et tu m'as l'air bien préoccupée... Je suis venu savoir si tout allait bien. »

Elle lui fit un sourire discret et répondit qu'il n'y avait rien de spécial qui pouvait la distraire. Le ton de sa voix était hésitant et cela n'échappa pas à Icare. Alors qu'il tentait de découvrir ce qui pouvait l'agacer, celle-ci détourna le visage afin de ne pas se trahir.

« Si tu me dis qu'il n'y a rien, je veux bien te croire, conclut-il. Je tiens juste à ajouter que s'il y a le moindre problème, tu sais que tu peux te confier à moi ?

- Merci… C'est gentil... Je suis contente que tu sois là. Sans toi, je ne sais pas comment j'aurais supporté la vie ici... » répliqua Laura en tremblant alors qu'elle n'osait toujours pas le regarder dans les yeux.

Icare lui tendit un morceau de tissu qu'il avait emporté avec lui pour la protéger du froid. Il lui expliqua qu'il en avait gardé dans son sac pour ce genre de situation. Elle le saisit en le remerciant et le déposa sur ses épaules tandis que la Lune commençait à se montrer à travers les feuillages. Laura repensa au voyage fabuleux que lui avait fait découvrir Icare et se laissa enlacer au moment où le froid devenait plus rude.

« Tu sais, dit-elle d'une voix timide, depuis que tu m'as raconté comment tu t'échappais par l'esprit, je n'arrête pas de faire ce rêve où je m'envole au-dessus de l'Atlantique et je rejoins les rives européennes. Je vois ce paysage magnifique de la mer et du ciel étincelant…

- Je suis heureux de te venir en aide d'une

manière ou d'une autre. Si j'ai fait de tes rêves un monde où tu peux t'échapper, alors ta réalité doit être moins difficile.

- C'est vrai que je commence à me sentir mieux ici même si c'est dur. Mais je sais qu'on réussira tous à s'en sortir, j'en ai la conviction ! » dit Laura pleine de courage en serrant son crucifix dans les mains.

Après avoir embrassé Laura sur le front, Icare se releva en lui conseillant de ne pas rester loin de la maison, un danger pouvait toujours rôder dans les parages. Avant que ce dernier ne disparaisse derrière la végétation, Laura l'interpella et lui dit qu'elle souhaitait l'informer d'une chose importante.

« Oui, je t'écoute, qu'est-ce qu'il y a de si sérieux ?

- Je ne sais pas comment te le dire... Surtout que j'ai promis de ne rien dévoiler à personne…

- À qui tu as promis ça ? demanda l'Amnésique, en revenant sur ses pas.

- Je ne peux pas te le dire... Je suis désolée... répondit Laura d'un air navré.

- Je comprends ton silence. Pourtant, si tu souhaites mon aide, tu dois me tenir au courant de tout ce que tu sais et ne rien me cacher, sinon je ne pourrai rien pour toi… »

Son amie sembla hésiter. Puis, elle se redressa en rentrant son crucifix sous son chemisier.

« Je ne sais pas si tu es au courant, mais hier quand on a visité la maison, Léon a découvert des vestiges de l'ère étrusque. Il y avait une table très ancienne...

- Ah non... Je n'en savais rien... Mais je ne vois pas pourquoi ça te tracasse tant !

- Au début, je n'avais pas saisi l'importance de cette découverte. Puis quand Carl est arrivé, il est alors devenu complètement fou et a prétendu que les déductions de Léon étaient stupides et qu'il ne savait pas ce qu'il avançait... Jusqu'à ce matin, je n'avais pas compris pourquoi ils s'étaient disputés pour si peu. C'est là que Carl s'est débarrassé des vestiges en les détruisant.

- Il a détruit la table ?

- Oui, il était comme possédé ! Il a alors avoué devant Aïssa et moi que si les Étrusques étaient venus ici il y a plusieurs millénaires, la Bible serait alors réfutée et démentie. Les historiens clameraient que les Occidentaux ont découvert les Amériques avant la naissance de Jésus-Christ mais que ce dernier n'a jamais pu évoquer l'existence de ce continent.

- Je comprends donc tout ! Tu as la foi envers le christianisme et, désormais, tu es perdue ?

- C'est à peu près ça… répondit Laura, d'un air hésitant. À vrai dire, je ne sais même pas si j'ai la foi ou non. J'ai été élevée dans la religion et ça m'aide parfois à me sentir soutenue et aidée. Je ne sais pas si je dois encourager Léon à garder le secret sur toute cette histoire ou bien, au contraire, si je dois faire découvrir la vérité au monde entier. »

Le fleuve fit chanter l'eau sur la rive et le froid accompagna le coucher du jour. La Lune brillait désormais au-dessus de leurs têtes et quelques étoiles ornaient le ciel dégagé.

« Je voulais savoir si tu étais croyante ? Je ne parle pas de religion, mais de Dieu ! Crois-tu en Dieu ? demanda Icare qui vint se rasseoir près de son amie.

- Je ne sais pas… Peut-être… Quand j'étais plus jeune, j'y croyais dur comme fer... Mais en grandissant... On se rend compte que le monde des merveilles n'est pas de notre monde…

- Donc aujourd'hui, tu ne penses plus qu'il puisse exister des esprits ou une force supérieure qui nous dépasse ?

- Je... Je n'en sais rien... Je n'y ai jamais vraiment réfléchi, dit Laura après réflexion. Parfois, lorsque je vais mal, je m'en remets à Dieu et je prie, mais c'est plus pour me sentir mieux que par réelle conviction...

- C'est étonnant de voir que les gens retrouvent confiance envers Dieu dans certains moments difficiles. Je ne sais pas si j'étais croyant ou non, et je ne sais pas non plus quelle était ma culture religieuse, mais depuis que je suis ici, je me demande sans arrêt si tout ça n'est que le fruit de la volonté de Dieu. Il y a eu beaucoup de morts mais nous voilà vivants, et jusqu'ici, on a eu énormément de chance de survivre même si on s'est battu pour ça.

- Je ne suis pas de ton avis, je ne pense pas qu'il y ait eu d'intervention divine... Je pense que chacun de nous s'est acharné pour s'en sortir... »

Quand la nuit fut tombée complètement, Icare prit la main de Laura pour l'aider à se soulever et, tous deux, rentrèrent rapidement avant qu'une légère pluie ne recouvre l'atmosphère.

Après quelques jours dans la maison ancestrale, le premier radeau fut terminé et solidement bâti. Plusieurs hommes montèrent dessus et celui-ci flotta avec succès. Le premier bateau était enfin prêt et apporta un nouveau souffle d'espoir. Tandis que les premières poutres pour le second radeau furent prêtes, Charly annonça que la corde commençait à manquer et qu'il n'en resterait pas assez pour bâtir deux véhicules. À l'aide de son expérience et de son génie, il demanda à trois personnes de couper plusieurs lianes qui, grâce à leur flexibilité et leur résistance, pouvaient faire office de cordes. Les survivants remarquèrent que Léon était bien moins présent depuis quelques jours et qu'il disparaissait durant la journée. Il ne réapparaissait qu'au coucher du Soleil en donnant chaque fois une explication vague pour excuser son absence. Carl, qui était trop agité, se demanda ce qu'il pouvait bien faire alors que le seul devoir de la communauté était de s'échapper d'ici, et ce, avec l'aide de tout le monde. Au quatrième jour, il décida alors d'aller à sa recherche et, après avoir exploré les alentours, Carl comprit enfin que le seul endroit où Léon pouvait se cacher était la maison.

Laura l'intercepta brusquement quand elle le vit entrer dans la demeure et lui implora de ne pas faire de mal à l'homme historien. Elle lui barra la route.

« Pourquoi tu voudrais que je lui fasse du mal ? Je ne te suis pas... Il nous cache quelque chose ? » demanda Carl qui n'eut aucune difficulté à écarter Laura de son passage.

Il pénétra dans la demeure et se dirigea vers la pièce où il avait détruit la table quelques jours auparavant. Elle était vide.

« LÉON !? hurla Carl. T'ES OÙ, BORDEL !? »

Il n'eut aucune réponse. Laura était toujours sur ses pas. Au fond de la pièce, il découvrit les premières marches d'un escalier qui s'enfonçait dans la terre. Sans ajouter un mot, il s'enfonça dans le passage et descendit à la hâte l'escalier. Il n'y avait que trois lampes de poche dans le camp, et par chance, Carl était en possession de l'une d'elles. Le rayon lumineux était faible et grésillait. Quand il arriva au bas de l'escalier, il découvrit avec stupeur une seconde table de bois usé et comprit aussitôt le stratagème mis en place par Léon.

« Il a caché cet objet d'art pour ne pas que je le détruise aussi, je crois qu'il n'a pas saisi qui prenait les décisions ! lança Carl devenant rouge de fureur avant de demander à Laura où se cachait ce misérable.

- Je n'en sais rien, répondit-elle en reculant d'un pas. Je te le jure ! Il m'a dit qu'il comptait en savoir plus sur cet endroit…

- Donc, il ne doit pas être loin s'il veut l'étudier » déduisit Carl en remontant deux par deux les marches de l'escalier.

En haut, il se dit alors que la maison n'avait pas encore été entièrement explorée et il se décida à s'aventurer dans la pièce qui se trouvait au fond du premier couloir. Il y avait toujours les mêmes fresques peintes sur les murs, seuls les motifs semblaient changer et évoquaient un champ de bataille. La façade postérieure était écroulée en ruine mais l'ensemble de la construction paraissait robuste. Les toiles d'araignées et la poussière envahissaient les pièces.

« Cette maison ne fait pas des kilomètres, il ne peut pas être loin ! » grogna Carl qui entendit alors quelques bruits à l'étage du dessus.

Il chercha du regard par quel moyen il pouvait y accéder et découvrit un autre escalier sur sa droite. Les marches de celui-ci étaient en bois et craquaient sous ses pieds.

« Léon ! cria-t-il quand il fut à l'étage. Je sais que tu es là alors montre-toi sans faire d'histoires ! »

Il reçut comme seule réponse des bruits de pas qui provenaient d'une salle sur sa droite. Il s'y rendit précipitamment et aperçut alors Léon qui essayait lamentablement de se cacher derrière des gravats de pierres qui ne formaient qu'un faible monticule. Carl se dirigea vers lui.

« Allez, lève-toi ! Je t'ai vu ! lui ordonna-t-il. Tu es ridicule… »

Léon s'exécuta. Il laissa au sol quelques feuilles et un livre qui semblait très ancien.

« Qu'est-ce que tu essaies de cacher ?

- M-Moi ?! s'étonna Léon. Mais j-je ne cache rien du tout…

- Te fous pas de moi ! C'est quoi ces feuilles par terre ? demanda Carl au moment où Laura parvint enfin à les retrouver.

- Ces… Ces feuilles-là, bafouilla Léon en les montrant du doigt. C-Ce n'est rien de spécial, j-j'écris un… Un roman…

- Un roman ? répéta Carl, surpris. Tu me prends vraiment pour un con ? J'en ai marre que tu te foutes de moi ! Tu penses me faire avaler que tu écris un roman alors qu'on est perdu en plein cœur de l'Amazonie et que nos vies sont en danger ?

- Oui… C-C'est pour raconter ce qui nous arrive… » expliqua Léon, sur la défensive.

Mais Carl n'entendit pas un mot et s'approcha de lui pour ramasser les quelques pages et le manuscrit. Après avoir posé les yeux dessus, il fronça les sourcils d'incompréhension et demanda pourquoi tout était écrit dans une langue étrangère.

« On dirait... Une langue morte… dit-il.

- C'est le cas, répondit Léon en regroupant les feuilles qui étaient restées au sol. C'est du l-latin, une langue vieille de plus de deux mille ans.

- Et pourquoi tu as ça sur toi ? Ça te sert à quoi ?

- J-Je ne l'avais pas au début du voyage, j'ai tout découvert dans les sous-sols de cette m-maison. Maintenant, r-rends-les moi ! répliqua Léon qui commençait à s'impatienter.

- Pourquoi tu veux tout garder si tu peux pas en lire un mot ? Ce manuscrit est inutile ! dit Carl qui resta persuadé que Léon ne lui avait pas tout dévoilé.

- J'ai é-étudié le latin durant plusieurs années et j-j'arrive à traduire les trois-quarts de ce qui est é-écrit dedans, alors rends-le-moi maintenant... S'il te plait…

- Et ça raconte quoi ?

- R-Rien d'important... Que de la mythologie…

- Si c'est que ça, tu peux pas le traduire une autre fois et venir nous aider ?

- N-Non, J-Je dois le faire...

- Ne me mens pas ! Je sais que c'est un sujet très important sinon tu ne passerais pas autant de temps dans une situation si critique pour le traduire ! Dis-moi tout ou bien je le brûle sous tes yeux !

- NON ! N-Ne le brûle pas, j-je t'en supplie ! Ne fais pas ça, s-s'il te plait…

- Comment tu veux que je pense que ce n'est rien d'important si tu t'excites comme ça quand tu sais qu'il peut être détruit ? Je te jure que je n'y toucherai pas si tu me dis tout ce que tu sais !

- D'accord, t-très bien. Je vais tout te raconter m-mais tu me promets de ne pas y toucher ?

- Je te le promets si tu me le dis tout de suite !

- Très bien ! se résigna Léon. Quand j-j'ai commencé à traduire ce manuscrit, je n'ai pas tout de suite c-compris le sens de certains mots. Le titre signifie "création" mais j-je ne voyais pas du tout à quel s-sujet il se rapportait. J'ai d'abord cru qu'il s'agissait de la c-création de l'ère étrusque... Mais il n'en était rien... Par la suite, le m-manuscrit m'a alors dévoilé qu'il s'agissait de la C-Création de l'Univers…

- La Création de l'Univers ?! s'exclama Carl qui semblait consterné. Encore des conneries ! Ce sont des histoires de peuples primitifs et superstitieux d'il y a deux mille ans !

- Ce ne sont peut-être que des l-légendes, mais i-il est important de savoir ce que pensaient les g-gens de la Création de l'Univers à cette époque-là ! » rétorqua Léon.

Carl voulut riposter, toutefois, il fut interrompu

par l'arrivée du reste de la communauté.

« Que faites-vous là ? demanda Charly. On vous cherche depuis plus d'une heure ! Et quelle est cette histoire de Création ?

- Vous avez donc tout entendu ? demanda Laura surprise.

- On ne peut pas dire que vous parliez à voix basse...

- Carl et moi, on s'est mis à la recherche de Léon qui avait disparu, poursuivit la femme. Quand on l'a retrouvé, il était ici en train de déchiffrer un manuscrit étrusque trouvé dans les sous-sols de cette maison. D'après Léon, celui-ci raconterait comment les Étrusques imaginaient la Création de l'Univers !

- On a autre chose à faire qu'écouter ces conneries ! lança Bruno qui ne souhaitait qu'une chose : terminer les radeaux et partir d'ici.

- J-Je t'ai jamais demandé de v-venir ! répliqua Léon.

- On perd un temps fou à cause de toi !

- Je veux savoir ce que Léon a traduit d'autre ! » dit Carl en regardant Bruno droit dans les yeux.

Les deux hommes se dévisagèrent. Léon poursuivit :

« Je n'ai pas eu b-beaucoup de temps... Je ne sais pas encore s-s'ils pensaient que l'Univers a été créé par Dieu ou une autre force qui nous surpasse. À vrai dire, le m-manuscrit semble raconter une histoire qui s'est passée il y a des m-milliers d'années. Au début, je croyais que c'était une mythologie é-étrusque... Mais... La manière dont est r-racontée l'histoire est troublante, je pense qu'il s'agit de faits réels...

- C'est quoi cette histoire ? Pourquoi elle est troublante ?

- Le début du m-manuscrit raconte une Guerre... Une G-Guerre qui a touché tous les Hommes... Ce sont des personnes elles-mêmes q-qui ont raconté leur histoire d-dans Creatio, comme s'il avait é-été échangé de mains en mains durant plusieurs a-années...

- Une guerre entre quels peuples ?

- J-Je ne sais pas... Je n'ai pas encore fini la traduction... La suite du t-texte est d'ordre philosophique... Les Étrusques pensaient que l'Etre Humain é-était divisé en deux : le Bien et le Mal, dit Léon avant de se reprendre : Enfin... Le Bien et le Mal sont d-des notions inventées par l'Homme... Pour être plus précis j-je dirai que l'Humain est divisé entre la Création et la Destruction... Ou plutôt le Néant !

- Le Néant ? répéta Carl. En fin de compte, le manuscrit ne parle que de la nature, de la chaîne alimentaire et de l'évolution. Les anciennes générations meurent pour laisser vivre les nouvelles générations. Il y a une création et une destruction permanente...

- E-Et bien justement, non ! Que tu parles d-de vie ou de mort, il s'agit toujours d-de Création, puisqu'il y a bien création d'une nouvelle g-génération ! Et souvent, elle est plus évoluée et plus nombreuse que la p-précédente ! Le livre stipule bien qu'il y a un conflit de grandes Forces entre le *Bien* et le *Mal*. Ensuite, il p-précise que ces deux termes ne sont pas corrects... À l'état n-naturel, le Bien et la M-Mal n'existent pas. C-Ccomme je l'ai déjà d-dit, Creatio corrige alors ces d-deux mots par *Création* et *Néant*. »

Wendy s'assit sur le petit monticule de pierres écroulées et affirma que le livre n'apportait pas de grandes découvertes car tout avait déjà été dit et qu'il ne valait pas la peine de s'émerveiller devant. L'Univers n'était stable que dans le Chaos, affirma-t-elle. La création n'était possible que par la destruction...

« Je suis bien d'accord avec toi ! acquiesça Bruno. Lâche-nous avec ça... 'Y a du boulot qui nous attend !

- Mais vous n'avez pas c-compris ce que tout ça signifie ! s'exclama Léon. Les Étrusques ne p-parlent pas de croyances dans ce texte, mais d'une prévention ! Ils ont fait f-face au Néant et ont voulu prévenir les générations futures du danger... La Guerre dont ils parlent, c-c'est la Guerre contre le Néant ! Sinon c-comment expliquer qu'ils connaissaient si bien ce sujet ? Mieux que nous qui a-avons pourtant plus de deux mille ans d'évolution par rapport à eux !

- Je suis désolé mon cher Léon, répliqua Carl, d'une voix doucereuse. Mais je crois bien que ton imagination va trop loin et que tout ça n'est qu'une histoire merveilleuse d'un homme superstitieux. C'est un conte que tu pourras raconter à tes enfants...

- De plus, tu sais comme moi que ce manuscrit n'a pas pu être écrit il y a deux mille ans... ajouta Laura, d'un air désolé. Les Étrusques n'étaient pas entièrement assimilés à la civilisation latine et que le format livre n'existait pas encore. Ce manuscrit a donc été rédigé par quelqu'un vivant à une époque ultérieure. L'homme raconte donc des faits qu'il n'a pas vécus lui-même…

- M-Mais… bégaya Léon avant de réaliser qu'elle n'avait pas du tout tort. J-Je me fiche de ce que vous pensez, moi j-j'y crois et je continuerai à d-déchiffrer ce manuscrit quoi qu'il arrive ! »

Les hommes ramenèrent le radeau sur le bord de la rive et l'attachèrent solidement. Cette fois-ci, plus de doute ! Il était prêt pour le grand voyage. Son petit frère avançait rapidement même si les finitions posaient quelques soucis dus à un manque de matériels. Cela faisait déjà près de trois semaines qu'ils survivaient dans cette jungle. Alors que l'angoisse de ne jamais revoir leurs proches augmentait, chacun s'était habitué aux reptiles qui serpentaient près du fleuve, aux tarentules énormes qui cavalaient sur le sol et à l'humidité qui rendait l'atmosphère lourde. Le matin, ils devaient se laver par groupe dans la mare. Jim avait assimilé toutes les techniques pour récolter les fruits qui étaient accrochés sur les branches des arbres. La chasse était encore une chose compliquée, mais grâce aux lances qu'ils avaient confectionnées, ils purent pêcher quelques poissons.

Wendy, qui était une amoureuse de la nature, était dans l'incapacité de tuer un animal. Elle préféra laisser cette tâche ingrate aux hommes et rester sur la construction des radeaux.

Le rationnement de la nourriture rendait nerveux les esprits et une certaine hostilité s'installait lorsqu'il s'agissait de partager les vivres. Charly, qui usait de sa sagesse et de son caractère, parvenait à calmer les tensions et à organiser la communauté. Il évitait de mettre Dan dans le même groupe qu'Aïssa car il redoutait fortement ce que celui-ci pouvait faire. Il n'avait pas eu souvent l'occasion de lui adresser la parole, néanmoins, il s'était demandé à maintes reprises d'où venait la haine de Dan envers les femmes et les gens de couleur. Charly savait éperdument que celui-ci pouvait s'emporter dans une colère noire et créer un dysfonctionnement dans la communauté. Le vieillard avait donc pris la décision de discuter avec l'incontrôlable Dan pour lui conseiller, aussi bien pour la vie du groupe que pour sa propre vie, de ne pas causer de problèmes quelconques et d'essayer d'apporter de l'aide. Ce dernier avait accepté en affirmant qu'il ne souhaitait qu'une seule chose : se barrer d'ici ! Il savait que seul un travail d'équipe serait efficace.

Charly fut surpris de cette réponse, il s'attendait à devoir dialoguer de longues heures avec lui avant qu'il n'accepte de se soumettre aux règles.

En plein cœur de l'après-midi, Jim et Pierre-Louis poursuivirent leur tâche et, malgré la chaleur étouffante, ils persistèrent pour couper une souche qui servirait aux finitions de l'embarcation. Les manches en bois de la scie provoquaient des ampoules et des brûlures sur les doigts. Jim retira alors sa chemise blanche maculée de terre et s'enveloppa les mains pour éviter les saignements.

« Encore un léger effort, on y est presque ! lança-t-il entre deux coups de scie. Le prochain radeau pourra enfin être utilisable même si les fixations sont un peu douteuses…

- Je pense que les cordes faites de lianes seront assez solides pour tenir pendant tout le voyage. Je ne pensais pas que c'était aussi solide ! J'ai moi-même essayé d'en arracher une à mains nues et je ne suis arrivé qu'à m'écorcher, répondit Pierre-Louis qui respirait fortement en essuyant d'un revers de main son front suintant.

- Dieu merci, on en trouve un peu partout ! Il nous faut construire encore un modèle et la liberté sera à nous ! On aura traversé des étapes dures et parfois horribles... Mais en fin de compte, grâce à l'aide de tout le monde, ça va prendre fin ! »

Pierre-Louis n'osa répondre et baissa la tête en cachant son regard fatigué.

« J'ai... J'ai dit quelque chose qui te tracasse ? demanda Jim, d'un air gêné.

- Non... Ne t'inquiète pas, ce n'est rien...

Continuons le boulot ! »

L'homme à la peau de couleur se sentit mal. Il savait au fond de lui que Pierre-Louis était habité par une douleur profonde. De l'amertume se lisait dans son regard. Jusque là, il n'avait encore jamais osé lui demander quelle en était la cause. La première fois qu'il l'avait rencontré, alors qu'Aïssa organisait les groupes, Jim avait été choqué par l'apparence froide et ténébreuse que celui-ci dégageait. Il paraissait sans vie et dépourvu d'un quelconque sentiment.

Le tronc d'arbre céda enfin et s'écroula sur le sol. C'était un arbre très étroit mais d'une incroyable résistance. Les deux bûcherons transportèrent avec difficulté la souche jusqu'à la maison. Là, Carl découpa les feuilles grâce à une petite lame qu'il gardait toujours sur lui. Les deux hommes se reposèrent à l'ombre de la végétation.

« Pierre-Louis, je t'ai dit pourquoi je suis venu ici ?

- Non, on n'a pas eu réellement l'occasion de se parler...

- Si je suis venu au Brésil, c'est avant tout pour fuir la misère d'Afrique, dit Jim avec un accent. Là-bas, je ne suis pas pauvre, je fais même partie des personnes assez riches. Mais tu sais, voir des gens mourir tous les jours, ce n'est pas une vie... Je crois que je suis lâche de prendre la fuite alors qu'il y a tant à faire sur mes terres natales pour sauver les gens...

- Pourquoi tu me racontes ça ? Je ne t'ai jamais mal jugé !

- Je sais bien, mais on vient tous ici avec nos ennuis, notre passé, nos démons... Et finalement... On ne se donne qu'une bonne apparence. Pour ma part, j'aurais aimé aider des gens et profiter de la vie avec ceux que j'aime. Mais je crois bien que la lâcheté est un poison... J'ai été empoisonné et j'ai laissé tomber mon pays...

- Prendre peur est le propre de l'homme. Je pense qu'on est tous un peu pareils...

- Tout le monde n'a pas fui son pays ! rétorqua Jim.

- Ce n'est pas ce que j'ai voulu dire. Sans la peur, on serait encore à l'état de primate, c'est elle qui nous pousse à agir : la peur de mourir, la peur du lendemain...

- C'est un peu radical, il n'y a pas que la peur qui nous stimule... L'amour... On peut agir par amour ! »

Pierre-Louis le regarda avec un sourire qui ne lui était pas habituel. Puis, il répondit :

« L'amour ? Est-ce qu'au fond ce n'est pas la peur de finir seul ? Je te le dis, tu n'es pas un lâche ! Sinon, tu ne serais pas là à te sacrifier pour les autres... Tu as seulement agi par peur, mais certaines erreurs peuvent se réparer…

- Tu as une vision bien particulière du monde... Mais je vais quand même suivre ton conseil, quand je sortirai d'ici, je retournerai en Côte d'Ivoire et je me battrai pour les miens ! Ici, j'ai été sévèrement puni pour mon erreur, mais ce n'est que bénéfique ! »

Ils se regardèrent avec un sourire timide avant de contempler les rayons de Soleil qui passaient à travers les feuillages. La chaleur était agréable.

« Tu sais, dit Jim après un instant, je t'admire ! Toi, tu ne caches pas ta vraie personnalité. Tu viens ici et tu affiches ce que tu es. Malgré tout, tu es de ceux qui se sont les plus battus pour la survie de chacun. Personne n'a pris le temps de te remercier, alors je vais le prendre : merci, Pierre-Louis, pour ce que tu as fait !

- J'ai simplement agi comme chacun de nous devait agir. J'ai créé le cimetière, on en avait vraiment besoin… Des fois, tu ne te dis pas que tu aurais préféré mourir pendant l'accident ? Tu n'espères pas que tout ça s'arrête ?

- *Que tout s'arrête* ?! répéta Jim, interloqué. Mais pourquoi ? On peut pas avoir fait tout ça pour rien ! Qu'est-ce qui t'es arrivé pour que tu penses ça ? Tu as perdu quelqu'un pendant l'accident ?

- Non... Personne... Je suis venu seul comme toi. J'avais envie de changer d'atmosphère, de partir loin. Je voulais oublier tout… souffla Pierre-Louis avec un sourire faussement joyeux.

- Tu as donc tant de choses à oublier ? Après ce que tu as vécu ici, tu dois avoir envie de te battre davantage !

- Ça fait longtemps que je ne me bats plus pour moi-même... Après des années et des années d'échecs, même avec un moral d'acier, tu fléchis et tu perds l'espoir d'avoir une vie paisible.

- Tu ne veux pas me raconter ce qu'il t'est arrivé ? demanda Jim qui essayait d'en savoir plus sur son ami.

- Ça n'a plus d'importance aujourd'hui... La seule chose importante est ce qui se passe ici et maintenant. On doit sauver tous ces braves gens qui veulent vivre et faire quelque chose de leur vie. Moi, j'ai maintenant quarante-deux ans... Et j'ai tenté de me relancer dans une nouvelle vie en venant ici... Le résultat est ce triste constat... Si je ne peux pas vivre pour moi, alors je vais le faire pour les autres, pour que ma vie prenne enfin un sens !

- Je crois que ta vie a pris un sens le jour où tu as décidé de vivre pour les autres.

- Quand je serai mort depuis une éternité, qui se souviendra de moi, de mon existence si je me morfonds dans cette déchéance ? Je n'ai pas envie de partir dans l'oubli ! C'est ce que je disais tout à l'heure, moi, j'agis par peur de finir dans l'oubli...

- Crois-moi, si tu te bats avec acharnement, tu arriveras à marquer les esprits pour des milliers d'années ! »

Aïssa demanda aux membres de la communauté de se réunir pour célébrer la mise en service du second radeau. La joie fut enfin présente et l'engouement de terminer le dernier navire donna une nouvelle tournure au sein du groupe. Ils auraient tous souhaité poursuivre les constructions, toutefois, la nuit tombait déjà et chacun savait que la jungle nocturne pouvait être extrêmement dangereuse. Ils dévorèrent alors l'infâme repas que Charly avait préparé. Les réserves de nourriture étaient complètement épuisées et le vieil homme s'efforçait de concocter le repas le plus nutritif possible. Il ne trouva cependant que des fruits et des feuilles. Bruno, affamé, arracha la racine d'un arbre et la mastiqua. La viande manquait car les secrets de la chasse restaient encore un mystère pour eux. Aïssa redoutait des carences en protéines et demanda personnellement aux hommes d'aller pêcher du poisson grâce aux lances.

« Tiens ! Où est encore passé Léon ? demanda Laura qui ne l'avait pas aperçu de toute la journée. Ne me dites pas qu'il est parti !

- J-Je suis ici ! » répondit-il en sortant de la maison et brandissant le manuscrit d'une main.

Son visage était radieux. Il s'arrêta sur le pas de la porte, jeta un regard sur chacun de ses compagnons, et poursuivit :

« Ça y est ! J'ai d-découvert le secret, le message de ce livre ! Je sais tout et cela va b-bouleverser la face du monde !

- Il va remettre ça ! Tu te prends pour un prophète ? » rétorqua Carl qui sentit une terrible colère monter en lui.

Cette fois-ci, il ignorait s'il parviendrait à se maîtriser. L'envie de brûler ce satané manuscrit était forte.

« J-Je ne te demande pas de me croire... Mais j-juste de m'écouter ! »

Aïssa demanda à la troupe d'écouter ce que Léon avait à dire, elle savait que rien ne pourrait le faire changer d'avis. Les membres de la communauté se regroupèrent alors autour de lui, certains s'interrogèrent.

« C'est quoi ce secret ? » demanda l'un avant qu'une clameur s'élève du groupe.

Léon était parvenu à déclencher la curiosité chez ses compagnons, ce qui ne plut guère à Carl.

« J-Je veux bien tout vous raconter mais il faudra me p-promettre de ne rien dévoiler au monde jusqu'à ce que je le d-décide, demanda-t-il avant de poursuivre. J'avais pensé au début que ce manuscrit était d'ordre t-théologique… Mais il n'en est rien, la religion n'a rien à voir là-dedans… Je ne pensais pas une s-seule seconde que ça prendrait une t-telle ampleur... Je croyais que ce n'étaient que de simples m-mythologies... En réalité, ce m-manuscrit ne raconte rien d'autre que la preuve d-de l'existence de... *Dieu* ! »

Ce fut alors la discorde et le chaos parmi les rangs des survivants : *comment un simple livre pourrait justifier l'existence de Dieu ? Et surtout, remettre en question la crédibilité des religions alors établies ?*

« S-S'il vous plait, écoutez-moi jusqu'au bout, demanda Léon qui prit un ton imposant. Si vous m'écoutez et que vous m-marchez avec moi, on pourra avoir la certitude que Dieu existe et qu'il est p-parmi nous !

- Je sais pas si c'est cet endroit qui t'a bouffé le

cerveau, mais j'en ai ras-le-cul d'entendre tes conneries ! lâcha nerveusement Dan. On est au vingtième siècle et il y a toujours des abrutis pour croire en Dieu, créateur de toutes choses ! Les scientifiques ont déjà prouvé que tout est créé par la force de la nature et par l'évolution des êtres. Désolé de te dire ça grosse tête, mais ça fait longtemps que Dieu a dû faire ses bagages !

- Laisse-moi finir, t-tu veux ? L'auteur du manuscrit r-raconte que le Néant et la Création, qui sont des faits physiques, sont p-permanents et essentiels dans l'Univers. Ils ne peuvent donc être dissociés. On n-ne peut parler de Création sans sous-entendre Néant, l'inverse est v-vraie aussi ! Avec l'arrivée de l'Homme sur T-Terre, les choses se gâtent. Si on applique la destruction aux a-actes de l'Homme, on peut appeler ç-ça le *mal*. Cependant, c'est aussi un ê-être rationnel, il est capable de choisir entre ce qui est mal et ce qui est bien. Cette s-singularité n'est pas possible chez les autres e-espèces. Quelques siècles avant la naissance de Jésus Christ, un f-fléau s'est élevé sur Terre. Le Néant, qui se présente sous forme d'une force n-négative, prenait de plus en plus de terrain dans l'esprit des h-humains. Ils se sont entretués et déchirés les uns l-les autres. Rares étaient ceux qui résistaient au m-mal. Ils ont alors appelé ça le *Diable*. Enfin... C'est la meilleure t-traduction que je puisse faire. La Terre était alors à feu et à sang, le s-seul but de ces gens, atteints du mal, était la destruction ! L'inverse de la Création.

- Tu vas pas essayer de nous faire gober ton histoire ? interrompit Carl, d'un ton de mépris. Satan existe ? Tu es encore plus naïf que ce que je pensais.

- Je suis p-peut-être naïf, mais moi, j'arrive à imaginer les choses autrement que la m-manière dont on me l'a inculquée.

- Pourquoi le Diable serait obligatoirement un être *mauvais* qui cherche à tuer les humains ? demanda Wendy.

- Le Diable ou Dieu n-ne sont que des représentations humaines. L'Univers repose sur une opposition c-constante des forces *Créatrices* et des forces *Néantiques*. Chacune d'elles se m-manifeste sous différentes formes d'énergies ou de matière, et c-ce, dans l'espace et le temps ! Évidemment, quand je fais r-référence au Diable, je ne pense pas à un être rouge, avec une fourche et une queue p-pointue. J'essaie d'imaginer une autre possibilité... Beaucoup de faits qui nous entourent tous les jours restent i-inexpliqués. Même si les scientifiques prouvent que tout est créé par les lois de la n-nature, des questions subsistent alors : qu'est-ce qui pousse la nature à créer ? Quelle est cette force cachée qui est d-derrière toute chose ? Pourquoi évolue-t-on ? On peut expliquer beaucoup de lois, comme la l-loi de la gravité, mais pourquoi existe-t-elle ? Sans la volonté de quelqu'un ou de quelque chose, cela reste impossible ! La création est un acte de pure volonté !

- Le manuscrit explique donc que l'Univers, tel que nous le connaissons, a, en réalité, été créé par la *volonté* d'une... *Force Créatrice*... Qui, par sa seule existence, a inévitablement engendré les *Forces Néantiques* ? demanda Wendy qui écoutait avec attention l'historien.

- C-C'est exactement ça ! s'exclama Léon. Je n'aurais p-pas pu mieux résumer. Mais je vais en revenir au manuscrit : l'histoire raconte donc que le m-mal s'était installé sur Terre et que lorsqu'il n'y avait plus d'espoir pour s-sauver le monde de ce désastre, une force qui surpassait les êtres vivants é-était alors intervenue. On l'appelle aujourd'hui *Dieu*. Le livre s-stipule "Dieu est à travers le temps et l'espace, Il est partout et dans tout.'' Cette force divine n'est autre que la volonté de Création, et donc, le Néant est symbolisé par Satan. Il s'en p-prend aux esprits faibles qui veulent s'adonner au mal et ceux pris d'une pulsion de détruire la Vie. Comme une pulsion m-meurtrière, par exemple. La force divine est venue vers l'être Humain pour communiquer avec lui. Elle lui a a-annoncé que chaque chose qui mourait rejoignait le Cycle de la Vie.

- Le Cycle de la Vie ? demanda Aïssa. Tu veux dire que les esprits des personnes décédées rejoignent le courant de la vie et sont ensuite réincarnés dans d'autres êtres vivants ? Comme le karma chez les hindouistes ?

- Oui, c'est à peu près cela. Sauf que le Cycle de la Vie crée t-toute chose ; l'eau, les animaux, la flore, l'air, les étoiles, les autres planètes. Ce cycle a un cœur sur Terre qui lui est p-propre, un lieu où tout être qui s'éteint s-sur cette planète doit passer pour être *recyclé*. On l'appelle le *Berceau de la Vie* ! Cet endroit est tout près d'ici, en réalité, il s'agit de la c-cave où j'ai trouvé ce manuscrit. »

Quand Léon prononça ces mots, plusieurs éclats de surprise firent leur apparition. Carl l'injuria et proclama que c'était du blasphème de penser que la Bible elle-même ne faisait aucune référence à ce Berceau.

« Malheureusement, poursuivit Léon sans prêter attention aux remarques, le manuscrit raconte que chaque f-fois qu'un être est détruit par les forces du Néant, son énergie ne rejoint pas le Cycle de la Vie et disparait à tout jamais. Ainsi, durant la Guerre des deux Forces sur Terre, Le Néant, que l'on peut appeler le Diable, b-bouleversait complètement les forces de la Création. Peu à peu, le Cycle de la Vie de notre planète périssait. C'est pourquoi, Dieu, qui n'est en fait rien d'autre q-que la force de la Création, est intervenu sous forme de parole. Il expliqua alors que les Forces démoniaques pouvaient s'emparer des esprits faibles ou mauvais et agir selon leur volonté à travers eux. Il fallait à tout prix arrêter ce fléau ! Néanmoins, il é-était impossible de détruire le Néant car c'est un fait immuable au sein de la Vie. Il existe par nature. La seule solution était de bloquer les pouvoirs de Satan et l'empêcher de c-contrôler à sa guise les êtres humains. Cette guerre a duré près de deux siècles. C'est en 111 avant Jésus Christ que les Forces de la Création sont parvenues à limiter les pouvoirs de Satan en les scellant dans des r-rouleaux de papyrus. Quelques Étrusques ont été chargés de placer ces rouleaux loin de toute civilisation humaine. Le meilleur lieu était au c-cœur du Cycle de la Vie qui regorgeait de l'énergie de Dieu et qui pouvait emprisonner Satan à tout jamais. Désormais, l'être Humain est régi par les règles du libre arbitre ; il peut choisir lui-même entre le Bien et le Mal s-sans intervention divine ou démoniaque.

- Voilà deux siècles qu'il y a une opposition entre le créationnisme de certains religieux et l'évolution darwinienne en ce qui concerne le mécanisme de la vie, et toi, juste parce que tu as lu une dizaine de pages de ce manuscrit, tu viens chambouler tout ça ? C'est une peu maigre comme preuve...

- D'après ce que j'ai compris, répondit Wendy, Léon ne remet en question ni le créationnisme ni l'évolutionnisme. Il ne fait que mettre en accord ces deux thèses. D'ailleurs, il reprend le mot *créationnisme* ! C'est sans doute plus tard dans l'histoire que l'Humain a séparé les deux idées...

- Depuis tout à l'heure, reprit Jim, il ne parle que de la Terre. Comme si tout était centré sur cette planète ! Certains biologistes pensent aujourd'hui que la vie sur Terre est d'origine extraterrestre...

- Je ne suis pas vraiment d'accord, répondit la femme rousse. Creatio semble parler des Forces Créatrices et Néantiques dans l'Univers. Ce n'est pas incompatible avec les dernières pensées scientifiques... »

Voyant que Léon était seul contre tous, Wendy avait pris la décision de le défendre. De plus, la vision apportée par le manuscrit lui semblait intéressante à étudier. Elle savait qu'il ne fallait pas l'accepter sans y réfléchir longuement au préalable, toutefois, sa singularité méritait selon elle une étude approfondie.

« Je n'arrive pas à concevoir une histoire aussi farfelue ! lança Charly quand Léon fit une légère pause. Comment se fait-il que Dieu, qui d'après toi est dans toute chose, puisse communiquer avec l'Homme et lui transmettre des écrits ? Cela signifierait que l'Homme a un statut spécial au sein de la nature. De plus, cela donne une vision anthropomorphique de Dieu, ce qui contredit celle d'un Dieu partout et dans tout !

- Tu n'as pas tort du tout Charly, confirma Carl. J'ai d'ailleurs trouvé deux autres incohérences dans ce que tu as dit. Pourquoi les Étrusques auraient rédigé un manuscrit en latin ? Et pourquoi tu as cité des *rouleaux de papyrus* ? Ils sont où ? Pourquoi aucun livre d'histoire ne parle de cette guerre qui s'est déroulée deux cents ans avant Jésus Christ ?

- Je ne sais pas pourquoi l'Humain peut c-communiquer avec Dieu et pourquoi il semble si spécial, mais en ce qui concerne les papyrus la réponse est simple. Ce manuscrit a pour but d'informer l'Homme de ce qui s'est passé il y a plus de d-deux mille ans. Il redonne espoir à celui qui le trouve en montrant ce qu'il y a de plus cher au monde ; la Création. Ce manuscrit sacré informe q-que nous sommes infiniment petits dans ce monde et faibles face aux forces de la nature. Mais les premiers écrits étaient rédigés en étrusque, langue qui peu à peu a disparu de la surface de la Terre. Les rouleaux de papyrus n'ont donc plus aucun s-sens pour nous. Il y a plusieurs centaines d'années, un autre homme parlant le latin a été chargé par les forces divines de venir ici afin de retranscrire les papyrus étrusques en latin. P-Par contre, je n'ai pas la réponse à ta dernière question. Les civilisations, qui ont connu cette guerre horrible, ont sans doute caché l'existence de ce manuscrit par peur qu'une personne perverse ne le détruise et libère ainsi les forces d-diaboliques.

- Je ne sais pas quelle croyance il faut accorder à ces écrits, ajouta Aïssa, mais dans l'hypothèse où cela est vrai, nous devons absolument cacher son existence. Nous avons le devoir de perpétuer ce secret ! Tu en penses quoi, Léon ? »

Celui-ci ne répondit pas et baissa la tête. Il serra le manuscrit entre ses bras et frissonna, un vent léger s'était levé depuis quelques minutes. Il n'osa jeter un oeil en direction d'Aïssa.

« Pourquoi tu ne me réponds pas ? demanda-t-elle avec insistance.

- Pourquoi faudrait-il d-dissimuler une telle révélation ? On est à l'aube d'une g-grande découverte qui bouleverserait le monde et, surtout, on en est les auteurs ! Alors, pourquoi garder tout ça secret ? J-Je ne comprends pas !

- Aïssa a entièrement raison ! répliqua Carl. Je ne crois pas un traître mot de ces mythes, mais dans le doute, si ça s'avère vrai, cette découverte ne ferait rien d'autre que de plonger les consciences dans le chaos. Tu as dis que si ce manuscrit était détruit, les Forces... *Néantiques*... se libéreraient ! Il suffit qu'un seul fêlé en décide ainsi et une nouvelle guerre éclatera. La paix du monde est en jeu !

- Je ne comprends pas de telles réactions ! s'exclama Léon. Comment peut-on r-rester insensible face à quelque chose de si grand ? Vous ne vous rendez pas compte !

- Je comprends ton engouement, Léon, reprit Aïssa, mais une fois que tu auras dévoilé l'existence de ce manuscrit au monde, tu ne pourras ni en maîtriser l'impact, ni contrôler les réactions des peuples.

- De toute façon, rien ne nous prouve que tout ça est vrai, poursuivit Carl qui voulait plus que tout faire taire les blasphèmes de Léon. Tant qu'on ne peut pas démontrer l'existence de cette guerre, tout ça ne reste que de la pure mythologie !

- C'est justement là où je voulais en arriver, répondit Léon très sûr de lui. D'après le m-manuscrit, on peut entrer en communication avec les forces de la Création, autrement dit, a-avec Dieu lui-même ! »

Alors que tous s'interrogèrent sur la crédibilité de tels propos, Carl s'emporta et injuria Léon qui resta muet.

« Communiquer avec Dieu ?! grogna Carl. J'ai jamais entendu des conneries pareilles ! Ça me dépasse complètement ! »

Aïssa tenta de calmer les esprits et de restaurer l'ordre et le respect dans la communauté. Elle demanda au traducteur quelle était sa raison de vouloir communiquer avec des forces qui surpassaient l'être Humain.

« C'est pourtant très simple, répondit l'homme, ça f-fait plusieurs millénaires que l'Humain se pose des questions sur Dieu et son existence. Certains s'entretuent encore aujourd'hui p-pour se donner raison. Avec ma découverte, on pourra alors répondre à une question vieille de plus de deux mille ans. Mais la s-seconde raison est aussi pour notre propre survie. Si Dieu a pu sauver le monde, alors on pourra lui demander de nous sauver en nous indiquant la r-route...

- C'est complètement stupide, lança Carl. On en a tous plus que marre de tes idioties ! On est paumé au milieu de nulle part, on crève la dalle, et au lieu de nous aider à sortir d'ici, toi tu préfères nous faire perdre notre temps avec un ramassis de conneries !

- Je comprends que tu trouves ça stupide, mais on n'a r-rien à perdre à tenter le coup. On se doit d'essayer ! Si Dieu apparaît devant nous, tu devras te résigner à me c-croire, mais s'il ne se passe rien, alors j'avouerai haut et fort que ce manuscrit a é-été rédigé par un homme primaire et superstitieux et je le détruirai sous tes yeux. Qu'est-ce que tu en dis ? »

Le visage de Carl s'adoucit et après réflexion, il répondit qu'il serait ravi de lui montrer personnellement que Dieu ne peut être ni vu ni entendu par de simples humains. Il sourit à l'idée de le faire taire une fois pour toutes.

Le lendemain, alors que l'aube venait à peine de se lever, Léon était déjà sur pied. À vrai dire, il n'avait pas fermé l'œil de la nuit et repensait sans cesse aux paragraphes et lignes qu'il avait traduits. Si sa révélation était prouvée, il serait alors connu à travers le monde entier comme étant le nouveau messie. Il n'espérait plus qu'une seule chose ; de montrer la vérité à tous ses compagnons. Pour cela, il devait attendre leur réveil. Léon fit un tour aux abords du fleuve pour se changer les idées. Il se mouilla un peu le visage avec de l'eau fraîche du matin et s'étira dans un grand bâillement. À ses genoux, la terre était sèche comme si la pluie avait oublié de tomber cette nuit-là. L'historien se redressa et longea l'Amazone en cogitant sur son avenir. Lui qui pensait il y a encore quelques jours que sa vie s'achèverait ici dans l'oubli, en plein milieu de cette jungle, était alors pris d'un grand espoir. Léon savait que sa propre vie prenait un tournant qui graverait son nom dans l'Histoire. Il n'avait pas connu un tel enthousiasme depuis le jour où l'un de ses articles, qui traitait de la liberté dans les sociétés régies par des lois et des traditions, était paru dans une grande revue scientifique. Malheureusement, pour lui qui croyait au succès, son article avait été réfuté et complètement discrédité par un philosophe diplômé de la Sorbonne qui avait fait ses preuves. La reconnaissance lui avait alors filé entre les doigts. Mais cette fois-ci, Léon était persuadé de sa réussite. Il savait que le manuscrit disait vrai et qu'il serait enfin reconnu. Désormais, il devait prouver ce qu'il avançait et, pour cela, il avait déjà tout prévu ; il n'avait plus qu'à patienter quelques heures pour enfin démontrer l'existence de Dieu.

Subitement, alors qu'il était toujours plongé dans sa réflexion, il aperçut, allongées sur le sol frais, deux personnes qui dormaient l'une contre l'autre.

Comment est-ce possible que des personnes soient ici alors qu'on cherche la sortie depuis des semaines ?! On est sauvé ? se dit Léon en s'approchant d'eux à pas prudents. Alors qu'il était à quelques mètres, il put distinguer une femme et un homme. Malheureusement, sa joie fut de courte durée quand il reconnut leur identité. Il aperçut Laura qui s'était assoupie dans les bras de l'Amnésique. Près d'eux étaient posées une lance et une branche consumée par des flammes. Léon se demanda ce qu'ils faisaient au bord du fleuve. Il les surveilla quelques minutes de peur qu'un animal sauvage ne vienne les attaquer durant leur sommeil. Puis, au moment où Icare ouvrit le premier œil, il décida de s'éclipser.

Il arriva hâtivement au campement et remarqua que la plupart des rescapés étaient déjà levés. Charly, qui avait veillé toute la nuit, éteignit le feu en y jetant de la terre humide et demanda à tout le monde de se regrouper. La brume s'était enfin levée, la journée de travail pouvait commencer. Le vieil homme attribua les tâches à faire et annonça que si tout se passait bien, ils devraient tous quitter ce lieu d'ici deux jours. Lorsque Aïssa distribua une ration de poisson pour chacun, Carl se leva nerveusement et se dirigea à pas lourds vers Léon. Il le montra du doigt et lui ordonna d'un ton menaçant de prouver ce qu'il avait affirmé la veille. L'attente était trop longue et il souhaitait en finir le plus rapidement possible avec cette histoire.

« Comment ça ? Maintenant ? demanda Léon, très surpris. Je veux b-bien mais je crois que Charly et Aïssa veulent nous voir travailler et ne pas reculer la d-date du départ.

- Je m'en fous de ce qu'ils pensent tous les deux, répliqua Carl. Hier, tu nous as dit que tu pouvais nous prouver l'existence de Dieu. Je hais tous ceux qui prétendent voir notre Seigneur et je n'attendrai pas une seule seconde de plus pour que tu te résignes face la vérité. Dieu est le seul créateur de tout, il faut vouer un culte à son effigie. Il est indissociable de la religion, et surtout, il ne peut entrer en relation avec nous, simples mortels.

- Je ne comprends pas pourquoi t-tu te mets en rogne. Hier, lorsque j'ai traduit le manuscrit, je n'ai absolument rien affirmé de contraire à ça. La seule différence réside dans l'existence de r-religion.

- C'est déjà un trop grand blasphème de penser ça. De plus, Satan n'est pas le Néant qui veut détruire l'Univers entier, mais un ange qui a voulu défier Dieu et qui a été puni pour ça. Il ressemble aux hommes comme toi qui pensent qu'ils peuvent jouer avec Dieu.

- Arrête de m'insulter de la sorte ! Je n'ai jamais pensé de t-telles choses. Maintenant, si tout le monde le souhaite, je peux vous prouver ce que j'avance. Et d'ailleurs, j'aurais d-dû le faire dès le début ! »

Aïssa et Charly se concertèrent un bref instant. La femme annonça alors que l'historien avait la permission. Il était évident que ce sujet scindait la communauté en deux et que le calme ne reviendrait que lorsque tout serait fini. Certains soutinrent Léon dans son histoire insensée, et, celui-ci demanda à tous ceux qui voulaient voir la vérité en face de le rejoindre dans la grande pièce de la maison.

Il traversa alors le premier l'encadrement de la sinistre demeure et fut suivi par une dizaine de personnes. Laura scruta d'un regard perplexe la maison qui allait être le théâtre des dires de Léon. Icare la rejoignit et lui demanda ce qu'elle pensait de cette histoire aussi étrange qu'inimaginable.

« À vrai dire, je n'en sais rien... répondit-elle, d'une voix sobre. Je me demande juste ce qui se passe dans la tête de Léon pour qu'il puisse croire à tout ça…

- Je n'en sais pas plus que toi. Mais s'il est animé d'une telle force, c'est qu'il cache sûrement quelque chose. Bonne ou mauvaise, je n'en sais rien… »

Les derniers se tassèrent pour entrer dans une pièce étroite où Léon les avait emmenés. Ils découvrirent alors une table en ruine et quelques sculptures en bois qui jonchaient le sol. Certains n'avaient encore jamais pénétré dans la demeure et furent stupéfaits de l'état déplorable de l'intérieur.

Un léger nuage de poussière se souleva sous leur passage.

« On va devoir descendre aux sous-sols, informa Léon qui montra du doigt une ouverture vers des escaliers. En bas, se t-trouve la vérité... »

Sur ces mots, il n'hésita pas à franchir les premières marches qui lui semblaient désormais familières. Même les plus courageux des survivants le suivirent avec une certaine appréhension. Charly, qui avait une torche, prit l'initiative de passer devant. Quelques-uns étaient encore à l'étage bien que Wendy les encourageait à rejoindre le reste de la communauté. Cette dernière fut étonnée d'apercevoir la fillette s'avancer d'un pas déterminé vers les escaliers. Elle portait un regard sûr et n'hésita pas un instant à s'engouffrer dans l'obscurité ténébreuse des sous-sols. Il était vraiment impressionnant de voir une petite fille agir avec une telle volonté. Seule une femme n'osait pas entrer dans la maison, il s'agissait de celle qui avait perdu son bébé après l'accident. Elle semblait effrayée par tout ce qui était paranormal et implora Wendy de rester avec elle.

« Je suis désolée, répondit cette dernière, mais je veux savoir ce que Léon compte faire. Si vous le voulez bien, vous pouvez aller veiller sur Jack qui dort encore dans l'abri.

Non ! Ne partez pas ! hurla la femme en la suppliant.

- Je suis vraiment désolée » répliqua Wendy, qui baissa les yeux en pénétrant dans la maison.

Elle s'engagea dans le chemin qui s'enfonçait dans le sol. Les marches étaient légèrement glissantes. Elle ne pouvait s'empêcher d'éprouver de l'angoisse à l'idée de descendre dans les profondeurs de la Terre. Elle entendit le bruit des pas et le murmure des discussions de ses compagnons qui la devançaient de quelques secondes. Après des milliers de marches, le passage déboucha sur une vaste salle obscure. Wendy arriva la dernière, toute la troupe était enfin réunie. Dan demanda nerveusement quelle était cette pièce humide et sombre. L'agitation prenait le dessus sur la patience et le calme. C'est alors que l'historien, qui avait tout à prouver, prit la parole et demanda à ses compagnons de l'écouter attentivement. Sa requête passa inaperçue dans le brouhaha causé par le groupe d'Humains. Léon n'avait jamais su se montrer autoritaire. C'est alors qu'Aïssa le rejoignit et leur réclama fermement de retrouver le calme. L'ordre revint enfin, Léon put exposer ses intentions. Il demanda à chacun de former un cercle afin que tous puissent l'entendre et le voir.

« Vous vous souvenez qu'hier, lorsqu'on a p-parlé du manuscrit, je vous ai informés que le Berceau du cycle de la Vie se situait en réalité dans cette cave. On est ici au c-cœur de toute chose vivante sur Terre.

- Ouais, je m'en souviens parfaitement ! répondit Bruno, d'une voix satirique. C'est ça la piaule de Dieu ?

- Heu… On va dire ça comme ça… Dieu n'est autre que le cœur de la v-vie d'après ce que j'ai pu comprendre. Et ici, on peut entrer en communication avec lui...

- Je ne crois pas à tes conneries ! lança Carl. Comment tu veux communiquer avec lui ? En l'appelant, peut-être ?

- La réponse est simple, en prononçant une formule i-ici, au Berceau de la Vie.

- Pourquoi Dieu, s'il était au cœur de toute vie, et non pas uniquement celle des Humains, pourrait communiquer avec le vivant en prononçant une formule humaine ?

- Je ne peux pas te répondre, je n'en sais r-rien. Mais il faut tenter le coup. Il faut que vous soyez tous avec moi. S'il vous p-plaît, demanda Léon en prenant la main d'Aïssa et de Pierre-Louis qui se trouvaient près de lui.

- On est tous avec toi ! répondit Laura, d'un regard confiant. Mais personne ne peut être sûr de ce que tu avances. C'est pourquoi on va te suivre. Toutefois, si au final rien ne se passe, il faudra avouer ton tort...

- Je le f-ferai sans hésiter une seconde. Maintenant, tenez-vous par la main et ne vous concentrez que sur ma v-voix... »

Les rescapés s'exécutèrent et certains inclinèrent la tête en fermant les yeux afin de se donner complètement au rituel de Léon. Un silence de mort envahit alors l'atmosphère et chacun fut pris d'un frisson d'appréhension. Bien que Speed redoutait les paroles de Léon, il était présent pour l'événement révélé par ce dernier. Tandis que le cercle de personnes était muet, Léon prononça une phrase à voix haute et claire :

« Tout est Création, nous souhaitons entrer dans le royaume des Esprits. »

Alors qu'il ne se passa rien de particulier, Léon persista et garda espoir. Certains redressèrent la tête et froncèrent les sourcils. Pour eux, Léon venait de subir un lourd échec. Puis, une chose inexplicable se produisit alors. Doucement, les rescapés sentirent un léger vent leur caresser le visage. Peu à peu, une sensation de bien-être les envahit comme s'ils étaient plongés dans un océan de plaisir. L'oxygène semblait abondant et, lorsqu'ils ouvrirent les yeux, ils découvrirent des flux d'énergie vitale qui tournoyaient au centre de la pièce. Ces flots de vie pénétrèrent dans leur peau accompagnés d'une sensation agréable. Ils formèrent une boule dont la surface brillait d'une grande intensité.

« C'est... Impossible... souffla Wendy ébahie. Je... Je n'arrive pas à y croire... »

De la lumière bleue, verte, rouge puis jaune s'en dégageait. Laura tendit la main pour toucher la boule d'énergie vitale. Elle en caressa la surface du bout des doigts, et, au contact, elle eut la sensation de quitter son corps. C'était comme voyager dans un océan d'eau. Elle rencontra sur son passage des milliers d'animaux de toute époque, des arbres gigantesques, de l'air doux... Elle perçut l'odeur de la terre fraîche alors qu'elle avait l'impression de voler au-dessus de la Terre.

Soudain, Speed hurla de toutes ses forces et s'écroula au sol :

« Qu'est-ce que c'est que ça ?! Léon, t'es un sorcier ! »

Il s'appuya sur le mur en pierres usées et fut pris d'une légère crise de spasmophilie.

« C-Ce... Ce n'est nullement de la magie, ce n'est que le cœur de la vie, répondit Léon d'une voix sûre. C'est une source inépuisable d'énergie vitale. Elle donne naissance à toute chose et recycle les esprits et les énergies décédées. »

Speed réussit à reprendre le contrôle de son corps. Il se redressa sur ses jambes et s'enfuit par les escaliers en criant qu'il ne fallait pas jouer avec Dieu. Léon demanda à chacun de se calmer et de respecter ce Berceau dans lequel ils étaient tous nés.

« Nous sommes de simples êtres Humains, dit Léon, à voix haute. Nous nous permettons de vous appeler pour demander votre aide. »

D'un coup, alors que personne n'y croyait, ils entendirent une voix s'élever dans leur tête.

Nous savons qui vous êtes et quelle est votre histoire...

Ils n'étaient pas fous ! Tous avaient bien entendu la voix qui résonnait uniquement dans leur tête. L'intonation était à la fois douce et sereine. Il était impossible de dire si elle appartenait à un homme ou à une femme, c'était comme si des milliers de voix parlaient en même temps...

« Je suis sûr que vous connaissez le malheur qui s'acharne sur nous, votre savoir est infini, poursuivit Léon. Nous aimerions obtenir votre aide. Pourriez-vous nous indiquer la direction que nous devrions prendre ? »

Nous sommes désolés, mais nous n'avons pas le pouvoir de vous aider...

« Comment ?! Mais ce n'est pas possible ! Si vous êtes Dieu, vous pouvez tout faire !

Nous ne pouvons pas aller à l'encontre de la Nature. Votre destinée est sans doute de terminer votre vie ici... Votre décès n'est en rien triste ou mauvais pour les Forces Vitales, il n'est qu'une étape nécessaire et inévitable avant la naissance de prochaines vies... Vous seuls êtes maîtres de votre destin...

« J'en étais sûr ! lança Carl. Vous n'êtes pas Dieu mais des esprits malfaisants ! Sinon pourquoi ne pourriez-vous pas nous aider ? Et pourquoi êtes-vous plusieurs ? Dieu est unique ! »

Dieu est unique, car Il représente la Vie entière, la Nature qui donne la vie. Mais Il est aussi des milliards voire même des centaines de milliards car Il est dans tout et partout... Je suis l'énergie de la Vie donc je suis une part de Dieu. Vous êtes des êtres vivants animés par l'énergie de Dieu donc vous êtes une part de Dieu... Notre tout, forme Dieu Tout-Puissant. C'est pourquoi je ne peux vous venir en aide autrement qu'en vous informant ce que vous savez déjà... Il vous faut emprunter la route du Nord...

« Comment ?! s'étonna Carl. Nous sommes

Dieu ? Comment pourrais-je être Dieu ? »

Dieu n'a pas de forme anthropomorphe, Il est uniquement l'énergie vitale qui coule partout et qui se transforme. Cette énergie donne des caractéristiques propres à chaque espèce et à chaque individu. Aux étoiles, aux arbres, à la fourmi qui galope au centre de la pièce. Chaque individu vivant possède, caché au fond de son cerveau, un endroit qui lui est réservé pour les manifestations de Dieu.

« Les manifestations de Dieu ? demanda Aïssa. Mais de quoi s'agit-il ? »

Ne vous êtes-vous jamais demandé pourquoi on a parfois des intuitions ? Pourquoi faisons-nous parfois des rêves prémonitoires ? Ce n'est qu'une intervention divine dans votre cerveau. Une manifestation extérieure pour vous mettre en garde... Il est dans tout et partout. Il est l'Espace et le Temps. Il est l'Énergie et la Matière. Il peut donc se manifester d'une manière ou d'une autre pour vous prévenir... Chez d'autres animaux, cette manifestation se traduira par l'instinct. Comment un lion, qui vient de naître, peut-il savoir téter sa mère ? Il est tout simplement guidé par Dieu, ses propres ancêtres lui communiquent leur savoir par l'Énergie Vitale. Cet endroit du cerveau, où loge Dieu, enregistre aussi toutes les évolutions de l'espèce, elle programme son avenir, ses différentes mutations et son autodestruction... Les informations, la vie, l'énergie appartenant aux dinosaures, aux premiers poissons, aux premières cellules, qui sont tous vos lointains ancêtres, coulent dans vos veines... La Vie actuelle sur Terre est, à la fois, l'Héritière et la Protectrice de la longue lignée d'Espèces Vivantes sur cette planète. Tout cela représente Dieu. Vous et moi sommes Dieu...

« Mais si vous êtes dans tout et partout, pourquoi communiquez-vous dans un langage humain ? Pourquoi seuls les êtres humains peuvent vous interpeller ? »

La réponse est pourtant simple, si je suis dans tout et partout, je suis aussi votre langage et je sais donc communiquer avec vous... Les animaux n'ont pas le même langage, toutefois, ils ont l'instinct... Je peux communiquer directement dans votre cerveau avec votre langage, tout comme je peux communiquer avec d'autres espèces par l'instinct...

« Je... Je suis... époustouflée... » souffla Wendy qui se laissa tomber sur les genoux.

Elle était persuadée d'être dans un rêve et qu'elle se réveillerait bientôt. Pourtant, tout semblait si réel...

« Si cette partie du cerveau enregistre tout, comment se fait-il que je ne me souvienne plus de rien ? » demanda Icare, à haute voix.

Après un choc violent, l'énergie vitale peut parfois s'éparpiller à travers les flux de Vie. Ce qui cause des amnésies, néanmoins, cette énergie retrouve très souvent son chemin... J'ai répondu à toutes vos questions et j'espère que vous redonnerez foi et espoir à toute l'humanité et qu'elle choisira le bon côté...

« Je... Vous remercie... » lança Aïssa, d'une voix claire et pleine de respect.

Ce furent les dernières paroles de Dieu. La boule d'énergie vitale disparut et poursuivit son chemin éternel. Les rescapés de l'accident restèrent muets pendant plusieurs dizaines de minutes tandis que certains s'assirent au sol. Le choc était trop grand pour rester debout. Les yeux écarquillés, la bouche ouverte, Laura repensa à ce qu'elle venait de vivre. Elle referma les paupières pour revivre de nouveau ce qu'elle avait vu. Des milliers de visages de toute époque avaient défilé sous ses yeux. Elle jura que, l'espace d'une fraction de seconde, elle avait aperçu le visage de Sharleyn.

« C'est... C'est incroyable... bafouilla-t-elle. Elle tourna le regard vers son ami Icare et lui souffla avec de grands yeux émerveillés : On... On a vu Dieu... Il était là... On l'a vu… »

La journée leur avait semblé interminable, l'atmosphère était oppressante. Personne n'avait osé parler ou évoquer ce qui s'était passé dans la matinée. Quelques regards provocateurs avaient été lancés entre ceux qui défendaient Léon et ceux qui lui en voulaient d'avoir brisé deux mille ans de mythologie et de croyances. À la grande surprise de tous, Bruno faisait partie des protecteurs de l'historien et une querelle avait explosé entre lui et Carl. Ce dernier ne voulait toujours pas admettre son tort et injuria Léon jusqu'à le menacer de mort. C'est alors que Jim était intervenu pour rappeler à Carl que chacun était libre de penser ce qu'il souhaitait et que l'historien avait prouvé ce qu'il avançait jusque-là. Toutefois, cela n'avait pas apaisé la situation. Le protecteur des religions s'était éclipsé, furieux, après avoir dévisagé ses opposants. Il n'avait pas dit son dernier mot...

Heureusement, Aïssa était là pour calmer les esprits. Dans le cas contraire, tout le monde aurait redouté une bagarre qui aurait pu mal se finir. Dans cette ambiance électrique, les fondations du dernier radeau ne purent avancer comme Charly l'avait souhaité. Le retard pouvait s'étendre jusqu'à deux ou trois jours.

Laura saisit une poignée de petites noix que Jim avait ramassées durant la journée et vint s'asseoir près d'Icare. Elle lui en proposa mais celui-ci refusa d'un hochement de la tête.

« Tu es sûr que tu vas bien ? lui demanda-t-elle. Tu m'as l'air préoccupé.

- Oui... Je vais bien... Mais je n'arrête pas de penser à ce qui s'est passé ce matin, répondit Icare, d'un ton troublé. Tu sais, j'ai le sentiment que je me suis souvent posé cette question : Dieu existe-t-il ? Et maintenant, nous avons la réponse ! Pourtant, j'ai du mal à concevoir les choses comme elles ont été dites…

- C'est sûr que c'est une découverte peu banale. Ce qui te gêne c'est que l'existence de religion en est exclue ?

- Entre autres... Mais aussi parce que la réponse était tellement simple : nous sommes Dieu... Toute chose vivante dans ce monde contribue à faire vivre Dieu. Ça me rappelle les idées de certains philosophes... répondit Icare en cherchant ses mots : c'est... Le panthéisme...

- Si je me souviens bien, ils pensent que Dieu est la nature ?

- Je ne suis pas expert, mais il me semble que c'est ça... C'est étonnant de voir que certaines personnes touchaient la réponse du bout des doigts... Comme si les diverses interventions divines dans l'Histoire avaient engendré des mythes et des pensées qui se sont peu à peu modifiés au court du temps...

- Tout n'est pas exactement semblable aux pensées panthéistes... Creatio est basée sur une perspective spatio-temporelle, la voix de Dieu nous l'a dit. C'est grâce à ça qu'il peut y avoir une transmission de connaissances par l'instinct chez les animaux. Mais... Notre énergie est celle de Dieu... Est-ce que ça veut dire qu'on peut voyager dans l'espace et le temps ? Ça me fait penser au rêve que tu m'as fait faire. Notre esprit est sans doute capable de s'échapper par les Forces Vitales !

- Tu penses maintenant que tu as réellement touché le Soleil ? Tu penses que notre esprit est capable de déplacer notre énergie ?

- Avec ce que j'ai vu dans cette cave, je suis prête

à croire en tout maintenant... Notre imagination n'est peut-être pas si irréelle qu'on le croit...

- Je ne suis plus le seul à me prendre pour Icare... » répliqua l'homme sur le ton de la plaisanterie.

Ils s'échangèrent un regard complice. L'après-midi était ensoleillée. Personne ne vint déranger leur discussion.

« Et la seconde chose qui diffère avec le panthéiste est cette... Force... reprit Laura, en grignotant les noix. Ces Forces Créatrices qui circulent partout, c'est si étrange...

- Elles nous font vivre, puis se recyclent à notre mort... On dirait la réincarnation bouddhiste, excepté le fait que ce n'est pas notre esprit mais notre énergie qui se recycle...

- Je n'arrive pas à me faire à l'idée qu'un jour mon énergie existera sous une nouvelle forme... Et mon esprit, alors ? Que deviendra-t-il ? »

Ils ne purent répondre à cette question, à vrai dire, ils étaient certains de n'avoir jamais entendu Léon en parler. Icare prit la main de Laura et l'accompagna près du fleuve. C'était désormais leur endroit secret. Ils aimaient s'isoler du reste du groupe pour profiter un moment de paix.

« Quand on était dans la cave de la maison, je n'ai pas arrêté de penser à Sharleyn... Je me suis dit que son esprit était passé par ici et que je pourrais probablement le sentir. J'ai cru l'apercevoir un instant, mais je n'ai dû voir que ce que je voulais...

- On ne sait pas ce que deviennent les esprits, peut-être que tu l'as réellement vue... Souviens-toi, Dieu nous a dit qu'il logeait dans un endroit de notre cerveau qui servait aussi à nous relier tous ensemble. Peut-être qu'un jour ton amie viendra te voir. Ne perds pas espoir !

- Depuis que je te connais, j'ai appris à ne plus perdre espoir. Ne t'inquiète pas, je suis soulagée car je sais désormais que l'âme de Sharleyn repose en paix et que son énergie vitale sert maintenant à faire vivre d'autres espèces vivantes. »

L'amnésique eut un sourire de bonheur et s'allongea dans la terre pour observer la lumière du jour qui parvenait à traverser l'épaisse couverture de branches et de feuilles.

« Je suis vraiment intrigué par cet endroit du cerveau. Tu crois que c'est grâce à lui que deux personnes qui ne se connaissent pas peuvent se sentir très proches ?

- Tu veux dire qu'une alchimie se dégage entre eux dès le premier regard ? Oui, c'est sans doute grâce à l'énergie vitale qui circule par le cerveau, répondit Laura en se blottissant contre Icare pour éviter d'avoir froid. C'est sans doute aussi grâce à lui que certaines personnes peuvent voir dans le passé ou dans le futur. C'est comme si ces personnes pouvaient faire circuler leur énergie volontairement dans le temps...

- Si... Si je pouvais le faire, moi aussi, je retrouverais toute ma mémoire... Mes souvenirs sont actuellement dispersés dans la Nature... Je... Il faut que j'apprenne à les retrouver...

Tout ça est si magique ! Si tu m'avais dit cette phrase il n'y a même pas une semaine, je t'aurais pris pour un fou !

- Je n'aurais jamais cru que notre monde puisse être gouverné par une sorte de magie. J'ai toujours cru en des explications rationnelles, mais en réalité, nous ne sommes rien comparés aux forces qui surpassent l'esprit Humain. Nous ne pouvons même pas les toucher, les voir...

- Je trouve cela tellement beau. J'avais peur que

l'Homme soit le maître du monde grâce à son intelligence. Mais cet esprit qui se cache derrière toute chose, derrière la nature, l'évolution, les forces de l'univers et même derrière nous-mêmes, nous dépasse complètement.

- Aujourd'hui s'est ouverte une nouvelle page sur l'Histoire des êtres vivants... »

Les rescapés pouvaient enfin loger dans une des grandes salles de la demeure. Elle ne leur semblait plus aussi mystérieuse qu'avant et inspirait même la sécurité. Aïssa essaya d'encourager ses compagnons à travailler de nouveau ensemble dans la rigueur et l'effort. Les tensions s'étaient apaisées aussi rapidement que le Soleil avait cessé de briller. Laura discuta avec ses alliés qui étaient désormais ses amis les plus proches et chassa de sa tête ce qu'elle avait vu le jour même. Elle savait au plus profond d'elle que ce sujet la tracasserait à un tel point qu'il lui provoquerait des insomnies. Celle-ci chassa ce fléau en conversant jusqu'à tard dans la nuit et s'assoupit au moment où Bruno se leva. Il indiqua qu'il allait faire un tour pour se changer les idées et se rafraîchir légèrement. Dan lui proposa de l'accompagner mais celui-ci refusa. Il avait envie d'être seul, précisa-t-il.

« Ne t'endors pas dehors, lui lança amicalement Icare. Il y a pas mal de bêtes qui rôdent à cette heure-ci, sois vigilant.

- Ne t'inquiète pas, je ne vais pas rester longtemps et je prends ma lance avec moi » répondit le gros bonhomme qui disparut dans l'obscurité.

Laura sentit enfin ses paupières s'alourdir et se laissa emporter par la fatigue.

•

Cela fait plus de deux cents jours que la Guerre a commencé. Deux cents jours que mes compagnons tombent les uns après les autres. Ce n' est pas l' ennemi qui nous tue, mais la Nature elle-même. Le ciel est noir, la lumière du Soleil ne nous parvient plus. Les fruits et les légumes ne poussent plus. La récolte de blés a été très mauvaise. Les soldats de mon armée n' ont jamais connu une période si difficile. Je leur demande d' aller se battre le ventre vide, et par ma propre bêtise, ils se font massacrer. L' adversaire n' a pas l' air bien belliqueux non plus. Les soldats sont si maigres que j' en éprouve presque de la peine pour eux. Leurs troupes n' ont aucune énergie, j' ai honte d' être en guerre face à cela...

Le manque de nourriture est une misère encore supportable, néanmoins, la sécheresse de la terre qui nous prive d' eau est une souffrance bien plus cruelle.

Je suis persuadé que la Nature veut notre mort, nous sommes maudits ! Je voudrais me battre ! Me défendre ! Lacérer celui qui me persécute ! Hélas, je ne peux rien faire... Comment s' en prendre à la Nature ? Comment lui faire comprendre qu' elle nous martyrise ?

Je voudrais la supplier de ne plus faire couler de la lave, de ne plus déchirer le sol, de ne plus causer d' inondations ou de variations brutales de température, mais ce n' est pas dans mes possibilités... Alors nous mourons... Nous mourons sans même pouvoir nous défendre ! Elle nous assassine comme un lâche qui nous poignarderait dans le dos !

J' ai envie de crier ! D' hurler ma colère à la face du monde ! Malheureusement, mon cri n' est qu' un pauvre gémissement étouffé par la pluie d' atrocités qui s' abat sur nous.

Mes genoux cèdent, je chute au sol. L' atmosphère brûlante m' oppresse, mon corps tremble ! De la sueur coule sur ma peau et me glace le dos. Mon ventre crie à l' aide, toutefois, je m' efforce de ne pas l' entendre !

Depuis quelques jours, les choses ont changé d' une manière si radicale que c' en est troublant... Est-ce que la Nature a eu de la peine pour moi ? Comment puis-je avoir la prétention de penser que mon insignifiante existence puisse avoir une telle importance ?

Quoi qu' il en soit, je l' ai entendue... La Nature m' a parlé, j' ai été le seul à l' entendre ! Elle était là, dans ma tête ! Elle m' a parlé de Forces... De Forces qui s' opposent dans la Nature et de la tragédie qui nous a frappés, elle était due à la confrontation de ces deux forces...

La soif et la faim m' ont-ils rendu fou ? Sans doute... En tout cas, je n' en ai parlé à personne... Si je le faisais, je serais déchu de mon grade et on me jetterait au cachot !

La Voix m' a contraint d' écrire ce qu' elle me dictait. J' ai immédiatement caché les rouleaux dans un lieu sûr. Elle m' a précisé que les Écrits pouvaient momentanément arrêter la Guerre mais, qu' en aucun cas, ils ne pouvaient faire disparaître les Forces Négatives...

Afin que les Écrits ne soient jamais détruits, la Voix m' a ordonné de les porter jusqu' à ce qu' Elle appelle... Le Berceau de la Vie...

Je dois y aller ! Par tous les moyens !

Je ne sais pas comment l' expliquer, mais je sais où est ce lieu sacré ! Je le vois ! L' image est dans ma mémoire, comme si j' y étais déjà allé...

Je dois traverser la mer...

Je dois réunir des hommes... Trouver un bateau...

Si l' Empereur accepte de m' écouter, alors je pourrai le faire !

•

Alors que les premiers rayons lumineux pénétraient doucement dans la pièce, les rescapés n'eurent pas le courage de se lever. La chaleur était étouffante. Prise d'un mauvais pressentiment, Wendy se réveilla dans un sursaut et jeta un regard autour d'elle. Très vite, elle réalisa que ce n'était qu'un mauvais rêve qui l'avait tourmentée toute la nuit. Quand elle vit la lumière du jour, Wendy se rendit alors compte qu'ils avaient perdu un précieux temps pour la construction du radeau. Elle se leva d'un bond et réveilla ses compagnons à la hâte.

« Il faut se lever ! cria-t-elle. Allez, du travail nous attend ! »

Laura ouvrit un œil puis le second et bâilla à s'en déboiter la mâchoire. Elle mit sa main devant ses yeux éblouis et demanda s'il était déjà l'heure de se lever.

« Oui, c'est l'heure. On s'est réveillé trop tard !

répondit Wendy en la tirant par le bras. Regarde, le Soleil est déjà haut dans le ciel ! »

Laura se laissa soulever et reprit vite ses esprits. Ses compagnons la suivirent. Elle avait mal au dos, le sol était particulièrement dur.

« J'ai bien envie de passer au fleuve pour me laver, lança Jim, je me sens sale et plein de sueur.

- Je suis désolée, mais nous n'aurons pas le temps pour cela, répondit Aïssa. Nous en avons déjà perdu beaucoup trop entre hier et aujourd'hui. Je ne veux pas repousser le départ, cela fait trop longtemps que nous sommes ici. »

Jim avait l'habitude d'obéir aux ordres d'Aïssa, mais cette fois-ci, il ne lui accorda pas la même attention que d'habitude. Il se sentait sale et personne ne lui empêcherait de prendre sa douche !

Laura s'empara d'une gourde qu'elle avait précieusement gardée sur elle et en but une petite gorgée. Quand elle la reposa, elle eut l'impression qu'il manquait quelqu'un. Elle en fit part à Icare et, après réflexion, celui-ci remarqua l'absence de Bruno.

« Hier soir, il m'a dit qu'il voulait prendre l'air et je me suis endormie avant son retour, informa Laura.

- Je m'en souviens, c'est trop dangereux de passer la nuit seul dehors. On peut s'égarer facilement...

- Il a emporté sa lance avec lui, je ne pense pas qu'il lui soit arrivé quelque chose sinon il aurait sûrement crié pour nous alerter.

- Il doit être au fleuve, répondit Icare. Tel que je le connais, il a voulu… »

L'Amnésique fut subitement interrompu par un cri d'épouvante.

« Qui était-ce ? C'était une femme ! » demanda Laura, qui sous la panique, sentit sa gorge se resserrer.

Un second hurlement fit éruption et brisa leur conversation. C'est alors que les survivants cavalèrent à toute allure vers l'extérieur pour venir en aide à la personne en danger. Laura suivit le mouvement, toutefois, les épaules de ses compagnons l'empêchèrent de distinguer quoi que ce soit. Lorsqu'elle parvint à se frayer un chemin jusqu'à l'extérieur, elle n'aperçut rien d'autre que les rayons lumineux qui émanaient de l'astre solaire. Les hurlements d'effroi se répétèrent et résonnèrent toujours dans sa tête. Elle tenta d'avancer tant bien que mal jusqu'à la femme en détresse et tomba soudain nez à nez avec Aïssa, agenouillée au sol. Devant elle, un corps allongé. Laura se rapprocha et comprit que la personne était inerte. Elle portait un pantalon en velours usé et de larges bottes en cuir. C'était un homme... Laura aperçut Wendy qui arracha la chemise de l'individu à terre. Elle était ensanglantée. Le corps était parsemé de plaies rondes qui dégoulinaient encore de sang. L'homme semblait graisseux et tétanisé. Quand Laura découvrit le visage de celui-ci, elle fut alors foudroyée par la peur.

« Bru… Bruno… » souffla-t-elle, en tremblant.

Son corps ne répondit plus et elle s'écroula lourdement. Sans attendre une seconde de plus, Wendy fit un massage cardiaque au blessé et ordonna à Charly de lui donner un coup de main. Aïssa, qui ne cédait que rarement à la panique, ne put garder son sang-froid face au corps mutilé de l'un de ses compagnons.

« Toutes les quatre pulsations, je lui soufflerai dans la bouche et tu reprendras le massage ! » indiqua Wendy précipitamment.

Le temps s'écoulait vite et le sang s'échappait toujours des orifices que Bruno avait sur l'abdomen. L'agression était récente. Charly posa fortement ses mains dessus pour arrêter l'hémorragie, mais en vain, il resta impuissant face à de tels ravages. Alors que Wendy lui faisait toujours un bouche-à-bouche, elle fut repoussée par une vague de sang qui remontait par la gorge. Le liquide coula le long de sa joue. Il ne respirait toujours pas et, pour aggraver le tout, le sang empêchait l'oxygène de rentrer dans les poumons. La femme posa ses deux doigts sur la carotide pour prendre son pouls. Malheureusement, l'activité du cœur n'avait toujours pas repris. Désespérée, elle se recula du corps et essuya ses mains et sa bouche du sang qui n'était pas le sien.

« Qu'est-ce que tu fais ? demanda Charly en hurlant. On doit continuer ! Allez, on peut faire repartir son cœur !

- Il… Il est mort… » lança Wendy en baissant la tête.

Une larme quitta alors ses yeux et s'écrasa brutalement au sol. Même si Bruno était un lâche, il ne méritait pas un tel sort.

« Non ! Dis pas ça ! réfuta Charly qui s'acharnait sur le massage cardiaque.

- Je te dis que c'est fini ! Il n'a plus de pouls depuis plusieurs minutes, son larynx est bouché par le sang et ses pupilles sont dilatées. On ne peut plus rien pour lui ! Je suis désolée... Tellement désolée… » dit-elle.

Ces mots plongèrent la communauté dans un silence glacial. *Comment était-ce arrivé ? Pourquoi ? Qui avait bien pu commettre une telle horreur ?* Ces questions se tournèrent et se retournèrent des milliers de fois dans l'esprit de chacun. Le corps de Bruno était laissé au sol comme un tas d'ordures que personne n'osait approcher. Le courage nécessaire pour le bouger ou le recouvrir d'un drap était au-dessus d'eux. L'accablement et la désolation étaient trop forts.

Laura resta agenouillée devant le cadavre à pleurer toutes les larmes de son corps. Elle qui pensait que la fin de ce cauchemar était proche, qu'ils partiraient tous ensemble vers la liberté, sentit que tous leurs efforts s'effondraient brusquement. La construction des radeaux prit encore du retard. Les relations entre les rescapés, qui avaient été si difficiles à souder, se dénouèrent doucement. Une rumeur cavala très rapidement. Quelqu'un avait fait courir le bruit que Bruno s'était disputé avec Dan et que ce dernier l'avait assassiné sans la moindre hésitation. Plus personne n'osa le défier du regard.

Après quelques heures, Wendy décida d'étudier le corps pour connaître les circonstances du décès. Elle avait été souvent confrontée à ce genre de situation quand elle parcourait la savane pour examiner les animaux. Elle observa en premier lieu la lance dont Bruno s'était armé pour sortir la veille. Celle-ci était intacte et n'avait pas la moindre trace de sang.

Il n'a apparemment pas eu le temps de s'en servir, en conclut Wendy. *Comme si la chose qui l'a tué lui avait bondi dessus sans lui laisser la moindre chance... On l'a attaqué de dos...*

Charly se joignit à elle et lui demanda si elle avait trouvé quelque chose.

« Je n'ai pas encore regardé le corps. Mais ton aide me sera précieuse » répondit-elle.

Il toucha le corps inerte et observa les nombreuses plaies qui recouvraient son abdomen.

« J'ai l'impression qu'il était mort depuis peu…

- Qu'est-ce qui te fait penser ça ?

- Le sang coulait encore quand on est arrivé et son corps n'était ni froid ni crispé, informa Charly.

- Il s'est donc fait attaquer à l'aube alors qu'on dormait...

- Ce serait l'œuvre d'un chasseur nocturne, comme un félin ? »

Wendy ne répondit pas immédiatement et rapprocha son nez des lésions qui, étrangement, prenaient la forme de petits orifices. Elles semblaient profondes de quelques centimètres. Wendy indiqua à Charly qu'elle dénombrait dix-sept plaies et que chacune était identique.

« Dix-sept ?! Mais quel genre de bête sauvage peut s'acharner sur sa proie avec une telle agressivité ?

- Je ne pense pas qu'il s'agisse d'un félin ou d'une autre bête…

- Comment déduis-tu cela ?

- Il n'y a aucune marque de griffures ou de déchirures... Pas non plus la moindre trace de morsures... Toutes les blessures sont de profonds orifices causés par de violents coups...

- Des coups, tu penses que…

- Oui, je crois bien que c'est ça… coupa Wendy. Un prédateur ne se serait pas contenté de tuer sa proie, il l'aurait ensuite dévorée... »

Charly scruta perplexe le cadavre qui gisait devant lui et lâcha un profond soupir.

« C'est complètement insensé…

- Aide-moi à retourner le corps, s'il te plait, demanda Wendy.

- Tu veux retourner le corps, mais pourquoi ?

- Tu vas vite comprendre » répondit-elle tout en tirant le corps de Bruno par l'épaule.

Une fois sur le ventre, les deux apprentis médecins légistes découvrirent avec stupeur un nouvel orifice imbibé de sang qui dégoulinait jusqu'aux cuisses.

« J'en étais sûre... Il s'est d'abord fait attaquer dans le dos et ensuite de face. Mais qui aurait fait ça ?

- Je... Ce n'est pas croyable...

- Ce n'est pas tout, ajouta Wendy. Si tu observes bien la position de la plaie, elle se trouve juste au-dessus de la quatrième côte... L'arme a pénétré directement dans les poumons pour que la proie ne puisse pas hurler ou appeler au secours...

- Il n'y a plus de doute, il n'a pas été la victime de la chasse d'un prédateur ! Il s'agit bien d'un crime et donc de l'œuvre d'un humain, aussi horrible que cela puisse paraître...

- Le criminel est arrivé dans le dos de Bruno. Il l'a sûrement attaqué avec une lance, ce qui causerait ces drôles de petits orifices. Il s'est immédiatement écroulé sans même pouvoir appeler à l'aide. Ensuite, le tueur a retourné le corps et pour s'assurer de son décès, il s'est acharné dessus. Comment a-t-on pu commettre une telle monstruosité ?

- Je n'en sais rien et je ne sais pas non plus pourquoi cette personne a tué Bruno de sang-froid, répondit Charly, interloqué.

- Cela signifie aussi que nous ne sommes pas seuls dans cette jungle. Quelqu'un nous surveille sûrement et il s'en est pris à Bruno car il était seul à ce moment-là. Tu penses qu'il s'agit d'indigènes ?

- Sûrement ! s'exclama Charly. Je ne vois pas qui d'autre pourrait peupler cette forêt. Mais si ce sont des indigènes qui ont fait ça, pourquoi ne nous ont-ils pas attaqués par la suite ? Et surtout, pourquoi auraient-ils commis ce crime impunément ?

- Tant de questions sans réponse, lança Wendy en jetant plusieurs coups d'œil vers les buissons environnants. Il faut rester vigilant et ne plus se promener seul. Nous devons lancer l'alerte sans attendre, il pourrait y avoir d'autres victimes !

- Si nous informons nos compagnons qu'il s'agit d'un meurtre, nous risquons de créer la panique totale. Il vaut mieux émettre l'hypothèse qu'un carnivore rôde dans les parages et qu'il faut rester sur nos gardes, proposa Charly.

- Tu as raison, il y a déjà assez de tension comme ça au sein du groupe, mieux vaut ne pas empirer les choses... » confirma Wendy en se redressant.

Elle saisit la lance que Bruno avait laissé tomber durant son attaque et, après un temps de réflexion, elle sentit son cœur battre plus fort que jamais. Elle avait oublié un détail :

« Je n'ai pas aperçu Léon depuis ce matin ! Il a dû se faire attraper lui aussi ! » lança-t-elle en regardant le visage blafard de Charly.

Une sueur froide lui traversa le dos, un très mauvais pressentiment lui compressa l'abdomen...

•

Je suis au fond d' une cale. J' attends mon tour... Je suis tapi dans l' ombre dans l' espoir qu' ils ne me voient pas... Qu' ils oublient mon existence...

L' empereur m' a écouté, mais l' expédition est un échec total... Je ne pensais pas que les évènements prendraient une telle tournure...

Je ne suis armé que de ma plume, il ne me reste plus que l' écriture comme seule échappatoire.

Mes hommes sont morts... Ils sont tous morts... Nous étions plus d' une centaine, fiers et braves, traversant les flots ! Malheureusement, cette journée a été marquée par... La terreur...

Je ne sais comment expliquer le déclin de mon équipage... Il y a eu... Des comportements...

Incertains... Des troubles...

J' en ai vus plonger dans l' océan pour échapper... Aux autres... Ils se fuyaient les uns les autres... Ceux-là sont perdus à tout jamais, il sera impossible de les repêcher dans cette immensité d' eau...

Très rapidement, j' ai perdu le contrôle... Aucun ne souhaitait m' obéir...

Alors, j' ai pris la décision de m' enfermer dans cette cale. Je suis le seul à en posséder les clés... Je ne suis qu' un lâche, j' ai abandonné ceux qui m' étaient fidèles...

Mais la peur me retient, la peur est en moi, elle me ronge, elle me brise les os...

Je voudrais les sauver, hélas, je suis pétrifié !

Je les entends, j' entends leurs cris de détresse, j' entends leurs hurlements de souffrance, j' entends les lames dépecer la chair, j' entends le sang couler...

Je voudrais être sourd pour ne plus être témoin de cette horreur !

Je sens l' odeur de la chair, l' odeur de la mort...

Je regroupe ce qu' il me reste de conscience pour prier, j' implore qu' on me vienne en aide ! S' *ils* pouvaient m' oublier et quitter le navire !

Mais *ils* approchent... Je le sens... Leur présence m' oppresse...

Un silence... Puis... Des coups sur la porte de la cale...

Ils sont là... Derrière la porte...

•

En troupeau devant la maison, la communauté des survivants attendait les nouvelles des deux médecins légistes. Laura lança un regard inquiet à Icare qui trahissait ses arrière-pensées. Il s'approcha d'elle et lui saisit délicatement la main pour la rassurer.

« Je suis sûr que ce n'est qu'un accident, rien de plus, dit-il.

- Icare, ne me mens pas pour me rassurer, répliqua Laura qui laissa échapper une larme. Tu as vu le corps aussi bien que moi, ce n'était pas un accident, tu le sais !

- On ne peut être sûr de rien... Attendons les nouvelles de Wendy et de Charly... »

Lorsqu'il finit sa phrase, Jim annonça le retour des deux médecins. Le corps de Bruno avait été placé derrière la maison, à l'abri des regards indiscrets.

« Alors, vous avez appris quelque chose ? » demanda précipitamment Speed.

Ni Wendy, ni Charly n'eurent le courage de répondre. Ils arrivèrent à pas timides et chacun essaya de cacher l'immense chagrin qui emprisonnait leur cœur. Malgré tout, leur expression ne laissait que peu de place à l'imagination.

« Pourquoi vous ne répondez pas ? Il y a quelque chose de plus grave ? insista Speed.

- Non... Vous savez déjà tout... répliqua Wendy qui cacha son visage avec quelques mèches de cheveux.

- Comme on le pensait, Bruno est décédé de l'attaque d'un animal sauvage, poursuivit Charly. C'est pourquoi on devra se montrer prudent et se déplacer sans cesse en groupe armé d'une lance.

- Je n'en crois pas un mot ! répliqua Dan. Ils nous mentent ! Les blessures qu'il avait sur tout le corps ne ressemblaient pas le moins du monde à des balafres causées par un animal. Je sais que vous dissimulez la vérité pour nous garder bien sagement au calme ! Allez-y, crachez le morceau !

- Ce… C'est la vérité, croyez-nous, répondit Wendy, sur la défensive.

- Ça me parait louche à moi aussi, dit Speed. Un prédateur qui tue sa proie mais ne la mange pas… Je m'y connais pas trop en animaux, mais je sais qu'un félin s'attaque à la gorge. Bruno a été attaqué au corps, lui !

- Et les séquelles que j'ai vues sur son abdomen ne pouvaient être faites que par la main d'un homme. On dirait des traces de couteau… » ajouta Dan qui était bien déterminé à découvrir la vérité.

La femme africaine, qui était vêtue d'une longue djellaba marron clair parsemée de petites icônes jaunes, se leva lentement et brisa son mutisme de plusieurs jours :

« Hier, dit-elle en regardant Carl avec peur et tremblement. Cet... Cet homme a juré haut et fort qu'il tuerait Léon et Bruno ! Il... Il nous l'a dit ! »

- Mais… Qu'est-ce que c'est que ces conneries ! s'exclama l'accusé. Tu crois que j'ai abattu Bruno ?! Je suis un taré, c'est ça ?

- Je ne veux pas t'accuser sans preuve, pourtant, tu ne peux pas nier avoir dit ça ! dit Jim. Montre-nous ta lance, s'il te plait ? »

Carl refusa de se plier à la demande, il était indigné que ses compagnons puissent l'imaginer commettre un tel meurtre. Dan lui arracha sa lance des mains. À l'extrémité, il découvrit avec stupeur des traces de sang séché.

« Regardez donc ça ! lança-t-il. C'est la preuve que ce salopard a assassiné Bruno ! »

Avant même que Charly et Wendy ne puissent

réfuter ces accusations, Carl se fit insulter par certains de meurtrier et de lâche. Une vague de haine se leva rapidement contre lui. Speed profita de la colère de ses compagnons pour lui coller son poing dans la figure. Carl chuta en arrière. Avant même que Speed ne lui bondisse de nouveau dessus, Jim s'interposa entre eux. Il pensait Carl coupable, néanmoins, il refusait de le tabasser. Personne n'avait le droit de rendre justice soi-même.

« Cessez donc d'inculper quelqu'un sans la moindre preuve ! intervint Aïssa qui haussa le ton. Nous n'avons pas la certitude des conditions du décès de Bruno. Je vous rappelle que Carl est parti plus d'une fois à la chasse avec Charly, ce sang peut provenir de là ! Une chose est sûre : la tragédie s'est déroulée cette nuit alors que nous étions dans la maison avec Carl ! Personne ne l'a vu quitter les lieux et revenir les mains pleines de sang ! »

Les membres de la communauté se sentirent soudainement idiots de la manière dont ils avaient réagi, cependant, personne n'osa demander des excuses. La troupe ne comprenait que quinze membres, le meurtrier était inévitablement l'un d'eux...

« Wendy, Charly, nous voulons la vérité, c'est le seul chemin qui nous fera avancer dans le calme, demanda Aïssa, d'une voix claire.

- Eh bien, il est vrai qu'on a décidé de garder tout secret pour éviter ce qu'il vient de se produire, répondit tristement Wendy. On n'a plus le choix, on va vous dire ce qu'on a réellement découvert. On pense que Bruno est décédé suite à des coups de lance portés par un être humain. Il s'agirait peut-être d'indigènes qui habitent cette jungle. Sommes-nous sur leur territoire ? A-t-on fait quelque chose qui les dérange ? Je n'en sais rien...

- Je trouve étrange que Bruno décède le lendemain de notre communication avec Dieu, ajouta Laura. S'il y a réellement des indigènes, et qu'ils connaissent aussi le secret de Creatio, il est possible qu'ils ne veuillent pas qu'on le dévoile...

- Très bien, il faudra donc mettre les voiles rapidement, ordonna Aïssa. Nous allons tous nous réfugier dans la grande salle de la maison et nous armer d'une lance. Jack s'est remis de ses blessures, il peut marcher. Demain matin, nous quitterons les lieux. Nous n'avons que deux radeaux, mais tant pis, il faudra faire avec ! »

Avant qu'ils ne se renferment dans la demeure pour se protéger, Charly les informa d'une terrible chose :

« Bruno n'est apparemment pas la seule victime, dit-il, d'une voix lourde. Léon reste introuvable depuis ce matin…

- Merde... C'est vrai ! s'exclama Laura. Je ne l'ai pas vu moi non plus, c'est horrible !

- Il faut absolument aller à sa recherche ! Là où il est, il y a de fortes chances qu'il soit en danger de mort, on doit le sauver à tout prix ! »

Dan lâcha quelques jurons. Il informa qu'il était trop tard pour envoyer un commando de recherche et qu'il risquerait à son tour de se perdre ou bien de tomber entre les mains des hypothétiques indigènes. Certes, le choix qu'ils prirent était lâche, néanmoins, ils ne pouvaient pas risquer la vie de cinq hommes pour en sauver qu'une seule...

Ils se réfugièrent dans la maison et chacun se cramponna à la lance qui lui avait été confiée. La fin de journée s'écoula doucement, le temps était long et oppressant. Le Soleil tomba sur l'horizon, le ciel s'assombrit. Les rescapés redoutèrent plus que tout la nuit... S'il devait y avoir une attaque, ce serait à ce moment-là ! Jack, Eliot et la fillette étaient au centre de la pièce, entourés d'adultes pour les protéger. Beaucoup de larmes tombèrent cette nuit-là. Ils se sentirent comme enfermés dans un cachot et attendaient avec effroi qu'on vienne leur ôter la vie. Ils étaient comme pris au piège, étouffés par la tension qui régnait. Ils luttaient contre le sommeil, leurs paupières étaient lourdes. Il leur était insupportable de penser que s'ils cédaient à la fatigue ils ne se réveilleraient sans doute plus jamais. Leurs paupières étaient leurs ennemis. Si elles prenaient le dessus, ils se feraient massacrer sans même pouvoir se défendre ! Carl se frappa le visage, il était enragé contre sa propre faiblesse.

La nuit plongeait les rescapés dans un néant quasi total. Ils ne voyaient pas à plus de deux mètres... L'ennemi était peut-être là, à quelques pas d'eux, à les guetter, à attendre qu'ils s'endorment, et il leur était impossible de le voir... Ils se serrèrent les uns contre les autres pour se rassurer. Ils fixèrent la porte d'entrée qui était la seule source lumineuse. Mais de dehors provenaient les bruits inconnus et terrifiants de la jungle nocturne. Étrangement, ces bruits résonnaient avec un arrière-goût de rire moqueur comme si la nature elle-même méprisait le groupe d'êtres humains. Les silhouettes des buissons se mouvaient dans la nuit, mais se pouvait-il que ce ne soit pas celles des buissons ? Leurs yeux leur jouaient des tours... Le froid pénétrait doucement dans la maison et glaçait le sang. Il était comme le souffle d'un prédateur qui attendait l'instant propice pour bondir sur sa proie...

Speed se vomit dessus tant il redoutait de tomber sous les coups de *l'ennemi*. L'odeur répugnante de la vomissure s'ajouta à la puanteur nauséabonde de la transpiration du groupe d'Hommes prisonniers de la jungle. L'air devenait irrespirable, la sensation de suffoquer amplifiait l'oppression et l'angoisse que ressentait chaque membre du groupe. Speed s'essuya la bouche du revers de la main et continua à fixer la porte d'entrée de la maison. Aucune force ne pouvait lui faire détourner le regard. Il tremblait. Il pleurait. Son esprit ne pouvait s'empêcher d'imaginer une meute d'indigènes armée de couteaux, d'arcs et de machettes, pénétrer furtivement par la porte et les exterminer tous jusqu'au dernier. Il imagina son corps brûlé vif dans les flammes que les indigènes auraient provoquées en lançant des torches embrasées. Il crut même entendre le crépitement de sa peau. L'horreur était si présente qu'il eut l'impression qu'une lame pénétrait sa chair.

« Eh, tu vas bien ? » lui demanda Jim en l'interpellant d'un léger coup de coude.

Speed sursauta et montra un visage blafard. Quand il retrouva ses esprits, les battements de son cœur se calmèrent légèrement et il sentit la pression s'évacuer. Il était essoufflé...

« Oui… Oui, je vais bien… répondit-il pour cacher son angoisse.

- Tu ne devrais pas t'en faire autant. Je n'y crois pas à toute cette histoire d'indigènes qui veulent notre peau. Sinon, pourquoi ne l'auraient-ils pas encore fait ?

- Je sais bien tout ça mais je ne peux pas m'empêcher de trembler. J'ai l'impression que la poisse s'acharne sur nous et quoi qu'on fasse, on ne…

- Il ne faut pas réagir comme ça, coupa Jim. On a effectivement eu du mal, mais il faut poursuivre les efforts...

- Tout ça c'est n'importe quoi ! Je me répugne moi-même... Je n'ai aucun courage. Loin de là, je fuis même le combat pour la survie… »

Speed fut soudainement interrompu par un bruit de fracas qui provenait de l'entrée de la maison.

« Qu'est-ce… Qu'est-ce que c'était ? demanda Laura, affolée. Ça y est ! Ils... Ils attaquent... Ils sont là... »

Icare la serra fortement dans ses bras et lui jura que rien ne lui arriverait, qu'il la protégerait quoiqu'il advienne. Elle pria de toutes ses forces pour ses nouveaux amis qu'elle aimait tant les uns comme les autres. Après quelques secondes de répit, tous s'étonnèrent de ne pas voir surgir une horde d'indigènes.

« Pourquoi n'entendons-nous plus rien ? demanda Aïssa. Est-ce qu'ils sont partis ?

- Peut-être qu'il s'agissait d'une branche morte qui est tombée d'un arbre... répondit Wendy, tremblante.

- Je veux en avoir le cœur net, je vais aller vérifier » lança Jim en bondissant sur ses jambes.

Speed lui rétorqua qu'il était complètement malade et qu'il risquait inutilement sa peau.

« Si je ne le fais pas, on risque tous de mourir de peur. Ne t'inquiète pas, je ne compte pas tenter le diable, je vais juste m'assurer qu'il ne s'agit de rien de particulier. »

Puis, il enchâssa le pas vers le long couloir sinueux qui menait à la porte d'entrée. Très vite, son courage et sa patience se transformèrent en crainte. Il découvrit, allongé sur le seuil de la porte, le corps inanimé d'un être humain.

Lé… Léon ! s'écria-t-il, horrifié, *il n'est tout de même pas…* Jim, qui ne put finir sa phrase, fut pris d'une vague de terreur et courut rejoindre ses amis pour les prévenir. L'alerte fut immédiatement donnée et très vite, Aïssa organisa une parade.

« Nous allons nous enfuir par l'arrière de la

maison ! » ordonna-t-elle, précipitamment.

Elle essaya de garder son sang-froid pour ne pas angoisser davantage ses compagnons. Quelqu'un les provoquait ouvertement en jetant le cadavre de Léon dans leur refuge.

« Restez toujours accompagnés de quelqu'un et, surtout, n'oubliez pas votre lance, elle pourrait vous être utile... Une fois dehors, vous vous dirigerez vers le fleuve. Les radeaux sont notre unique moyen de nous échapper d'ici ! »

Cette dernière ouvrit son sac d'un mouvement crispé et en sortit le pistolet que Carl lui avait précieusement confié. D'un geste agile et vif, Dan le lui arracha des mains et se justifia en lui confiant qu'il était un très bon tireur. Aïssa n'osa répliquer et savait que cette arme serait d'une plus grande utilité entre les mains d'un homme qui n'avait pas froid aux yeux.

« Ne perdons pas de temps, lança-t-elle, il faut y aller ! »

Les gestes accompagnèrent les mots et le groupe de personnes pris en chasse s'aventura dans les fonds ténébreux de la grande demeure. Le sol grinçait sous leur poids. Ils avancèrent à grands pas en s'agrippant les uns aux autres pour ne pas être délaissés.

« Je trouve ça particulièrement étrange, lança subitement Charly. Il n'y a toujours pas eu de réactions de la part de l'ennemi, qu'est-ce qu'ils attendent ?

- Désolé grand-père, mais ce n'est ni l'heure ni l'endroit de cogiter sur ce genre de choses, répondit Carl qui passait à côté de lui. Dans ces moments-là, seule l'action paie ! »

Tandis qu'ils arrivèrent enfin au pied de la sortie antérieure, Icare leur demanda de s'arrêter pour inspecter les environs. Il s'approcha aussi silencieusement de la sortie qu'un félin qui file sa proie. Laura ne lui lâcha pas la main. Une fois à l'extérieur, ils découvrirent avec stupeur un homme qui se dressait juste devant eux. Il connaissait lui aussi l'existence de cette sortie ! Son visage n'était pas visible, il portait dans sa main droite une longue torche dont les flammes mesuraient plusieurs dizaines de centimètres. Dans son autre main, il maintenait fortement une lance étroite et affûtée dont l'extrémité était imbibée de sang.

« Qui… Qui c'est ce type … ? bafouilla Laura qui resta figée.

- Ne reste pas là, il peut être dangereux » lui conseilla Icare en l'écartant du bras.

C'est alors que le mystérieux homme décocha sa puissante lance en direction de Laura. Le mouvement fut très rapide et la femme n'eut pas la force de se dégager. La pointe de l'arme fendit l'air et Laura ferma instinctivement les paupières. Un cri de douleur retentit brusquement et, quand elle rouvrit les yeux, elle découvrit Pierre-Louis étendu au sol. Il se maintenait l'épaule de la main gauche et poussa quelques gémissements de douleur. La longue lance perforait sa clavicule et ressortait par l'omoplate.

« Pierre… Pierre-Louis, pour… Pourquoi ? »

Celui-ci lâcha un long souffle et supplia ses amis de se réfugier dans la maison. L'homme inconnu restait toujours caché dans l'ombre de sa torche et ricana machiavéliquement alors que ses opposants frissonnaient comme des feuilles mortes.

« Pourquoi il rit comme ça ? Ce connard ! demanda Carl nerveusement.

- Je n'en sais rien mais il faut l'abattre immédiatement avant qu'il n'appelle du renfort ! » répondit Charly qui se saisit de sa lance pour l'envoyer droit sur son adversaire. Malheureusement, l'inconnu l'esquiva et riposta en jetant sa torche enflammée. Celle-ci s'écrasa sur la jambe de Pierre-Louis et enflamma son pantalon de lin blanc. Il poussa de nouveau un hurlement qui accompagna la propagation du feu. Ses compagnons tentèrent d'étouffer les flammes pour sauver sa jambe, néanmoins, le feu se répandit rapidement et embrasa le sol recouvert d'herbe et de brindilles.

« On doit retourner à l'intérieur ! ordonna Charly en hurlant. Le feu risque de tous nous tuer ! Vite, dépêchez-vous ! »

L'inconnu n'était plus derrière eux, il avait subitement disparu.

Avec l'aide de Carl, ils soulevèrent Pierre-Louis et le transportèrent vers le pas de la porte. Malgré la rapidité de ses compagnons pour éteindre le feu de son pantalon, le blessé continuait à grimacer de douleur. Dans l'obscurité, il était impossible de voir l'état de sa jambe.

« Où est l'indigène ? cria Icare qui ne vit rien derrière les flammes. Je ne le vois plus ! »

Pris de terreur, Speed balança sa lance en direction de l'inconnu.

« Pourquoi t'as fait ça ? Tu en auras sûrement besoin !

- Je… Je ne sais pas, je pensais que…

- Espèce d'imbécile ! rétorqua Carl. Et tu feras quoi si on est attaqué dans la maison ? Je te rappelle que la sortie est bloquée par le feu et qu'ils vont probablement débarquer ici par la porte de devant ! »

Speed regretta soudainement son geste. Il était désormais désarmé et sans doute encerclé par l'ennemi. Il regarda avec effroi les flammes de l'enfer qui brûlaient les feuilles mortes et pénétraient peu à peu dans la maison. La chaleur était étouffante. Son cœur s'arrêta de nouveau et son sang se glaça brusquement. Des bruits de pas se firent entendre devant la maison. Combien étaient-ils ?

Les rescapés étaient armés de leur lance, ils surveillaient l'entrée. Les pas se rapprochaient. Des cris provenaient du fin fond de la jungle obscure. Des cris terrifiants, des cris de douleur ! Une lumière se refléta sur l'un des murs de la grande pièce, ils étaient là ! Puis, une silhouette se dessina, un homme ! Il tenait lui aussi une torche.

« Soyez prêts à attaquer ! fit Charly à ses compagnons, ce n'est pas un jeu... »

Il entendit les pleurs et les gémissements de ses camarades. Comment pouvait-il les envoyer se faire massacrer au combat ? Il était évident qu'ils n'avaient aucune chance. Ils ne connaissaient pas la jungle et n'avaient aucune stratégie d'attaque.

L'ennemi poussa un rire sadique et, à son tour, il jeta sa torche dans leur direction. Elle s'écrasa près des rescapés et enflamma le sol qui était parsemé de végétation morte. Ils étaient désormais encerclés par les flammes.

« Merde ! On est pris au piège ! cria Speed, terrorisé. On va faire quoi ?! »

Des hurlements retentirent. Certains se voyaient déjà périr par les flammes déchaînées. Jim jeta un œil autour de lui et vit dans la pénombre le regard terrifié de ses compagnons. Ils étaient tétanisés, ils attendaient la mort... Sous le joug de la terreur, certains se poussèrent violemment pour ne pas être frappés par les flammes. Charly lança fortement sa lance en direction de l'ennemi, malheureusement, il manqua sa cible ! Son ombre se reflétait toujours sur les murs. L'inconnu continuait de rire diaboliquement.

« Vous êtes faits comme des rats ! dit-il à travers les cris du génocide.

- Cette... Cette voix... Il parle notre langue,

balbutia Icare. Tu… Tu es…

- Personne n'échappera à cette fournaise ! » poursuivit l'inconnu.

D'un coup, une détonation d'arme à feu perfora l'air et le mystérieux homme tomba lourdement. Pendant une seconde, l'atmosphère semblait se refroidir avant que la chaleur des flammes ne reprenne le dessus.

« Qui a tiré ? » demanda Charly qui commençait à étouffer sous les gaz.

Il toussa à de nombreuses reprises. Dan, qui était caché dans la foule de personnes, se montra. Il portait à la main le pistolet qu'Aïssa lui avait confié. Son visage était orné d'un immense sourire de fierté.

« C'est moi ! dit-il, d'une voix lourde. Cet indigène a mal calculé son coup, il ne s'attendait pas à ce qu'on ait une arme à feu !

- Je ne crois pas que c'était un indigène, répliqua Charly, d'un air préoccupé.

- Pourquoi ?

- Ce n'est pas le moment de parler de ça, il faut absolument sortir d'ici ou on va tous y rester !

- Les flammes se rapprochent, il faut vite trouver une solution ! » intervint Icare.

C'est alors qu'Aïssa annonça en hurlant que certains avaient emporté des gourdes. Elle en saisit une et arrosa d'eau les flammes. Le feu avait une telle intensité que l'eau ne pouvait pas l'éteindre.

« C'est une excellente idée ! s'exclama Charly. Ne perdons pas une seule seconde ! »

En concentrant l'eau sur un même endroit, ils purent créer un passage jusqu'à la sortie. Chacun avait sa petite gourde, cependant, la quantité était trop juste. La menace du feu n'était toujours pas exclue. Wendy indiqua alors qu'il ne restait plus une goutte d'eau et qu'il fallait fuir immédiatement.

« On ne peut pas abandonner cette maison, lança Icare, il faut continuer ! »

Il plongea au sol et remarqua qu'à certains endroits du sable fin recouvrait la terre et la végétation.

« Vite ! On a encore une chance ! Il faut couvrir le feu avec du sable, il y en a ici, venez ! » ordonna-t-il à travers la fumée qui envahissait l'intérieur de la demeure.

Tandis que Laura toussait gravement, elle prit son courage à deux mains et vint aider son ami. D'un geste vif et précis, elle jeta du sable sur le feu qui avait conquis plus de la moitié du terrain. Elle s'essuya le visage recouvert de traces noirâtres et toussa plus fortement. Les gaz toxiques pénétraient dans leurs poumons et piquaient leurs yeux, la chaleur pinçait la peau. Derrière Laura, Jim jeta sa chemise à terre et sauta dessus pour étouffer les flammes. Avec l'aide de tout le monde, le feu fut anéanti après de lourds efforts.

« Sort... Sortons d'ici... rapidement avant d'être asphyxiés ! lança Charly qui ne pouvait plus voir à deux mètres.

Sa respiration était rauque. Il posa sa main sur un mur pour s'orienter mais la retira aussitôt. La surface était brûlante. Le vieillard suivit avec difficulté ses compagnons à travers l'odeur de brûlé et, après quelques pas, il trouva enfin la sortie.

Charly s'enfuit en galopant et retrouva l'air sain. L'atmosphère ne lui brûlait plus la peau. Il toussa fortement pour dégager ses poumons du carbone qu'il avait avalé. Après quelques bouffées d'air pur, il se redressa et veilla à ce que tout le monde soit bien là. Il ne décompta que douze membres sur quatorze et décida de s'engouffrer de nouveau dans les gaz de la maison. Son soulagement fut grand lorsqu'il aperçut Jim sauter par l'une des brèches de la demeure. Il portait dans ses bras le petit Jack qui était recroquevillé sur lui-même. Charly se dirigea vers les sacs qui étaient restés à l'extérieur et s'empara d'un morceau de tissu et d'une gourde. Il arrosa le chiffon et accourut aider l'enfant sans doute intoxiqué.

« Merci Charly ! » lança Jim qui posa le garçon à terre.

Le vieil homme nettoya le visage de Jack et celui-ci sourit légèrement. Par miracle, il n'avait aucune blessure. Ses cheveux étaient ébouriffés et sa peau sale.

Tandis que Wendy gardait précieusement sa lance entre ses deux mains, elle guettait les environs et fut surprise de l'absence d'attaque d'indigènes. Il était inimaginable que l'homme les ait attaqués seul. Alors pourquoi tout était soudain calme ?

« Ils sont où les autres ? Ils étaient plusieurs, j'en suis certaine ! s'écria-t-elle. Que se passe-t-il dans cette jungle ? »

- Je ne crois pas que c'était un indigène, répondit Icare en se redressant.

- Qu'est-ce qui te fait penser ça ? On est perdu au milieu de l'Amazonie, à part des indigènes, tu crois qu'il y a qui d'autre ? »

- Je ne sais pas... Et à vrai dire... Je suis perdu... Mais souviens-toi, l'homme qui a foutu le feu dans la maison parlait notre langue. Il avait un accent typiquement français... »

La jeune femme rousse fut frappée de stupeur. Elle baissa les yeux vers le sol et souffla quelques mots.

« Quoi qu'il en soit, intervint Aïssa, nous devons rester très vigilants. Nous ne savons pas pourquoi nous avons été attaqués, mais s'il n'était pas seul, ses compagnons riposteront de nouveau ! »

Ils se mirent en cercle pour surveiller tous les côtés de la jungle. Malheureusement, avec la nuit noire et parsemée de bruits étranges, les hommes se perdaient dans l'obscurité et leur imagination. Personne n'eut le courage de fermer un œil. Les bruits ténébreux dont regorgeait la jungle nocturne accentuaient le sentiment d'angoisse. Il était impossible de penser à autre chose qu'à ce qui venait de se passer. L'obscurité était telle qu'elle en donnait des vertiges. Les yeux dans le vide, ils ne purent compter que sur leur audition pour repérer l'ennemi. Des ouistitis hurlaient non loin de là. De petits mammifères se faufilaient dans les buissons à la recherche de nourriture. D'autres lézards serpentaient le sol. Le vent faisait frissonner. Chaque fois qu'il frappait, on entendait les voix de l'inconnu qui ricanait et se moquait des pauvres rescapés. La nuit fut longue, très longue...

Quand les premiers rayons de Soleil débarquèrent enfin sur le rivage pour les sauver, l'inquiétude s'évapora légèrement. Toutefois, les tensions entre les membres de la troupe s'étaient lourdement aggravées. Ils avaient besoin des autres pour survivre, mais, aussi horrible que cela puisse paraître, chacun savait qu'ils pouvaient être épargnés si *les autres* mouraient à leur place...

« Je n'arrive pas à comprendre pourquoi il y a eu une attaque par un seul homme, dit nerveusement Charly au reste du groupe. À lui seul, il a tué Bruno puis Léon. Que voulait-il ?

- On n'a pas encore la certitude que Léon soit mort, ce n'est qu'une hypothèse, répondit Icare.

- Mais Jim a bien vu son cadavre hier soir. N'est-ce pas ? »

Les yeux rivés sur lui, Jim hésita longuement.

« Je n'ai pas vraiment vu le corps de Léon, dit-il,

mais j'ai bien aperçu une personne jetant un cadavre dans ma direction. J'en ai déduit que c'était Léon, sinon, de qui pourrait-il s'agir ?

- J'aimerais bien le savoir, fit Icare qui se tourna pour apercevoir la grande maison abandonnée. Tu affirmes que le corps est déposé à l'entrée de la maison, c'est bien ça ?

- Oui, je suis sûr qu'il est ici...

- Je vais aller voir, je veux avoir le cœur net de son identité.

- Tu ne crois pas qu'on a déjà vu assez de cadavres comme ça pour en rajouter ? répliqua Carl.

- On doit savoir qui est l'ennemi et pourquoi, sinon, on ne pourra pas progresser ! »

Sur ces mots, Icare enchâssa le pas en direction de la sinistre demeure. Il arriva au pied de la porte et constata que le feu avait complètement détruit les fresques peintes sur les murs. Il se décida à rentrer d'un pas prudent. L'atmosphère de la maison était encore brûlante. Au sol, gisait le cadavre. Malgré l'obscurité, il put constater qu'il ne s'agissait pas d'un humain. Le corps était trop petit et poilu. Il le retourna sur le dos et sursauta en découvrant son visage.

« Un… Un singe ! » cria-t-il en reculant de quelques pas.

« Que se passe-t-il, demanda Charly qui venait lui prêter main-forte. Il était accompagné de ses camarades les plus courageux.

- Le corps… Ce n'est ni Léon, ni un humain... Il s'agit… D'un singe… bafouilla Icare. Mais pourquoi… ? »

Wendy arriva aussitôt, elle voulait vérifier de ses propres yeux ce que l'homme avançait. Toute cette histoire était de plus en plus dingue.

Un singe ? Pourquoi l'homme, qui en voulait à leur

vie, avait jeté un singe mort ? Qu'a-t-il fait à Léon ?

La femme ne pouvait supporter de rester dans un tel mystère. Elle se rapprocha du cadavre et l'examina avec précaution. Après un temps, elle se redressa et regarda ses amis d'un air consterné.

« Il n'y a plus de doute, fit-elle d'une voix effrayée, l'assassin de cette pauvre bête est le même que celui de Bruno. On retrouve sur le corps les mêmes blessures causées par des coups de lance. Cet homme voulait nous tuer et je ne sais pour quelle raison...

- On obtiendra sûrement de précieuses informations en allant observer le corps du tueur. Dan lui a tiré dessus alors qu'il était dans la grande salle, indiqua Jim.

- Allons-y, ne perdons pas une seule seconde ! »

Charly, Jim, Wendy et Icare se dirigèrent précipitamment vers le lieu du crime. Dans cette pièce aussi les fresques avaient laissé place à des traces de combustion. La table étrusque était en cendre et le sol dégageait encore une odeur de braise. Charly s'approcha hâtivement du corps de l'assassin qui était recouvert de sang. De dos, il reconnut les vêtements occidentaux que celui-ci portait. Un short beige et une chemise blanche. Ses cheveux étaient bruns et en bataille. Charly redoutait le pire...

« Je crois malheureusement qu'il s'agit de... » dit-il en traînant le corps vers un endroit plus éclairé. Le visage blafard était recouvert de suie mais, malgré cela, tous le reconnurent.

« Léon ! s'exclama Wendy. Non ! Ce n'est pas possible. Il doit y avoir une erreur !

- Hélas, je ne crois pas... rétorqua Charly, d'un air désolé. Regardez sa poitrine. Le sang coule encore de la balle que Dan a tirée. C'est bien Léon qui a voulu tous nous carboniser vivants !

- Non… pleura Wendy qui tomba les deux genoux à terre. Non, pourquoi… ? Pourquoi a-t-il fait ça ?

- Je suis désolé... Je n'en sais rien… souffla amèrement Charly.

- C'est une triste réalité mais il s'avère que Léon a bien commis tous ces crimes, dit Icare qui venait serrer Wendy dans ses bras pour la réconforter. Il n'a pas dû supporter la pression... La faim... Le froid... Il est devenu fou, c'est horrible mais on n'y peut rien…

- Alors comme ça, le meurtrier était Léon ? » coupa une voix qui venait de nulle part.

Ils se retournèrent vers la porte d'entrée et aperçurent la silhouette de Carl.

« On est désolé de vous l'apprendre de cette manière, mais oui, c'était bien lui... fit Jim.

- Je savais qu'il ne fallait pas jouer avec les Forces divines... répliqua Carl. Il a défié Dieu, le voilà puni ! »

Il se retourna vers ses autres compagnons et leur annonça ce qu'il venait d'apprendre. Dans un premier temps, certains réfutèrent cette information. Il était fort possible que l'ennemi se soit servi de Léon comme d'un bouclier, ou bien qu'il ait jeté son cadavre pour créer la confusion chez les Occidentaux. Pourtant, Dan était persuadé d'avoir tiré sur la personne qui avait mis le feu. Et enfin, pour clore ce débat, Icare indiqua qu'il avait bien reconnu la voix et le rire de Léon. Il n'y avait plus de doute, c'était bien lui l'assassin.

Il avait préparé méticuleusement son plan meurtrier. Léon connaissait parfaitement la disposition de la maison. Dans un premier temps, il avait profité de la noirceur de la nuit pour jeter un cadavre de primate par l'ouverture avant. Cela avait permis de créer le trouble et la panique chez les rescapés. Il ne leur restait donc plus que la sortie de derrière pour s'enfuir. L'homme avait usé de ce laps de temps pour se rendre à l'arrière de la demeure et les attaquer par surprise. Enfin, Léon avait bloqué les deux issues en mettant le feu. C'était une stratégie aussi démoniaque que précise. Néanmoins, son manque d'attention l'avait perdu. La balle avait perforé sa cage thoracique avant même qu'il n'aperçoive l'arme à feu.

Le bilan était très lourd et avait ravagé le moral des survivants : Bruno, l'ancien dictateur qui avait accepté de se plier aux règles, avait été sauvagement assassiné. Pierre-Louis, le fossoyeur altruiste, avait quasiment perdu l'usage d'un bras. Et enfin, Léon, l'historien plein d'ambitions qui avait plongé dans une sombre folie, avait perdu la vie.

Tout était fini...

« Léon s'est pris pour le nouveau messie, mais la colère divine s'est acharnée sur lui. Les forces maléfiques l'ont possédé pour qu'il commette ces horribles crimes ! »

Laura, qui l'entendait au loin, intervint pour empêcher une telle hypothèse se propager.

« Ne dis pas n'importe quoi ! Il doit y avoir une explication plus rationnelle !

- Tu l'as vu aussi bien que moi, reprit l'homme en colère, les Forces démoniaques étaient là, dans cette maison ! Tu ne comprends donc pas qu'elles nous ont dupés pour prendre le contrôle de notre cerveau, à commencer par Léon ! Lui qui croyait tant à ces conneries ! Il a pas fait appel à Dieu, mais aux Démons ! Je resterai pas une seconde de plus dans cette maison du Diable !

- Allons, sois raisonnable. Il faut agir tous ensemble, répondit Laura qui essayait de calmer les esprits.

- Si on reste ici trop longtemps, on sera tous possédés, y'a aucun doute là-dessus ! Seul l'exorcisme pourrait alors nous sauver !

- Par où veux-tu partir ? Il n'y a que deux radeaux pour quatorze personnes. Nous coulerons ! »

Aïssa annonça qu'elle était d'accord avec Carl et qu'il fallait partir le plus rapidement possible.

« Comment ? demanda Laura très surprise de sa réaction. Tu as toujours clamé qu'il fallait avoir trois radeaux pour revenir sains et saufs.

- Depuis, il s'est passé de terribles choses, répondit Aïssa, en fuyant son regard. Je ne sais pas ce qu'il s'est passé exactement dans la tête de Léon pour qu'il commette de telles barbaries, mais il ne faut pas que cela recommence. De plus, Pierre-Louis risque de mourir de sa blessure s'il ne se fait pas soigner rapidement. La lance est toujours plantée dans son épaule, si nous la retirons, il risquerait une très grave hémorragie. Cependant, si nous ne la retirons pas, son épaule aura une très grave infection qui lui coûtera l'usage de son bras.

- Je comprends... répondit Laura qui semblait abdiquer. Alors il faut se dépêcher, cet endroit nous a apporté trop de poisses... »

Après les préparations du voyage, ils déposèrent doucement le long corps de Pierre-Louis sur un des radeaux. Chacun avait gardé sa lance et emporté une gourde. Icare pensa qu'il était utile de garder un sac pour y conserver les fruits qui n'avaient pas été consommés. La place était très juste sur un radeau pour supporter sept personnes, les rescapés durent se serrer. Sur le premier bateau, Icare organisa l'ordre des places. Sur les extrémités, Laura, Wendy, Carl et Aïssa protégeaient Jack et la fillette laissés au centre. Le radeau s'avança sur les eaux calmes de l'Amazonie suivi du second composé de Speed, l'Africaine, Dan, Charly, Jim, Eliot et Pierre-Louis gravement blessé. Charly veillait sur lui et vérifiait que la plaie ne s'infectait pas et qu'elle ne saignait plus.

À cause de longs retards dans la construction des radeaux, ils avaient été contraints de rester deux semaines sur place. Aujourd'hui, ils partaient enfin pour retrouver la liberté. L'espoir revint dans les esprits et chacun se serra dans les bras pour se soutenir. Cependant, il fallait faire vite, Pierre-Louis pouvait succomber à tout moment à ses blessures.

L'état d'esprit de la troupe avait radicalement changé depuis quelques jours. L'unité s'était déchirée pour créer des groupes de compagnons. Ils redoutaient toujours autant la mort, cependant, celles des autres paraissaient moins cruelles... L'instinct de survie prenait sans doute le pas sur la solidarité. Certains savaient au fond d'eux, qu'une fois ce mauvais épisode terminé, ils ne verraient plus jamais leurs compagnons.

Après plusieurs heures de voyage, le ciel défilait sous leurs yeux. Les nuages dansaient et disparaissaient à l'horizon. Icare offrit un fruit à chacun de ses compagnons. Il souhaita attraper un poisson qui passait en dessous d'eux, toutefois, la maîtrise lui manquait et sa lance ne toucha pas une seule fois sa proie. Laura ne comprit pas son entêtement :

« N'insiste pas, ce n'est pas grave s'il n'y a pas de poisson, lui dit-elle. On sera revenu parmi la civilisation d'ici quelques heures tout au plus…

- J'aurais bien voulu en pêcher un pendant ce voyage, répondit Icare d'un air faussement triste. Je ne sais pas si on sera arrivé aujourd'hui, sans doute demain dans l'après-midi ! »

Icare plongea sa sagaie dans l'eau pour toucher le fond et poussa fortement pour propulser le radeau. À une vingtaine de mètres derrière eux, le second radeau les suivait à la même vitesse. Portés pas le courant, ils sentaient la liberté se rapprocher d'eux. Sous leurs pieds, ils découvrirent de fabuleux poissons, quelques serpents et autres amphibiens. Des primates, qui habitaient dans les arbres, les regardaient intrigués et les suivaient en sautant de branche en branche.

« Regarde ces singes ! s'exclama Laura. Ils n'ont aucun mal à nous suivre...

- Ils sont libres... Leur manière de se déplacer, de nous suivre, leur curiosité, on a sans doute des choses à apprendre d'eux...

- Je ne pense pas que je vais regretter cette forêt, mais je trouve dommage qu'on n'ait pas pu apprécier cette jungle à sa juste valeur... C'est sans doute la plus variée…

- Tu oublies la savane africaine ! lança Wendy qui s'invita à leur discussion.

- C'est vrai que tu la connais bien toi, tu étudies tous les animaux...

- J'étais venue ici en partie pour ça... J'ai d'abord été vétérinaire dans un cabinet médical en France. Ensuite, j'ai travaillé quelque temps dans un zoo...

- Tu as fait des études de médecine et d'éthologie ?

- Non, j'étais seulement l'assistante d'un véto pendant ma thèse. Et un jour, j'en ai eu marre et j'ai tout laissé tomber pour aller voir de mes propres yeux les plus gros félins de la terre. Leurs techniques de chasse... Gardent encore quelques mystères...

- Je ne sais pas si je repartirai de si tôt en vacances, mais ma prochaine destination pourrait bien être l'Afrique... dit Icare qui afficha un léger sourire.

- Je pourrai être ton guide si tu le souhaites, proposa Wendy. On ira tous les trois ensemble, ça effacera le souvenir de ce voyage...

- Il ne faut pas oublier Jim, Charly et aussi Aïssa ! »

Cette dernière entendit la fin de leur conversation et demanda de quel sujet ils discutaient.

« Après cet interminable voyage, on a décidé de partir avec Wendy en Afrique, répondit Laura. Cette fois-ci, on aura un vrai guide...

- J'aimerais bien venir mais à mon retour je vais devoir m'occuper d'un tas de choses... dit Aïssa.

- Ce n'est pas un problème, on ira quand tout le monde sera disponible. On trouvera bien du temps pour ça... »

Le calme revint sur le petit radeau et tous contemplèrent avec admiration le décor qui passait sous leurs yeux. Les gourdes se vidèrent rapidement. Le Soleil frappait directement au-dessus de leurs têtes et chauffait particulièrement à ces heures-là.

Laura brisa le silence en confiant à ses amis qu'elle regrettait profondément le tragique destin de Bruno et de Léon.

« Je ne comprends toujours pas pourquoi il a fait ça ? Comment a-t-il pu ? Il paraissait si sage… » dit-elle amèrement.

Aïssa, qui était assise près d'elle, croisa son regard.

« Tu sais, dit-elle, nous ne sommes que des Humains avec nos vertus et nos pêchés. Léon voulait se venger de Bruno qui l'avait grièvement tabassé. Il a cédé à la tentation…

- Je peux comprendre son envie de vengeance, mais de là à l'assassiner ! Et je te rappelle qu'il s'est ensuite acharné sur nous...

- Tu ne trouveras sans doute jamais les réponses à tes questions, néanmoins, il faut te dire que ce n'est pas le plus important. Nous étions tous en danger de mort dans ce périple et les émotions de chacun sont difficiles à contrôler et à comprendre... Il a commis l'irréparable mais, dans l'immédiat, il faut d'abord penser à nous... »

Carl les regarda d'un air méprisant et souffla grossièrement :

« La chose à laquelle on a assisté n'est autre que l'œuvre du Diable ! dit-il en détournant le visage. Combien de fois devrais-je vous le dire ? Vous avez entendu comme moi le rire qu'il avait !

- Carl ! répliqua Aïssa, nous n'allons pas nous relancer dans une telle discussion, ça ne servirait à rien !

- De toute façon, ça n'a plus grande importance, répondit l'homme dont la musculature était surdéveloppée. On est maintenant loin de cette maison et des Forces maléfiques. Je vous le dis, cet endroit était maudit... Creatio, c'était un leurre pour nous piéger ! »

Carl savait se montrer borné et n'était pas prêt à changer d'idée. La discussion s'arrêta là.

Laura plongea à son tour sa lance dans le fleuve pour évaluer la profondeur de l'eau. D'un coup, elle remarqua que l'ambiance était assez agitée sur le second radeau qui les suivait à une vingtaine de mètres.

« Que se passe-t-il ? demanda-t-elle. Ils ont l'air de se chamailler. »

Icare et les autres observèrent à leur tour et remarquèrent que Dan s'était accroupi au sol et se tenait la tête. Il hurlait et semblait être pris de terribles migraines.

« Il a l'air malade, annonça Aïssa, tu crois que

nous devrions l'aider ? »

Soudain, ils aperçurent Dan se relever brusquement et pousser ses compagnons. Il avait l'air enragé. Charly tenta de le calmer, mais en vain, il reçut un coup de poing dans le visage. Dan sortit alors un pistolet et l'orienta vers la tête d'Eliot. Le temps se figea l'espace d'une seconde. Un coup de feu foudroya l'air et brisa le silence. L'action paraissait lente, mais inévitable. La balle percuta l'enfant. Son corps, sans contrôle, chuta lourdement dans l'eau. Des hurlements de terreur éclatèrent. Les oiseaux s'envolèrent sous le choc de la détonation.

La mort frappa l'enfant alors qu'il avait encore tant à accomplir. La cruauté de l'Homme était plus forte que ses rêves.

« Pour… Pourquoi… Pourquoi il a fait ça ?! bafouilla Laura horrifiée. Pourquoi ?! Icare... Merde ! »

Dan tira un second coup de feu mais, cette fois-ci, il ne toucha personne. Speed et Charly plongèrent dans l'eau afin de ne pas être caressés pas le petit morceau de métal. Le vieillard ressentit une haine terrible envers lui, par peur, il avait abandonné ses compagnons. Malheureusement, le forcené ne leur laissa aucune chance et tira plusieurs coups dans l'eau. Aucun corps ne remonta à la surface. Puis, Dan se retourna et pointa son arme sur l'Africaine qui, paralysée par la peur, jura que son coeur allait s'arrêter avant de se faire tirer dessus.

« Il va la tuer elle aussi ! hurla Wendy. On doit faire quelque chose, vite !

- Il faut l'abattre, il… » lança Carl qui s'arrêta net.

Tout se déroulait précipitamment. Sur l'autre bateau, ils aperçurent Pierre-Louis qui retira douloureusement la sagaie plantée dans son épaule. Il poussa un cri terrible, pourtant, Dan ne lui prêta aucune attention, blessé, Pierre-Louis ne pourrait rien contre lui. Son erreur fut fatale, Pierre-Louis bondit sur lui et lui transperça les côtes grâce à la lance. Le blessé, à bout de force, s'écroula sur son ennemi et tous deux chutèrent dans l'eau. Son geste héroïque lui avait sûrement coûté la vie, les corps ne refirent pas surface.

« Qu'est-ce qu'il a fait ? demanda Wendy qui tira l'épaule d'Icare, il s'est sacrifié ?!

- Il faut plonger pour le sauver, il n'y a pas une seconde à perdre !

- Si vous faites ça, vous risquez d'être emportés par le courant ! » rétorqua Carl qui les retint par le bras.

Son regard était noir, il était animé d'une sombre colère. Comment ce salopard de Dan avait pu abattre froidement le gamin ?

« On n'a pas le choix ! Pierre-Louis s'est sacrifié pour les sauver. On n'a pas le droit de l'abandonner !

- Re... Regardez ! » lança Laura en montrant un homme qui sortait la tête de l'eau.

Le visage de la jeune femme ruisselait de larmes.

« C'est... C'est Dan ! cria Wendy, il est encore vivant ! »

L'homme jeta un œil aux alentours, son regard semblait déterminé. L'eau était rouge autour de lui, il perdait beaucoup de sang. Il se tenait les côtes. Quand l'homme aperçut le second radeau, il nagea à la hâte vers lui. Malgré ses blessures, un seul sentiment l'animait, celui de tuer !

« Il arrive ! s'écria Laura, prise de peur.

- Qu'est-ce que... Il est grièvement blessé... Cette ordure est immortelle ! »

Sur le premier radeau, Jim leur faisait des signes de la main. Il avait miraculeusement survécu.

« Il veut qu'on rejoigne la rive ! Speed et Charly

ont déjà sauté, il faut les retrouver !

- Et on fait quoi pour Pierre-Louis ? demanda Laura.

- Il faut être réaliste, il n'a toujours pas fait surface et n'a donc pas dû survivre à ses blessures, répondit Carl. Il n'y a pas de temps à perdre, Dan approche à grande vitesse... »

Icare et Carl plongèrent leur lance dans l'eau et orientèrent le radeau vers la rive. Peu à peu, ils prirent de la distance sur Dan qui nageait avec hargne. Le radeau s'agitait sous leurs pieds, le courant semblait plus fort. Laura aurait voulu que le temps s'arrête l'espace de quelques secondes pour pleurer toutes les larmes de son corps. L'image d'Eliot, garçon timide, repassait dans sa mémoire. Elle revit la balle percuter son front et mettre un terme à sa vie. Néanmoins, l'instant présent la contraignit à mettre de côté ce qu'elle éprouvait.

« Je ne vois plus Jim ! Où est l'autre radeau ? lança Aïssa quand ils posèrent le pied sur la terre. Il faut les retrouver ! »

Accompagnée de ses compagnons, elle courut en direction du Sud-Est. Icare portait Jack dans ses bras qui ne pouvait pas courir. Sa jambe blessée l'en empêchait. Laura dévala une pente et jeta plusieurs regards derrière elle. Dan était tout aussi violent qu'acharné. Bien qu'elle ne vie aucune trace de lui, une profonde angoisse l'envahit.

Pourquoi a-t-il fait ça ? Qu'est-ce qu'il nous veut, bordel !?

Malgré l'oxygène qui commençait à lui manquer, elle ne put s'arrêter. Ses jambes l'emmenaient le plus loin possible de l'homme. L'arrêt représentait une mort quasi certaine. Elle essaya de suivre ses compagnons qui s'enfuyaient à toute vitesse. Sur une pente hasardeuse, elle heurta de l'épaule une souche.

L'adrénaline la rendit insensible à la douleur. Elle repartit aussitôt. Après quelques minutes, ils s'arrêtèrent dans une petite clairière et reprirent leur souffle. Icare, Laura, Wendy, Carl, Aïssa, Jack et la fillette, les sept membres du premier radeau étaient réunis. Il n'y avait eu aucune victime parmi eux.

« Tu… Tu crois qu'il nous suit encore ? demanda Laura, entre deux grosses bouffées d'air.

- Je... ne pense pas, il avait l'air blessé » répondit Aïssa.

La femme se tenait le ventre tant l'effort l'avait épuisée. Laura leva les yeux vers elle et remarqua qu'elle était désarmée.

« Aïssa, où est ta lance ? Qu'est-ce que tu en as fait ?

- Mince, j'ai dû la laisser tomber pendant la course. Je ne peux plus aller la chercher…

- Il faut vite t'en reconstruire une, Dan est un vrai fêlé ! Tu as bien vu ce qu'il a fait ! s'exclama Laura dont le regard trahissait la terreur.

- Ce n'est pas grave, ça ne me sera d'aucune utilité, répliqua Aïssa qui se posa sur une branche morte. Je ne comprends pas son geste, que se passe-t-il ici ?

- Tu veux toujours pas admettre ? dit Carl d'un ton hargneux. Je le répète encore une fois : tout ceci est l'œuvre du Seigneur des Ténèbres ! »

Cette fois-ci, plus personne n'osa le contredire. La crainte était trop forte. Les faits étaient réels, ce n'était plus de simples suppositions. Ils avaient assisté à l'invocation de Dieu, alors Satan, aussi inimaginable que cela puisse être, devait exister !

« On s'est fait piéger par le Malin, poursuivit Carl. Il nous a fait croire que c'étaient les forces divines, mais en réalité, cette chose qu'on a vue avait le cœur plus noir que le Diable. On lui a fait confiance, et ce Démon en a profité pour nous posséder !

- Mais, c'est affreux, je n'en crois pas un mot ! Comment ce serait possible ? » demanda Wendy qui tremblait et suait.

Depuis le début du séjour, elle avait considérablement maigri et son visage dénonçait la fatigue. Ses vêtements étaient parsemés de taches et de boue.

« T'es complètement idiote ! Si tu n'y crois pas, comment expliques-tu tous ces événements qui se sont déroulés sous nos yeux ? » répliqua Carl qui s'emportait.

Ses yeux étaient injectés de sang. Il les avait prévenus plusieurs fois des conséquences de leurs actes, mais personne n'avait voulu l'écouter. La détresse était désormais bien plus grande que ce qu'ils avaient vécu jusqu'ici...

« Il doit y avoir une explication plus rationnelle qu'évoquer l'existence du Démon ! protesta la femme. Léon et Dan... étaient dérangés...

- Lorsque cet abruti a récité la formule d'incantation, il a dû sans le savoir appeler Lucifer. Il est possible que des partisans du Diable aient rédigé le manuscrit Creatio pour tromper le lecteur. On a été excité et impressionné par ce qu'il racontait mais, en réalité, on a invoqué le Mal ! Je sais pas sous quelle forme il se manifeste et quel est son but, mais je crois bien que la boîte de Pandore est ouverte, et rien ni personne ne pourra l'arrêter… »

Les propos de Carl glacèrent l'atmosphère et figèrent ses compagnons dans une profonde peur. Habituellement, les croyances en Satan n'étaient que des superstitions naïves, pourtant, elles prenaient aujourd'hui un tout autre visage. Léon avait annoncé l'existence de Forces opposées aux Forces Vitales.

Quel était le lien entre cette Force et le comportement des deux meurtriers ?

Il n'était plus question de s'enfuir pour rejoindre la civilisation, mais pour survivre ! Un esprit maléfique rôdait dans les parages. Aïssa demanda aux deux enfants de rester au milieu du groupe, elle avait un mauvais pressentiment. La fillette, qui avait pour habitude de leur désobéir, pouvait se mettre en danger à tout moment. De plus, Jack avait du mal à marcher et restait une proie facile pour les prédateurs.

« Bon, on fait quoi maintenant ? demanda Wendy en se redressant. Si on reste trop longtemps ici, Dan risquerait de nous tomber dessus !

- Dans ce cas-là, il n'y aurait aucune autre solution que de se battre, ajouta Carl. De toute façon, on ne peut pas se permettre de quitter cette jungle tant qu'on l'a pas abattu. S'il arrive à rejoindre la ville, ce sera la panique totale !

- Je te rappelle que nos vivres sont au plus bas, informa Aïssa, nous ne survivrons pas longtemps avec le peu de nourriture restant. Il faut en priorité retrouver Charly, Speed, Jim et la femme qui était avec eux. Pour Pierre-Louis, je pense qu'il ne reste malheureusement plus rien à faire... Dan doit être à bout de force, même s'il s'échappe des eaux du fleuve, il périra de ses blessures... »

Il poussa le radeau grâce à sa sagaie et essaya de toucher la rive sans trop de brutalité. Jim tendit sa main à la femme qui était pétrifiée. Elle n'avait pas prononcé le moindre mot depuis l'accident. Son esprit était ailleurs et elle ne semblait pas apercevoir l'homme qui lui proposait son aide.

« Il faut y aller, lui dit-il. Venez avec moi ! »

La femme ne répondit pas.

« Si on reste ici, le courant risque de nous entraîner, cria-t-il alors que le bruit de l'eau augmentait. On doit retrouver le reste du groupe pour repartir ! C'est une priorité ! »

Elle n'avait plus la force de réagir aux propos. Son regard était vide. Jim la saisit par les bras et la tira sur la rive. La femme se laissa soulever et perdit le contrôle de son corps. Une fois sur terre, elle se mit à trembler et à pleurer impuissamment. Jim tenta de la raisonner et de la consoler, mais en vain. Depuis le jour de l'accident de bus, il y avait toujours un évènement qui venait troubler leurs efforts pour fuir la jungle.

« Venez avec moi, on va aider nos compagnons, dit-il d'une voix chaleureuse.

- Non… Non… pleura la femme.

- Mais pourquoi ? Vous n'allez pas abandonner maintenant, après tout ce chemin !

- C'est la fin… La fin…

- Moi aussi, j'ai envie de pleurer ! Des fois, j'ai envie de craquer ! Mais on a traversé tant d'épreuves ! On va y arriver, croyez-moi… »

Sa voix était tremblante, il avait le visage contracté. Ses yeux brillaient. La femme souffla quelques mots :

« C'est… C'est le Diable… Le Diable… dit-elle.

- Ce n'est pas le Diable ! N'écoutez pas Carl ! C'est que dans les fables qu'on entend ça. Vous savez comme moi qu'il n'existe pas…

- Carl nous l'a dit, il existe, il est parmi nous ! Léon a offensé Dieu et... Il nous punit… Nous serons tous châtiés jusqu'au dernier... »

Qu'est-ce qu'il est allé lui foutre ces idées dans la tête, se dit Jim. Il remonta sur le radeau et ramassa les sacs oubliés. Enfin, il amarra l'étroit bateau et le recouvrit de branches feuillues pour le camoufler. Il ne savait pourquoi, mais il avait peur que quelqu'un ne tombe sur le radeau.

« Allez, levez-vous s'il vous plait et suivez-moi » demanda Jim à la femme en lui tendant la main.

À sa grande surprise, elle lâcha un long cri strident et rampa jusqu'au pied d'un arbre touffu. Son visage était celui de quelqu'un face à sa plus grande peur.

« Je… Je ne veux pas… P-Partez d'ici ! dit-elle en tremblant. Laissez-moi, je vous en supplie… »

Elle avait de larges poches sous les yeux et respirait lourdement comme si un poids lui écrasait la poitrine. Jim adopta un nouveau comportement et essaya de l'amadouer.

« Très bien, si vous voulez rester ici, je ne vous obligerai pas à partir, dit-il d'une voix sage. Vous pourriez me dire quel est votre nom, s'il vous plait ? Ça fait un mois que nous cohabitons ensemble et je ne sais toujours pas comment vous vous appelez. Moi, c'est Jim ! »

Elle le regarda hésitante et bafouilla enfin quelques mots :

« Be… Betty...

- Betty ? C'est un joli prénom, vous auriez dû nous en faire profiter plus tôt. Vous êtes originaire de quel pays ?

- La Côte d'Ivoire…

- Ah, je viens de là moi aussi ! J'en ai que très peu de souvenirs... J'ai quitté ce pays assez jeune, et ensuite, j'ai été placé dans un orphelinat... Il y a quelques jours, j'ai promis à Pierre-Louis d'y retourner à notre retour en France.

- Tu… Tu as été adopté ?

- Oui, à l'âge de deux ans mes parents biologiques m'ont abandonné, je n'ai jamais su pourquoi. Peut-être un problème d'argent, je n'en sais rien... J'ai décidé de quitter la Côte d'Ivoire à l'âge de dix ans... J'ai ensuite été adopté par une famille blanche qui m'a très bien accueilli.

- Pourquoi vous voulez retourner en Afrique ? demanda-t-elle en tremblant.

- J'ai l'impression d'avoir laissé une part de moi-même en quittant mon pays...

- Votre... Votre famille d'accueil était... Mauvaise ?

- Non... Non, c'est pas vraiment ça... Même si mes parents adoptifs m'aimaient comme leur vrai fils, je me suis toujours senti à part. J'ai toujours ressenti un décalage entre eux et moi. C'est drôle comme on peut être à la fois très proche et très éloigné des gens... Et vous ? Votre enfance a été difficile ? »

Betty grelottait toujours et son corps devenait froid. Jim retira sa chemise et la recouvrit avec. Cela ne l'avait pas réchauffée davantage, néanmoins, elle n'avait plus l'impression d'être seule. Jim se rendit alors compte à quel point cette femme, Betty, avait été délaissée par le groupe. Depuis le jour où elle avait perdu son enfant, tout le monde s'était désintéressé d'elle. Inconsciemment, ils avaient traité différemment une personne qui ne leur ressemblait pas...

« J'ai grandi dans une tribu assez pauvre, dit-elle enfin. Je devais retirer la peau du gibier que les hommes chassaient. On était pas beaucoup... Mais on était soudé... Malgré la misère, on vivait bien... Pour des raisons que j'ignore, on a dû émigrer en France. Je m'y plais moins... Mais j'ai pas le choix…

- Quelqu'un vous attendra à votre retour ?

- Mon mari et mon enfant sont morts dans l'accident, personne ne m'attendra…

- Je suis désolé... Vraiment désolé... Je ne voulais pas… répondit Jim, d'un air embêté. Mais si vous manquiez d'argent, comment vous avez fait pour payer ce voyage ?

- Mon mari avait obtenu beaucoup d'argent, je sais pas comment… »

Après un silence pesant, Jim lui demanda de nouveau de bien vouloir le suivre. Mais Betty resta sur sa position et continua à clamer l'existence du Diable. L'homme la calma de nouveau et prit la décision de partir seul à la recherche de ses compagnons.

« Betty, ne bougez pas d'ici, s'il vous plait ? dit-il.

- Me laissez pas seule, je vous en supplie !

- Betty ! Betty, s'il vous plait, écoutez-moi, fit Jim en lui tenant la main pour la rassurer. Si on ne trouve pas les autres, on aura peu de chance de sortir de cette forêt... Ce n'est pas ce que vous voulez, hein ?

- N… Non…

- Alors je dois absolument les retrouver. Je ne vais pas vous obliger à venir, mais je dois y aller ! Restez là, je reviendrai d'ici deux ou trois heures… »

Le courant était plus fort depuis quelques minutes. De nombreuses branches de bois flottaient et passaient près de Charly. Celui-ci essayait malgré la puissance de l'eau de nager jusqu'à la rive. À bout de force, épuisé, il se laissa porter. Par chance, le courant le ramena sur le bord du fleuve. Charly se ressaisit et usa de sa force de caractère pour avancer et se sortir de ce torrent d'eau en furie. Il s'échoua sur la terre boueuse, son cœur tambourinait dans sa poitrine. Il toussa gravement pour faire évacuer l'eau qu'il avait avalée. Il avait du mal à respirer, ses muscles le faisaient souffrir. Le vieil homme s'allongea sur le dos pour se calmer et reprendre sa respiration. Il inspira longuement. Après plusieurs minutes, il sentit son corps se refroidir.

« Charly ?! entendit-il sur sa droite. Charly, c'est bien toi ? »

Il tourna le visage et aperçut Speed qui se dirigeait faiblement vers lui. Du sang coulait sur sa joue droite. Ses vêtements étaient trempés.

« Tu peux pas savoir comme je suis heureux de te retrouver ! lui lança-t-il.

- Tiens, aide-moi à me relever, s'il te plait, je ne sens plus mes jambes... »

Alors que speed relevait le vieillard, ce dernier lui demanda comment il avait réussi à s'en tirer.

« J'ai eu une chance incroyable ! répondit le jeune homme blond. J'ai quasiment été propulsé hors de l'eau alors que je nageais en apnée.

- Je suis soulagé, j'ai eu peur que tu finisses noyé. Tu as vu ce qui s'est passé ensuite sur le radeau ?

- Nan, désolé. Lorsque ce salopard de Dan a tiré sur Eliot, j'ai immédiatement eu le réflexe de sauter dans l'eau. C'était une réaction très lâche de ma part mais je ne savais pas quoi faire d'autre... Il était armé et dangereux, j'ai eu si peur…

- Ne t'en veux pas, c'est une réaction humaine, dit Charly. Dans l'eau, moi aussi j'ai eu très peur. Quand je nageais pour fuir ce monstre, il nous a tiré dessus à plusieurs reprises. Une balle est passée à une dizaine de centimètres de mon visage…

- Je ne comprends pas pourquoi il a fait ça. C'est... C'était si soudain... On était si près du but. D'ici quelques heures, les radeaux nous auraient guidés vers la plage ou vers un port...

- Depuis que Léon a trouvé ce fameux manuscrit, il se passe des événements vraiment étranges. Ce qui m'étonne, c'est que cette chose qu'on a vue dans la cave de la maison ne semblait pas être mauvaise... Elle ne nous voulait aucun mal, alors pourquoi Léon et Dan sont-ils devenus de vraies machines à tuer ?

- Je... Je ne sais pas... » répondit Speed en plongeant la tête dans les creux de ses mains.

Il céda à la pression. Il trembla en repensant au geste de Dan. Malgré ses efforts, Speed ne put empêcher les larmes de couler de ses yeux.

« Carl... reprit-il. Carl n'arrêtait pas d'évoquer la faute du Diable. C-C'est insensé... Mais regarde ce qui s'est passé !

- Je suis entièrement d'accord avec toi, mais l'heure n'est pas à la discussion... Il faut retrouver les autres avant qu'il ne soit trop tard, conclut Charly. Le courant du fleuve a dû nous transporter à des centaines de mètres du premier radeau. Il faut remonter la rive afin… »

Speed le coupa pour montrer une chose qui sortait de l'eau avec difficulté.

« Regarde là-bas, près du buisson qui sort de la végétation. C'est... Un homme ! » fit-il en pointant son doigt dans la direction indiquée.

« Un homme !? répéta Charly, abasourdi. Mais bon sang, tu as raison ! Je le vois. Il faut lui venir en aide ! »

Le vieillard se releva aussitôt. Il était hors de question d'avoir une autre victime sur les bras.

« *Lui venir en aide* ? Et si c'est Dan, on fera quoi ? Il nous tuera sans la moindre hésitation !

- Tu vois bien que cet homme est brun, Dan est chauve ! Ce n'est pas lui ! Lève-toi ! » répondit Charly qui courrait déjà en direction du rescapé.

Les deux hommes longèrent le courant du fleuve. L'individu était échoué à une vingtaine de mètres d'eux.

« C'est… C'est Pierre-Louis ! s'écria Speed.

- Il est très mal en point, dépêchons-nous ! »

Ils arrivèrent aux côtés de leur compagnon qui était évanoui sur la rive boueuse de l'Amazone.

Charly examina le corps et remarqua qu'il avait perdu beaucoup de sang. Ses muscles paraissaient faibles.

« Il respire mal et semble en hypothermie, dit le vieil homme. Il a dû avaler de l'eau. Je vais lui faire un massage cardiaque ! Toi, essaye de réchauffer son corps, vite ! »

Speed n'avait jamais été confronté à cette situation. Il ne connaissait aucun geste de secours, néanmoins, la vie de son compagnon était entre ses mains. Il frotta les bras et les jambes de Pierre-Louis pour créer de la chaleur, malheureusement, cela resta insuffisant. Après réflexion, il songea à le réchauffer en créant une couverture de feuilles.

« Attends-moi, je reviens vite ! » dit-il avant de cavaler vers la forêt.

Charly poursuivit avec acharnement son massage cardiaque. Une, deux, trois pulsations puis il souffla dans la bouche de Pierre-Louis. Après quelques secondes, Speed revint avec deux branches touffues et en recouvrit le corps du blessé. Celui-ci toussa gravement et recracha l'eau qu'il avait dans ses poumons.

« Pierre-Louis ? Pierre-Louis, tu vas bien ? demanda précipitamment Speed qui l'aida à soulever sa tête.

- Qu... Quoi ? » répondit le blessé, confus.

Il lui fallut plusieurs secondes avant de reprendre ses esprits. Dans un grand effort, il essaya de se relever.

« Ne te lève pas trop rapidement, tu es encore faible, lui conseilla Charly.

- Fai… Faible ? Mais que s'est-il passé ? demanda Pierre-Louis.

- On était sur le radeau, rappelle-toi. Dan a subitement pris son flingue pour tirer sur Eliot. Speed et moi, on a sauté à l'eau et, du coup, on ne sait pas ce qui s'est passé par la suite... Quand on s'est réveillés sur la rive, on a trouvé ton corps, tu étais inconscient...

- Vous… Vous m'avez réanimé ?

- C'est toi qui as fait le plus dur... Je ne sais pas par quelle force tu as pu te sortir de l'eau et revenir parmi nous, mais je te tire mon chapeau ! répondit Charly avec admiration.

- Je... Je me souviens ! lança le blessé. Dan a tiré plusieurs fois, il v-voulait notre mort à tous... J'ai alors retiré la lance de mon épaule et je... Je l'ai plantée de toutes mes forces dans le torse de Dan...

- Tu… Tu l'as tué ? s'écria Speed en écarquillant les yeux.

- Je ne sais pas s'il a péri, j-j'en doute. Quand j'étais dans l'eau, je l'ai aperçu essayant de se... débattre et de se rapprocher de la rive...

- Soit le courant de l'eau l'a emporté loin d'ici, soit il s'en est sorti et, dans ce cas, il doit être dans les parages, dit Charly avec crainte.

- Dan est très dangereux et intelligent. On ferait mieux de ne pas s'éterniser ici... Il nous a peut-être déjà pris en chasse, répliqua Speed.

- J'ai bien peur que tu aies raison... Surtout, il ne faut pas oublier qu'il est armé ! poursuivit Charly. On va aider Pierre-Louis à se relever et on déguerpit d'ici au plus vite... »

Le blessé parvint à se lever seul et refusa l'aide de ses compagnons. Son corps était froid, du sang coulait encore de sa plaie. À cette douleur, il fallait ajouter la faim et l'épuisement. Cependant, Pierre-Louis avait encore l'énergie pour se redresser et affronter la jungle. Charly le regarda admiratif et fut impressionné par son courage et sa résistance physique.

Laura et ses compagnons avancèrent à pas prudent à travers la jungle enchevêtrée de branches et infestée d'insectes. Ils examinèrent chaque bruit. Que pouvait-il se cacher derrière chaque arbre ? Chaque buisson ? Laura restait aux côtés d'Icare et jetait des regards sur les deux enfants. Ils avaient déjà perdu Eliot, c'était un de trop. L'Amnésique décida de porter Jack sur ses épaules car celui-ci souffrait encore de sa cuisse lacérée. Il avait à peine dix ans et avait vu sa courte vie défiler sous ses yeux lorsque le puma le tenait entre ses crocs aiguisés. Ses parents venaient d'un pays lointain dont il ne se souvenait pas du nom. Ils avaient décidé de rester en France lorsqu'il était venu au monde. Le petit Jack n'avait pas eu la vie mouvementée à l'image de celle de ses parents. C'était la première fois que le garçon quittait son pays natal et il avait déjà une pensée nostalgique sur son passé.

*Papa... Maman...*souffla-t-il amèrement alors qu'il se laissait emporter par cet inconnu.

« Arrêtons-nous ! lança Aïssa à son groupe. Nous allons faire une pause. »

Devant eux gisait une cascade d'eau qui dansait finement. Sur les rebords, arpentaient de magnifiques plantes exotiques dont les tiges mesuraient quelques dizaines de centimètres. Le bruit de l'eau qui frappait contre la roche était reposant. Ils se rincèrent le visage et burent le liquide doux et rafraîchissant. Le ciel était plus visible dans cette grande clairière et Wendy appréciait ce bleu azur qui virait au rouge orangé.

« Le Soleil se couche déjà... dit-elle. On ne pourra plus avancer !

- Tu penses qu'on serait arrivés si rien ne s'était passé ? demanda Laura.

- Je ne sais pas, sans doute...

- Quel dommage, demain… » fit Laura qui s'arrêta brusquement lorsqu'elle entendit des bruits de pas piétinant le sol.

Elle saisit son arme et la pointa vers le buisson en face d'elle. Ses compagnons firent de même.

Dan… ?

Comment était-il possible qu'il les ait suivis jusqu'ici en étant blessé ? La silhouette d'un homme apparut derrière les arbres. La peur se dissipa quand ils aperçurent Jim qui se débattait dans la végétation pour avancer. Il frappa de sa lance les branches qui encombraient son passage puis découvrit avec joie ses compagnons qui étaient tous sains et saufs.

« Bon sang ! Vous êtes là, enfin ! dit-il en se rapprochant d'eux.

- Jim ! Je ne pensais pas te revoir ! » lui dit Icare.

Il serra son ami dans ses bras pour se soulager.

« Je suis descendu du radeau pour retrouver Charly et Speed. Ils ont sauté dans l'eau !

- On a tout vu ! Nous aussi, on les cherche ! Mais pourquoi tu n'es pas resté sur le radeau ? Tu aurais pu sortir de cette jungle...

- Je ne pouvais pas me résoudre à les abandonner... Et vous, qu'est-ce que vous faites là ? Dan ne pouvait pas vous faire de mal.

- Il nous a poursuivis aussitôt, on a été contraints de quitter le radeau... Sur la terre ferme, on l'a semé de justesse...

- Quoi qu'il en soit, on est réunis. On peut enfin repartir !

- Mais où étais-tu ? Pourquoi es-tu tout seul ? demanda Carl qui tenait toujours sa sagaie pointée vers Jim.

- Je suis le seul à être resté sur le radeau avec Betty !

- Betty ?! Qui est-ce ? demanda Laura, intriguée.

- L'Africaine dont on ne connaissait pas le nom, elle s'est enfin confiée à moi. Elle était affolée et pétrifiée. J'ai essayé de parler avec elle pour la ressaisir, mais il n'y avait rien à faire... Il fallait absolument vous retrouver et je lui ai demandé d'attendre mon retour près de la rive. Il faut se dépêcher avant que la nuit ne tombe, elle sera alors introuvable.

- Ne perdons pas une seule seconde, on te suit ! lui dit Aïssa qui enchâssa le premier pas.

- Attends ! interrompit Carl. Qui nous dit que ce n'est pas un suppôt de Satan comme Dan ? »

Ses compagnons lui lancèrent de larges yeux d'étonnement et l'interrogèrent d'un hochement de tête. Le comportement attentionné de Jim n'était en rien comparable à la colère et la haine que Dan avait montrées jusqu'à aujourd'hui.

« Qu'est-ce qu'il y aurait de surprenant ? poursuivit l'homme. On a déjà été attaqué par Dan et Léon qui était doux comme un agneau, alors pourquoi pas Jim ?

- Mais tu dérailles complètement ! répliqua l'accusé. Tu vas te méfier de tout le monde ?

- Carl, tu ne crois pas que tu y vas un peu fort ? intervint Icare qui lui fit baisser sa lance. Si on se met à s'accuser les uns et les autres, on ne s'en sortira jamais vivant...

- Je te ferai remarquer que Jim accompagnait Betty sur le radeau et qu'elle n'est plus avec lui. Tu crois en son histoire débile, qu'elle ne voulait pas bouger ? Tu crois vraiment qu'elle a préféré rester seule ?

- Je crois en tous mes amis, répondit l'Amnésique. Et que ça te plaise ou non, on va suivre Jim pour s'assurer que Betty est saine et sauve.

- Très bien ! fit Carl. Je ne vais pas m'opposer à ta

volonté, mais tu t'en mordras les doigts s'il se révèle que j'ai eu raison de me méfier de lui ! »

Après une heure de marche dans la boue, Speed, Charly et Pierre-Louis n'avaient parcouru que quelques centaines de mètres. Leur compagnon blessé à l'épaule les ralentissait et respirait lourdement. Il traînait ses pieds sur le sol mou et hasardeux. Charly avait bien peur que sa fin soit proche et qu'il décède dans le courant de la nuit. Ils avaient décidé de remonter le fleuve pour retrouver leurs amis, néanmoins, la rive était déserte. C'est alors que Charly distingua au loin une chose qui lui était familière.

« Je n'arrive pas à voir ce que c'est, dit Pierre-Louis qui avait du mal à redresser la tête.

- Je crois que c'est le radeau ! répondit Charly avec enthousiasme. Dépêchons-nous, on trouvera peut-être quelque chose d'intéressant là-bas ! »

Malgré son état, Pierre-Louis pressa le pas et aperçut enfin les poutres de bois qu'ils avaient confectionnées et assemblées pour bâtir un moyen de transport. Elles étaient d'une couleur claire. Charly affirma qu'il s'agissait du radeau emprunté par Wendy et ses compagnons.

« Le bois est encore humide, dit-il. Ils ont quitté le fleuve il y a peu, ils doivent être dans les parages...

- J'espère qu'ils n'ont pas décidé de s'éloigner ! répliqua Speed. On aura un mal de chien à les retrouver...

- Si Dan était à leur trousse, ils n'ont pas dû attendre longtemps pour déguerpir... répondit Charly qui examina le sol. Regardez près du radeau, il y a des dizaines d'empreintes de pas dessinées dans la boue. Ils se dirigent vers la forêt dense...

- Tu... Tu as raison ! confirma Pierre-Louis. Ils ne

sont pas restés ici longtemps. S'ils étaient poursuivis, p... pourquoi ils ne se sont pas battus ?

- Ce fumier de Dan était armé...

- Ça n'en finira donc jamais... Il faut... les aider... » lança Pierre-Louis qui retrouva une poussée d'adrénaline.

Speed contesta en prétendant qu'il était impossible de les retrouver dans une jungle si grande. Il semblait terrifié à l'idée de replonger au cœur de cette forêt ténébreuse. Pourquoi retourner dans cet enfer alors qu'il suffisait de longer le fleuve pour rejoindre la côte ?

« On n'a pas le choix ! répliqua Charly. On ne va tout de même pas les laisser se perdre... Ils font partie de notre communauté, on n'a pas le droit de…

- La ferme ! l'interrompit Speed, sèchement. J'ai assez passé de temps à traverser et arpenter les chemins les plus ardus de cette maudite forêt ! Je ne veux pas, je refuse d'y retourner ! Carl et les autres sont assez grands pour savoir ce qu'ils font, je n'ai pas à risquer ma vie pour eux ! »

Il se dirigea vers le radeau et essaya de le tirer seul vers le courant acharné du fleuve. Son bras saignait encore, ses jambes tremblaient par l'effort qu'elles fournissaient. Speed déploya une force surhumaine pour pousser le véhicule dans l'eau. Pour tenter d'apaiser les esprits, Charly lui demanda de se calmer et de bien réfléchir.

« Tu ne vas tout de même pas abandonner tes compagnons qui se sont battus pour chacun de nous durant plusieurs semaines de détresse ?

- Je me fous de tout ça. Si on retourne les sauver, on va tous périr et en particulier Pierre-Louis qui s'est vidé de son sang !

- Si tu veux rentrer grâce au radeau pour me sauver, ce n'est pas nécessaire... Je... Je me sens mieux, répondit l'intéressé. On va aller chercher quelques fruits et je serai entièrement rétabli...

- Je ne veux pas savoir ! riposta Speed qui avait une nouvelle voix. Une voix brouillée par la peur et les larmes. Je pars quoi que vous pensiez. Si vous voulez venir, décidez-vous maintenant ! »

Le radeau flottait enfin dans l'eau et Speed le tenait par une corde solidement fixée à l'avant. Charly s'avança vers lui et le prit par le bras :

« Je t'interdis de partir, je t'interdis de nous abandonner dans un moment si critique » lui dit-il, d'un ton autoritaire.

Un silence de mort s'installa. Charly, qui n'avait jamais perdu patience jusqu'à aujourd'hui, était hors de lui. La lâcheté était un défaut qu'il abhorrait particulièrement. Il tira Speed vers la rive d'un mouvement sec. D'un coup, ce dernier se retourna et frappa violemment le vieillard à la figure.

« Tu n'as aucun ordre à me donner, tu m'entends ? lança-t-il, en jetant un regard menaçant. Je fais ce que je veux, et si tu essaies de m'en empêcher, je te tue ! »

Pierre-Louis et Charly furent extrêmement étonnés de la réaction de leur compagnon. Ils restèrent bouche bée face aux menaces de Speed et le regardèrent monter sur le radeau. Son visage était sombre. La peur l'avait fait changer de comportement. La proue du navire touchait encore le fond boueux du fleuve. Speed essaya de l'emmener plus loin vers le centre du fleuve en le poussant grâce à sa longue sagaie pointue.

« Je ne savais pas que tu étais si lâche, dit enfin Charly. Je pensais que tu avais un peu d'envergure mais en réalité tu n'es qu'un froussard... Tu n'as aucun courage et tu laisses tomber tes amis dès que les choses tournent mal... »

Speed ne lui prêta aucune attention et resta figé sur le radeau qui s'éloignait doucement. Le silence était la seule réponse pour justifier son comportement. Enfin, il redressa le visage. Ses traits étaient transformés. Il avait en lui une immense haine qui semblait ressortir aujourd'hui. Speed sauta vivement dans les eaux peu profondes et abandonna le navire.

« Qu'est-ce que tu fais ? demanda Pierre-Louis. Tu t'es décidé à revenir pour te battre et sauver les tiens ? »

Étrangement, Speed resta muet et se rapprocha calmement de ses amis. Il marcha d'une manière étrange, comme s'il boitait. Charly et Pierre-Louis s'en étonnèrent. Ils lui demandèrent si tout allait bien, néanmoins, l'étrange homme ne répondit rien. Speed s'arrêta lorsqu'il fut près de ses compagnons. Il leva le visage, son regard avait quelque chose d'inhabituel. D'un coup, il lâcha un rire. Un rire qui faisait froid dans le dos, un rire qui n'avait pas une once de pitié, un rire diabolique…

« On ne peut pas aller plus loin, la nuit va bientôt tomber, dit Carl à ses compagnons. On risque de se perdre plus qu'autre chose ! »

L'ascension dans cette jungle n'était pas une simple affaire, elle était dense et enchevêtrée de branches sinueuses. Il fallait se munir d'un solide bâton pour écraser la végétation et se frayer un chemin. Le sol était glissant à cause de la pluie qui était tombée la veille. Jim appréhendait de se tromper de direction en avançant trop rapidement et, dans ce cas-là, il serait alors impossible de retrouver Betty.

« Je veux continuer à avancer ! dit-il. Je ne sais pas si Betty supporterait d'être seule dans cette forêt quand la nuit va tomber.

- Elle ne peut s'en prendre qu'à elle, répondit sèchement Carl. Si elle avait décidé de te suivre dès le début, on n'en serait pas là !

- Cette femme était terrifiée, affolée par tout ce qu'elle a vu. La perte de ses proches, l'assassinat de Bruno et d'Eliot. Tu ne peux donc pas comprendre son état ? Fais un peu preuve d'empathie !

- Pitié, arrêtez avec toutes ces personnes troublées psychologiquement, j'en ai ma claque ! Moi aussi, je suis dans cette merde ! Mais je ne reste pas planté là en larmoyant sur mon sort !

- Je ne te croyais pas aussi catégorique, répondit Aïssa qui avait entendu leur conversation. Tout le monde n'est pas aussi solide que toi !

- On t'a rien demandé madame *la musulmane,* répliqua Carl d'un ton moqueur. Je me ferai un plaisir de te rabattre ton caquet…

- Pourquoi tu m'appelles comme ça ? À tes yeux, je ne représente rien d'autre ?

- Me gonfle pas avec tes histoires, je suis déjà assez sympa de t'accepter au sein du groupe…

- Parce que tu crois que c'est à toi d'accepter ceux qui font partie de la communauté ? Nous sommes un clan soudé par l'envie de sortir d'ici et non pas par ta volonté ! D'ailleurs, avec tes caprices tu perturbes quelques fois la stabilité du groupe… »

Icare intervint et leur demanda de se calmer. Il clama que ce n'était ni l'endroit ni le moment de se disputer pour des broutilles sans importance. Toutefois, Carl ne l'écouta pas et répliqua aux propos d'Aïssa :

« L'instabilité de ce groupe n'a été causée que par Léon et toi ! Vous ne pensez qu'à votre nombril. Alors que j'insistais pour qu'il ne traduise pas ce foutu manuscrit, toi tu l'as encouragé et voilà le résultat !

- Je n'ai jamais fait ça ! Seulement, tant qu'il était obnubilé par cette histoire de manuscrit il refusait de nous donner un coup de main. Je voulais qu'il en vienne rapidement au fait que ce manuscrit était de la pure mythologie. Ni toi, ni moi, ni personne ne pouvait deviner la suite des évènements ! Et d'ailleurs, nous ne sommes même pas sûrs que les meurtres aient un rapport quelconque avec la cérémonie qui s'est déroulée dans la cave de la maison ! »

Aïssa avait les yeux qui tremblaient de colère. En peu de jours, il y avait eu trois meurtres. Il était inconcevable pour elle qu'on la tienne pour responsable. Elle s'était toujours battue pour maintenir la paix au sein de la communauté et avait supporté toutes sortes d'affronts sans garder de rancune.

« T'es vraiment idiote, ma parole ! Bien sûr que ça a un rapport ! T'es trop stupide pour ne pas voir les forces maléfiques qui se sont manifestées ces derniers temps, grogna Carl qui s'emporta très vite. Souviens-toi de Léon, à travers les flammes !

- Carl, tu t'égares, répondit Aïssa qui tenta de reprendre le dessus sur sa colère. Moi, je suis là pour rassembler les Humains ensemble et leur apprendre à aider leur prochain. Tu es superstitieux et penses que tout est inévitablement régi par le Christianisme. Tu n'as pas laissé la moindre liberté à Léon alors qu'il ne faisait que traduire le manuscrit. Cependant, tu ne peux pas réfuter ce qui s'est passé, tu l'as vu de tes propres yeux ! Même si j'ai du mal à l'admettre, Dieu était parmi nous et la religion était loin de tout cela ! Mais toi, tu restes borné sur ta position ! »

Il ne savait dire pourquoi, mais au plus profond de lui, Carl détestait lorsque Aïssa prenait cette voix sereine. Son instinct lui demanda de la faire taire par tous les moyens. Il avait l'impression d'être pris pour un idiot et haïssait depuis tout petit ce sentiment. Il ne comprit pas pourquoi, toutefois, il sentit en lui une profonde aversion envers ses camarades. Étrangement, il apprécia cette sensation si singulière. Il prit plaisir à laisser grandir le chaos qui se formait dans son esprit. Carl fut pris par une subite envie de faire taire Aïssa...

Speed lâcha plusieurs cris de colère. Sa voix était tonitruante. Il s'arracha les cheveux comme s'il souhaitait se faire du mal. Puis, d'un coup, il se jeta sauvagement sur Pierre-Louis. Il avait sorti de sa poche un petit couteau assez aiguisé pour trancher de la chair. Charly était totalement dépassé par les évènements.

Quelques secondes plus tôt, alors qu'il avait demandé à Speed de ne pas s'enfuir avec le bateau, ce dernier était devenu complètement fou et incontrôlable. Il avait bondi sur Charly pour l'étrangler. Le vieillard fut sous son emprise et ne put empêcher les mains de Speed de se poser sur la peau de son cou. Avec l'aide de Pierre-Louis, il avait réussi à se débattre.

Enragé, Speed dégaina son couteau. Ce dernier se rua vers Pierre-Louis grièvement blessé à l'épaule et le plaqua brusquement au sol. Il essaya de lui donner plusieurs coups de lames tandis que le blessé résistait du mieux qu'il pouvait et agrippait les mains de Speed. C'était inexplicable, Charly ne savait que faire. Il assista au combat de force entre ses deux compagnons et eut peur que l'avantage penche du côté de Speed. Le vieillard saisit précipitamment la première branche morte qui lui tombait sous la main et frappa son adversaire de toutes ses forces. Malheureusement, le bois était atrophié par l'humidité et éclata en morceaux.

« Va... Va t'en… » lui ordonna Pierre-Louis.

Charly ne l'écouta pas. Il était pour lui impensable d'abandonner son ami dans une telle situation. Il chercha du regard s'il pouvait s'armer d'un autre gourdin mais, sur le bord du fleuve, il ne trouva rien d'autre que du bois mort. Pourquoi les évènements allaient ainsi ? Pourquoi une communauté si soudée se tuait-elle ?

« Va-t'en je te dis ! réitéra son ami qui fixa la lame se rapprochant doucement de lui. Si tu ne t'enfuis pas, on mourra tous les deux ! »

La pression était trop forte, Charly céda à la peur. Il se retrouva à dévaler la longue rive qui longeait le fleuve sinueux. Il ne se souvenait plus depuis quand il n'avait pas couru aussi vite et au fond de lui, il savait le mal qu'il faisait. Il se retourna vivement et aperçut Pierre-Louis toujours allongé sol. Speed était encore sur lui et poussait sur sa main pour lui caresser la peau de sa fine lame. Le blessé était à bout de force et ses muscles cédaient peu à peu. Le couteau se rapprochait et, délicatement, il mordit la peau et pénétra dans la chair de la gorge. La lame rompit l'œsophage et sectionna la carotide. Ses muscles se détendirent subitement. Pierre-Louis n'eut pas la force de lâcher un dernier soufflement d'air…

L'homme qui s'était dévoué pour déblayer les cadavres du bus, l'homme qui s'était sacrifié pour recevoir la lance à la place de Laura et mourir pour Charly, partait dans l'oubli... Qui se souviendrait d'un homme si morbide ? Il termina sa vie perdu au milieu de l'Amazonie, ses proches ne pouvaient lui dire un dernier *au revoir...*

À cette pensée, la colère que le vieillard avait envers lui-même lui arracha un cri d'horreur. Une douleur si violente lui martela la poitrine qu'il avait l'impression qu'on lui plantait un poignard dans le cœur. Charly aperçut alors la silhouette de Speed qui se redressa au-dessus du cadavre de Pierre-Louis. Ce dernier lança un regard menaçant dans sa direction. Pris d'une terreur sans limites, Charly galopa instinctivement dans le sens opposé. Il avait terriblement honte de lui et avait des remords de son geste inexcusable. Il avait abandonné un ami qui s'était fait assassiner sous ses yeux. Il aurait voulu mourir et se donner à l'ennemi pour se repentir. Pourtant, la peur l'en empêcha ! Il pleura, cela faisait des années qu'il n'avait pas pu lâcher une larme. Il aurait voulu se retourner pour apercevoir une dernière fois le visage de Pierre-Louis mais le courage lui manqua...

Que ferait-il si Speed était derrière lui ? Est-ce qu'il le poursuivait ? Où était-il ?

Bien qu'un seul coup d'œil derrière lui suffirait à répondre à ses questions qui le hantaient, cela lui était impossible. De toute sa vie, Charly n'avait jamais fui, pourquoi aujourd'hui ?

Il courut jusqu'à ce que ses muscles lui crient de s'arrêter. Il ne put se résoudre à se retourner, la peur d'apercevoir le Diable l'écrasait.

Après quelques minutes, le souffle lui manqua, il s'arrêta et respira grossièrement. Derrière lui, c'était le Néant ! Pas l'ombre d'un être humain ou d'un autre animal. Il entendit les bruits du fleuve et ferma tristement les yeux. Charly se laissa tomber sur les genoux. Il revécut intérieurement la scène et pleura à chaudes larmes. Il évacua l'horreur en hurlant de toutes ses forces. Son cri résonna comme un gémissement dans le vide. Quand il fermait les yeux, il était frappé par ce moment de terreur. L'image de Pierre-Louis étendu au sol pénétra dans sa peau comme une balle de revolver.

Qu'est-ce que j'ai fait ? Bordel... se demanda-t-il, désespérément. Il n'avait plus qu'une seule envie, c'était que la mort vienne s'emparer de son âme déchue.

Aïssa tenta de calmer Carl qui était soudainement pris d'une affreuse migraine. Il s'était écroulé au sol et lâcha quelques jurons. Il était impressionnant de voir une masse de muscles s'effondrer.

« Carl, que se passe-t-il ? » demanda Aïssa gravement inquiète.

Il se tordit de douleur en se maintenant fortement le crâne comme s'il était victime d'une rupture d'anévrisme. Sa voix était rauque, un râle s'échappa de sa bouche.

« Aïssa écarte-toi de lui, cria Jim à quelques pas d'elle, Dan a eu la même crise avant qu'il ne devienne un vrai meurtrier ! »

Elle regarda étrangement Jim et lui demanda ce qu'il voulait dire. C'était de la folie de penser que tout le monde se transformait en machine à tuer après avoir eu une crise. D'un coup, Aïssa sentit une main saisir violemment son bras. Elle eut une sueur froide qui lui traversa le dos.

« Ça… Carl, tu vas bien ? » lui demanda-t-elle, la voix tremblante.

Il redressa la tête et montra un visage déformé par la haine. Laura recula d'un pas, l'horreur recommençait, elle le sentait. Elle avait déjà vu cette scène sur le radeau. Son esprit était tourmenté par ce scénario qui se répétait sans cesse. Étaient-ils tous condamnés à se transformer en cette chose ? Étaient-ils punis après avoir ouvert la boîte de Pandore ?

« Carl ! Lâche-moi ! Tu... Tu me fais mal... » poursuivit Aïssa qui essaya de garder son calme.

Tandis qu'elle tentait de le raisonner, celui-ci s'emporta dans une colère noire et la frappa brutalement au visage. Elle s'échoua lourdement au sol. Du sang coula abondamment de son arcade sourcilière.

« Qu'est-ce qui te prend ?! demanda Wendy qui se jeta aux côtés de son amie. Tu n'es qu'un malade, pourquoi t'as fait ça ?

- Ce... Ce n'est pas la peine d'essayer de le raisonner, Wendy... répondit Aïssa. C'est fini... Il est passé de l'autre côté. Ce n'est plus le Carl que nous avons connu... »

L'homme emprisonné par le mal se rapprocha d'un pas vif et l'attrapa par les cheveux pour la tirer en arrière. La femme lâcha un cri de douleur. Sans attendre, Wendy bondit sur Carl pour lui administrer un coup de poing. Néanmoins, l'homme semblait insensible à la douleur. Son regard n'émettait plus une étincelle de compassion. Icare et Jim lui vinrent en aide pour libérer Aïssa des griffes du démon et le firent trébucher en avant. Quelle était la solution à adopter face à un tel adversaire ? Il était impossible de lui faire entendre raison. Quand Aïssa fut remise sur pieds, ils prirent leurs jambes à leur cou avant que Carl ne se relève. L'incompréhension était encore plus forte que la terreur. Où courraient-ils ? Et pourquoi ? Pour échapper à Carl jusqu'à ce qu'un autre devienne comme lui ?

Jim prit dans ses bras Jack qui ne pouvait toujours pas courir. La petite fille fut aidée par Icare qui lui agrippa la main. Le démon se relava vivement et partit à la poursuite de ses anciens compagnons. Très rapidement, il prit du terrain sur eux. L'homme émit un grognement sourd, comme un félin en chasse. Il avait toujours en sa possession la lance qu'il avait si soigneusement confectionnée. Laura était sur sa gauche et, à quelques arbres de lui, il aperçut Jim qui portait un enfant ; c'était la cible idéale ! Si Carl arrivait à mettre la main sur lui, il ferait d'une pierre deux coups. Malheureusement, le terrain était hasardeux et parfois impossible à franchir. Pour les rattraper, il dut contourner une rangée d'arbres. L'homme redoubla d'efforts et, enfin, il fut assez près de sa cible pour lui transpercer la cage thoracique de la pointe de sa lance. D'un coup, Aïssa surgit devant lui et l'empêcha de poursuivre sa course effrénée. Avec la vitesse, Carl glissa en avant et chuta au sol. La femme se tenait au-dessus de lui. Il se releva, le visage marqué par la jubilation. Aïssa écarta les bras et lui interdit de tuer qui que ce soit. Dans son regard ne se lisait aucune peur, ce qui amplifia la colère de Carl. Icare se retourna brusquement et découvrit le geste de la femme. Il put lire dans ses yeux une immense détermination.

« Qu'est-ce que tu fais, bordel ? lui cria l'Amnésique. Fous le camp de là ! »

Celle-ci se retourna et lui fit un dernier sourire. Les traits de son visage étaient magnifiques, ses yeux brillaient de tout leur éclat à la faveur du Soleil. Icare ne pouvait rester insensible face à sa destinée, et pourtant, Aïssa n'exprima pas la moindre angoisse. Elle lui demanda d'emporter les femmes et les enfants loin d'ici sans plus attendre.

Non, ne fais pas ça !

Il fallait qu'il lui vienne en aide, qu'importent les moyens ! Icare ne pouvait pas se résigner à s'enfuir tandis qu'Aïssa se faisait assassiner ! Il pouvait encore faire demi-tour et la sauver ! Tous ensemble, il leur serait facile de mettre Carl hors d'état de nuire ! Il interpella ses compagnons, cependant, la distance couvrit ses appels. Il devait y aller seul ! Dans ses bras, la fillette le regarda. Elle avait vu ce qu'il était arrivé à Eliot et n'avait pas envie de subir le même sort. Si Icare revenait sur ses pas, il mettrait la vie de l'enfant en danger... Le destin se moquait de lui, il ne pouvait sauver les deux personnes. Impuissant face à la situation, il lança un ultime regard dans la direction d'Aïssa. Malgré les apparences sereines de la femme, il put lire au plus profond de son âme un cri : *sauve-moi...*

Les larmes coulèrent à flots, sa vision devint troublée.

« JE... JE SUIS DÉSOLÉ ! » hurla-t-il d'une voix qui vibrait d'intensité.

Aïssa comprit son geste, la vie de la fillette n'avait pas de prix. Elle ferma les yeux, elle repensa à sa vie. Elle n'avait pas toujours été rose, mais c'était la sienne et elle en était fière. Une larme s'échappa de ses yeux et coula le long de sa joue avant de s'échouer au sol. Aussi violemment qu'un éclair qui déchire le ciel, Carl la frappa de sa sagaie. La femme s'écroula aussitôt à terre. Elle ne ressentait plus la douleur, la cruauté de l'Humain était loin d'elle, elle ne pouvait l'atteindre. Son esprit était déjà détaché de son corps. Le bourreau lui lacéra plusieurs fois la peau du bout de son arme et lui laissa d'innombrables stigmates. L'Amnésique serra encore plus fortement la fillette dans ses bras, il refusait qu'elle assiste à se spectacle. Il courrait le plus rapidement possible pour accomplir la dernière faveur d'Aïssa : sauver ceux qu'elle aimait...

Pardonne-moi... Je ne suis qu'un lâche ! Je ne mérite pas d'être sauvé ! Je ne t'oublierai jamais... Aïssa...

Icare s'effondra à terre après quelques minutes, complètement essoufflé. Sa respiration était haletante. Pendant sa folle course, il avait eu envie d'hurler à la face du monde la fureur qui bouillonnait en lui.

Pourquoi être si impuissant ? Pourquoi y avait-il un tel acharnement contre eux ? Il frappa le sol de toutes ses forces, il frappa le sol jusqu'au sang !

Aïssa… Bon sang !

Ses sentiments étaient confus. Il était perdu. Comment vivre en paix après avoir vu cela ? Il avait une estime sans fin pour le geste d'une immense générosité de la part d'Aïssa, combien de personnes seraient capables de mettre un terme à sa vie volontairement pour aider ses compagnons ? Un chagrin énorme lui compressa la poitrine. S'il avait attaqué Carl au lieu de fuir, elle n'aurait pas eu à se sacrifier ! Si Léon n'avait pas insisté pour voir *Dieu*, rien de tout cela ne serait arrivé !

Les remords le rongeaient, ses mains tremblaient de culpabilité.

Puis, des nombreuses images défilèrent dans sa mémoire. Les souvenirs de sa vie refaisaient doucement surface. Le choc avait éveillé son esprit. Quelle était cette sensation étrange qu'il avait eue lorsqu'il courrait ? Il avait déjà vécu cette scène, il en était certain ! Durant la course, il avait déposé la fillette au sol. Il la tenait par la main et fuyait jusqu'à en perdre haleine. Lorsqu'il s'était retourné pour s'assurer qu'elle suivait bien la cadence, il avait été frappé par une image floue. Icare s'était vu quelques années plus tôt, non pas dans une forêt mais dans un grand bâtiment. Le visage de la fille était vague.

Oui, je m'en souviens maintenant... se dit-il. J*e me suis déjà échappé avec une petite fille blonde, c'était dans… Un aéroport... Comment... ?*

« Icare, tu as besoin d'aide ? » lui demanda Laura qui le sortit de ses pensées.

Elle était à bout de souffle, son corps frissonnait de peur par ce qu'elle venait de vivre. Seul l'Amnésique avait assisté au sacrifice d'Aïssa.

« Je… J'ai... vu des choses... dit-il en crachant de grosses bouffées d'air. Aïssa...

- Quoi ? Où est-elle ?

- Elle est...

- On l'a perdue en chemin, il faut la retrouver ! » lança Wendy dont le visage était devenu blafard. Ses cheveux étaient tellement sales qu'il n'y avait plus le moindre reflet roux. Icare leva la tête et aperçut ses compagnons sains et saufs.

« Ne perdons pas une seconde pour aller à son secours ! » ajouta Jim dont les traits du visage étaient crispés.

Il prit son courage à deux mains et s'aventura vers l'inconnu de la jungle pour sauver son amie. D'un geste de la main, Icare l'arrêta et lui indiqua qu'il n'était pas nécessaire de revenir sur leurs pas pour la retrouver.

« Que veux-tu dire par là ? s'écria Laura redoutant le pire.

- Elle... Elle nous a sauvés… » répondit Icare qui ferma les yeux pour chasser ses démons.

Il s'assit contre un arbre recouvert de feuilles démesurées et essaya de se calmer. Tout se mélangeait dans sa mémoire. Il respira profondément et sortit de la réalité. Cet instant était comme une brèche dans le temps, un moment suspendu où il trouva la paix intérieure.

Les larmes n'avaient plus de sens, la souffrance était trop grande. L'incompréhension plongeait les rescapés dans une confusion sans fin. Dans leur odyssée, ils avaient réussi à trouver un semblant de bonheur. Pourtant, tout s'était écroulé sous leurs yeux. Ils étaient vulnérables face aux forces de la nature. Le chaos régnait.

Elle… Elle s'est sacrifiée… Nan, pas elle… pensa douloureusement Laura.

La perte d'Aïssa était très lourde. Elle était la meneuse, elle était la protectrice. La communauté était désormais disloquée, l'unité était brisée...

Pourquoi ? Pourquoi meurent-ils tous ? Quel est cet endroit où chaque jour l'un d'entre nous tombe... ?

La nuit était tombée doucement sur l'Amazonie et le froid se faufilait entre les branches et les lianes enchevêtrées. L'eau du fleuve coulait dans une douce mélodie et reflétait la lumière qui émanait de la Lune. Charly savait que ce n'était pas prudent d'errer aux abords du fleuve nocturne. Tout un tas de bêtes sauvages et parfois dangereuses s'y rendait pour s'abreuver. Le bas de son pantalon était déchiré, si par mégarde une tarentule lui grimpait dessus, cela pourrait lui être fatal. Cependant, Charly savait aussi que le premier radeau était dans les parages. Il voulait le récupérer, c'était là son dernier espoir de survie. Il avança prudemment à travers la nuit sombre et observa attentivement où il posait les pieds. S'il n'y avait pas eu de Lune ce soir-là, il lui aurait été impossible de voir à plus d'un mètre. La végétation était moins importante sur la rive amazonienne, ce qui laissait la lumière pénétrer plus facilement. La route était infiniment longue. Il n'avait quasiment pas dormi depuis trois jours. Sans l'eau du fleuve, il serait mort assoiffé depuis quelques heures. Quand il se décida à faire une pause, il entendit plus clairement les animaux qui l'entouraient. Dans les arbres, il percevait des grattements sur du bois et de l'autre côté de la rive, des pas lourds qui s'enfonçaient dans la terre boueuse. Il pensa alors qu'il devenait fou et que son cerveau lui jouait des tours en créant des sons étranges. Mais bientôt, il aperçut dans l'obscurité une silhouette qui s'avançait calmement vers l'eau. Ses yeux ne le trompaient pas, il y avait bien un animal devant lui, à quelques pas.

C'est... C'est un tigre ! pensa-t-il, horrifié. *Mais non ! Qu'est-ce que je dis, il n'y a pas de tigres en Amérique !*

Il recula doucement sans faire le moindre bruit. Tandis que l'animal avançait toujours, il jeta un regard inintéressé vers l'être humain qui marchait bêtement à reculons. Puis, il baissa sa fine tête et jeta plusieurs fois sa langue dans l'eau pour boire.

C'est un puma, se dit enfin Charly. *Je n'ai rien à craindre... Il ne m'attaquera pas si je ne lui fais aucun mal...*

Il recula encore et, quand il fut assez loin, il se retourna et s'échappa en courant. La jungle nocturne était terrifiante et regorgeait de dangers. Seul, il n'avait aucun moyen de se défendre. Charly pensa que s'il faisait un feu, il serait à l'abri des animaux. Dans cette obscurité, il ramassa avec difficulté deux bouts de bois et des feuilles sèches. Avec l'humidité, il dut s'écarter de la rive pour atteindre le pied des premiers arbres dont la racine était sèche. Malheureusement, ici la lumière de la Lune ne parvenait plus et il se retrouva plongé dans les ténèbres quasi-absolus. Il tapota le sol à la recherche de branches mortes et sentit entre ses doigts usés les poils d'un petit mammifère. Celui-ci, effrayé, s'échappa à toute vitesse d'entre les mains du vieillard avant de lâcher un petit couinement. Charly sursauta et se plaqua contre le tronc d'un solide arbre. Les feuilles lui tombaient sur le visage. La nuit était sans fin.

Quelle heure était-il ? Dans combien de temps le Soleil devait-il se lever ?

Un tout autre danger s'ajoutait à la jungle ; Speed rodait dans les parages. Il était armé d'un couteau. La mort de Pierre-Louis lui compressait le coeur. C'était pour lui un brave jeune homme qui ne cherchait pas la moindre histoire à quiconque. Charly ne pouvait s'empêcher de se répéter qu'il n'y avait aucune justice dans les lois de la nature.

Il respira fortement et fut persuadé que sa dernière nuit était venue. Il jura tout bas et demanda de l'aide à l'inconnu. D'un coup, des craquements de branches se firent entendre sur sa droite. Il sursauta. Les bruits se rapprochaient de plus en plus et il perçut alors une voix humaine qui chuchotait quelque chose.

« Qui… Qui êtes-vous ? demanda Charly qui s'arma de la première branche qui se trouva sous sa main. Je vous préviens, je n'ai pas peur de vous !

- Jim ? Jim, c'est toi ? » demanda l'inconnu.

La voix était celle d'une femme assez âgée. Elle semblait avoir un accent qui s'était légèrement adouci. Le ton était tremblant.

« Non, je ne suis pas Jim, je suis Charly, et vous ?

- Charly ?! Mais qu'est-ce que vous faites là ? Je suis si rassurée...

- Vous êtes seule ?

- Oui... Jim n'est pas avec vous ? Il m'a promis de revenir avant la tombée de la nuit…

- Je ne sais pas où il est, répondit Charly qui lâcha son gourdin. Il a sûrement préféré ne pas s'aventurer à l'inconnu dans la jungle nocturne. Il pourrait se perdre à tout jamais... Je ne sais toujours pas qui vous êtes…

- Je suis Betty. Désolée, je voulais juste m'assurer que vous n'étiez pas Dan ou un autre malade…

- Betty ?! s'étonna Charly. Vous êtes la femme originaire d'un pays d'Afrique ?

- Oui, je viens de la Côte d'Ivoire...

- Pourquoi êtes-vous ici toute seule ? Où est parti Jim ?

- Il m'a dit qu'il comptait retrouver les autres et qu'ensuite il reviendrait me chercher. Il y a un radeau caché juste derrière vous, on pourra ensuite s'échapper avec celui-ci... Le second radeau doit être un peu plus bas... »

Charly ne dit pas un mot à ce sujet, il savait que le second navire était inutilisable. Speed l'avait envoyé à la flotte avant de perdre le contrôle de lui-même...

« Jim est un homme de confiance, il va revenir j'en suis sûr. Mais pourquoi êtes-vous restée seule ici ? C'est dangereux ! s'exclama Charly.

- Non... Dans la jungle il y a ce démon de Dan... Moi, je ne veux pas y aller et je me suis foulé la cheville. J'aurais ralenti Jim si je l'avais suivi » répondit Betty qui avait soudainement un fort accent.

Charly essaya de la réconforter et lui annonça que Dan avait péri dans le courant de l'Amazone et qu'il ne ferait plus de mal à personne. En réalité, il n'en savait rien et redoutait profondément d'être de nouveau confronté à lui. Il n'arrivait pas à comprendre quelle force maléfique pouvait pousser ses compagnons à commettre de tels crimes. Speed n'était certes pas courageux, mais il n'aurait pour rien au monde assassiné l'un de ses proches. Charly ferma les yeux et sursauta immédiatement de terreur. Il revécut encore la scène où la lame du couteau avait pénétré dans la chair de Pierre-Louis. Cet épisode lui revenait sans cesse en mémoire.

Quel épouvantable geste…

« Vous allez bien ? lui demanda Betty, inquiète. Je vous entends, vous tremblez…

- Oui… Oui, tout va bien. Je suis frigorifié, rien de plus, répondit Charly qui pensa qu'il était préférable de cacher le crime commis par Speed. Il va falloir trouver un refuge où passer la nuit... Je vais essayer de faire un feu pour nous réchauffer et nous tenir à l'écart les animaux qui rôdent dans le coin...

- Je vais vous donner un coup de main...

- Demain, Jim reviendra nous chercher et on partira tous avec le radeau. On n'a pas d'autre choix que de les attendre... »

Jim était parvenu à allumer un feu avant que la nuit noire n'envahisse la jungle. Il avait parfaitement assimilé les techniques de Charly durant les longues journées dans le camp. Sans ce feu, ils n'y verraient rien et les deux enfants seraient des proies faciles pour les prédateurs de tout genre. Wendy serra Jack dans ses bras qui avait désespérément froid. Elle lui narra une petite histoire pour l'aider à s'endormir. La fillette, épuisée, voguait déjà depuis quelques heures dans le monde des rêves. Wendy vint rejoindre ses compagnons lorsque Jack semblait enfin s'assoupir. Les flammes éclairaient sur des dizaines de mètres et tenaient à l'écart les bruits étranges qui venaient du fin fond de la forêt.

Tandis qu'Icare s'asseyait sur une branche morte, il demanda à Laura si elle n'était pas trop épuisée par cette journée interminable.

« Je suis exténuée, avoua-t-elle, mais je ne sais pas si je pourrai trouver le sommeil... Aïssa, était quelqu'un de bien et... Elle est partie si subitement... On n'a même pas pu lui dire au revoir. Je m'en veux ! Je m'en veux tellement !

- Tu n'aurais rien pu faire pour la tirer de là...

- Non... Mais les choses auraient pu se passer tellement différemment. On n'a pas arrêté de fuir ! On ne s'est pas battu une seule fois... »

Icare ne sut quoi répondre. Il partageait lui aussi ce sentiment de culpabilité, la mort d'Aïssa n'était que le résultat de la peur qu'ils avaient ressentie face à Carl.

« Je t'avoue que je suis perdu moi aussi, répondit l'Amnésique. Je suis comme toi dans l'incompréhension et je suis troublé par tous ces évènements... »

Il leur était si difficile de réaliser que le Carl qu'ils avaient connu n'existait plus, que son corps était désormais animé par une force qui contrôlait son esprit. Icare se demandait sans cesse quelle était la nature de cette force. Il était évident qu'il y avait un lien étroit entre les Forces Néantiques énoncées par Léon et l'état de meurtrier de leurs compagnons. Dans ce cas-là, pourquoi pouvaient-elles s'en prendre spécialement à l'être Humain qui n'est qu'un animal parmi tant d'autres dans la Nature ? Ces interrogations tourmentaient Icare. Il en fit part à Laura.

Jim était avachi dans l'herbe près d'eux. Il observait la nature et entendait leur conversation.

« Il n'y a peut-être jamais eu d'énergie vitale, dit-il en les interrompant. Léon nous en a parlé, il a aussi ajouté qu'elle était inséparable des Forces Néantiques. Mais on n'a rien vu d'autres que nos amis devenir des... *Démons*...

- Tu oublies ce qui s'est passé dans le Berceau de la Vie, reprit Laura. Tout était si beau, on se sentait si bien...

- Ce n'était peut-être qu'une illusion pour mieux nous tromper... Quand ces... Heu... Jim chercha ses mots : *Filaments verts* nous traversaient, on a sans doute été empoisonné...

- Empoisonné ? Tu veux dire que les Forces Néantiques sont rentrées en nous ?

- J'espère de tout mon coeur me tromper... Mais... Léon a été le premier à se transformer... Et il a été aussi le premier à être en contact avec Creatio... »

Laura sentit le battement de son coeur s'accélérer. Une sueur froide lui traversa le dos. Si Jim disait vrai, alors ils allaient tous finir en Démon.

« Ce qui est étonnant, poursuivit Jim, c'est que Carl était le plus réticent à traduire Creatio, mais il a succombé très rapidement...

- Ce qui contredit ce que tu viens de dire, répliqua Wendy. Carl a rejeté Creatio, et pourtant, il a quand même été possédé. Je pense que pour comprendre ce mystère, il faut trouver le point commun entre Léon, Dan et Carl...

- Et d'après toi, lequel est-il ?

- Je... Je n'en sais rien... »

Le caractère de Léon et de Dan étaient si opposés qu'il était difficile d'y trouver un point de ressemblance. Un silence s'installa pendant un bref instant. Le feu crépitait et sa chaleur se diffusait dans l'air. Jim rompit ce moment de calme :

« J'ai du mal à me faire à l'idée qu'on ne verra plus Aïssa... La voix de l'homme tremblait : Ce n'est pas juste... Elle n'aura pas de tombe... On ne connaît pas ses proches...

- Elle en aura une ! fit Wendy. Je te promets qu'elle en aura une ! »

Laura se redressa vivement, elle était en colère contre sa propre passivité :

« Demain, on retournera au fleuve et on partira tous ensemble ! s'exclama-t-elle. On est six, ce qui est amplement suffisant sur un radeau !

- Tu oublies qu'il faut aller chercher Betty avant de partir, ajouta Jim. Elle ne devrait pas être très loin d'ici.

- Ce ne sera qu'une escale de plus et on pourra enfin s'enfuir, répondit Laura. Mais tant que j'y pense, il y a aussi Speed et Charly qu'il faut absolument retrouver !

- Ils ont sauté du radeau mais ils ne sont sûrement pas morts, ajouta Icare. Le problème, c'est que Betty est à l'Ouest et qu'eux ont dû être emportés par le courant vers l'Est. On devra encore se séparer…

- Je ne sais pas si c'est une bonne idée, répliqua Wendy. Si on doit encore affronter Carl, mieux vaut être réunis… »

Des bruits sourds qui émanaient de la forêt sombre l'interrompirent subitement.

« Qu'est-ce que c'est ? demanda-t-elle. Vous avez entendu ?

- C'est tout près... » répondit Jim qui se releva instinctivement.

Il saisit sa lance qu'il gardait toujours près de lui. Les bruits n'étaient pas ceux d'animaux sauvages. Ils se rapprochaient de plus en plus, cela ressemblait à des tapotements de pas dans de la boue.

« Armez-vous, ne discutez pas... ordonna Icare. Ce n'est peut-être qu'un félin...

- Les félins ne s'approchent pas du feu, corrigea Wendy qui était experte en faunes sauvages. Je trouve ça étrange... Les bruits se rapprochent encore, ne restez pas près des buissons, c'est trop dangereux ! On ne voit pas ce qui se cache derrière... »

La barrière de végétation empêchait de voir à plus de deux mètres, mais là, juste derrière, quelqu'un ou quelque chose écartait les feuilles pour se frayer un chemin.

« Restez sur vos gardes… »

Une tête sortit doucement de la végétation. Une tête d'humain !

« Speed ! s'exclama Laura. Mais qu'est-ce que tu fais là ? On était mort d'inquiétude pour toi ! »

L'homme se montra entièrement, cependant, il ne dit pas un mot. Il avait avec lui sa longue sagaie.

Son extrémité était ensanglantée. Speed avait sa chemise déchirée et des traces rouges sur le corps.

« Que t'est-il arrivé ? Tu es blessé ? » demanda Laura qui se rapprocha de lui pour lui venir en aide.

« Laura ! Ne t'approche pas ! hurla soudainement Icare.

- Qu'est-ce que… »

Speed lança son arme vers Laura qui l'esquiva de justesse.

« Non de Dieu, qu'est-ce que tu fais ?! »

L'Amnésique et Jim se précipitèrent pour protéger la femme du danger. Ils menacèrent Speed de leurs lances et le maintinrent à l'écart. Il n'y avait pas la moindre peur dans son regard.

« Ne me dis pas que toi aussi, tu…

- Celui que vous connaissez sous le nom de Speed n'existe plus... » dit l'être qui était en possession du corps de Speed.

Sa voix était changée, comme si le son originel de sa parole était doublé de celle d'un Démon.

« Mais alors qui es-tu ? demanda Wendy qui pointa sa lance dans sa direction.

- Je suis celui qui gouverne l'esprit de ce corps. Je suis le côté caché de l'être humain. Vous me dénommez par le nom de Satan, de Lucifer, du Malin, du Diable…

- C'est... C'est insensé… »

Les paroles du Démon les avaient figés dans un long mutisme. Comment était-il possible de concevoir qu'ils avaient en face d'eux le Diable en personne.

« Pourquoi êtes-vous ici ? Pourquoi êtes-vous venu nous hanter ? demanda alors Icare qui brisa le silence. Vous êtes donc l'Antéchrist ? »

Le Démon se mit à ricaner et réfuta l'existence de l'Antéchrist ou de tout autres croyances religieuses. Il se tenait étrangement, le dos voûté en avant.

« Mon unique but est la destruction totale de l'Univers entier, dit-il. Le Néant ! »

Laura recula et fut prise de terreur par cet étrange individu qui hantait le corps de Speed. Sa voix glaçait le sang.

La destruction de l'Univers…

« Mais pourquoi faites-vous ça ? Qu'est-ce qui vous pousse à vouloir éteindre l'existence ? répliqua Wendy.

- Je vais te répondre par une simple question : quel est votre droit d'exister ? Par quelle prétention les forces vitales créent-elles ?

- C'est idiot comme question ! On existe, et c'est tout !

- Tu penses comprendre le monde parce que ton cerveau t'en fait ressentir une infime parcelle ? Mais tu ne comprends rien ! Tu ne sais rien ! Je peux te montrer sous un autre angle : lorsque se développe une cellule cancéreuse dans ton corps, tu ne te demandes pas par quel droit elle existe ? Tu ne te demandes pas par quel droit elle a été créée alors que tu n'en as pas donné l'autorisation ? Cette cellule n'y est pour rien, mais cela n'empêche pas qu'elle n'a pas le droit d'exister ! Le Néant n'avait pas besoin de Création ! Il n'avait pas besoin de cette matière ! Nous allons détruire l'existence pour retrouver la paix infinie ! »

Wendy était troublée par ce qu'elle venait d'entendre. Le Démon comparait le Création à un cancer, c'était inacceptable ! De plus, il avait toujours été évident pour eux, être humains, que le Néant existait par le simple fait que la Création existait également, et non l'inverse. D'après le Démon, la Création subsistait au Néant, elle était comme son déchet.

« Vous pouvez tous nous tuer, nous, êtres humains, mais vous ne pouvez pas détruire l'Univers ! dit Icare d'un ton réprobateur. C'est impossible ! Vous n'en avez pas la force ! »

- Le Néant n'existe pas uniquement sur cette planète, il prend peu à peu de la place dans l'Univers. À l'autre bout de l'existence, des forces que l'être humain ne peut même pas estimer ou comprendre, détruisent et anéantissent les astres et les atomes créés par Dieu lui-même. Sur Terre, l'Etre Humain est la cible la plus parfaite à laquelle le Néant peut se lier. L'Être de raison peut facilement être manipulable grâce à ses facultés à discerner le bien et le mal. Il est le complice de Satan et s'adonne lui-même à son contrôle ! »

Les paroles du Démon pétrifièrent les quatre humains. Icare sentit son pouls s'accélérer et sa gorge se serrer. Il réprima son envie de lui bondir dessus et de le faire taire par les armes car il savait désormais que son adversaire pouvait être incroyablement dangereux.

« Vous voulez dire que le Néant lui-même s'est transformé pour s'adapter au langage et au cerveau humain ? demanda-t-il interloqué. Nous sommes des pantins du Diable ?

- Grâce à vous autres, cette planète sera détruite en un rien de temps ! » répondit le Démon avec sa double voix.

Il tenait toujours sa lance ensanglantée dans sa main droite et restait à distance des humains plus nombreux que lui. Son regard était vif.

« Depuis que Léon a libéré les pouvoirs de Satan il y a quelques jours, reprit-il, notre force se propage sur Terre ! Bientôt, ce sera le chaos absolu avant l'autodestruction. »

Il se mit à rire bruyamment alors que ses

opposants semblaient terrifiés. Paralysés, les humains ne purent l'attaquer.

« Tu dis n'importe quoi ! rétorqua Jim. Cette planète est infiniment vaste et peuplée de milliards d'êtres de tout genre. Il vous faudra des siècles avant qu'il n'y ait plus un seul être vivant ! La destruction n'est qu'un détail de la création !

- Détrompe-toi misérable humain. Les forces maléfiques du Néant se propagent et empêchent le Cycle de la Vie de se renouveler. Dieu n'existe que par son énergie vitale qui donne vie et qui recycle les âmes décédées. Mais que se passe-t-il si cette énergie est anéantie avant qu'elle ne rejoigne le Berceau de la Vie ? Dieu perd peu à peu de l'énergie... L'énergie des êtres assassinés par des Démons ne rejoint pas le cycle de la vie, elle est détruite ! Le Temps touche à sa fin...

- Tu... Tu veux dire que...

- Qu'un jour cette planète n'aura plus assez d'énergie pour exister et mourra peu à peu avant de disparaître dans l'univers. Chaque jour, des étoiles, des planètes, des atomes, des galaxies sont anéantis sans même pouvoir se recycler !

- Mais alors l'esprit de nos amis décédés a disparu à tout jamais puisqu'ils ont été assassinés par des Démons ! s'exclama Wendy qui serra les poings de rage.

- C'est exact ! Et bientôt, ce sera votre tour... répliqua le suppôt du Néant.

- Je n'arrive pas à y croire ! Vous n'arriverez pas à exécuter votre plan diabolique, Dieu vous en empêchera !

- Dieu n'est qu'une victime du Diable ! Il ne peut rien contre nous puisqu'il n'est que Création. Son seul pouvoir est de se développer avant que le Néant ne brise le Berceau de la Vie. Il court désespérément vers un point qu'il n'atteindra jamais !

- Il a pourtant scellé vos pouvoirs il y a deux mille ans !

- Deux mille ans n'est qu'une fraction de seconde à l'échelle de l'Univers. Il n'a fait que repousser la fin de cette planète d'un rien de temps ! Le Néant revient pour finir son travail...

- Mais comment êtes-vous revenus sur Terre après plus de deux mille ans d'absence ? Léon nous a expliqué que les forces divines avaient réduit votre pouvoir au libre arbitre. Ça signifie que les êtres rationnels peuvent eux-mêmes décider de pencher du côté de la Création ou du Néant, répliqua Icare.

- Ah vous ne le savez pas ? répondit le Démon qui se réjouit. Vous ne savez pas qui nous a rendu nos pouvoirs ? »

Il ricana et annonça enfin le nom de celui qui était à la base de tout ce chaos :

« Léon n'a pas été difficile à séduire !

- Léon ! répéta Laura, bouleversée. Ce n'est pas possible, il n'aurait pas pu faire ça ! Il ne devait avoir aucune idée des conséquences de ses actes.

- Il est drôle comme vous autres paniquez face à la vérité. Je vous l'ai dit, l'être humain est l'être qui s'adonne aux pouvoirs du Diable. Il est faible, il passe sa vie à être terrorisé par des peurs primitives, il tombe dans une profonde angoisse face à l'inconnu. Léon ne vaut pas mieux... Il a été poussé par sa curiosité, par son envie malsaine de voir et de toucher les choses ! Il voulait être le premier à découvrir Creatio et, pour ça, il n'a pas hésité à jouer avec le Diable juste… Par peur de finir dans l'oubli...

- Ce n'est pas vrai, tu ne dis que des mensonges, répliqua Laura. Comment aurait-il su ?

- Le manuscrit raconte absolument tout. La Guerre qui s'est déroulée il y a deux mille ans, la défaite du Néant, les forces divines ! Il dit tout ! Il explique précisément comment redonner les pouvoirs au Diable ! Il suffisait de retirer le manuscrit du pupitre qui était au cœur du Berceau de la Vie. Le manuscrit retenait nos pouvoirs et l'énergie vitale nous empêchait d'agir. Notre sauveur a retiré le livre sacré du Berceau et, lorsqu'il a invoqué Dieu, nous en avons profité pour nous échapper ! Tout était inscrit dans le manuscrit et Léon savait pertinemment ce qui se passerait !

- C'est... C'est à peine croyable…

- En ce moment, les forces maléfiques se répandent sur Terre, votre tour va arriver ! lança l'être qui possédait Speed. J'aime voir cette expression de terreur sur vos visages, vous savez que la fin est proche... Mais n'ayez crainte, je reviendrai très bientôt vous achever lorsque vous aurez le dos tourné ! »

Sur ces mots, il s'engouffra de nouveau dans la jungle obscure et laissa une terreur extrême dans le cerveau des humains.

Le… Le Diable…

Dès l'aube, Charly secoua l'épaule de Betty pour la tirer de son sommeil et lui annonça qu'il fallait partir vite. Elle grogna légèrement et se retourna pour se cacher de la lumière du jour.

« Tu m'entends ? Il faut y aller ! répéta Charly. Le Soleil est enfin là. »

Il n'avait pas réussi à fermer l'œil de toute la nuit, le côté sombre des arbres regorgeait de milliers de bruits étranges. Tout ceci lui avait rappelé le temps de la guerre où il passait des nuits entières à observer le camp adverse. La peur des obus explosant n'importe où, la peur des balles qui sifflaient en brisant l'air. Bien qu'il aimait l'aventure, cela était resté pour lui une expérience horrible qu'il ne voulait plus jamais connaître. Après avoir été rapatrié, il était resté enfermé dans sa chambre durant des journées, traumatisé. Puis, il avait pris la décision subite de partir jusqu'à la fin de ses jours dans des pays lointains afin de briser la barrière qui l'avait tenu à l'écart et qui l'avait poussé à tuer des gens innocents.

Cette nuit-là dans la jungle, il revit la terreur, l'angoisse de se faire assassiner pendant son sommeil. Son cerveau lui jouait des tours et percevait le moindre petit son pour l'amplifier et le terroriser. Mais à l'aube, il n'avait cette fois-ci pas rêvé. Il avait aperçu une silhouette humaine qui rôdait près du radeau à moitié étouffé par de larges feuilles exotiques.

Son cœur avait alors bondi dans sa poitrine et, instinctivement, il s'était allongé près d'un arbre où la végétation était plus dense. Il ne bougea plus et retint sa respiration. Charly se sentit piégé et crut que l'homme l'entendrait et l'achèverait au sol. Son front perlait de sueur qui s'échouait sur la terre molle. Après quelques instants, il redressa légèrement la tête au-dessus des hautes herbes et perdit de vue la silhouette de l'homme.

Qui c'était ? Speed ? Il m'aurait donc suivi jusqu'ici…

Il attendit que les choses se calment pour réveiller au plus vite Betty et lever le camp. Le vieillard omit de lui parler de l'inconnu qui errait dans les parages pour ne pas l'affoler.

« Pourquoi tu veux partir si rapidement ? demanda-t-elle. Jim a dit qu'il reviendrait.

- Ça fait presque vingt-quatre heures, il a dû se perdre... On doit s'enfuir par nous-mêmes…

- Pourquoi ne pas prendre le radeau ? proposa Betty. Ce sera plus rapide et j'ai toujours mal à ma cheville, j'ai dû me la fouler !

- Ce serait trop dangereux de prendre la voie des eaux, on sera facilement repérable... Fais-moi confiance, on doit partir immédiatement ! »

La femme abdiqua et essaya de se redresser. Cela faisait près d'une journée qu'elle était restée en position allongée et sentit ses jambes lourdes. Charly l'aida à avancer et jeta plusieurs regards furtifs à gauche et à droite…

Laura était debout depuis l'aube, à vrai dire, elle n'avait pas fermé l'œil de la nuit. Ce que Speed lui avait dévoilé l'avait complètement troublée. Elle observa Icare qui semblait dormir profondément. *Comment il arrive à dormir ?* se demanda-t-elle. Lorsque Icare fermait les yeux, il parvenait à faire abstraction de la réalité et à trouver le sommeil. Laura avait un immense respect envers lui. Grâce à la force de persuasion d'Icare, elle était désormais prête à se battre et non plus à se morfondre comme autrefois.

Wendy se retourna plusieurs fois durant son sommeil. Elle aussi avait cette peur qui circulait dans ses veines. Le fait que le Néant percevait la vie comme un fait abject lui était insupportable. Elle avait voué sa vie à l'étude des animaux, elle avait une adoration pour eux qui était sans limites, et Wendy savait que tant qu'elle serait sur Terre le Néant ne pourrait pas les exterminer.

Les deux enfants se levèrent dans un grand bâillement. Jack jeta un regard autour de lui et aperçut Laura.

« Tu es déjà debout ? dit-il pour faire la discussion.

- Je voulais veiller sur le camp… Aujourd'hui sera encore une longue journée, répondit-elle en forçant un sourire.

- On ira chercher nos amis et on repartira en radeau ? demanda l'enfant.

- C'est ce qui était prévu… »

Laura fut incroyablement surprise par la force de caractère que Jack avait montrée jusque là. Tandis que ses parents avaient tragiquement disparu après l'accident du bus, il avait laissé couler quelques larmes puis s'était ressaisi immédiatement. Il préférait sauver ce qu'il y avait à sauver plutôt que larmoyer sur son sort.

Que deviendra-t-il ? se demanda-t-elle.

Sans parents, sans entourage, Jack serait sûrement placé dans une famille d'accueil.

Prise d'impatience, Laura tira ses compagnons de leur sommeil pour lever rapidement le camp.

« Icare, dépêche-toi un peu ! Je ne tiens pas à ce que Speed revienne nous faire une petite visite, lança-t-elle nerveusement.

- Ne crains rien, tu as bien vu comment il s'est enfui. Même s'il est réellement possédé, il ne tient pas à nous affronter tout seul contre nous quatre. Ce serait du pur suicide ! répondit l'Amnésique qui se rinça le visage avec l'eau de sa gourde.

- Je ne comprends pas comment tu peux rester si calme après ce qu'il nous a dévoilé. Cette histoire de Diable qui revient sur Terre…

- Ne crois pas que je ne suis pas conscient de la gravité de la situation. Seulement, je suis soulagé !

- Soulagé ?! s'exclama Laura.

- Oui, c'est bien ça. Je sais que la situation est grave mais jusque-là, on ne faisait qu'évoquer des hypothèses toutes aussi farfelues les unes que les autres. Est-ce que cet endroit est ensorcelé ? Est-ce que Léon était une sorte de maniaco-dépressif ? On n'en savait rien en réalité et c'était plus que frustrant. Maintenant, on sait à qui on a affaire et surtout pourquoi.

- La situation est sans doute moins frustrante mais elle n'en reste pas moins dangereuse ! lança Wendy qui écoutait leur conversation.

- Je suis d'accord, poursuivit Icare. Mais souviens-toi de ce que Léon nous avait raconté. Le Diable est venu terroriser la Terre il y a plus de deux mille ans, mais il a été vaincu ! Il a été mis en échec une première fois, alors pourquoi pas une seconde ? »

Jim essayait de distraire Jack et la fillette afin qu'ils n'entendent pas un mot de la conversation des adultes. Ils avaient décidé de ne pas les tenir au courant pour ne pas les affoler.

Icare poursuivit :

« C'est vrai que nombre de nos compagnons de route, de nos amis, sont décédés tragiquement. Mais dorénavant, on a l'avantage et on ne le perdra pas, croyez-moi !

- Tout ce que tu dis est bien beau, mais il nous reste deux contraintes, répliqua Wendy. La première est de trouver comment abattre définitivement Satan. On ne va pas assassiner un à un toutes les personnes possédées... Et la seconde qui me semble bien plus difficile psychologiquement, c'est de ne pas céder à notre tour aux forces maléfiques. Vous vous souvenez ? À l'échelle humaine, le Diable prend possession de notre âme lorsque l'on s'adonne au mal, lorsqu'on est pris d'une pulsion négative… »

Laura essaya de paraître naturelle, néanmoins, ses mains tremblantes, ses yeux humides et sa peau moite trahissaient la terreur qui sommeillait en elle.

« Il faut avoir confiance en chacun, dit-elle hésitante. C'est la clé de la réussite… Carl se méfiait de chacun de nous et il a semé la discorde...

- De toute façon, on n'a pas le choix ! » conclut Wendy.

Elle s'empara de son petit sac qu'elle gardait toujours avec elle et l'enfila sur ses épaules. Il lui avait été offert par sa mère lors d'une grande randonnée qui avait lieu tous les ans dans son village. Wendy était alors âgée de douze ans et était déjà une grande sportive. Elle termina l'épreuve en première position. Depuis ce jour, elle ne se séparait plus de son sac porte-bonheur.

Alors qu'Icare tenait la main de Jack pour quitter les lieux, celui-ci rechigna. Il lâcha la main de l'adulte et s'écarta de quelques pas.

« Jack ! Que se passe-t-il ? demanda l'Amnésique, étonné. Il s'approcha de lui et le toucha à l'épaule. Quelque chose ne va pas ? »

L'enfant soupira et ferma les yeux.

« Quand est-ce qu'on rentre chez nous ? demanda-t-il J'en ai marre d'être ici, je veux rentrer ! »

Icare ne sut que répondre et lui saisit de nouveau la main pour le réconforter.

« Tu sais, moi aussi j'aimerais quitter cet endroit. Et je suis sûr que Jim, Wendy et Laura sont du même avis que nous. Seulement, on ne peut pas abandonner Betty et Charly. Là où ils sont, ils risquent de ne pas survivre...

- Je... Je comprends, répondit Jack avec un sourire triste. Mais pour nous aussi c'est dangereux... Je veux pas retourner vers le centre de la forêt ! »

L'adulte se redressa et soupira lourdement. Il était inconcevable pour lui de renoncer à sauver la vie de ses proches. Cependant, il savait que l'enfant disait vrai et ne voulait surtout pas risquer la santé de ses amis en partant à la recherche de Betty et de Charly. Étrangement, il se sentit pris d'affection pour la fillette qui, elle, n'éprouvait que de l'hostilité envers les adultes.

Que faire ?

« Icare ? dit soudainement Wendy qui s'avançait à ses côtés. Tu n'es pas obligé de venir avec nous. Les enfants n'ont pas à subir ça ! C'est un problème créé par nous-mêmes, on ne doit pas les y immiscer.

- Qu'est-ce que tu veux dire ? Tu veux que je parte avec eux et que je vous laisse seuls ?!

- Tout à fait ! Tu pourrais prendre le radeau mais je doute que vous ne le retrouviez. Laura peut partir avec toi. Jim et moi irons à la recherche des autres, on reviendra très rapidement, ne t'inquiète pas…

- Je refuse d'abandonner encore des…

- Icare ! coupa Laura. Ce que dit Wendy n'est pas insensé, elle a raison. Les enfants ont déjà trop souffert jusque-là. On doit prendre nos responsabilités et les sauver maintenant !

- Jim et moi sommes très doués pour survivre dans la nature, insista Wendy. Ne perds pas l'occasion de sauver ceux qui ont encore toute leur vie devant eux… »

Icare baissa la tête et serra les poings. Il ne savait pas d'où lui venait cette sensation, toutefois, il détestait fuir dans un moment pareil. Cette fois-ci, la raison devait le rattraper et il abdiqua.

« Bon, puisqu'il doit en être ainsi je vais partir avec les enfants et Laura, dit-il, tristement. Je vous fais entièrement confiance pour arranger tout ça et j'espère qu'on se reverra dans très peu de temps… »

Jim lui donna une légère tape dans le dos et lui serra la main.

« Je suis fier d'avoir été ton compagnon de route durant ces dernières semaines, confia-t-il d'une voix claire. Bien sûr qu'on se reverra, ce ne sera pas la fin de notre ère, crois-moi ! »

Icare fit un sourire et saisit la main de Jack. Étrangement, les paroles de Jim ressemblaient à des adieux. Il lança enfin un regard d'amitié à Wendy et lui demanda de prendre soin de Jim.

« C'est un homme remarquable ! » conclut-il avant de demander à Laura de le suivre.

Ils s'enfoncèrent dans les bois sans attendre et Icare jeta sa sagaie dans un buisson décoré de lianes.

Elle ne me sera plus d'aucune utilité…

Laura demanda à la fillette de se joindre à eux si elle souhaitait être sauvée comme Jack. Cette dernière la méprisait toujours autant mais se contraignit à les suivre.

« S'il te plait Betty, ne traîne pas, répéta Charly nerveusement. Il faut vite retrouver les autres ! Ils ne doivent pas être loin...

- J'ai mal aux pieds, mes chaussures sont usées, répondit la femme pour la énième fois. Je comprends pas pourquoi t'es pressé d'un coup, comme ça. Il s'est passé quelque chose cette nuit que tu veux pas dire ? »

Le vieil homme fit mine de ne pas entendre la question et poursuivit son chemin. Il longea une piste accidentée et abattit quelques ronces qui encombraient le passage.

« Pourquoi tu refuses de me répondre ? insista la femme. Tu crois que je te vois pas, t'essaies de me cacher quelque chose…

- Mais qu'est-ce que tu racontes, voyons ! Que veux-tu qu'il se soit passé durant cette nuit ? Je te rappelle qu'il faisait nuit noire et que, par conséquent, même si une bête sauvage avait dévoré un autre animal devant mes yeux, je n'aurais rien pu identifier. Plus on marche vite, plus on trouvera les autres rapidement !

- Je peux pas avancer plus vite, tu m'entends ? répliqua Betty qui n'attendait aucune réponse du vieillard. Mes chaussures sont trouées partout, les pierres me coupent les pieds. Je suis désolée mais si tu veux aller plus vite, ce sera sans moi ! »

Charly ne prit pas la peine de répondre, il savait que la femme souffrait à force de marcher sur un terrain aussi chaotique que celui-là, mais il avait volontairement choisi ce passage. Le vieil homme pensait que c'était l'unique lieu où Speed n'oserait pas s'aventurer. Le sol était humide et s'écroulait parfois sous le poids des pieds, les épines des ronces arrachaient la peau. Il était impossible de voir à plus de quelques mètres et il usa de cet avantage pour ne pas se faire repérer par Speed. Il s'entêta à s'enfoncer dans une végétation dense et dangereuse, car ce matin-là, alors que l'aube venait à peine d'apparaître, derrière les arbres, Charly avait distingué la silhouette de Speed. Son cœur s'était alors brusquement arrêté tout comme ses pensées. Il préférait ne pas en dire un mot à Betty et savait par habitude quelle serait sa réaction.

« Betty… ?

- Quoi ?

- On va encore avancer un peu sur ce chemin et après on rejoindra la rive, ça te va ? Je sais que c'est difficile pour toi, mais il faut faire un effort, je t'en prie… »

Il parla subitement avec une telle sincérité dans la voix que Betty acquiesça d'un signe de tête sans ajouter un mot.

Jim et Wendy ne savaient ni par où se diriger ni ce qu'ils pourraient faire face aux dangers qui planaient. Cependant, ils furent bien décidés à mettre un terme au carnage qui avait déjà commencé depuis quelques jours.

Chacun était armé de sa précieuse lance pour

abattre les hautes herbes qui s'étendaient sur des dizaines de mètres. Wendy parvenait difficilement à regarder au-dessus de l'imposante végétation. Elle craignait de tomber nez à nez avec un prédateur qui se cacherait dans ces herbes et qui lui bondirait subitement dessus. Jim avait gardé son couteau de chasse merveilleusement aiguisé et le confia à son amie. Il redoutait fortement une attaque animale ou humaine.

La femme était habituée à s'aventurer dans des milieux naturels comme celui-ci, mais elle savait par expérience qu'il s'agissait d'une piste de gibiers et que des carnivores devaient rôder dans les parages.

« Jim, dit-elle en chuchotant, il va y avoir une attaque si on pénètre davantage dans ce champ d'herbe. Je préfère qu'on fasse marche arrière et qu'on le contourne.

- Tu as raison, c'est bien trop risqué, répondit Jim. Je doute que Speed ait franchi cet endroit… »

Ils rebroussèrent chemin pour arriver sur un terrain plus dégagé.

« Je me suis déjà posée des vingtaines de fois la question mais je n'ai trouvé aucune réponse, affirma Wendy. Que crois-tu que nous ferons si nous tombons sur Speed ou Carl ? Tu crois que nous pourrions nous battre ou…

- Je n'en sais rien, cependant je sais qu'ils sont extrêmement dangereux. Le mieux serait de mettre la main sur Charly et Betty en premier puis de rejoindre la rive de l'Amazone. Nous savons qu'elle est vers le Nord… »

Ils poursuivirent leur marche et scrutèrent les parages. Wendy, qui redoutait d'être attaquée brutalement dans le dos, ne pouvait s'empêcher de jeter des regards dans toutes les directions.

Comment a-t-on fait pour en arriver là… ?

« Je pense qu'il sera impossible de retrouver nos compagnons dans une si vaste forêt. Ils peuvent être n'importe où ! Je pense que si on ne les retrouve pas d'ici demain midi, il faudra envisager de quitter les lieux par le fleuve, dit-elle à voix basse.

- Charly est très perspicace, il doit savoir qu'on est à sa recherche et qu'il ne faut pas s'aventurer vers le centre de la jungle. En ce qui concerne Betty, j'espère qu'il ne lui est rien arrivé...

- Tu m'as dit que tu avais laissé Betty près de la rive ? demanda Wendy. Charly a sauté du radeau plus tôt. S'il a été emporté par le courant, il y a de fortes chances pour qu'il ait été entraîné sur plusieurs centaines de mètres...

- Où veux-tu en venir ?

- Je pense que Charly y a songé aussi. Je suis quasiment certaine qu'il a remonté le fleuve pour retrouver Betty et toi. Là, il a dû tomber sur Betty qui lui a alors dit que tu vas revenir la chercher.

- Il faut donc retourner à cet endroit ?

- C'est exact !

- Il y a aussi une chance pour qu'ils aient pris le large avec le radeau que j'ai laissé, mais ce n'est pas dans les habitudes de Charly de s'enfuir sans ses compagnons...

- Un autre point me tracasse, poursuivit la femme. Si quelque chose les a contraints à partir, comme l'arrivée de Speed ou Carl, par où seraient-ils allés ?

- Sans doute dans la direction que j'ai prise quand j'ai laissé Betty...

- C'est aussi ce que je pense. »

Lorsqu'ils eurent enfin contourné le champ de hautes herbes, la jungle se resserra étrangement et encombra le passage. Jim observa le sol et remarqua que celui-ci était plus mou sur certains endroits. Il s'accroupit puis posa sa main à terre pour la défraîchir. Il découvrit alors que la terre était mélangée à une faible quantité d'eau.

« Il n'y a plus de doute, le fleuve est tout près d'ici, annonça-t-il après un bref instant.

- Il faut persister vers le Nord mais cette barrière de végétation nous bloque le chemin, répondit Wendy.

- Soit on tente de la percer, soit on continue vers l'Ouest pour la contourner. Cependant, avec cette dernière solution, on risque de faire un très long détour !

- On n'a donc pas le choix ! Je doute que Charly et Betty aient pénétré dans cette partie de la jungle, elle est bien trop dense et quasiment infranchissable.

- Sauf s'ils ont voulu se cacher de quelqu'un... C'est alors le meilleur endroit pour se dissimuler !

- Tu penses vraiment qu'ils auraient été assez fous pour entreprendre ça ? demanda Wendy avec étonnement.

- Si j'étais Charly et que je devais me protéger d'un monstre comme Speed ou Carl, je n'aurais pas envisagé de les attaquer, ça aurait été du suicide. Mais se cacher dans un endroit si dense pendant quelques heures, pourquoi pas ?

- Il aurait ensuite rejoint l'Amazone ? »

Jim regardait dans le vide pour réfléchir puis remua la tête.

« Hum... S'il décide de redescendre la rive du fleuve, il sera à terrain découvert et on le retrouvera facilement. Le seul ennui, c'est que les deux autres Démons pourront eux aussi lui mettre la main dessus...

- Tu as raison. On ne doit plus perdre une seule seconde et contourner ce mur de végétation. On le retrouvera sur la rive, ensuite, on cherchera Betty s'ils ne sont pas ensemble ! Et enfin, on pourra prendre le large !

- J'espère seulement qu'ils sont suffisamment armés… »

Tout laissait croire que le long et périlleux voyage semblait toucher à sa fin. Icare se sentit profondément embarrassé d'avoir quitté ses proches et de laisser entre leurs mains la lourde tâche de tirer Charly et Betty des ténèbres. Le destin en a malheureusement décidé ainsi, se dit-il, il ne peut lutter contre sa propre destinée. Il ferma lourdement les paupières. Une larme de nostalgie s'échappa doucement et coula longuement sur son visage avant de s'écraser sur les terres d'Amazonie. Cette fois-ci, il n'échouerait pas, plus maintenant ! Il avait pour mission d'emmener Laura loin d'ici, cette femme qu'il aimait tant et chez qui il percevait une grande volonté d'aller de l'avant. Il savait aussi qu'il était prêt à tout donner pour protéger la vie des deux enfants.

Dorénavant, je n'ai plus de passé mais Dieu m'a confié une nouvelle mission, je ne peux le décevoir... se dit-il en redressant vivement la tête. Ses yeux retrouvèrent enfin une lueur d'espoir. Il jeta un regard sur la fillette avec des yeux différents. Pourquoi son image le faisait tant souffrir ? Qu'est-ce qu'une fillette d'une dizaine d'années pouvait représenter pour lui ? Icare avait la conviction qu'un de ses souvenirs secrets n'avait pas encore fait surface...

Malgré tout, il commençait enfin une nouvelle vie après des semaines dans le vide absolu. Rien ne pourrait désormais l'arrêter, il savait pourquoi il était sur Terre et il ne partirait pas sans avoir déclaré sa flamme.

« Que se passe-t-il ? demanda soudain Laura qui marchait difficilement à ses côtés. Quelque chose ne va pas ? »

Il tourna la tête dans sa direction et revint à la réalité. Bien qu'il voulait faire part de ses troubles à la jeune femme, il fut subitement bloqué par un étrange sentiment.

« Je vais bien, enfin... Je crois... Tu sais, la faim, la fatigue… »

Le doute étranglait sa voix.

« Je comprends ce que tu veux dire... » répondit Laura.

Elle se doutait que son ami était tracassé par quelque chose, toutefois, elle ne souhaita pas l'offenser. Elle l'observa discrètement et remarqua son air songeur. Après un instant, celui-ci lui adressa la parole d'un accent amer :

« C'est tout de même une drôle de vie, tu ne trouves pas ?

- Une drôle de vie ?! Jusqu'à ce voyage, je n'ai jamais été confrontée ni à la mort ni à ce qu'on vit ici… répliqua Laura.

- Oui, mais tout ça me paraît si étrange. On est insignifiant sur cette planète, on n'est qu'une infime poussière dans ce si vaste Univers. Pourtant, ça fait des millénaires que notre énergie vitale circule à travers le monde et nous donne la force de penser, de nous mouvoir, de nous reproduire... Chacun de nous est unique, et notre tout forme Dieu ! Chaque seconde, chaque instant, chaque inspiration est une chance incroyable. C'est pourquoi nous devons nous battre sans relâche pour survivre ! »

Ces paroles frappèrent agréablement l'oreille de Laura. Dans les moments où elle en avait le plus besoin, Icare savait la réconforter.

« Tu vois, le problème aujourd'hui, poursuivit

l'homme, c'est que l'on ne veut plus croire aux choses... »

Elle l'écouta passionnément.

« On ne veut plus croire ni en Dieu ni en la magie qu'il représente. On ne veut plus croire au paradis et à l'enfer, tout le monde blasphème ! C'est ça le problème aujourd'hui. On ne croit plus en rien alors on ne se base plus sur rien ! On pense que l'on peut faire le mal sur Terre et qu'après sa mort, tout sera oublié. Je crois que les gens ont peur de Dieu et de ce qu'il représente. Ils ont peur de se voir si faibles en ce monde alors ils préfèrent faire abstraction d'une possible force qui nous dépasse. J'aimerais que chacun sache la chance inimaginable qu'il a d'être ici, de fouler ce sol et de respirer cette terre. Je voudrais que chacun connaisse la vérité et qu'il prenne le temps d'admirer ce que lui a donné la vie. Peut-être qu'un jour nous nous assiérons tous sur l'herbe humide et qu'on prendra le temps de contempler l'horizon...

- Tu es un rêveur, mais ils te répondront que ce ne serait qu'une perte de temps !

- Tu as sans doute raison... Perdre son temps à se reposer et à se satisfaire de ce qu'on a, de ce qui nous entoure... »

Laura jeta un œil maternel sur les deux enfants qui les suivaient à distance. Elle leur fit signe de se rapprocher puis revint à la discussion.

« Nous ne sommes pas non plus des exemples, dit-elle.

- C'est vrai, je ne sais pas ce que j'étais avant ce voyage, répliqua l'Amnésique, mais je ne regrette rien. Même si certaines épreuves ont été terribles, j'ai l'impression d'avoir appris à vivre. Sans doute étions-nous des humains égarés et que c'est la volonté divine qui nous a fait endurer toutes ces épreuves... Je vis désormais passionnément chaque seconde, crois-moi, j'ai envie de me battre ! »

Ils avancèrent à pas prudent à travers quelques sentiers entourés d'immenses arbres alors qu'un vent doux se levait.

« Je suis entièrement d'accord ! répondit Laura après un instant. Mais d'un côté, je trouve ça dommage, dommage de devoir perdre tant de choses, tant de proches et de devoir souffrir autant pour réaliser la beauté de la Vie... Si c'est réellement une épreuve imposée par Dieu, je ne peux alors pas m'empêcher de me dire qu'on m'a retiré Sharleyn parce que je n'étais qu'une petite fille capricieuse... »

Icare ne répondit rien, après tout, il n'avait pas la moindre idée des agissements de l'énergie vitale. Le terrain semblait légèrement incliné, Laura s'aidait d'un bâton pour avancer. Un léger souffle venant du large rafraîchissait enfin l'atmosphère. Le Soleil était visible à travers quelques percées du plafond de végétation.

« J'ai l'impression que nous nous rapprochons d'une côte, lança l'Amnésique avec un sourire en coin de lèvres. Encore quelques heures de marche et nous retrouverons enfin le fleuve !

- Vous avez entendu les enfants ? s'égosilla Laura. Cette fois, c'est la fin ! »

Étrangement, il n'y eut aucune réponse. Elle regarda à gauche et à droite mais s'étonna de ne plus les apercevoir.

« Icare ! Les enfants… »

Comme promis, Charly avait accompagné Betty en dehors de cette végétation si dense qu'il était pratiquement impossible de la franchir. Ils avaient les muscles partiellement atrophiés par l'usure et le manque de nutrition et, s'ils étaient arrivés au bout du voyage, Betty se serait sûrement laissée tomber d'épuisement.

« Je n'en peux vraiment plus, dit-elle d'une voix dépourvue d'énergie. Tu sais au moins où tu vas ?

- Je ne suis pas un expert dans le domaine, mais si mon sens de l'orientation est bon, on devrait être à proximité de la côte. »

Le terrain devenait plus docile et la nature se dégageait peu à peu. Charly tendit l'oreille, il n'avait pas rêvé, c'était bien un courant d'eau qu'il percevait provenant du Nord-Ouest.

« On est à quelques pas de L'Amazone, dit-il de vive voix. Allez, suis-moi ! »

Il agrippa la femme par le bras et la tira vivement. Après tant de jours passés dans une jungle infernale dénué d'outils et de repères, il se précipita sans attendre vers le fleuve. Betty avait du mal à le suivre, son corps était lourd et affaibli. L'idée de s'échapper de cet enfer lui redonna cependant une poussée d'adrénaline.

Lorsqu'elle retrouva enfin Charly, elle le découvrit affalé au sol, la tête à moitié dans un courant d'eau. Il se rassasiait d'eau pure.

« Je te l'avais dit ! lança le vieillard quand il se retourna. On va bientôt s'en tirer. Très bientôt… »

Puis, il replongea la bouche dans l'eau fraîche du fleuve et but quelques gorgées. La femme se rapprocha et fit de même. L'eau était tellement claire qu'elle voyait le fond du fleuve par transparence.

« On a tellement marché... souffla-t-elle. Il y a bien une sortie à cette forêt ! Quand est-ce qu'on la trouvera ?

- Je ne sais pas exactement... Le bus avait fait un long détour et on n'est même pas sûr de la trajectoire qu'il a prise durant l'accident. Il ne faut pas exclure l'hypothèse qu'on s'est peut-être égarés davantage... »

Betty s'angoissa.

« Tu veux dire qu'on est complètement perdu ?

- Non, je n'ai pas dit ça. Je crois au contraire qu'on se situe près d'une civilisation. Mais je reste sur mes gardes...

- Et pourquoi ?

- Le courant du fleuve semble s'accélérer, la mer ne doit pas être bien loin. Si on suit le sens du courant, on débarquera sur une plage à coup sûr. Je pense qu'elle se situe à deux ou trois cents mètres d'ici...

- Et on attend quoi alors ? Je ne supporte plus toute cette végétation… »

Charly acquiesça d'un signe de tête. Ils se levèrent et cavalèrent le long du fleuve. Betty ne put s'empêcher de lâcher un cri de bonheur. Charly, les poings fermés, courut à toutes jambes. Il sentait que la ligne d'arrivée n'était plus qu'à quelques pas de lui. Il sentit le vent frais qui venait du large et le bruit des vagues qui s'écrasaient sur le sable chaud. Cette fois, ce n'était plus un rêve ! Après un virage sur la droite, ses yeux aperçurent enfin la lisière de la forêt. Il était ébloui par une intense lumière qui émanait du ciel et, peu à peu, tout s'éclaircit. Il posa un pied dans le sable encore dans l'ombre de cette maudite jungle et sentit en lui un grand soulagement. Betty arriva à son niveau et, à son tour, elle hurla pour exprimer ce qu'elle éprouvait. Quelques larmes coulèrent.

« On… On y est… On a réussi… » dit-elle en bafouillant.

Elle n'arrivait plus à contrôler son corps et chuta sur les genoux. Ses mains tremblaient tellement l'émotion était forte. Elle avait attendu ce moment depuis si longtemps !

Charly resta debout un bref instant à contempler

la voûte céleste. De petits nuages flottaient paisiblement tandis que le Soleil prenait enfin toute son ampleur au périhélie de la Terre. La plage semblait accueillante et Charly s'y risqua. Il avança doucement. Depuis combien de temps avait-il rêvé de ce moment-là ? Trois, ou peut-être, quatre semaines. Il aurait voulu être avec tous ses compagnons à fouler le sol de la liberté, toutefois, cela n'avait désormais plus une grande importance. Il était là, face à l'océan Atlantique et savourait chaque seconde. Betty put enfin se relever. Comme un fauve affamé, elle déambula sur le sable chaud et dévora son immense plaisir.

« C'est... C'est grâce à toi... dit-elle une fois rassasiée de soulagement. Tu... Tu nous as... sauvés...

- Le mérite revient à chacun de nous. Sans l'aide précieuse de nos compagnons, on n'aurait pas réussi... C'est grâce à chacun de nous... »

La voix du vieillard était brouillée par l'émotion. Il jeta un regard observateur de gauche à droite et, au fin fond de la plage, distingua quelques silhouettes inhabituelles : des infrastructures !

C'était sans doute une petite ville commerçante ou un port qui devait se situer à trois ou quatre kilomètres. Mais après avoir franchi tant d'épreuves et tant de souffrance, cette dernière étape semblait ridicule.

« Une fois là-bas, on pourra demander de l'aide et envoyer des secours à nos amis. J'espère seulement qu'ils sont tous sains et saufs et que... »

Il fut soudainement interrompu par un hurlement qui provenait de la jungle. Il résonna longuement.

« C'est quoi ce cri horrible ? » demanda Betty, effrayée.

Elle sentit son sang devenir froid et se figer pendant un instant. Elle fut pétrifiée par ce hurlement aigu qui déchirait l'air. Le cri était celui de quelqu'un qui évacuait toute la terreur qu'il avait emmagasinée durant sa vie.

« C'était… Un cri humain ! annonça Charly qui s'orienta vers la source du bruit. C-C'est... »

Un second cri se fit alors entendre. Cette fois-ci, il était bien plus près.

« Un humain !? répéta Betty, déchirée par la terreur. Qu'est-ce qu'il se passe ? C'est... C'est un meurtre !?

- Je ne pense pas ! répondit Charly qui saisit Betty par le bras pour la mettre en sécurité derrière lui. Le deuxième n'était pas un cri de souffrance ou de peur, mais plutôt celui de quelqu'un qui nous interpelle !

- *Nous… Nous interpelle !?*

- C'est quoi ce délire ? souffla Charly entre ses dents. Je ne comprends rien… »

Il essaya de localiser avec exactitude les cris de l'inconnu en parcourant la vaste étendue de sable. Il n'y avait pas de doute, la personne était encore dans la jungle, *mais où ?*

L'individu hurla encore de toutes ses forces. Le vieillard se crispa soudainement, il n'arrivait pas à croire ce qu'il venait d'entendre. Machinalement, il lâcha la main de Betty.

« Ce… Ce n'est pas possible… fit-il avec une pointe de terreur. Il a hurlé mon nom !

- Mais qui est-il, nom de Dieu ? »

« CHAAARLY ! »

« Il ne faut pas rester ici ! Je n'ai aucune idée de qui ça peut être, mais il me fait froid dans le dos ! » répondit le vieil homme.

La femme paniqua et larmoya quelques prières.

« Reste calme, s'il te plait ! On va se diriger vers la ville et… »

Malheureusement, Betty n'écouta pas les conseils du vieillard et s'enfuit pour se réfugier dans les coins sombres de la forêt. Elle était terrifiée et rien au monde n'aurait pu l'arrêter et la raisonner. Les appels de l'inconnu provenaient de la droite à une cinquantaine de mètres. *Qui était-il ?* Elle préféra ne jamais le savoir. Derrière elle, elle distingua la voix de son ami Charly qui tentait de la rattraper.

La végétation ne permettait pas de voir à plus de cinq mètres et le vieil homme perdit vite de vue la femme affolée et désormais seule. *Ce n'était vraiment pas le moment de se séparer…* Il entendit encore les bruits de pas de Betty qui venaient de la droite. Charly se fia à son audition et cavala dans cette direction. Il tomba nez à nez avec le long et majestueux fleuve de l'Amazonie. *Ce n'est pas croyable ! Où est-elle passée ? Elle n'a tout de même pas essayé de franchir le fleuve, elle serait…*

Il tendit l'oreille mais, cette fois-ci, il ne percevait plus rien. Ni les pas de Betty, ni les hurlements du mystérieux homme. Il longea le fleuve un bref instant, la femme était exténuée et il lui était donc impossible de traverser les courants d'eau agressifs. Charly revint sur ses pas pour explorer la jungle. Il ne vit et n'entendit rien d'étrange ou d'inhabituel. Le vieillard abattit les branches et les lianes enchevêtrées qui encombraient le passage et découvrit des milliers de petits insectes qui voyageaient sur les écorces et les feuilles d'un arbre. Il fut tellement bouleversé et obnubilé par tous ces évènements qu'il en oublia de contempler et d'admirer l'immense écosystème qui l'avait abrité et nourri durant ces dernières semaines. Charly se jura de revenir ici, quand tout serait fini, afin de découvrir la jungle sous un nouvel angle.

Mais l'heure n'était ni à la nostalgie ni aux regrets. Il arpenta une légère pente boueuse et discerna, au-dessus de lui, les railleries des primates qui sautaient de branche en branche en hurlant. Il leva le visage pour les distinguer et découvrit avec effroi une masse anthropomorphe bondir dans sa direction...

« Tu as aperçu quelque chose ? demanda Laura à Icare lorsque celui-ci revint sur ses pas. Ils n'ont pas pu partir bien loin...

- Non, je suis désolé, je ne les ai pas vus... » répondit l'homme avec une pointe d'inquiétude.

Une dizaine de minutes plus tôt, Laura avait remarqué l'absence des deux enfants, Jack et la petite fille. Prise de panique, elle avait alors couru dans tous les sens pour les retrouver. Icare lui avait demandé de se calmer et conseillé de ne pas s'affoler. Après une minute de répit, il avait pris la décision de les retrouver chacun de leur côté. Laura, trop impatiente, s'égosillait pour les appeler. Comme elle l'avait prévu, la fillette était trop imprévisible. Pourquoi s'étaient-ils enfuis ? Jack avait tant envie de quitter la jungle, Icare lui avait promis qu'il le ramènerait sain et sauf. Alors pourquoi maintenant ?

C'est quand même incroyable, ils n'ont pas pu disparaître aussi rapidement ! marmonna-t-elle. *Je leur ai adressé la parole même pas une minute avant qu'ils ne disparaissent...*

« JACK ! cria-t-elle à tue-tête. Où es-tu ? »

Elle fut embarrassée lorsqu'elle se fit la réflexion qu'elle ne connaissait toujours pas le prénom de la petite fille. *Qui était donc cette mystérieuse fillette qui haïssait tant les adultes ?*

Après avoir autant hurlé, Laura était prise d'un léger mal de gorge. Elle se racla la gorge et appela de nouveau les enfants. Ses appels étaient sans réponse.

Le temps pressait, la forêt était dangereuse, les Démons se terraient dans l'ombre, la vie de chacun était en péril...

La masse chuta brutalement sur Charly et l'expédia à quelques mètres. Le vieillard s'échoua au sol lourdement et sentit sur sa joue de la terre boueuse et fraîche. Il n'avait pas pu identifier la silhouette qui lui était rentrée dedans, tout s'était passé si rapidement. Néanmoins, il savait qu'elle aussi avait perdu l'équilibre. Charly l'entendit respirer et se relever. *Était-ce un animal ? Un félin ? Un humain… ?* Avant même que celui-ci ne se redresse, il sentit de lourdes mains froides se poser sur son cou et se resserrer. Derrière lui, un humanoïde ricana.

« Je savais que je te retrouverais et que je te tuerais de mes propres mains ! dit l'homme d'un ton étrange. Tu n'es rien ! »

Malgré la voix enrouée et usée, Charly reconnut l'intonation de Speed. Le vieil homme tenta de se débattre, mais en vain, il était bien trop fatigué par la faim. Dans un dernier effort, il envoya son coude en arrière pour atteindre son bourreau. L'attaque atteignit les côtes de Speed, pourtant, celui-ci ne fléchit pas. La rage lui donnait une résistance inhabituelle. Charly s'était fait piéger par son ancien compagnon de route, Speed ne lui laissait pas la moindre chance. Qui aurait deviné que ce dernier s'était dissimulé dans les branches des hauts arbres ? Le vieil homme était si près de la liberté, il avait foulé le sol de la plage quelques minutes plus tôt. Charly s'était tellement laissé envahir par la joie qu'il avait manqué de vigilance. Désormais, il sentait son cerveau devenir lourd, le sang ne circulait plus. Il vit quelques points de toutes les couleurs tacheter son champ de vision qui se rétrécissait peu à peu. Ses forces l'abandonnaient, son corps ne répondait plus. Il sentait la mort s'emparer doucement de son âme. Avait-il réellement vécu tant d'années et traversé tant d'épreuves pour en arriver là ? Pour finir étranglé dans l'inconnu ? Charly revit son père, il était souriant, comme s'il l'accueillait dans l'au-delà. À ce moment-là, il sentit l'étau se desserrer. Le vieillard chuta brutalement en arrière. Il avala plusieurs bouffées d'air. Le mouvement de la respiration lui martela la gorge. Il toussa gravement. Derrière lui, Speed fit quelques bruits étranges de douleur et, enfin, son corps s'écroula lourdement...

Charly retrouva doucement la vue. Ses muscles s'oxygénaient de nouveau. Son corps était faible, toutefois, il parvint à s'accroupir. L'autre corps, celui de Speed, gisait à quelques mètres de lui, inerte. *Qu'est-il arrivé ? Pourquoi m'a-t-il lâché alors qu'il était sur le point d'en finir avec moi ?*

Charly jeta quelques coups d'œil autour de lui mais ne distingua rien. Il pensa que ses compagnons lui étaient venus en aide, cependant, il n'en était rien. Derrière lui, des traces marquaient la terre. C'était l'endroit où Speed avait atterri après son saut de l'arbre. Deux empreintes de pas creusaient profondément le sol et, un peu plus sur la droite, la terre était écrasée. Speed avait dû se renverser sur le côté avec la force de la chute. Charly observa les plantes et les branchages qui jonchaient le sol. Quelque chose l'intriguait. Il distingua des mouvements. Une mygale se cachait sous les feuilles, elle semblait effrayée par la présence du vieillard.

Une mygale ?! Speed se serait fait…

Charly se rua sur le corps du Démon et scruta la surface de sa peau. Sur le bras, en dessous de l'aisselle, il découvrit deux larges points enflés qui viraient au rouge.

« Je n'arrive pas à y croire, cette araignée m'a sauvé… »

Il éclata de rire d'un ton étrange, l'énervement et l'ironie du sort vinrent à bout de sa patience. Tout s'était joué à rien ! Il était profondément touché par l'acte de Speed qui voulait mettre un terme à sa vie. Il lui avait tendu un piège ! Et, le hasard l'avait sauvé ! Ce qu'il éprouvait était tellement confus qu'il ne put l'exprimer autrement qu'en riant. Le silence était enfin revenu, il était débarrassé à tout jamais de Speed et s'était nettoyé la conscience ; il avait vengé le décès de Pierre-Louis.

Après un long moment, il se releva s'aidant d'une branche morte. Il songea dans un premier temps à retrouver Betty qui, désormais, devait être loin. Il était épuisé et, pour dire la vérité, l'envie de s'enfuir seul lui traversa l'esprit l'espace d'une seconde. Après tout, il avait tout mis en œuvre pour la sauver et c'était de sa propre faute si elle en était arrivée là ! Il pensa alors à quitter cette jungle maudite qui l'attirait comme un aimant.

Que se passait-il dans la tête de ses compagnons ? Pourquoi certains se mettaient toujours dans des situations incroyables ? Pourquoi d'autres prenaient soudain les airs de grands meurtriers ?

Il resta perplexe sur ce sujet. Puis il se ravisa et se décida à retrouver Betty en s'enfonçant plus profondément dans la vaste étendue de végétation. S'il se perdait de nouveau, cela pourrait marquer la fin. Charly savait que la plage était à deux cents mètres d'ici. Le fleuve se situait sur sa droite. Betty était sans doute perdue au milieu de nulle part, loin de lui. Le vieillard ne savait que faire. Il lui était indispensable de ne pas s'écarter du fleuve, c'était son unique point de repère. Il s'arrêta et jeta un regard curieux vers un endroit plus éclairci de la jungle. Il entendit du bruit. Se rapprochant d'un pas silencieux, il vit une chose bouger. Puis, il découvrit en contrebas le visage froid de son compagnon Carl. Charly eut le réflexe de se réfugier derrière un buisson. Il retint alors sa respiration et sentit son cœur s'accélérer. Puis, il se demanda pourquoi il se méfiait tant de Carl et ce qui le poussait à fuir ses compagnons. La peur le rendait paranoïaque. Charly sortit alors sa tête du buisson et aperçut l'homme musclé qui était à une dizaine de mètres. Carl ne le voyait toujours pas. Il semblait chercher quelque chose et scrutait le sol. Le vieillard remarqua sa longue lance qu'il gardait constamment avec lui. Étrangement, l'extrémité de la sagaie était recouverte de sang. Charly sentit son cœur bondir, il se plaqua de nouveau derrière le buisson et eut la nette impression que la température de son corps augmentait soudain.

Pourquoi y a-t-il du sang sur sa lance ? Pourquoi ? Il n'est pas devenu comme Speed, je l'espère... Son regard semble si noir...

Charly jeta un autre coup d'œil en direction de Carl mais, à sa grande surprise, celui-ci avait disparu.

Où... Où est-il ?

Il observa les environs et ne vit aucun mouvement. *Bon sang, où a-t-il pu partir !?*

La pression et l'angoisse étaient trop grandes pour lui, il décida de s'enfuir le plus rapidement possible. Il se leva brusquement et prit ses jambes à son cou. La végétation défilait à vive allure, la terre était encore boueuse, signe que le fleuve n'était pas loin. Charly refusa de s'en écarter par crainte de s'égarer et de ne plus retrouver définitivement son chemin. Il n'osa jeter un regard derrière lui, le visage glacial de Carl en disait trop sur son comportement. Comment a-t-il pu se retrouver dans une telle situation alors qu'il avait trouvé la porte de sortie ? Son souffle commençait à prendre le dessus sur son effroi. Il s'immobilisa avant de se coucher à terre. Ici, il y avait peu de chance pour que Carl ne tombe sur lui. Charly rampa jusqu'au pied de l'arbre le plus proche et s'y adossa. Il fut éphémèrement heureux de se retrouver en compagnie d'un si majestueux arbre. Ses branches voguaient jusqu'à des dizaines de mètres et caressaient l'écorce de ses compagnons les plus proches. Le vent semblait se faufiler entre les larges feuilles d'un vert si intense qu'elles filtraient presque entièrement les rayons du Soleil. Quel soulagement !

Son cœur se calma, ses mains n'étaient plus moites, Charly avait enfin pu retrouver son souffle. L'oxygène pénétrait de nouveau dans ses alvéoles pulmonaires et assouvissait les besoins de son corps. Il était serein, la jungle retrouvait ses bruits mystérieux. Mais l'un d'entre eux le titillait. Il redressa la tête et contourna le tronc du regard. Charly connaissait ce bruit, sa pression artérielle augmenta de nouveau. Subitement, il aperçut de nouveau le visage de Carl à des dizaines de mètres de là. *Comment est-ce possible ? Comment a-t-il pu me suivre jusque là ? J'ai couru le plus rapidement possible !*

Le vieillard se plaqua contre la souche de l'arbre pour ne pas être vu. Cette fois-ci, il pensa que c'était vraiment la fin de ses aventures. Il retint sa respiration pour écouter Carl, néanmoins, celui-ci ne faisait plus de bruit, il s'était immobilisé.

Où est-il ?

Le temps lui parut ralentir, il espéra que Carl ne l'avait pas repéré sans savoir lui-même où était ce dernier.

« Charly ?! » entendit-il d'un coup.

C'était la voix de Carl. Son cœur s'arrêta l'espace

d'un bref instant.

Le vieillard n'osa répondre et fut effrayé par la présence de l'homme.

« Charly, où es-tu ? Réponds-moi, s'il te plait... »

Toujours pas de réponse. Charly ne sut que faire, il voulut manifester sa présence auprès de son compagnon, cependant, il était pétrifié à l'idée que Carl se soit servi de sa sagaie pour tuer. *Tuer qui ?*

« Je t'en supplie, Charly, réponds-moi. Je ne pourrai pas m'en sortir sans ton aide... »

Peut-être est-il sincère, se dit le vieil homme, dans le doute. Dans ce cas, il ne pouvait le laisser dans la crainte et le danger. Ce n'était pas dans ses convictions.

« Je... Je t'en prie... »

Il y avait beaucoup d'émotion dans sa voix.

« Je suis ici, Carl, tu n'as pas à t'inquiéter » fit Charly, en se montrant.

D'un coup, il entendit quelque chose siffler l'air avant d'être percuté de plein fouet par un violent coup. Il fut projeté en arrière sous la puissance de l'impact et ressentit une vive douleur dans le haut du corps. Le vieillard s'écroula lourdement au sol, la silhouette de Carl se refléta dans ses pupilles. Alors qu'il percevait son rire, il eut l'impression de succomber au Néant.

Laura lançait plusieurs regards vers la cime des arbres et appréhendait l'idée que les deux enfants aient pu s'y cacher. Au vu de l'agilité dont ils avaient fait preuve, elle songea à scruter les endroits cachés par les feuilles. Les hauts arbres pouvaient aisément les dissimuler. Il était insensé que Jack et la fillette pensent s'enfuir seuls. Dès que l'alerte avait été donnée, Laura et Icare avaient décidé de se séparer pour faciliter les recherches. Ils s'étaient donné rendez-vous près du fleuve au bout d'une demi-heure quoiqu'il arrive. Elle savait qu'il n'était pas prudent de se promener seule, et, encore moins de héler les enfants, toutefois, elle n'avait jamais éprouvé une telle angoisse. Après quelques semaines passées auprès d'eux, elle les considérait comme ses propres enfants et ne pouvait accepter qu'un drame leur soit arrivé. Durant le cours de l'après-midi, la température avait considérablement augmenté. Laura était trempée de sueur. Elle fit une légère pause au pied d'un arbre et réfléchit à l'endroit où deux enfants affaiblis auraient pu se réfugier.

Pourquoi étaient-ils partis ? Alors qu'elle pensait que la fillette s'était résignée à suivre leurs conseils, voilà que cette dernière avait profité de leur inattention pour disparaître en incitant Jack.

Il faisait incroyablement chaud. Laura s'épongea le front du revers de sa manche. Elle avait emporté le sac d'Icare et l'ouvrit pour boire les dernières gouttes d'eau de la gourde. Cependant, à son grand étonnement, elle ne trouva ni gourde ni autres aliments. Son regard était plongé vers le tranchant d'un livre qui semblait très ancien. Quand elle le sortit du sac, elle découvrit avec terreur un manuscrit dont le titre de la couverture était rédigé en latin…

« Je te dis que j'ai entendu un cri, insista Jim. Suis-moi, ce n'était pas si loin d'ici ! »

Wendy n'avait rien perçu. Elle marchait sur les talons de son compagnon et tendit l'oreille. Il n'y avait plus rien, plus de cri, le vent avait cessé. L'atmosphère était aussi calme que celle qui succède une tempête. Alors qu'ils exploraient les environs depuis déjà une demi-journée, Jim avait enfin mis la main sur quelque chose. Il était persuadé d'avoir entendu l'appel d'un homme terrifié. Wendy se cramponna sur sa lance. Elle reconnut le sentier qu'ils étaient en train d'emprunter. La veille, ils l'avaient pris en sens inverse. Le fleuve devait couler non loin de là.

« Jim, on retourne sur nos pas... dit-elle.

- Je le sais, chuchota-t-il pour rester discret. Charly est resté derrière nous. J'ai la conviction qu'on va le trouver. »

Wendy avait envie de lui faire part de son appréhension, néanmoins, elle remarqua son attitude de chasseur. Elle sentait à travers lui le danger et préféra se taire dans son ombre.

Soudain, Jim s'arrêta. Il regarda fixement quelque chose à une dizaine de mètres. Puis, il grogna quelques jurons entre ces dents avant d'abandonner Wendy derrière lui.

« Jim ! Que fais-tu ? » lança-t-elle vivement.

Elle le vit s'accroupir pour porter secours à une personne allongée au sol. Lorsqu'elle se rapprocha avec prudence, elle distingua les jambes frêles et blanches de l'homme. Autour de lui, du sang frais pénétrait dans la terre molle. Wendy découvrit alors le visage de l'homme à terre, c'était celui de Charly, inerte. Son souffle était rauque. Il respirait avec difficulté. Un long bout de bois lui transperçait l'épaule…

Icare ne cessait ses recherches. Il savait que le temps était compté et qu'une fois la nuit tombée, il serait alors impossible de les retrouver. Tandis qu'il se décidait à courir, il fut contraint de s'écarter pour rejoindre une colline dont le relief permettait un meilleur champ de vision. Au sommet, la vue s'étendait sur des kilomètres. Pour se protéger des quelques rayons de Soleil qui perforaient la couverture des arbres, il mit sa main en visière et scruta l'horizon. Comment pourrait-il apercevoir deux petits enfants dans une telle jungle ?

D'un coup, derrière lui, il entendit une voix sombre l'appeler. Son cœur bondit dans sa cage thoracique. Il prit une position de défense et pointa sa lance vers l'inconnu.

« Qui est là ? » demanda-t-il avec une pointe d'inquiétude.

Il n'eut aucune réponse. La voix avait disparu. Icare se demanda comment cela était possible et jeta de vifs regards dans toutes les directions. Alors qu'il était persuadé qu'une personne l'avait appelé, il ne vit rien qui confirma sa pensée.

C'est incroyable ! Suis-je devenu fou ?

Il s'avança doucement et prudemment. *Cette jungle m'aurait-elle fait perdre la raison ? Je ne comprends plus rien...* Il tendit de nouveau l'oreille, mais en vain, le silence était bien présent. La forêt semblait morte et déserte. Cachait-elle d'autres mystères ?

Icare, qui était calme de nature, reprit sa respiration et s'immobilisa. Il savait qu'il était en terrain découvert et que si quelqu'un l'observait, il était entièrement à sa merci. La respiration lente, il se concentra sur son environnement. D'un coup, il perçut des bruits de pas lourds s'écrasant sur le sol et s'avançant dans sa direction. Il braqua son arme vers la chose qu'il ne pouvait voir derrière la dense végétation et, machinalement, il recula de quelques pas.

Speed...? ... Carl... ?

Son cœur battait de plus en plus fort. Un affrontement contre un inconnu avait quelque chose de terrifiant. Ses mains tremblaient, la pointe de sa lance faisait vibrer l'air. À son grand étonnement, le danger était moindre. Lorsque l'inconnu se montra enfin, Icare fut tout aussi soulagé que consterné.

« Be... Betty ? dit-il avec un accent hébété. Mais qu'est-ce que vous faites là ? On était parti à votre recherche… »

Quand celle-ci aperçut l'homme armé de sa lance, elle eut le réflexe de reculer. Elle semblait inquiète et paniquée par sa présence. Elle s'appuya contre un arbre pour ne pas perdre l'équilibre.

« Betty ? Vous allez bien ? lui demanda Icare avec insistance. Vous me semblez terrorisée… »

La respiration haletante, les muscles quasi-atrophiés par la fatigue et le manque de nutrition, Betty se déplaçait avec difficulté.

« Ne t'approche pas de moi ! lança-t-elle à l'homme comme si elle usait de toutes ses forces pour parler. Tu es avec les autres, c'est ça ?

- *Avec les autres ?* Mais de qui parlez-vous ? Je ne vous suis pas ! »

Il s'avança d'un pas et synchronisa le recul de la femme.

« Tu es avec Speed, tu es atteint de folie ! »

La femme se tenait à distance de l'homme et s'aida d'une branche pour ne pas chuter sous l'épuisement.

« Comment ? Vous avez rencontré Speed ? Où est-il ? lança l'Amnésique avec une pointe d'inquiétude dans sa voix.

- Il a eu… Il a piégé Charly…

- C-Charly est… répliqua Icare. Non, ce n'est pas possible ! Il n'a pas pu se faire avoir… »

Il remarqua les tremblements des jambes de la femme qui trahissaient ses carences en énergie.

« Vous devez venir avec moi, poursuivit Icare. On va vous aider, toute seule vous ne pourrez…

- Arrière Démon ! coupa Betty en hurlant de terreur. Tu ne m'auras pas comme les autres, je ne mourrai… »

Aussi foudroyant qu'un éclair qui déchire le ciel, une silhouette jaillit de nulle part et se rua sur la pauvre femme. Du sang se mit à gicler de toute part.

Icare, sous l'horreur et la brusquerie de la scène, fut pétrifié. Betty s'effondra aussi vite que sa vie.

Qu'est-ce que…

Reprenant aussitôt ses esprits, l'Amnésique se décida à intervenir. Seulement, il était trop tard. La femme baignait déjà dans son sang. De l'ombre de la jungle, un être sortit et montra son visage assoiffé de mort. Ses yeux n'avaient plus rien d'humain et la singularité de son apparence dénonçait un être fourbe, malin et tenté par le seigneur du Néant.

« T-Tu... Tu n'as pas pu faire ça… » souffla Icare avec un arrière-goût de désespoir.

Le trouble et l'incompréhension l'empêchèrent de s'exprimer avec clarté.

« Il ne fallait pas me provoquer... Il ne fallait pas me trahir…

- Te... Te t-trahir... Qu'est-ce...

- Tu as déclenché la folie... » répondit le Démon avec une voix étrange ; celle du Tentateur mêlée à celle de la fillette !

Elle tenait en main un crayon à papier qu'elle avait dû garder sur elle malgré l'accident. Il était rouge de sang qui coulait sur la main de la petite fille.

« Comment... Comment as-tu pu commettre un tel crime ? Tu n'es qu'une enfant, lança Icare dont les larmes brouillaient la vue. Tu... Comment un corps si jeune peut contenir autant d-de haine ?

- Il faut pas blâmer celui qui porte en lui la haine... Mais celui qui le provoque... »

Malgré les propos insensés de la fillette, elle gardait un calme inhabituel.

« *Celui qui... ?* Où est Jack ? Ne me dit pas que…

- Je suis l'Esprit du Mal nourri et éveillé par la

stupidité et la vanité de l'Homme ! Jack ne sera pas envenimé par la noirceur de l'Homme, il n'est plus de ce monde. C'est à cause de toi, tu ne peux que te repentir du mal que tu as fait…

- Je... ne te suis pas, qu'est-ce qui est de ma faute ? Pour... Pourquoi ? Qu'ai-je fait ?

- Tu n'as qu'à chercher dans ta mémoire, tout y est écrit ! »

Icare n'avait jamais été dans un tel état. Il ne pouvait empêcher les larmes de couler. Il s'était battu sans relâche depuis plusieurs semaines pour protéger les siens, et il n'avait pas prêté d'attention particulière au désarroi dans lequel était plongée la fillette. L'attention de cette dernière fut attirée par un bruit. Elle tourna le visage et ricana effroyablement. Il était impensable qu'un tel rire puisse sortir de la bouche d'un être aussi fragile. Il glaçait le sang.

« Tout est enfin fini pour toi ! » dit-elle sèchement avant de bondir sur l'homme complètement déboussolé.

Elle semblait avoir une force extraordinaire pour une fillette d'à peine dix ans. Elle voulut lui enfoncer son crayon dans la gorge mais l'homme lui saisit fortement les poignets pour l'empêcher d'agir. Le Démon se débattit et hurla à maintes reprises. Ses cris ne ressemblaient en rien à ceux d'une hystérique. Ils résonnaient comme un appel au secours, comme si la fillette était alors terrorisée. Elle pleura à son tour.

Icare essaya de la calmer, de lui parler gentiment mais rien n'y faisait. Sa furie n'avait de cesse. L'homme entendit sur sa droite une personne qui abattait la végétation pour se frayer un chemin. Lorsqu'il jeta un coup d'œil, il découvrit la silhouette de Laura qui jaillit de derrière un buisson. Sa respiration était forte et saccadée, elle venait de courir. Son regard se porta sur le cadavre mutilé de

Betty. De dégoût, elle se mit la main devant la bouche pour empêcher un haut-le-cœur. L'Amnésique libéra les poignets de la fillette et supplia Laura de se méfier d'elle. Quand il voulut la rejoindre, celle-ci pointa sa lance dans sa direction et lui dit sèchement de ne pas s'approcher. Son regard brûlait d'une terrible colère.

« Comment ?! s'étonna-il. Pourquoi tu me menaces ? On n'est pas ennemi ! »

La femme ne prit pas la peine de répondre, l'expression de son visage en disait trop. Elle lui jeta un manuscrit à ses pieds et demanda à la fillette de la rejoindre. Icare baissa la tête, il reconnut le manuscrit ; c'était *Creatio.*

Il s'approcha vivement de son amie pour la prévenir de l'erreur dans laquelle elle s'enfonçait, toutefois, le repoussa de son arme. Elle n'attendait pas la moindre explication. Le cadavre de Betty... Ce qu'il était en train de faire à la fillette... Ce foutu Creatio... Pour elle, tout était si évident !

« Ne t'approche pas je t'ai dit, je n'hésiterai pas à m'en servir, dit-elle avec un regard de mépris. En réalité, tu ne vaux pas mieux que Léon… »

Elle prit la petite fille par la main et s'échappa avec elle sans même se retourner. Icare resta figé sur place. *Qu'est-ce qu'avait dit Laura ? Était-il réellement aussi mauvais que Léon ?* L'amnésie était son pire ennemi. Il se demanda s'il n'était pas schizophrène, si ce n'était pas lui qui venait de tuer Betty... *Pourquoi ne s'en souvenait-il pas ? Avait-il, dans un excès de folie, tué un de ses proches pour ensuite tout oublier ? Était-il comme ce Docteur Jekyll dont le côté sombre avait échappé à son contrôle ?* Icare n'en savait rien. Néanmoins, il savait que son cœur se devait de secourir la femme qui le fuyait. Il ne pouvait pas la laisser, elle était donc en danger, il en avait la conviction ! Il ramassa le manuscrit, la réponse était sûrement dedans, puis, il partit à la rescousse de son amie. Tandis qu'il apercevait à une dizaine de mètres les silhouettes des deux femmes, il fut subitement frappé par sa vie, par des milliers de souvenirs qui lui revinrent en mémoire comme un torrent d'eau. Submergé par la force de l'émotion, il s'écroula au sol. Son cerveau était baigné dans un océan d'images et de paroles, de frissons et de sentiments confus. L'image d'une femme se dessina. Un berceau... Un bébé... Puis, il se revit attendant devant la cour de récréation d'une école primaire. La cloche sonnait, les enfants sortaient en courant et en chahutant. Une petite fille blonde vint le rejoindre, elle portait un grand sourire et l'embrassa.

« Bonjour papa ! dit-elle d'une voix douce. Tu étais où ? Tu m'as manqué ! »

Son visage était magnifique et exprimait un immense bonheur.

« Où est maman ? » demanda-t-elle.

« Il est encore en vie ! annonça Wendy qui avait son oreille au-dessus de la bouche de Charly. Je sens une très faible respiration, on peut le sauver, il n'y a pas de temps à perdre ! »

Elle avait l'habitude d'examiner l'état de santé des animaux de la savane et leurs conditions de décès. Durant des années, elle avait exploré toute l'Afrique à la découverte de la faune et de la flore pour la préserver. Dans son étude, elle avait alors obtenu le surnom de médecin légiste de la nature. Cette fois-ci ce n'était pas une mince affaire, non pas parce qu'il s'agissait d'un être humain, mais parce que l'examen se portait sur l'un de ses amis.

« Son cœur bat légèrement... Avec le sang qu'il a déjà perdu, j'ai peur qu'il ne meure asphyxié. Merde…

- Si tu retires ce bout de bois, il coulera à flots ! dit Jim qui surveillait les environs.

- C'est pourquoi on doit se dépêcher, ses heures sont comptées ! Il a eu de la chance, je crois qu'aucun organe vital n'a été touché. Le morceau de bois est passé près de l'aorte et n'a brisé que la clavicule.

- Qui a pu faire ça ? C'est horrible…

- Il ne peut s'agir que de Carl ou de Speed, il n'y a pas d'autres solutions… »

Wendy souleva les paupières de Charly. Ses yeux semblaient réagir à la lumière. Il reprit doucement connaissance mais la faiblesse de son corps l'empêchait de soulever sa tête.

« Charly, reste calme, on va te soigner » lui dit Jim pour le rassurer alors que lui-même ne l'était pas.

Le blessé essaya de dire quelque chose, ses lèvres bafouillaient. Les mots qu'il prononçait n'avaient aucun sens. La femme lui passa de l'eau sur le visage.

« Économise tes forces, tu en auras besoin. »

Wendy reposa délicatement sa tête au sol et observa le reste du corps. Le sang n'avait pas encore coagulé autour de la plaie. Elle toucha le liquide du bout des doigts. Alors qu'il avait coulé abondamment, il n'avait toujours pas pénétré dans le sol…

« Le drame vient de se produire… »

Elle se retourna vivement vers Charly qui se redressa du mieux qu'il le pouvait. Il tentait désespérément de les avertir d'une chose :

« Pre… Prenez garde… C'est... Un piège… »

Elle lui tendit la main pour le rassurer. Soudain, elle entendit un bruit sourd derrière elle. Wendy pivota sur elle-même. Au sol, Jim était étendu. Le corps musclé de Carl apparut sous ses yeux. Il sauta du haut d'un arbre. Son sourire était démoniaque. Ses vêtements étaient déchirés, il avait des traces de sang sur le corps.

« Carl… Carl, encore toi ! Qu'est-ce que tu nous veux, bordel ? » lança la femme, brûlante de terreur.

Sa main tremblait, elle tapota le sol pour trouver sa lance. Mais rien ! La sagaie n'était plus là... Wendy jeta un regard à terre. Abattue, elle découvrit son arme à plusieurs mètres d'elle. Derrière, l'Humain était là. Sa carrure était impressionnante. Comment avait-elle pu être aussi insouciante ? Elle savait pourtant qu'il ne fallait jamais se séparer de sa lance si sacrée.

« Qu'as-tu fait à Jim ? cria-t-elle.

- Il va bien, juste un peu sonné… »

Son visage était tellement différent de celui qu'elle avait connu qu'il lui paraissait être un autre homme. Il se rapprocha d'un pas si menaçant que Wendy en frémit.

« Vous souffrirez tous avant de disparaître de cette planète ! dit-il d'un calme ignoble.

- Que t'est-il arrivé ? Comment peux-tu assassiner tes compagnons de sang-froid ? Comme si ça ne t'atteignait le moins du monde ! Tu étais si croyant et dévoué… »

Le Démon ne porta aucune attention aux paroles de la femme terrorisée. Il ramassa vivement une pierre et la jeta aussitôt vers elle. Wendy mit ses bras autour de sa tête pour se protéger. Elle lâcha un cri bref mais plein d'épouvante. Avant même de redresser le visage, l'homme était déjà sur elle…

Il leva sa main et la fit retomber brutalement. Wendy céda sous la force du coup. Elle trébucha lourdement. Le coup l'avait étourdie.

Viens… Viens m'aider…

Tandis qu'elle essayait de se ressaisir, elle sentit son bras droit fortement maintenu. Elle ouvrit les yeux, Carl la tenait prisonnière. De son autre main, il arracha le chemisier que Wendy portait depuis déjà plusieurs jours.

« C-Carl… ! Arrête ! hurla-t-elle. Je t'en supplie ! »

Les plaintes n'eurent aucun effet. Elle se mit à pleurer. Elle se débattit avec rage, cependant, la personne qui essayait de profaner son intimité était animée d'une force immense. Une immense envie de destruction.

Il la gifla plusieurs fois pour la faire taire. Les charges étaient si puissantes que Wendy ne pouvait plus ouvrir les yeux.

Qu'est-ce qui crée la force physique ? La haine ? La brutalité ? Une pulsion ?

La Bonté, elle, est armée seulement de l'intelligence.

Wendy avait consacré sa vie à la nature, aux animaux, à leur étude et à leur soin. Tout cela pouvait disparaître en une seconde pour assouvir les envies d'un inconnu... La justice était faible et injuste. La femme n'eut plus la force de lutter. Elle cessa alors de se battre, transformée en objet, et sentit son corps s'échapper. L'horreur était tellement grande qu'elle en perdit son sens. Wendy ne pouvait plus pleurer.

Tandis qu'elle tourna le visage pour ne pas apercevoir le Démon, elle avait subitement l'impression que ses poignets étaient de nouveau libres. Elle entendit une lame sectionnant et lacérant de la chair. Carl lâcha un vif cri de douleur. Il se cambra en arrière. Du sang chaud ruissela sur le visage de la femme. La cage thoracique du Démon était perforée par une longue lance. Alors que celui-ci tentait de la retirer, ses forces chutèrent avec son sang.

« Je suis désolé Carl, tu ne m'as plus laissé le choix ! » entendit Wendy.

Elle reconnut immédiatement la voix, c'était celle de Jim.

« Tu... m'as sauvée... J-Je te remercie... » fit-elle alors qu'elle tremblait de froid et de peur.

Elle mit une main devant ses yeux pour verser de nombreuses larmes. Jim infligea un dernier coup au visage de Carl. Ce dernier trébucha lourdement. Il essaya de se redresser mais l'inconscience s'empara de lui. Il sombra dans le néant...

Wendy se réfugia dans les bras de son ami, elle pleura, elle le remercia des dizaines de fois et le supplia de ne plus jamais la quitter. Il la consola et la rassura du mieux qu'il le pouvait. Les larmes séchées, Wendy se ressaisit malgré le choc. Ils étaient enfin débarrassés de Carl et de sa folie. Jim lui annonça qu'il fallait se hâter de quitter les lieux ; la vie de Charly était en jeu.

« Et qu'est-ce qu'on va faire pour Betty ? demanda la femme d'une voix faible.

- Si on se risque à partir à sa recherche, il est certain que Charly ne passera pas la nuit... On perdra alors les deux. Je sais que c'est une décision difficile à prendre, mais il faut se dépêcher... »

L'avis de Jim n'était pas démuni de sens. Wendy acquiesça d'un signe de tête. Cela ne lui plaisait guère d'abandonner l'un de ses compagnons dans cette jungle, mais avait-elle le choix ?

« Quand on arrivera à la civilisation la plus proche, on enverra des secours, poursuivit Jim. J'espère que d'ici là elle n'aura pas bougé de place...

- Comment veux-tu transporter Charly ? Le voyage pourrait l'achever...

- Il reste toujours le second radeau. Je l'avais recouvert de feuilles pour le dissimuler, il ne doit pas être bien loin d'ici !

- Tu comptes aller le chercher ?

- Oui ! fit Jim, d'un ton décidé.

- Mais on va faire quoi de Charly pendant ce temps ? Beaucoup d'animaux se nourrissent de proies affaiblies ou malades.

- Je le sais bien, je veux que tu le surveilles pendant que je vais chercher le radeau…

- Non, je t'en prie, ne m'abandonne pas ! s'exclama Wendy qui était terrorisée à l'idée de se retrouver seule. Je ne veux pas que tu me laisses !

- Écoute-moi, lui dit Jim d'une voix rassurante, tu sais comme moi qu'on ne peut pas laisser Charly ici sans protection, il est bien trop affaibli. Je sais exactement où se trouve le radeau, crois-moi ! Ça ne devrait pas me prendre plus de deux heures. Carl est mort, il ne te fera plus aucun mal...

- Et Speed ? Si je le vois ?

- Wendy, fit Jim, plus on attend, plus la nuit va tomber... »

Il s'arrêta et la regarda longuement. Wendy ne se reconnaissait pas dans ce comportement, son esprit était troublé. Elle aurait aimé retrouver sa force psychologique naturelle qu'elle avait eue jusqu'alors. Elle s'était juré de ne jamais représenter un fardeau pour ses compagnons.

« Je sais à quel point ça ne doit pas être facile pour toi, continua Jim. Cependant, on se doit de sauver Charly. Aïssa et Pierre-Louis ne se seront tout de même pas sacrifiés inutilement ? Il ne s'agit que de deux petites heures. J'y vais en courant, j'amarre le navire et je vous retrouve immédiatement. Le radeau nous mènera tous les trois en dehors de cette forêt d'ici demain matin. »

Wendy avait suffisamment hésité, elle se décida et ordonna à Jim de partir sur le champ. Celui-ci lui fit un baiser sur le front et s'exécuta. Ce geste déclencha en elle une affection qu'elle n'avait jamais ressentie jusque-là...

Laura tenait fermement le poignet de la fillette et lui demanda de ne pas se retourner. Elle pleurait à chaudes larmes en essayant de les dissimuler. Elle voulait hurler de désespoir et de rage, des milliers d'idées sombres lui traversèrent l'esprit. Elle pressa le pas et rassura la petite fille. Des images défilèrent dans sa mémoire, elle était si souvent en compagnie d'Icare depuis l'accident. Cet homme qui lui remontait le moral, qui lui tenait chaud et qui la rassurait durant les rudes épreuves. Comment avait-il pu faire cela ? Pourquoi avait-il ce satané manuscrit alors qu'il leur avait causé tant de problèmes ?

Il était donc comme tous les autres ! Avide de pouvoir… Il a essayé de me manipuler ! De m'amadouer !

« On va où comme ça ? lui demanda la petite fille. Je suis fatiguée, on s'arrête quand ?

- Il ne faut pas qu'il nous retrouve, répondit Laura sans même la regarder. Cet homme est dangereux, je vais t'emmener loin de lui, on va sortir d'ici une bonne fois pour toutes ! »

Le terrain semblait s'élever. Laura et la fillette s'arrêtèrent dans un endroit légèrement défriché. La chaleur du Soleil caressa leur peau.

Des gens ont dû venir ici, on n'est plus très loin… pensa la femme.

Son esprit était tellement confus qu'elle n'arrivait plus à ressentir de la joie.

« Qu'est-ce que tu fais ? Je veux m'asseoir ! s'exclama l'enfant.

- Je cherche par où aller. On va escalader cette colline et prendre par la droite. Devant nous, le terrain est trop accidenté, il serait dangereux de s'y aventurer... »

Une fois en haut, elle explora les environs et

aperçut la mer qui reflétait le Soleil au loin. Au sol, elle découvrit quelques traces de pas. Des Humains étaient passés par là. Cette fois-ci, il n'y avait plus de doute, elles étaient à la bordure de la forêt. La colline se termina par un profond fossé dont le fond trop obscur n'était pas perceptible.

« On ne va pas s'éterniser ici, fit Laura en jetant un œil dans le précipice. Si on se dépêche, tu pourras bientôt te reposer dans un bon lit ! »

Une sueur froide lui glaça le dos, elle avait soudain un mauvais pressentiment. Tandis qu'elle se retournait, elle aperçut la fillette lui bondir dessus. Laura se dégagea. Elle perdit l'équilibre et vit le vide en dessous d'elle. Par chance, elle put s'agripper à une longue branche qui serpentait le rebord du précipice. Sa lance chuta dans le fossé et disparut dans l'obscurité du néant. Laura eut du mal à se hisser mais, après une acrobatie, elle fut hors de danger. Quand elle se redressa, la petite fille était en furie. Elle lui chargea de nouveau dessus. Laura l'implora de se calmer. La fillette n'entendit rien et la percuta de plein fouet. La femme recula sous le choc.

« Mais qu'est-ce que tu fais !? Qu'est-ce qui te prend ? » hurla-t-elle.

Des oiseaux effrayés s'envolèrent des arbres. Laura chercha par tous les moyens à calmer la fillette. Cette dernière ne semblait même pas l'entendre. Elle sortit alors quelque chose de sa poche usée. C'était ce qui semblait être un crayon à papier imbibé de sang. Laura frissonna, elle crut comprendre d'où il provenait.

« Vous paierez tous l'arrogance que vous avez à vivre paisiblement sur cette planète ! lança la fillette qui semblait provenir de fond de ses entrailles.

- T-Tu es devenue complètement folle ! bredouilla la femme sous la terreur. Tu entends ce que tu dis ? Ressaisis-toi ! »

Laura s'empara de la première branche morte qui lui tomba sous la main. Elle lui parut assez robuste. En réalité, elle ne comptait pas assommer une enfant avec une masse aussi lourde mais la dissuader de se battre.

« Pourquoi fais-tu ça ? demanda-t-elle. Pourquoi autant de haine ? On a toujours été avec toi ! Je ne comprends pas...

- Les Humains ne comprennent que ce qu'ils ont envie...

- S'il te plait, pose ton crayon, on peut discuter…

- Il va regretter d'avoir fait tant de mal !

- De... De qui parles-tu ? Je ne te suis pas...

- Quand il arrivera et qu'il trouvera ton cadavre plein de sang, il souffrira comme il m'a fait souffrir ! »

La réponse lui vint à l'esprit, Laura souffla le nom d'Icare entre ses lèvres. La fillette ne reculait devant rien. La peur semblait loin d'elle, la raison n'existait plus dans son regard. Elle s'apprêtait à attaquer une nouvelle fois, néanmoins, son attention fut attirée par autre chose ; quelqu'un venait à leur rencontre. Elles entendirent des bruits de pas se rapprocher, puis un homme sortit des buissons. C'était Icare. Laura trembla.

« Je vous ai enfin retrouvées ! dit-il d'une voix essoufflée. J'ai pu éviter le pire... »

Il se rapprocha et la femme, par crainte, recula.

« Que fais-tu ici ? Je t'ai dit que je ne voulais plus te voir. Tu vas me tuer comme tu as tué Betty ! s'exclama-t-elle avec un accent lourd pour ne pas montrer son inquiétude.

- Je me souviens de tout, dit l'homme, tout m'est revenu en mémoire. Je n'ai jamais tué Betty, c'est elle qui l'a fait ! »

Laura jeta un œil sur la fillette et vit son regard

obscurci par la haine. Ses yeux étaient injectés de sang.

« Si tu refuses de me croire, je vais tout te raconter, poursuivit Icare. Je sais désormais pourquoi cette enfant me paraissait si proche. En réalité, il s'agit... de ma fille... »

La femme sursauta en arquant les sourcils.

« Comment !? s'exclama-t-elle. Mais tu ne la connaissais même pas ! Qu'est-ce que tu essaies d'inventer pour me manipuler ?

- L'amnésie m'avait tout fait oublier, tu le sais très bien ! Pourtant, je sentais depuis le début que quelque chose me liait à cette fille, je ne savais quoi. Puis, les événements se sont emmêlés dans mon esprit, je ne savais même plus qui j'étais au fond. Mais le fait de te voir en danger de mort a été comme un flash pour moi ! »

La jeune femme aux cheveux frisés et légèrement bruns resta sur la défensive. Qui croire ? Comment expliquer que la petite fille ait une telle rancœur envers son père ? Était-il possible que les deux soient des Démons et que chacun jouait un rôle pour la mener dans un piège ? Elle sentit son corps devenir froid et chercha du regard une issue possible. La seule qu'elle vit était le ravin. Il fallait fuir...

« L'Amnésique, je ne pensais pas qu'un jour je te fuirais... dit-elle. Comment se fait-il que si cet enfant est ta fille, elle ne t'ait pas reconnu ? »

Icare se rapprocha pour la rassurer, toutefois, celle-ci lui ordonna de rester là où il était.

« Laura, ne me crains pas, je t'en prie, j'en souffrirai trop ! Elle m'a toujours reconnu, la haine qu'elle a contre moi depuis le début est significative. Je ne comprenais pas pourquoi elle cherchait à s'enfuir dès qu'on avait le dos tourné !

- Alors dis-moi tout, je suis prête à t'écouter.

- Elle s'appelle en réalité *Angélique* » raconta l'homme.

À ces mots, la fillette frissonna de dégoût comme si elle chassait ce nom.

« Quand elle n'avait encore que cinq ans, poursuivit-il, j'ai divorcé de sa mère pour vivre ma vie, je rêvais de voyages et d'aventures. Le juge ne m'avait pas accordé sa garde, j'en ai tellement souffert qu'un jour, j'ai pris la décision de l'enlever à la sortie de l'école. Je ne pensais qu'à mon bonheur et je ne voyais pas ce qu'elle endurait. Le divorce lui avait déchiré le cœur, elle qui nous aimait. Puis, je l'ai séparée de sa mère, de sa famille et de ses amis... Elle était perdue et je persistais à croire qu'elle serait plus heureuse là où je l'emmenais ; dans une vie sans repères, sans milieu... »

Laura le regarda avec peine. Il y avait une telle sincérité dans sa voix qu'il lui était difficile de croire qu'il s'agissait d'un mensonge. Certes, elle tremblait face à la folie d'Angélique, cependant, son cœur ne pouvait s'empêcher de ressentir de la pitié et de la compassion pour elle.

« Tout ce qui s'est passé est de ma faute, j'en suis tellement désolé... Alors qu'on veut faire le bien, on ne se rend même pas compte que parfois on commet du mal qui gâche toute une vie... Angélique, pardonne-moi… dit-il avec la plus grande franchise qu'un homme puisse avoir. Je t'en prie... »

Le visage de la fillette ne s'éclaircit pas. Les mots de son père n'avaient fait que raviver la fureur qu'elle avait en elle. Angélique avait une profonde aversion pour ces répugnants Humains.

« Même quand ta dépouille sera enterrée dix mètres sous terre, je n'éprouverai pas l'ombre d'une grâce... » dit-elle froidement.

L'Amnésique s'écroula sur les genoux. Les

larmes quittèrent ses yeux, son cœur était étouffé de regret. *Qu'ai-je fait ?*

« Tout ceci n'est que de ta faute, poursuivit la fillette. C'est à cause de toi si j'ai poussé Léon à libérer les forces du Néant...

- M... M-Mais qu'est-ce que tu racontes ? Il a agi seul ! » rétorqua Laura.

Elle était si affectée de voir son ami rongé par le regret qu'elle prit parti pour raisonner Angélique. Le contraste qu'il y avait entre son image et sa personnalité était déroutant.

« Je l'avais surpris dans la cave de la maison, répondit la petite fille. Il était si heureux de trouver un tel manuscrit, il sentait le pouvoir fleurir entre ses mains... Je n'ai eu aucun mal à le persuader. Il voulait être quelqu'un de grand et de reconnu ; péché de vanité !

- P-Pourquoi ? fit Icare agenouillé au sol, déboussolé. Pourquoi as-tu fait ça !? C'est à moi que tu en veux, pas aux autres ! Venge-toi sur moi, s'il te plait, mais pas sur des innocents...

- J'ai commis tous ces crimes pour te faire souffrir à ton tour, pour me venger de ces adultes qui ne savent que mentir et qui ne pensent qu'à eux ! Je l'ai fait pour éradiquer l'espèce humaine qui ne commet que le mal ici bas, et enfin, pour détruire ce Monde qui nous donne la Vie et nous fait connaître toutes les souffrances qu'un être peut endurer ! »

Sur ces mots, la fillette cavala vers son père, le crayon bien serré entre ses doigts, elle lâcha un long cri strident et lui bondit dessus. Celui-ci ne réagit pas, attendant le châtiment du suppôt du Diable.

« Icare ne reste pas là, fais quelque chose ! » cria Laura quand elle remarqua l'attitude de son compagnon.

Angélique frappa son père à l'épaule. La mine du

crayon pénétra légèrement dans la chair. Icare poussa un cri aigu. C'était la première fois que la fillette se retrouvait face à un homme fort et robuste et fut étonnée par les si faibles dégâts qu'elle avait occasionnés. Sa haine ne s'arrêta pas là et elle visa la figure de son ennemi. Soudain, avant qu'elle ne puisse atteindre sa cible, elle fut lourdement éjectée sur le côté et s'écrasa dans la boue. Lorsqu'elle releva la tête, elle découvrit que la femme avait pris la défense d'Icare.

La fillette sourit.

« Lève-toi, tu ne peux pas rester là à ne rien faire, dit-elle au père. Elle va t'égorger vif sans pitié ! »

Angélique se remit sur pied et confirma les dires de la jeune femme. Son front était égratigné de sang.

« Je vais d'abord en finir avec toi puisque tu tiens tant à mourir avant lui ! » dit-elle sèchement.

Les deux femmes luttèrent l'une contre l'autre. Le combat était au désavantage de Laura, elle refusait de faire du mal à une enfant. Angélique était déchaînée et roua de coups son adversaire. La femme recula, ses pieds approchaient du ravin. Derrière elle, à quelques centimètres, la vue plongeait sur plusieurs dizaines de mètres. Son cœur s'accéléra, elle avait toujours eu cette phobie du vide et, très vite, elle ne se sentit plus dans son état normal. Les choses semblaient voguer autour d'elle. Laura refusa de faire un malaise dans un moment pareil, elle ferma les yeux pour dissiper le mal et essaya de s'agripper à une branche. Mais rien, il n'y avait aucune prise à portée de main. La fillette se rapprocha pour tenter de la déstabiliser. Laura était piégée, pétrifiée. Si elle faisait le moindre pas, elle sentait que son corps allait céder au vertige…

Angélique bondit soudainement sur elle. Armée de son crayon, elle écorcha violemment la peau de la femme. Par miracle, Laura avait eu le réflexe de s'écarter vivement pour ne pas chuter sous l'emprise du Démon. La fillette trébucha sur le sol légèrement boueux. Elle ne prit pas attention au vide et, soudain, son corps n'était plus soutenu. Malgré la terreur, celle-ci se rattrapa à l'aide de ses bras sur le rebord du précipice. Malheureusement, la terre molle glissa doucement vers le ravin. Angélique, qui adopta une position acrobatique pour poser le pied sur terre, ne fit qu'accélérer le cheminement de la boue vers le vide. À bout de force, ses bras lâchèrent prise.

Elle aurait dû tomber impuissamment, mais, ce n'était pas le cas, quelque chose la retenait. Elle jeta un œil dans le précipice, son corps était toujours suspendu. Quand elle redressa la tête, elle découvrit avec étonnement le visage de son père. Il la retenait fermement par le bras.

« N'aie pas peur, je te tiens ! dit-il en hurlant, je ne te laisserai pas tomber, crois-moi ! »

Derrière lui, la jeune femme l'empêchait de tomber à son tour. Icare, qui était allongé au bord du précipice, avait risqué sa vie pour sauver celle de sa propre fille. Laura était à bout de force, elle ne savait combien de temps elle pouvait retenir Icare.

La terre humide n'était vraiment pas stable. L'homme enfonça sa main libre dans le sol pour se cramponner, il redoutait un éboulement de terrain.

« Aide-toi de tes jambes pour te hisser ! » lança-t-il alors que le poids lui donnait des crampes.

La fillette avait les yeux rivés vers le vide qui paraissait infini. Quand elle redressa le visage, Icare découvrit des yeux apeurés, terrorisés, mais étrangement, il n'aurait su dire pourquoi, il vit dans la noirceur de ses pupilles quelque chose de ténébreux.

« Je ne t'ai jamais demandé de me sauver ! » fit-elle, les larmes coulant sur ses joues.

Elle redressa son second bras. Dans sa main blessée, elle avait gardé bien précieusement son arme et frappa brutalement le bras de son père. Icare occulta la douleur pour se concentrer sur ses forces. Il était impossible que le sentiment de rancœur de la fillette soit plus fort que l'envie de vivre !

« Arrête ! Mais qu'est-ce que tu fais ? hurla-t-il. Si je te lâche, tu chuteras dans le vide ! »

La fillette le regardait avec des yeux noirs. Ses cheveux blonds reflétaient la lumière du Soleil. Elle pleurait.

« Je préfère partir plutôt que d'être sauvée par celui qui m'a détruit... répondit-elle aussi sincèrement qu'elle le put.

- C-C'est insensé ! Tu as encore tant de choses à vivre et à décou... »

Angélique, qui ne lui laissa pas le temps de finir, lui donna un second coup pour le faire céder. Le crayon, qui cette fois-ci percuta le rebord de la falaise, se brisa. La fillette était désarmée. Elle redoutait plus que tout d'être tirée de ce danger par son propre père. Icare lui proposa d'être sauvée par Laura si c'est ce qu'elle souhaitait ! Mais celle-ci ne l'écoutait déjà plus. Icare hurlait pour la contraindre à entendre, il mettait dans sa voix tout l'amour qu'il avait pour elle. La panique lui noua les entrailles. Il cria encore et encore.

« Tu vas t'en sortir, crois-moi ! Aie confiance en toi ! » dit-il pour lui redonner espoir.

Enfin, il fut soulagé lorsqu'il vit celle-ci se résigner. Son comportement changea, elle était calme. La petite fille se hissa grâce à ses bras et leva sa jambe pour s'agripper sur le rebord du précipice. Icare ferma les yeux et lâcha un long soupir, quelque chose en lui bouillonnait d'affection. La main de sa fille était terriblement froide et rigide. Quand il rouvrit les yeux, il vit le visage de sa fille à quelques centimètres de lui. Son air était glacial.

« Allez, hisse-toi jusqu'au bout ! » lui dit-il en réprimant son inquiétude qui s'éveillait au sein de son être.

« Je voulais vivre… » dit-elle.

D'un coup, elle ne mit plus aucune force dans son corps et se laissa chuter dans le vide. Sous le poids du corps, Icare ne put la retenir et céda à la force. Sa fille lui échappa des mains. Ses doigts se détachèrent des siens. À ce moment-là, il sut que plus jamais il ne pourrait la tenir dans ses bras.

Il la vit s'éloigner inexorablement. Son regard croisa le sien avec un arrière-goût de regret. Icare entendit le dernier souffle de vie qui émanait de la bouche de sa fille alors que celle-ci, attirée par l'attraction de la terre, s'engouffrait dans les profondeurs des ténèbres…

Près d'une heure s'était écoulée alors qu'Icare était resté sans dire un mot. La tête dans les mains, les coudes sur les genoux, un mal et un chagrin profond s'étaient emparés de lui et avaient suscité un dégoût envers sa personne. Il avait créé cette petite fille et l'avait indirectement incitée à commettre tous ces crimes.

S'il n'avait pas été amnésique, s'il ne l'avait pas négligée, rien de tout cela ne se serait passé !

Bien que Laura aurait voulu avoir une petite discussion avec lui, elle fut touchée par sa peine et s'abstint de l'embarrasser avec d'autres problèmes. Icare était un homme incroyablement positif et il était insoutenable de le voir dans cet état.

Néanmoins, celle-ci fut très surprise lorsqu'elle vit qu'il avait rapidement séché ses larmes. Il mit de côté sa douleur afin de vaincre une bonne fois pour toutes la base de tous leurs soucis. En réalité, cela se lisait sur son visage qu'un profond chagrin le rongeait.

L'homme se redressa vivement et demanda à Laura si elle avait toujours le manuscrit. La femme, perplexe, ne savait que répondre. Même si elle était affligée par la tournure des événements, il y avait toujours ce poids dans son cœur ; pourquoi Icare avait décidé d'emporter ce satané manuscrit ? De plus, le fait qu'il le demande avec autant de voracité confirmait ce qu'elle redoutait : qu'Icare soit comme les autres, avide de pouvoir.

« Je l'avais jeté à tes pieds, je te rappelle ! Ensuite, je ne sais pas ce qu'il est devenu… répondit-elle avec un grand détachement.

- On doit absolument le récupérer, il n'y a pas de temps à perdre ! »

Laura le dévisagea.

« Je ne te suis pas, ce manuscrit a donc plus d'importance à tes yeux que la perte de ta propre fille ? dit-elle sèchement. Tu es donc obstiné à ce point-là ? »

Icare la regarda, le visage marqué par la confusion :

« Tu doutes donc de moi ?

- Comment veux-tu que je ne doute pas de toi ? rétorqua Laura. Je t'ai surpris en train d'agresser ta propre fille et, surtout, j'ai découvert que tu cachais dans ton sac le manuscrit si maléfique qui nous a causé tant de dégâts ! »

Icare se résigna et soupira.

« Je suis désolé, je me rends compte que j'aurais dû t'en informer... Ça ne m'a pas effleuré l'esprit. J'ai fait une erreur...

- Même si tu t'excuses, je ne vois pas en quoi ça

te disculperait ! Tu savais mieux que quiconque le danger de ces écrits, mais tu les as quand même emportés avec nous sans nous en faire part. »

Surpris, Icare haussa les sourcils.

« Contrairement à ce que tu crois, je ne comptais pas suivre les traces de Léon. Si ce manuscrit est la base de tous ces meurtres en série, je pense qu'il peut aussi en être la solution !

- *La solution ?* Mais comment ? répéta Laura qui commençait à regretter ses accusations à tort envers Icare. Et puis, toute cette histoire de Démon n'est peut-être qu'une machination de Léon. Cet endroit rend fou et paranoïaque. Comment être sûr qu'ils n'ont pas agi de leur plein gré ?

- Parce qu'il y a eu trop de morts pour que ça soit une coïncidence ! répondit Icare dont le courage avait enfin pris le dessus sur l'amertume. D'abord, Léon qui assassine sauvagement Bruno, puis Dan qui exécute sans pitié un enfant et, enfin, Carl, une personne raisonnée, qui est animée par une subite envie de tuer…

- Et il y a aussi Angélique, une si jeune fille encore dans l'âge de la naïveté…

- Oui, ça fait trop pour une coïncidence ! Speed ne nous avait pas menti, Léon a effectivement libéré les forces du Néant grâce à ce manuscrit maléfique. Angélique, elle-même, nous l'a confirmé ! Même si cela est dur à admettre, le Diable se répand sur Terre ! »

À son tour, Laura se mit sur pied et s'exclama :

« Mais c'est horrible ! Comment on a pu en arriver là ?

- La vanité de Léon et notre mépris envers lui nous y ont menés. Maintenant, il est temps de réparer les dégâts, il est temps d'en finir pour de bon !

- Comment tu veux t'y prendre ? Nous rebeller

contre le Démon ? On n'est pas de taille !

- Je pense que l'un des problèmes est ici, répondit Icare. Depuis le début, on n'a fait que fuir le danger au lieu de l'affronter alors que la réponse était sûrement juste là, dans le manuscrit. On va le retrouver, je sais exactement où tu l'as laissé tomber ! Ça nous prendra sans doute une journée pour le déchiffrer, mais on n'a pas le choix...

- Ça me semble être une bonne idée, mais aucun de nous deux n'est capable de lire le latin.

- Après la mort de Léon, je l'ai récupéré. Lorsque je l'ai ouvert, les écrits ont alors frappé mon esprit. Je ne savais pas pourquoi mais cette langue me semblait proche... Quand j'ai retrouvé toute ma tête il y a une heure, j'ai alors réalisé pourquoi. Je me suis souvenu que j'étais professeur de lettres modernes à l'université. Si je n'avais pas eu cette sensation étrange en ouvrant le manuscrit, je ne l'aurais jamais emporté ! Je savais qu'il était important et j'ai maintenant compris pourquoi, je sais déchiffrer le latin… »

Laura avait été surprise d'apprendre une telle chose ; Icare était un professeur ! Elle ne savait pas quel genre de père il avait pu être et à quel point il avait fait souffrir sa famille, cependant, il semblait vouloir se battre avec un tel acharnement contre le Néant qu'elle ne pouvait s'empêcher de l'admirer.

Ils avaient rebroussé chemin pour mettre la main sur le manuscrit. Icare se souvenait parfaitement des sentiers qu'ils avaient empruntés et, très rapidement, ils redécouvrirent l'endroit légèrement défriché où était décédée Betty. Heureusement, le manuscrit n'avait pas bougé. Icare le ramassa et le nettoya de la boue qui recouvrait la couverture. Lorsqu'il le glissa dans son sac pour le protéger, il remarqua que le ciel s'était encore assombri.

« La nuit va tomber très rapidement ! lança-t-il anxieux. On doit s'abriter au plus vite...

- Tu veux passer la nuit près du fleuve ?

- Non, ça serait trop dangereux. Pendant les heures nocturnes, les animaux sauvages se regroupent autour du fleuve pour s'abreuver, on serait alors des proies faciles...

- Pourtant, on doit s'y rendre pour remplir nos gourdes au plus vite. Je te rappelle qu'on manque d'eau.

- Mieux vaut y aller immédiatement. On ne perdra pas une seconde pour s'approvisionner et on déguerpit aussitôt ! »

La décision prise, ils descendirent la colline et, après quelques minutes de marche, ils aperçurent le courant d'eau. Icare scruta les environs mais, sans qu'il s'en étonne, aucun animal ne se montrait. Laura remplit à la hâte les deux gourdes et les reboucha.

« On peut y aller ! » lança-t-elle une fois sa mission accomplie.

À son grand étonnement, Icare ne réagit pas et fixa un point à l'horizon du fleuve. Laura le dévisagea, c'était pourtant lui qui ne souhaitait pas s'attarder ici.

« Qu'est-ce qu'il y a ? »

Icare pointa du doigt quelque chose qu'il semblait avoir du mal à distinguer.

« Regarde, dit-il. On dirait... Un radeau... »

Laura, étonnée, se retourna vivement. D'abord, elle crut que l'objet montré par Icare n'était qu'un large tronc d'arbre encombrant le fleuve. Puis, lorsqu'elle vit une silhouette humaine se redresser, son cœur bondit en elle.

Mais qui pouvaient être ces hommes sur le radeau ?!

Icare lui prit la main et s'avança avec prudence

vers le radeau. Enfin, ils purent distinguer deux personnes qui actionnaient le navire grâce à de longues lances. Quand le radeau passa près d'eux, ils furent soulagés de reconnaître les traits de Jim et de Wendy. Néanmoins, ils aperçurent, allongé sur le sol du bateau le corps de Charly.

Icare les héla et fit de grands signes pour se faire voir. Jim jeta un œil dans leur direction et tapa l'épaule de Wendy qui, à son tour, les remarqua. Les retrouvailles étaient si soudaines.

« On va s'arrêter pour vous prendre ! » cria Wendy dans leur direction.

Icare jeta un regard interrogateur à son amie. Ils savaient tous les deux que l'aide de leurs compagnons leur serait très utile, cependant, ils refusaient de les mettre en danger une fois de plus.

« Vous êtes tous sains et saufs ? » demanda Laura qui leva le ton.

La distance atténuait la compréhension des voix.

« Wendy et moi sommes en bonne santé, répondit Jim qui avait une voix portante. Mais Charly est très grièvement blessé, il a besoin de secours le plus rapidement possible. Les soins qu'on lui apporte sont loin d'être suffisants ! »

Le court laps de temps qu'ils perdraient pour s'arrêter et prendre en voyage Icare et Laura serait sans doute le délai de trop pour sauver la vie du vieil homme. De plus, Icare ne voulait pas quitter cette jungle sans avoir résolu le mystère du danger qui portait sur la Terre. Cette décision ne lui appartenait pas seul, si Laura voulait enfin s'échapper d'ici, c'était son droit. Il demanda du regard ce qu'elle en pensait et celle-ci lui répondit qu'elle avait été là lorsque les forces du Néant avaient été libérées, et qu'elle serait là lorsqu'elles seraient scellées !

Sa décision était prise !

Icare sourit et savait qu'il pouvait toujours compter sur elle. Il fut ravi de constater l'évolution personnelle de cette femme qui ne pouvait vivre sans l'aide de ses amis au début du voyage et qui, dorénavant, ne pensait même plus à sa propre personne face au danger.

« Non, ne nous attendez pas ! répondit Icare à ses deux autres compagnons. Charly doit être transporté à l'hôpital le plus proche, on n'a pas de temps à perdre !

- Ne vous inquiétez pas pour nous, poursuivit Laura, tout ira bien ! Prenez plutôt soin de vous ! »

Jim répondit aussitôt avec une voix qui exprimait aussi bien la confiance que le remords :

« Longez le fleuve et vous sortirez d'ici en à peine une heure !

- Dès qu'on arrivera à la première ville, on vous enverra du secours » informa Wendy.

Elle souhaita ajouter quelque chose, toutefois, la distance écrasait sa voix.

Laura leur fit un signe de la main pour les saluer. Une larme s'échappa de son âme. Bien qu'ils étaient dans une situation plus dangereuse que leurs compagnons, elle ne pouvait s'empêcher d'espérer leur plus grand bien.

Icare lui tapota l'épaule pour lui indiquer la piste qu'ils avaient empruntée pour venir ici ; il était temps de quitter le fleuve, la nuit était là...

Le lendemain, alors que la brume se dégageait, Laura s'inquiétait ; la situation était critique. Icare lui demanda de patienter quelques heures le temps qu'il traduise le manuscrit. Ce dernier était adossé au tronc d'un arbre, la tête plongée dans son livre. Il avait choisi un endroit où la vue s'étendait sur des dizaines de mètres, ce qui l'aidait à faire le vide dans son esprit et à mieux se concentrer. Icare avait trouvé rapidement les passages dont Léon leur avait fait part. Tout était inscrit ; l'apparition du Démon sur Terre il y avait plus de deux mille ans, la création du manuscrit ainsi que la manière dont le Diable s'emparait des esprits faibles.

« Jusque-là, il ne nous avait pas menti, conclut Icare. Je retrouve parfaitement ses paroles.

- Est-ce qu'il prophétise le danger qu'on court lorsqu'on fait appel à Dieu ? Tous nos soucis ont débuté ici, peut-être que Léon n'en savait rien.

- Oui, c'est aussi ce que je pensais, mais je me suis souvenu de quelque chose. Quand on était dans la cave de la maison que Léon nommait le Berceau de la Vie, on a vu cette lumière aux couleurs multiples, on a été comme submergés de puissance et de douceur.

- Je m'en souviens parfaitement, c'est une chose que je n'oublierai jamais, crois-moi !

- Tu te souviens aussi des paroles qu'avait alors prononcées Léon ? reprit Icare. Je n'avais pas saisi sur le coup, mais il s'agissait sans doute de latin. Or, je n'ai pas encore mis la main sur le passage qui traite de l'éveil de Dieu. Léon avait sûrement traduit tout le manuscrit, il me manque donc des informations.

- Tu crois vraiment qu'on trouvera comment contrer Satan grâce à ce manuscrit ? demanda Laura qui n'était pas convaincue.

- Je sais qu'on est fatigué, qu'on n'est pas en sécurité dans ce lieu et aussi qu'on manque considérablement de nourriture, mais une chose est bien plus importante que ça, le Néant se répand sur Terre et peut-être même en dehors de notre bonne vieille planète. Grâce à ce manuscrit, et je ne sais pour quelle raison, on a communiqué avec le Tout-Puissant, ou plutôt avec le Berceau de la Vie. De plus, il raconte que le Diable a été vaincu avec la création de ce manuscrit, alors oui, je pense vraiment qu'on trouvera comment contrer le Néant grâce à lui. Je sais que c'est dur, mais on doit faire preuve d'encore un peu de courage et on rentrera chez nous…

- Je veux bien te croire Icare... D'ailleurs, je suis persuadée que tu dis vrai. Cependant, j'ai peur de ne pas tenir le coup ! »

Icare plongea son regard dans celui de son amie, il lui saisit la main et la réconforta.

« N'aie crainte, je suis là, fit-il d'un ton sûr. Jim et Wendy reviendront bientôt avec du secours. On n'a tout de même pas fait tout ce chemin et traversé tant d'épreuves pour flancher maintenant, hein ?

- Non, bien sûr que non... » répondit Laura en se redressant.

Elle évita son regard et ramassa sa lance :

« Je vais tenter de trouver n'importe quoi à manger, un fruit, des racines, qu'importe… » dit-elle.

Icare la vit s'éloigner. Son cœur était peiné et étouffé par le regret. Il refusait plus que tout de faire souffrir cette femme qu'il estimait tant. S'il avait anticipé sa réaction, il aurait demandé à Wendy et Jim de l'emmener avec eux.

La situation était trop délicate à ses yeux. *Que faire ?* Il ne trouva aucune réponse. Alors, il pensa à se replonger dans ses écrits. Là était la solution pour en finir, il en était persuadé...

Le temps était légèrement pluvieux et l'atmosphère lourde. Même dans les pauvres clairières ici et là, le Soleil ne réapparaissait toujours pas. L'air commençait alors à se refroidir. Au loin, de terrifiants éclairs déchiraient le ciel suivis du tonnerre qui grondait longuement et, parfois, était semblable à des hurlements humains. Un vent puissant succédait à ces cris de terreur. De temps en temps, Laura sentait son sang se figer, puis repartir. Elle se blottit contre Icare pour y trouver de la chaleur humaine mais rien n'y faisait, son sang devenait de plus en plus froid.

« Comment peux-tu rester si serein dans un moment pareil ? » lança-t-elle.

Icare s'était abrité sous un arbre dont les feuilles démesurées le couvraient de la pluie. Il tenait dans une de ses mains libres une torche dont les flammes ne scintillaient que très légèrement.

« Ce n'est qu'un orage, répondit-il calmement. Demain matin, tout sera de nouveau paisible...

- Et je devrais toujours patienter pendant que tu déchiffres cette chose ? » demanda-t-elle nerveusement.

Elle se sentait complètement tendue par tous ces évènements, néanmoins, Laura savait au fond d'elle qu'elle avait une entière confiance en Icare. Durant la journée, elle avait eu la présence d'esprit de ramasser de nombreuses brindilles sèches et de les conserver dans son sac. Elle se rappela alors de la technique qu'avait usée Charly pour allumer un feu. Elle frotta longuement deux bâtons très fins et surtout très secs, puis y jeta progressivement quelques brindilles. Plus le feu prenait, plus elle y plongeait des branches de taille importante. Icare lui avait donné un coup de main et ils furent obligés de reconnaître que même à deux, la tâche était loin d'être accomplie.

Le feu était indispensable pour la survie. Il réchauffait et surtout il tenait les bêtes sauvages à l'écart. Les torches se consommaient très rapidement et il fallait trouver de bonnes branches régulièrement. Néanmoins, la pluie eut raison de leur lutte. Au milieu de la nuit, ils furent plongés dans l'obscurité totale éclairée parfois par la foudre qui s'abattait ici et là. Icare rangea le manuscrit dans son sac et serra

Laura dans ses bras pour la réchauffer. La nuit passa longuement mais sans aucune embûche.

Dans la journée qui suivit, Icare trouva enfin un passage qui lui semblait particulièrement intéressant. Cet extrait-là traitait de l'existence d'un endroit qui était source de toute l'énergie vitale de ce monde. Il s'appelait « le Berceau de la Vie ».

« Ça y est ! lança-t-il à Laura avec enthousiasme. J'ai du nouveau ! »

Tout en découvrant la suite, il traduisit à haute voix les écrits latins :

« *Alors que l'animal peut communiquer avec l'énergie vitale par l'instinct et apprendre les bases nécessaires à la vie, l'humain, de par sa nature hybride, a perdu cette faculté. Cependant, il a développé un autre sens propre à lui-même ; le langage par la parole.*

- *De par sa nature hybride* ? demanda Laura interloquée. Mais qu'est-ce que ça signifie ?

- Je dois bien avouer que je n'en sais pas plus que toi. Sommes-nous un croisement entre deux espèces ? Mais lesquelles ?

- L'Homme descend de primates, alors pourquoi Creatio dit que nous sommes un croisement ?

- En réalité, toutes les espèces sont des hybrides. Chaque Être vivant est issu de croisements, d'évolutions et de métamorphoses de ses ancêtres. Si le caractère *hybride* est précisé pour l'Être Humain, c'est qu'il s'agit d'une autre forme de croisement ou d'évolution...

- Plus j'en sais sur toute cette histoire et moins je comprends... souffla Laura. Ça parle de création de la vie, de Dieu, du Diable, et maintenant de l'Homme ! Pourquoi est-ce qu'on serait différent ? »

Ses yeux trahissaient la longue nuit qu'elle avait passée. Elle bailla à s'en décrocher la mâchoire et vint se rasseoir près de son ami. Icare ne put répondre à sa question. Il poursuivit :

« *Grâce à ce sens,* donc celui de communiquer par la parole, *l'Humanité pourra alors entrer en contact avec la source qui nous sert de vie. Si l'un d'entre eux, qui aura effectué un pèlerinage jusqu'au Berceau de la Vie, prononce cette citation "Tout est Création, nous souhaitons entrer dans le royaume des esprits", son énergie spirituelle pourra alors se mêler à celle de la Terre.*

- Ce passage raconte bien ce qui nous est arrivé dans la cave de la maison, coupa Laura. Lorsque Léon a prononcé cette phrase, on s'est tous sentis comme dans un océan d'oxygène, de bonheur et de vie. C'est en réalité indescriptible comme sensation. Je comprends maintenant pourquoi cette énergie vitale, qui est à la base de toutes les créations, est associée à Dieu. Pourtant, une question reste en suspend, comment Léon savait que le Berceau de la Vie se trouvait dans les sous-sols de la maison ? »

Icare la regarda et réfléchit longuement. Il n'en savait pas plus qu'elle et décida de chercher de nouveau des informations intéressantes. Le paragraphe suivant traitait plus précisément de ce qui s'apparentait au « Diable ».

« *Il agresse à travers l'univers toutes les formes de vie, qu'elles soient des êtres vivants ou bien des astres. Il agit de diverses manières selon l'être qu'il veut réduire à néant.* »

Icare s'arrêta quelques secondes et précisa que le manuscrit ne s'attardait pas sur ces fameuses manières. Il était sans doute préférable de ne pas les dévoiler.

« *Sur cette planète,* poursuivit-il en prenant parfois quelques pauses pour se laisser le temps de traduire du mieux possible, *le Néant a pris une forme bien particulière puisqu'il peut s'initier dans chacun des êtres vivants et en prendre le contrôle.* »

Icare sauta deux ou trois paragraphes qui racontaient les actes épouvantables que certains humains avaient commis et dont le Diable en était la cause. Divers agissements barbares défilaient sous ses yeux. Celui-ci préféra ne pas les exposer à son amie. Subitement, ses yeux tombèrent sur le mot *consignare.*

Il remonta de quelques lignes pour relire le début de la phrase. Oui, il s'agissait bien de cela :

« *Ce manuscrit a été créé dans le but de sceller les forces du Néant, du moins de les réduire* » récita-t-il à haute voix.

« Nous y sommes, fit Laura, saisie par la lecture. Ne t'arrête pas, je veux connaître la suite !

- *Les paroles sacrées de ce manuscrit peuvent limiter les pouvoirs du Néant au simple libre arbitre, l'humain seul peut décider de son avenir. Cependant, la volonté infinie du Néant rend instable le champ de pouvoir de ce manuscrit, le seul endroit où il sera réellement efficace sera au sein du Berceau de la vie…* »

Il se leva brusquement et lâcha un cri de joie en serrant les poings.

« Mais qu'est-ce qu'il y a ? demanda Laura étonnée par une telle réaction.

- On a trouvé la cause du réveil du Diable ainsi que la solution pour en finir ! »

La jeune femme aux cheveux longs le dévisagea longuement, puis, après un temps de réflexion, elle fut à son tour prise d'enthousiasme.

« Léon a volontairement retiré ce manuscrit par curiosité malsaine, conclut Icare. Speed nous avait donc dit la vérité !

- Il a immédiatement compris que les sous-sols de la maison, qui abritaient ce manuscrit, étaient le Berceau de la Vie, ajouta Laura. Les Occidentaux qui sont venus ici ont été dirigés par Dieu et ont ensuite bâti cette demeure sur le Berceau de la Vie afin d'y cacher le manuscrit sacré !

- Angélique, qui était si affectée de haine envers l'Humain, l'a incité à commettre l'irréparable !

- Je sais que cette nouvelle doit être dure pour toi, fit Laura lorsqu'elle comprit les profonds remords dont était rongé Icare. Mais désormais, on a la réponse, il faut à tout prix reposer ce manuscrit-là où on l'a pris. Les forces Diaboliques seront de nouveau scellées ! Si on ne fait rien, l'Enfer continuera d'exister, le Néant s'emparera des esprits faibles ou vicieux. »

Icare la contempla avec de grands yeux, elle savait lui redonner courage. Ce n'était plus le moment de se lamenter et de pleurer sur leur sort. Rapporter cet objet si sacré était la chose la plus importante qu'il allait devoir faire de toute sa vie. Laura lui demanda s'il connaissait la route pour se rendre à la demeure. Ce dernier lui répondit qu'il fallait longer le fleuve sur plusieurs kilomètres. Il reconnaîtrait l'endroit où il faudrait virer sur la gauche. Le chemin n'était pas bien compliqué. Tous deux ramassèrent leurs sacs en prenant soin de ne pas écraser les derniers fruits, remplirent leurs gourdes et conservèrent au sec de faibles brindilles.

•

« C'est... C'est à peine croyable... souffla Alicia assise dans un grand fauteuil usé : Dieu ! Les horribles décès ! Satan et les conditions de vie ! C'est inimaginable... »

Sa grand-mère n'avait pas quitté son lit chaud. Elle s'était levée quelques fois pour se servir un bon thé à la menthe mais sa petite-fille dévouée lui conseillait de rester allongée. Sa toux était passée, sa gorge ne la serrait plus. Après avoir tant parlé, elle se sentait mieux. Libérée de sa

maladie et de son histoire, elle respira enfin calmement.

« Oui... C'est vrai que c'est une histoire peu commune et parfois affreuse... Pourtant, auprès d'Icare j'ai vécu les plus grands moments de ma vie. J'ai connu le pire, mais aussi, le meilleur ! s'exclama la vieille dame.

- Je ne comprends pas comment tu peux dire ça, après avoir perdu tant d'amis...

- Tu es encore jeune, tu me comprendras sûrement un jour. J'ai été profondément bouleversée par le décès de Sharleyn, mais je savais que son esprit n'était pas mort. C'était le réconfort dont j'avais besoin. Elle errait dans cet océan de bonheur qu'est le Berceau de la Vie et j'étais ravie pour elle, même si elle me manquait terriblement... »

Alicia plongea son regard dans celui de son aïeule et sentit l'immense sagesse acquise au cours de ses nombreuses années de vie sur Terre.

« Je saisis ton raisonnement, mais je doute que j'aurais pu supporter de telles épreuves, dit-elle. D'ailleurs, comment tout cela s'est terminé ? Qu'est-il arrivé aux autres ? »

•

La route leur avait semblé assez rapide. En moins d'une journée, Icare avait déjà reconnu le lieu où ses compagnons et lui-même avaient appris à pêcher. Il informa Laura qu'il fallait désormais tourner sur la gauche et que la maison était à deux ou trois cents mètres de là. Durant la nuit, ils avaient bien pris la précaution de ne pas s'endormir trop près du rivage. Laura avait soigneusement bâti un emplacement pour faire un bon feu de bois. Toutefois, comme la veille, un orage d'une force immense avait frappé au-dessus de leurs têtes. Ils savaient que ce n'était pas prudent, cependant, dans une forêt aussi dense, il n'y avait pas d'autre solution que de se mettre à l'abri sous les feuilles gigantesques d'un arbre colossal.

Au petit matin, Icare réveilla sa compagne très

tôt pour prendre la route de bonne heure. L'idée que tout cela allait prendre fin les mit de bonne humeur. Laura ne savait pas avec quelle force ils avaient pu remettre les pieds ici, néanmoins, elle souhaitait plus que tout déposer le manuscrit là où ils l'avaient emprunté et déguerpir aussitôt.

« Tu n'es pas trop épuisée ? » lui demanda Icare.

Il regarda le teint pâle et les joues creuses de son amie et redoutait qu'elle s'évanouisse d'épuisement. La poignée de fruits qu'ils mangeaient par jour ne leur apportait pas suffisamment d'énergie.

« Je tiendrai le coup jusqu'au bout, ne… »

Elle ne put terminer sa phrase. Icare lui fit un signe de main pour lui demander discrètement de se taire. Étrangement, il surveillait longuement les environs. L'homme saisit Laura par la main et l'attira au pied d'un arbre pour se cacher de quelque chose.

« Que se passe-t-il ? fit Laura qui avait compris qu'il fallait chuchoter.

- J'ai… Comme un mauvais pressentiment…

- *Un mauvais pressentiment !* Mais on est désormais seul dans cette jungle !

- Ca fait plus de cinq minutes que j'ai cette sensation étrange de… »

Puis, sans finir sa phrase, il fit signe à Laura de ne pas faire le moindre mouvement. Icare glissa doucement sa tête de l'autre côté du tronc d'arbre. La lourde végétation qui poussait au sol ne lui permit pas de voir bien loin. Celui-ci se redressa légèrement et tomba nez à nez avec un homme. Icare sursauta et recula d'un pas. Il put enfin découvrir le visage de l'inconnu.

« Dan !? » s'écria-t-il.

Avant même qu'il ne pût saisir sa lance pour se protéger, Dan lui sauta dessus et lui infligea plusieurs coups de poing. Icare parvint à se dégager et repoussa son adversaire qui revint aussitôt à la charge.

Laura, effrayée de voir les deux hommes se battre avec une telle violence, resta plaquée contre l'arbre et serra fortement le manuscrit entre ses doigts. Elle se demanda alors comment Dan avait pu survivre au coup de lance que lui avait porté Pierre-Louis ainsi qu'au courant sauvage du fleuve. Cependant, elle chassa bien vite ces questions de son esprit, l'important pour le moment était de venir en aide à son ami qui se battait contre un homme d'une extrême brutalité. Laura était en colère contre elle, elle détestait se voir tétanisée alors qu'Icare était en train de risquer sa vie. Elle regarda vivement autour d'elle à la recherche d'une arme et trouva, juste à ses pieds, la lance qu'Icare avait dû faire tomber par mégarde. Elle empoigna l'arme et bondit vers Dan en hurlant. Ce dernier se retourna brusquement et saisit de sa main droite la lance avant qu'elle n'atteigne son cœur. Il tira violemment dessus pour faire céder la femme et brisa l'arme en deux. Laura s'échoua à terre sous la force. Alors que Dan s'avançait d'un pas ferme vers elle, Icare en profita pour lui administrer un coup d'une férocité inouïe. Toutefois, malgré la charge, Dan se releva immédiatement. Il semblait alors animé d'une envie de destruction sans fin.

« Mais… Comment est-ce possible ? … » fit Laura en tremblant sur ses jambes.

Cours…

Laura leva soudainement le visage vers le ciel et jeta un regard dans tous les sens. *Quelle était cette voix qu'elle venait d'entendre ?* se demanda-t-elle complètement déboussolée. Elle avait la nette impression que cette voix venait de son propre cerveau.

« Qui… Qui est-ce ? » fit-elle de vive voix.

Cours... répéta la voix d'un ton angélique.

Bien qu'elle ignorait ce que cela signifiait, elle rassembla tout son courage pour ramasser le manuscrit qu'elle avait laissé tomber avant d'attaquer Dan, et s'enfuit en direction de la vieille demeure. Elle ne réfléchissait plus, elle agissait.

Icare la vit détaler à toute vitesse et fut soulagé de la voir hors de danger. Soudain, il se prit un violent coup au visage et s'écrasa au sol. Il releva avec difficulté la tête, Dan se tenait debout devant lui, il était à sa merci. Son visage était sombre, il n'avait pas prononcé le moindre mot, ce n'était plus qu'un pion du Néant. Le Démon ricana, fier de sa victoire. Il avait l'allure de Lucifer en personne. Icare le vit sortir un pistolet de sa poche qu'il braqua sur son visage. Le métal froid du canon qui pointait sur lui toucha son front lisse, ruisselant de sueur. Dan arma le pistolet, Icare ferma les yeux et entendit la détonation…

Ses jambes la faisaient atrocement souffrir, courir lui était incroyablement difficile. Laura sentait que si elle s'arrêtait, son corps tomberait aussitôt. Elle avait l'impression qu'une main la retenait, qu'elle n'avançait pas. Ses bras grelottaient, sa gorge meurtrie se serrait et elle sentit un point sur le ventre qui lui appuyait lourdement sur les intestins. *Qu'avait-elle fait ?* Elle avait abandonné son ami qui se battait sans relâche avec un esprit maléfique. Toutefois, elle savait que c'était pour la bonne cause. La maison ne devrait plus être loin maintenant. Alors qu'elle priait intérieurement pour Icare, elle découvrit avec un soulagement intime la demeure qui abritait le Berceau de la Vie. Les vestiges de leur passage étaient toujours là. La végétation était écrasée ici et là, des braises formaient un cercle entouré de larges pierres.

Laura aperçut aussi un sac à dos qui avait sûrement été oublié et laissé à l'abandon. La femme s'aventura précipitamment dans la demeure, elle connaissait bien les lieux après y avoir passé quelques journées. Sur les murs, de la suie recouvrait les peintures ancestrales qu'elle avait eu la joie de découvrir lors de sa première venue. Léon avait sauvagement mis le feu et saccagé impunément toutes ces œuvres d'art. Elle cessa de songer à ce qui s'était passé quelques jours auparavant et se remémora sa mission. Elle se dirigea vers la grande pièce. Une table y était en morceau. Laura s'arrêta devant l'ouverture qui donnait sur les escaliers descendant vers les sous-sols ténébreux. Laura avait toujours eu horreur de l'obscurité mais, cet endroit-là, par sa froideur et ses aspects glauques, lui provoquait à chaque fois une sueur froide qui lui parcourait le dos. Elle posa sa main sur le mur dont l'humidité la fit frissonner. Laura savait que le temps pressait et qu'il n'y avait pas une seconde à perdre avant de descendre. Elle posa son pied sur la première marche et l'entendit résonner. L'endroit semblait tellement loin de tout que le bruit de ses pas sur le sol émettait un long écho. La solitude du lieu était oppressante. Laura se ressaisit et, prise par une poussée d'adrénaline, elle dévala d'une traite toutes les marches de l'escalier. La première fois qu'elle l'avait franchi, il lui avait semblé interminable. Cette fois-ci, Laura se retrouva au sous-sol avant même de s'en rendre compte. Courir l'avait aidé à refouler la terreur qui sommeillait en elle. Le pupitre qui portait jadis le manuscrit était juste devant elle, au milieu de la pièce. Elle se souvint de la fois où ses compagnons et elle avaient communiqué avec Dieu. C'était la plus belle sensation qu'elle avait éprouvée de sa vie, sensation qui avait indirectement causé la mort de plusieurs innocents... La femme aux longs cheveux et au teint blafard s'avança doucement près du pupitre. Elle y posa lentement et délicatement le manuscrit. L'objet était lourd. Une traînée de faisceaux lumineux et de multiples couleurs le zébrèrent pour le sceller. Laura ressentit encore légèrement cette impression de calme et de profond bonheur dont cette pièce affluait. Un léger déplacement d'air lui caressa la peau. Le Berceau de la Vie pleuvait d'énergie vitale. Devant ses yeux, des filaments étincelants de mille éclats s'enchevêtrèrent. L'image était grandiose. Une larme de bonheur s'échappa des yeux de Laura. Ses oreilles avaient bourdonné de sang durant plusieurs longues semaines, désormais, elle savait que tout irait mieux. Le Chaos n'était plus...

Elle se retira sereinement du Berceau de la Vie pour le laisser en paix et s'excusa à voix basse de tous les désagréments que les Êtres humains lui avaient causés...

•

Dans la chambre de la grand-mère, un silence régna lorsque celle-ci fit une pause. Ses yeux brillèrent. En repensant à tout cela, elle fut prise de chagrin. Toute cette histoire s'était passée il y a tellement longtemps. Elle avait gardé cela secret durant des années et avait été rongée par le regret de n'avoir rien confié à ses proches. Son chagrin était mêlé au soulagement d'en avoir enfin parlé. Sa petite fille représentait tant pour elle qu'elle fut satisfaite de lui avoir révélé l'existence de Dieu.

Comment était-ce possible ? **Laura se le demandait toujours.** ***Dieu existe !*** **Et elle devait porter ce lourd fardeau dans son cœur. Depuis le jour où elle était sortie saine et sauve de la jungle équatoriale, elle avait décidé de garder l'histoire secrète. Elle avait assisté à un résultat si ténébreux et si ignoble, qu'elle ne voulait pas voir ces drames se**

reproduire de nouveau.

« Mamie, fit sa petite-fille, je ne sais pas quoi dire, l'émotion bloque mes paroles... »

Sa grand-mère la regarda avec attention et passa sa main faible et tremblante dans ses cheveux fins.

« Ne dis rien, je sais ce que tu dois ressentir... Tu n'es pas sans cœur et c'est pour ça que j'ai voulu partager cette histoire avec toi. Je vais bientôt m'en aller, je ne voulais pas que la mémoire de tous ceux qui ont péri dans ce drame soit oubliée à jamais...

- Je te remercie grand-mère, je suis si touchée par cette histoire et par ta considération envers moi. Tu as vécu tellement de choses, je me sens si petite face à toi... »

Les deux femmes se contemplèrent pendant de longues minutes. Une atmosphère de paix régnait alors. Laura, dans son lit, se sentit comme dans un océan immense de soulagement et de calme.

« Mais, fit Alicia en rompant cette harmonie silencieuse, comment tu as fait pour sortir de l'Amazonie ? Tu étais épuisée, affamée et surtout, tu étais de nouveau dans cette maison qui était si loin de la première ville. Et Icare, qu'est-ce qu'il lui est arrivé ? Dan avait eu raison de lui ?

- En réalité, on n'était qu'à une journée et demie de marche, pas plus. Lorsqu'on y a implanté notre campement, on persistait les recherches vers l'Est alors que le fleuve pointait vers le Nord. On n'osait pas s'écarter davantage du campement de peur de s'égarer à tout jamais. Pourtant, on avait la réponse juste sous nos yeux, il fallait suivre le fleuve... »

•

Le Soleil avait atteint le plus haut point dans le ciel, Laura fronça les sourcils et se cacha de la lumière avec sa main lorsqu'elle arriva à la porte de la vieille maison. Elle huma l'air, elle rafraîchit ses poumons. Sa tension artérielle diminua. La nature semblait revivre, le ciel était dégagé, les plantes étaient plus vertes que jamais. Laura se posa sur les marches usées qui précédaient l'encadrement de la porte d'entrée. Elle souffla longuement, c'était enfin fini... *Enfin...* Elle ferma les yeux et plongea sa tête dans le creux de ses mains. Laura ne put s'empêcher de pleurer, les larmes coulaient à flots, après tant de peine et de peur, après tant de drame et d'émotion, elle céda à cette envie. Dans les sous-sols, une sueur froide lui avait parcouru le dos. Elle s'était alors sentie étouffée, elle avait besoin d'air. Elle toussa et hurla à maintes reprises. Elle revit les images de cadavres affreusement mutilés, elle revit le regard noir de Léon et la haine que portait Angélique. L'horreur lui arracha un douloureux cri. Sa respiration était lourde. Elle avait un besoin profond d'évacuer l'épouvante qui l'avait frappée.

Quand elle se ressaisit et qu'elle se frotta les yeux, Laura vit un homme arriver par le sentier qu'elle avait emprunté pour venir. C'était Icare, il était vivant... Il saignait du visage.

« I… Icare ! »

Elle se leva et plongea dans ses bras, son corps tremblait d'émotion. Un frisson s'empara de son corps, Icare était vivant !

« Je suis désolée, fit-elle en sanglotant. Je suis si désolée de t'avoir abandonné…

- Mais non, ne dis pas n'importe quoi, tu as fait ce qu'il fallait faire... Le monde est sauvé grâce à toi…

- Non… Non... Grâce à chacun de nous… »

Icare la réconforta, il la serra fortement dans ses bras et la soulagea. Il lui souffla calmement que tout était fini, que le mal était passé, qu'ils pourraient désormais rentrer chez eux. Il retint ses larmes pour ne pas craquer devant cette femme qu'il appréciait tant. Il ne voulait pas la rendre plus triste qu'elle ne l'était déjà.

« Tu as déposé le manuscrit à sa place initiale ? Là où il aurait toujours dû être ?

- Oui... fit Laura dans les bras de son ami. Oui, je l'ai reposé sur le pupitre et je suis partie... On a déjà fait tant de mal, je ne voulais pas rester dans le Berceau de la Vie plus longtemps... Mais Dan, qu'est-il devenu ? Il t'a pourchassé ?

- Je ne sais pas exactement ce qui s'est passé mais je crois avoir eu beaucoup de chance, répondit Icare qui posa la main sur sa joue pour la réconforter. Il a braqué son flingue sur moi et lorsqu'il m'a tiré dessus, j'ai bien cru que ma dernière heure était arrivée... »

Laura frissonna.

« Par chance, la poudre de ses balles a dû être complètement mouillée et inutilisable lorsque Dan a sauté du radeau. C'est alors que j'en ai profité pour lui foutre quelques coups de poing. Pourtant, je dois avouer que ce type a une vitalité incroyable. Il s'est immédiatement relevé et on s'est de nouveau battu. Il m'a agrippé à la gorge, j'avais le souffle coupé. Je sentais que mon cerveau allait exploser. Dan serrait de plus en plus l'étau. Je ne sais pas par quel miracle, sa main s'est relâchée. Il s'est tenu la tête entre les mains, il hurlait, il gigotait dans tous les sens puis enfin, il a chuté. Je me suis approché de lui et son corps était inerte, ses yeux étaient révulsés. J'ai alors aperçu comme de la fumée qui s'échappait de son crâne. Il était mort...

- Plus rien ne peut m'étonner maintenant, répondit calmement Laura. Son esprit était sous le contrôle du Démon. Quand j'ai déposé le manuscrit, les forces du Néant ont été scellées. Dan, qui n'avait plus d'âme, a succombé.

- C'est ce que j'ai pensé et j'ai immédiatement

couru pour me rendre auprès de toi, fit Icare qui caressait les cheveux de son amie. J'avais peur qu'il t'arrive quelque chose.

- Désormais, il n'y a plus de souci à se faire, tout... Tout va bien... Elle posa sa joue contre la poitrine d'Icare. Tu crois que l'esprit de Dan a pu rejoindre le Berceau de la Vie ? poursuivit-elle.

- Je n'en sais rien... Le manuscrit stipulait que les âmes assassinées par les forces du Néant ne rejoignaient pas les forces vitales qui circulent autour de nous. C'est de cette manière que le Néant bouleverse le cycle de la vie... »

Laura ferma ses yeux quelques secondes.

« Il a été victime de cet ignoble épisode. Paix à son âme... »

Elle sécha ses larmes. Icare lui prit la main et, sans dire un mot, il l'accompagna vers le fleuve. Laura resta muette plusieurs heures. Le bouleversement l'avait rendue aphone. Étrangement, Icare avait parlé durant tout le trajet. Il avait décrit le paysage qui les entourait ; l'eau qui coulait sans cesse sur leur gauche et qui reflétait la lumière et les arbres, les immenses branches qui entravaient leur route. Ici et là, ils découvrirent des centaines d'insectes, de mammifères et de rapaces de tout genre. Le vert vif était la couleur qui dominait. Cependant, le bleu azur du ciel qui perforait la nature à plusieurs endroits avait quelque chose de merveilleux.

Laura pensa à toutes ces choses avec lesquelles elle avait cohabité durant plusieurs semaines et elle regretta de ne pas leur avoir prêté plus d'attention. Subitement, tout lui semblait si beau, si vivant et si important qu'elle s'enivra de cette vue.

Ils s'étaient arrêtés très tard dans la nuit pour se reposer. Laura refusa d'abord de prendre une pause, elle souhaitait quitter ce lieu le plus tôt possible. Icare la raisonna pour la convaincre de se reposer maintenant, sinon, ils risqueraient de tomber sous les coups de la fatigue le lendemain.

La suite avait été très étrange pour Laura. Tout était flou. Il lui était impossible de se réveiller durant de longues heures. Elle se souvint d'abord des secousses qui accompagnaient son réveil. Quelque chose ou quelqu'un la soulevait, la portait. Cette sensation était agréable et Laura avait savouré cet état de somnolence. Alors qu'elle était plongée dans un drôle de rêve où elle nageait sans fin au milieu d'un immense océan, elle perçut une voix qui la réconfortait, qui la dorlotait. Cette voix lui disait qu'il ne fallait pas qu'elle s'inquiète, que très bientôt le voyage serait fini...

Délicatement, elle sentit qu'on la posait au sol. Quelque chose de tendre et tiède caressa son front. Alors qu'elle était paisible, son corps dormait toujours, elle était plongée entre le rêve et la réalité...

•

Ce Berceau... Je n' avais jamais cru en son existence, et pourtant, je suis actuellement plongé dedans... Tout est beau... Merveilleux... Je me sens renaître... Je sens mon corps jeune et puissant... L' énergie afflue autour de moi...

Le Berceau est si puissant qu' il scelle les pouvoirs du Néant... Il n' agit plus par sa propre volonté... Il ne peut plus posséder les Humains... Nous sommes libres !

Cela dit, il joue toujours un rôle déterminant dans les actes de l' Humain. Ce dernier ne répond plus au strict mécanisme de la Création qui est : se nourrir, se reproduire et s' épanouir.

La plupart de ses actes vont même contre ce sens...

Comment cela est-il possible ? Pourquoi l' Humain est-il condamné à être le pantin du Diable ? Pourquoi les Forces Créatrices ont permis au Diable de jouer avec nous ? Est-ce une punition ? Un châtiment ?

Il y a quelque chose sur notre origine qui n' est pas normale et que nous ignorons. Pourquoi les autres espèces subviennent à leurs besoins primaires grâce au comportement que leur dicte leur instinct ? À quel moment de l' évolution de la Vie, un animal a commencé à décider de sa propre manière de vivre en réfutant peu à peu son instinct ? À quel moment a-t-il décidé d' agir dans le but d' améliorer son avenir ? Pourquoi cet animal a eu des envies ? des peurs ? des angoisses ? Sommes-nous un cas unique dans l' Univers ? Ou bien est-ce une normalité ? Existait-il d' autres espèces ayant ces facultés sur Terre ? Si c' est le cas, elles ont dû disparaître au contact de notre civilisation.

Après tout, la nature permet ce comportement. Pour s' épanouir, il faut s' étendre dans l' espace.

Mais jusqu' où irons-nous ? Sommes-nous destinés à disparaître ? Après tout, toutes les espèces disparaissent à un moment ou à un autre...

Je dois avouer que l' avenir me fait peur... On ne sait de quoi sera fait demain ! Satan existe ! Voilà deux mille ans qu' il a disparu !

Mais qu' est-ce que deux mille ans par rapport à l' Histoire de l' Univers ? Ce n' est qu' un repos d' une fraction de seconde pour lui ! Un bref répit pour affûter son plan ! Il profite de ce temps interminable à nos yeux pour tromper notre vigilance ! Et nous, nous fonçons droit dans cette direction !

L' humanité doit se ressaisir... Il est impératif qu' elle sache quel sort funeste l' attend ! On s' est moqué de nous ! On nous donne le choix de pencher vers le Démon pour nous blâmer ensuite ! Le libre arbitre est un poison !

On nous tente !

On nous séduit !

On nous fait croire que nous sommes libres, mais il n' en est rien !

L' avenir est sombre... Croyez-moi ! Ne fuyez pas ! C' est peine perdue…

Il... nous guette...

Il attend le bon moment, Il nous file dans l' ombre... Et quand ce sera le bon moment, Il nous attaquera à la gorge ! Il ressurgira au moment où l' on s' attendra le moins ! Je vous le dis, Il va attendre que l' Humanité se morfonde dans la paresse et le bonheur illusoire pour l' éradiquer...

Les insoumis souffriront dans le silence...

Tremblez... Vous savez qu' Il est là, tapi dans un coin de votre cerveau... Personne ne peut lui échapper...

•

Un rayon de Soleil lui éblouit les paupières. Elle cligna des yeux et mit machinalement sa main sur son regard. Laura ouvrit un œil et découvrit ce décor qui avait nourri sa vue ces dernières semaines. Pourtant, quelque chose était différent. Elle se redressa calmement et entendit un bruit peu familier dans ce milieu. Laura tendit l'oreille, elle ne rêvait pas ; il s'agissait bien du bruit de la mer.

Son corps était lourd et engourdi. Elle chercha son ami du regard. Icare était allongé près d'elle, sur le ventre. Il était totalement immobile.

Laura n'avait pas la moindre idée de ce qui s'était passé. Même s'il faisait nuit lorsqu'ils s'étaient posés au pied d'un arbre, elle ne reconnut pas l'endroit. De plus, le bruit des vagues s'écrasant sur la plage n'était pas audible la veille.

M'a-t-il transporté jusqu'ici ?! Sommes-nous arrivés ?

Elle se rapprocha de lui pour le réveiller. Elle posa sa main sur son visage. Sa joue était froide et Icare ne sembla pas réagir. Le silence était pesant. Laura le secoua nerveusement et l'appela.

« Icare ! Icare, réveille-toi, on est arrivé ! Réveille-toi… »

Pas de mouvements, Icare resta immobile. Laura le retourna énergiquement sur le dos et lui donna de petites tapes. La panique prenait doucement le dessus.

« S'il te plait, réveille-toi, ne m'abandonne pas… »

Sa voix tremblait. Elle posa son oreille sur son cœur mais ne sentit aucune vibration. Il n'y avait plus rien, son corps n'émettait plus le moindre signe de vie. Une tristesse plus grande encore que celles qu'elle avait eues jusqu'ici lui déchira le cœur.

Étrangement, les larmes ne coulèrent pas. Son chagrin était tellement grand qu'elle ne pouvait l'exprimer physiquement. Elle avait vu des gens souffrir bien plus qu'elle encore. Elle avait vu tant de personnes périr impunément et si elle était toujours vivante aujourd'hui, c'était grâce à ceux qui s'étaient sacrifiés pour elle... Laura savait qu'elle n'avait pas le droit de pleurer. Elle les remercia à voix haute et distincte. Elle repensa à ses compagnons et savait qu'elle ne pourrait jamais, quoiqu'il arrive, les oublier !

Icare était décédé en puisant ses dernières forces pour la porter jusqu'ici. Ce voyage lui avait fait rencontrer cet homme, en qui elle avait une confiance et une passion infinies, pour ensuite lui arracher brutalement des mains.

Il est tombé d'épuisement… pensa Laura. *Chassant la Paresse, il est mort de fatigue… Est-ce une machination du Diable ? Au lieu d'être Avare, Pierre-Louis s'est sacrifié, il a donné sa propre vie pour nous sauver. Léon, lui, retenant sa Colère, se laissait faire par Bruno qui le maltraitait… En fuyant les sept péchés capitaux, nous nous sommes détruits par l'inverse de ces péchés… Est-ce une manigance du Diable ? Est-il possible qu'il nous manipule même par… ?*

Laura secoua la tête, cette idée était inconcevable. Mais pourtant, les faits étaient bien là, le Diable existait... Ce n'était pas le moment de songer à tout cela, elle se rapprocha davantage de son ami et lui offrit un dernier baiser sur les lèvres. Elle savait que c'était la dernière fois qu'elle verrait son visage. Cet inconnu, dont elle ne connaissait même pas le nom, resterait intimement caché dans sa mémoire.

Je ne t'oublierai jamais…

Quand elle se retira, une chose incroyable et merveilleuse se produisit sous ses yeux. Elle vit l'esprit d'Icare quitter son corps. Laura fut exaltée d'un tel spectacle. Elle tendit la main vers cette chose si belle et si étrange à la fois. L'esprit s'envola alors en direction du Berceau de la Vie. La jeune femme esquissa un sourire malgré les évènements, elle était soulagée. Son malheur s'adoucit, Icare n'était pas complètement parti. Son énergie vitale servirait à nourrir d'autres êtres vivants à l'avenir.

Laura se redressa et découvrit devant elle l'océan infini d'un bleu qui représentait la vie et dont la splendeur était éternelle. Elle lâcha un soupir d'apaisement, le cauchemar était fini…

•

Alicia n'osa prononcer un mot, l'émotion lui avait coupé cette envie. Elle resta muette. La grand-mère souffla, c'était fait ! Elle avait partagé sa terrible et prodigieuse aventure.

La nuit était tombée, la faim se faisait sentir. Dehors, un bruit de tonnerre long et aigu fit vibrer le carreau des fenêtres.

« Je leur dois à tous une éternelle dette, fit la grand-mère pour conclure. Ils m'ont tous apporté un soutien énorme dont je suis infiniment reconnaissante. Je pensais que ce voyage me tuerait comme il a assassiné Sharleyn. Mais grâce à tous ces braves gens, j'en suis ressortie plus forte, j'ai appris à apprécier la vie, à jouir de chaque instant et, surtout, à respecter et à honorer chaque forme de vie...

- Et... Qu'est-ce que sont devenus les autres ?

- Tu parles de Charly, Jim et Wendy ? Ils sont parvenus à un hôpital à temps. Charly a été sauvé. Ses blessures étaient très graves, mais ils ont bien veillé sur lui. Je les ai revus peu de temps après. Au début, on n'osait pas dire un mot. Pendant plusieurs jours, des centaines de policiers et de représentants du club de vacances ont défilé sous nos yeux, nous posant des tas de questions répétitives... Je ne savais pas quoi leur dire... C'était horrible ! Nous faire subir

ça après ce qu'on avait vécu... Puis, l'affaire a été considérée comme bouclée, on n'avait rien dévoilé de la vérité. Wendy avait donné sa version des faits ; le chauffeur a pris volontairement une autre route que celle autorisée. On a reçu une forte somme comme dédommagement, comme si cela allait effacer ce voyage de notre mémoire. On est rentrés en France pour retrouver les nôtres... »

Sa petite fille avait des milliers de questions, elle ne pouvait pas concevoir que les rescapés fassent abstraction d'une telle aventure :

« Je ne les ai jamais vus, ils n'habitent pas dans le coin ? demanda-t-elle.

- Ils habitent en France... Charly est décédé de vieillesse depuis...

- Et Jim et Wendy, qu'est-ce qu'ils font aujourd'hui ?

- Je n'ai pas eu de nouvelles depuis longtemps, Wendy doit travailler dans un musée d'Histoire Naturelle...

- Je... Je ne comprends pas. Si j'avais vécu ça, je crois que je n'aurais pas pu me séparer de mes compagnons...

- C'est ce que je pensais aussi... Mais les choses se sont passéees différemment... Quand on se voyait, on trouvait le temps monotone... Pour moi, Wendy et Jim étaient des compagnons d'*aventure*, pas de routine... Ce qu'on a vécu ensemble était tellement fort que le retour à la réalité nous a séparés... »

Alicia s'approcha de sa grand-mère et la serra dans ses bras.

« Tu es la plus grande des personnes, je suis si fière de toi... » fit-elle, en retenant ses larmes.

Elle avait été réellement touchée par l'histoire de sa grand-mère. Puis, elle s'écarta pour allumer le chauffage.

« Et, lorsque tu as perdu Sharleyn et Icare, ça a été douloureux ? demanda-t-elle d'un ton étrange.

- Oui, bien évidemment que ça a été douloureux... Pourtant, je n'ai pas perdu la face, je savais pour quelle cause ils étaient décédés, ils ont sauvé le monde...

- Mais... Au final, il y a des mystères auxquels vous n'avez jamais eu de réponses... Je pense au *Diable*, pourquoi il peut contrôler l'Humain mais pas les autres espèces ? Et notre esprit, qu'est-ce qu'il devient ?

- Tu as retenu chacun de mes mots, je n'ai pas perdu mon temps... D'après ce que j'ai retenu, notre énergie se recycle pour créer les générations futures, mais il est vrai que nous ne savons pas ce que devient notre esprit. J'espère qu'il est conservé quelque part et que je pourrai en revoir certains...

- La chose qui m'intrigue le plus, c'est cette histoire d'Être Humain comme espèce hybride... Qu'est-ce que... On est des hybrides de quoi ?

- Ça, je n'en sais rien non plus... Et à vrai dire, je m'en fiche pas mal... J'en ai terminé avec cette histoire et je refuse de me poser éternellement les mêmes questions... »

La température de la pièce avait légèrement augmenté jusqu'à en être agréable. Laura ferma les yeux. Se rappeler ces choses si lointaines l'avait exténuée. Certains souvenirs étaient lourds à supporter.

« Alicia, tu veux être gentille et éteindre la lumière, demanda-t-elle d'une voix fatiguée. J'ai sommeil. Si tu as d'autres questions, on finira demain... »

Sa petite fille ne répondit pas. Laura l'appela de nouveau et après un temps, elle rouvrit les yeux, elle avait disparu.

« Alicia ? Alicia, où es-tu ma chérie ? »

Elle était sortie de la chambre sans que celle-ci ne s'en aperçoive. Laura se redressa et, d'un coup, une lourde masse lui bondit dessus. Elle se débattit du mieux qu'elle le put mais, très vite, l'oxygène lui manqua. Quelque chose lui couvrit le visage, l'étouffait. Son corps se crispa, elle saisit la personne qui était sur elle pour tenter de se dégager. Doucement, ses membres devenaient lourds, son corps ne répondait plus. Elle sentit son esprit quitter son enveloppe charnelle puis, soudain, plus rien... Le vide... Le Néant...

Alicia retira le coussin du visage de sa grand-mère. Elle tomba contre l'un des murs. Elle ricana, longuement, interminablement. D'un coup de main, elle jeta la lampe de la table de chevet au sol. Son rire amer était de plus en plus fort. Elle souffla dans un long râle.

« Je t'avais prévenue que je me vengerais ! » lança-t-elle au cadavre de sa grand-mère avec un accent qui n'était pas le sien.

Son regard était sombre et nouveau. Son corps tremblait, elle jeta tout ce qu'il lui passa sous la main.

L'ampoule de la lampe se brisa sur un vieux tapis usé. Il commença à se consumer. Les Flammes de l'Enfer brillèrent dans les yeux d'Alicia. Elle se précipita en dehors de l'appartement, l'écho de son rire résonna longuement. Puis, il disparut avec elle...

•

Ils m' appelaient... Je les entendais...

Léon

•

Note de l'auteur :

Au jour le jour (première version), mon premier roman qui avait pour vocation non seulement de m'entraîner à rédiger, mettre en scène et imaginer une histoire, était clairement ciblé pour un lectorat d'adolescents. Ne lisant pas énormément pendant ma jeunesse, je m'étais fait la réflexion que la littérature enseignée dans le système scolaire n'était pas la meilleure porte d'entrée. Je voulais accrocher les jeunes à la lecture en leur proposant une histoire, une aventure, un roman qui les touche, qui les concerne. Au jour le jour était donc né de cette volonté.

De son côté, la trilogie qui commence avec Creatio est partie d'une tout autre ambition. Grâce à sa double lecture son public est beaucoup plus large.

Lorsque j'ai imaginé cette histoire, je ne pensais ni en faire quatre cents pages, ni en écrire deux suites. Je me souviens avoir hésité entre deux synopsis : l'un concernant des survivants d'un accident qui seraient contraints de survivre dans une jungle, et l'autre, bien différent, était basé sur une réflexion sur Dieu qui pourrait le rendre compatible avec l'état actuel de nos connaissances scientifiques.

Au final, j'ai décidé de fusionner les deux histoires. Il y avait alors de nombreuses incohérences et éléments encore absents. Avec l'aide de proches, j'ai pu finaliser le synopsis et me mettre à la rédaction.

L'idée d'en faire une suite a en réalité éclos assez tôt dans ma tête. J'ai réalisé très rapidement que j'avais trop d'idées pour tout contenir dans un seul roman sans le rendre trop lourd. J'ai donc divisé les thèmes : le premier tome, lui, porterait sur une vision symbolique de Dieu et du Diable, le second sur les origines de l'Humain et sa place dans la nature, et le dernier sur les origines et le fonctionnement de la création et de la destruction des éléments de l'Univers.

Lorsqu'on fait une suite, le véritable défi est de rester fidèle et proche de l'originalité du premier tome tout en s'en détachant assez pour ne pas être redondant voire prévisible.

Si vous souhaitez suivre l'actualité de mes romans et longs-métrages, n'hésitez pas à me rejoindre sur mon site :

www.xavierseignot.fr

ou sur :

facebook.com/romansdexavierseignot
twitter.com/xavierseignot

Du même auteur :

- Au Jour le jour, nouvelle version

- Némésis (à paraître, prévu pour 2017)
- Némésis 2 (titre provisoire)

- Tentation
- Pulsion (à paraître en 2016)

Trilogie L'Enfer est sur Terre :

- Creatio
- Pandore
- Entropia (à paraître, prévu pour 2018)

Long-métrage :

- Au Jour le jour
- Némésis (sortie prévue pour 2017)

39239438R00262

Printed in Poland
by Amazon Fulfillment
Poland Sp. z o.o., Wrocław